# LA ISLA DE BOWEN

**PREMIO EDEBÉ
DE LITERATURA
JUVENIL**

**PREMIO NACIONAL
DE LITERATURA
JUVENIL**

CÉSAR MALLORQUÍ

# LA ISLA DE BOWEN

**PREMIO EDEBÉ
DE LITERATURA
JUVENIL**

**PREMIO NACIONAL
DE LITERATURA
JUVENIL**

Obra ganadora del Premio EDEBÉ de Literatura Juvenil segun el fallo del jurado formado por: Xavier Brines, Victoria Fernández, Anna Gasol, Rosa Navarro Durán y Robert Saladrigas.
Obra ganadora del Premio Nacional de Literatura Juvenil 2013.

© César Mallorquí, 2012

© Ed. Cast.: Edebé, 2014
Paseo de San Juan Bosco 62
08017 Barcelona
www.edebe.com

Atención al cliente: 902 44 44 41
contacta@edebe.net

*Directora de la colección:* Reina Duarte
*Editora de Literatura juvenil:* Elena Valencia
*Diseño:* César Farrés
*Fotografía de cubierta:* Francesc Sala

1.ª edición en esta colección, febrero 2014

ISBN 978-84-683-1252-1
Depósito Legal: B. 480-2014
Impreso en Espanya
Printed in Spain
EGS - Rosario, 2 - Barcelona

Cualquier forma de reproducción, distribución, comunicación pública o transformación de esta obra solo puede ser realizada con la autorización de sus titulares, salvo excepción prevista por la ley. Diríjase a CEDRO (Centro Español de Derechos Reprográficos) si necesita fotocopiar o escanear algún fragmento de esta obra (www.conlicencia.com; 91 702 19 70 / 93 272 04 45).

*Este libro está dedicado a la memoria de Alejo Romero; científico, amante y protector de la naturaleza, y excelente persona. Y, por supuesto, este libro también es para sus dos grandes amores: Teresa Álvarez y Guillermo Romero.*

«Desciende al cráter del Yocul de Sneffels, que la sombra del Scartaris acaricia antes de las calendas de julio, audaz viajero, y llegarás al centro de la Tierra, como he llegado yo. Arne Saknussemm».

Julio Verne, *Viaje al centro de la Tierra*

# *Introducción*

**Havoysund, norte de Noruega. Mayo de 1920**

Cuando el práctico del puerto fue interrogado por la policía acerca del asesinato del marinero inglés Jeremiah Perkins, tripulante del vapor *Britannia,* todo lo que pudo decir fue que el barco había atracado en el muelle de Havoysund poco después de las diez de la mañana del tres de mayo y que, según su documentación, procedía de la isla Spitsbergen, situada al noroeste de Noruega, en el archipiélago Svalbard, donde había permanecido fondeado durante los meses de invierno. Aquello era muy extraño, pues en Spitsbergen no había absolutamente nada, salvo glaciares, un enclave minero y un puñado de campamentos balleneros.

Pero eso era lo que constaba en la documentación del barco, aunque nada explicaba las razones por las que alguien en su sano juicio decidiría pasar el invierno ártico en una isla casi desierta perdida en el fin del mundo, a menos de mil kilómetros del Polo Norte. Lo único que el práctico pudo añadir fue que el *Britannia,* tras permanecer veinticuatro horas atracado, aprovisionándose de combustible, vituallas y pertrechos, había levado anclas durante la mañana del cuatro de mayo, de regreso a Spitsbergen. Por último, el práctico declaró que el único tripulante del *Britannia* en desembarcar había sido el difunto Jeremiah Perkins, un marinero que, a causa de un accidente, tenía un brazo roto y entablillado, razón por la cual se proponía regresar a Inglaterra.

Tras un par de días de pesquisas, y después de averiguar que dos misteriosos forasteros habían sido vistos merodeando por los alrededores el día del asesinato, la policía dio por concluida la investigación. Los agentes que llevaron el caso no vivían en Havoysund, sino en Fuglenesdalen, una ciudad situada ochenta kilómetros al sur, y tenían prisa por volver a casa, de modo que en su informe se limitaron a reseñar que, a causa de un robo o una disputa, Perkins había sido asesinado de un disparo, posiblemente por dos desconocidos que posteriormente se dieron a la fuga sin dejar rastro. El cadáver fue enterrado en el cementerio local y el caso se archivó; a fin de cuentas, el marinero era un don nadie, y su asesinato, uno de los muchos crímenes que a diario se cometían en los puertos de todo el planeta.

Fue un error. Si la policía hubiese investigado un poco más, habría averiguado que la documentación del *Britannia* había sido falseada, pues ni el vapor procedía de la isla Spitsbergen ni se había dirigido allí después de aprovisionarse en Havoysund, y quizá entonces la sospecha de que aquel asesinato no era un mero crimen sin importancia hubiese comenzado a cobrar forma. Pero las pesquisas se interrumpieron sin tan siquiera haber interrogado a todo el personal del muelle; en caso contrario, los policías quizá habrían advertido que Bjorn Gustavsen, el telegrafista del puerto, estaba sospechosamente nervioso.

Y no es de extrañar; cuando Gustavsen, un cuarentón pacífico y tranquilo, envió aquel cablegrama, no tenía la menor idea de cuáles iban a ser las consecuencias. Lo único que sabía era que siete meses atrás había recibido una carta, remitida a todos los puertos de Europa por la compañía minera Cerro Pasco Resources Ltd., en la que se ofrecía una recompensa de diez mil libras a quien aportase información sobre el paradero del vapor *Britannia,* matriculado en Portsmouth, Inglaterra. Diez mil libras, toda una fortuna. Por eso a Gustavsen casi se le paró el corazón cuando vio el rótulo «*Britannia*» en la proa del buque que acababa de atracar en Havoysund. Le había tocado la lotería.

Sin perder un instante, Gustavsen mandó un cablegrama informando de su hallazgo a las oficinas centrales de Cerro

Pasco, en Londres. Apenas dos horas más tarde, recibió la siguiente respuesta:

«Agradecemos información suministrada. A la mayor brevedad posible, nuestros empleados se personarán en Havoysund para comprobar su testimonio y abonarle la cantidad convenida. Le rogamos averigüe procedencia y destino del *Britannia,* y si entre sus pasajeros se encuentra John T. Foggart. También sería de gran interés que vigilara el barco y los movimientos de la tripulación. Si accede a colaborar con nosotros, duplicaremos recompensa».

Veinte mil libras eran una cantidad sospechosamente excesiva, pero Gustavsen, cegado por la codicia, ni siquiera llegó a plantearse por qué alguien estaba dispuesto a pagar tanto dinero a cambio de una mera labor de vigilancia, así que envió un nuevo mensaje a Cerro Pasco aceptando la oferta y, tras cederle el asiento frente al pulsador del telégrafo a Christian, su ayudante, se dirigió a las oficinas del puerto para iniciar las pesquisas que le habían encomendado.

Lo primero que averiguó fue que, oficialmente, el *Britannia* procedía de la isla Spitsbergen, adonde regresaría al finalizar las labores de aprovisionamiento. Luego, aprovechando un descuido, Gustavsen leyó la lista del pasaje; aparte de William Westropp, el capitán del barco, la tripulación constaba de catorce miembros, todos ingleses. Pero ninguno se llamaba Foggart. También descubrió que uno de los marineros del *Britannia* había solicitado permiso para desembarcar. A las tres y media de la tarde, Jeremiah Perkins descendió por la pasarela del barco cargando con su macuto y se dirigió a las oficinas para cumplimentar los trámites de aduana. Desde una prudente distancia, Gustavsen comenzó a seguirle.

Al pisar tierra firme, Perkins, un cuarentón enjuto y fibroso, experimentó un profundo alivio. Después de pasar el invierno en una tierra dejada de la mano de Dios, helándose el trasero a 40 grados por debajo del punto de congelación, hasta un villorrio inmundo como Havoysund, tan sólo un puñado de cabañas de madera emplazadas al pie de una yerma colina rocosa junto al mar, se le antojaba el colmo de la civilización y el confort. Tras formalizar el papeleo, Perkins descubrió que ningún barco partiría de aquel muelle con destino a Inglaterra, y que para regresar a su país debería aguardar durante cuatro días la llegada del *Frembrudd,* un navío que le conduciría a Trondheim, ciudad situada mil quinientos kilómetros al sur, en cuyo puerto podría embarcarse con rumbo a las Islas Británicas.

Resignado a la espera, Perkins averiguó que se alquilaban habitaciones en la casa de huéspedes de la viuda Moklebust, pero antes de encaminarse allí se dirigió al despacho de correos, una exigua oficina atendida por una funcionaria miope, con el objetivo de cumplir el encargo que le había confiado Sir Foggart: enviar a cierta dirección de Londres un pequeño paquete a nombre de Elisabeth Faraday. Realizada dicha gestión, el marinero, ignorante de que estaba siendo espiado por Gustavsen, se dirigió a la casa de huéspedes de la viuda Moklebust.

Cuando Gustavsen vio a Perkins desaparecer tras la puerta de la pensión, decidió regresar al puerto para seguir vigilando a los hombres del *Britannia,* aunque no descubrió nada de interés, pues la tripulación se limitó a realizar las labores de aprovisionamiento; así que, a última hora de la tarde, envió un nuevo mensaje a Cerro Pasco informando de la situación. Al día siguiente, el *Britannia* levó anclas y abandonó Havoysund, y todo volvió a la normalidad, hasta que cuarenta y ocho horas más tarde Gustavsen recibió un cablegrama de Cerro Pasco indicándole que se dirigiera al mediodía a las afueras del pueblo, hacia el norte, donde se encontraría con dos empleados de la compañía.

A las doce menos diez, extrañado por lo insólito de aquel encuentro, Gustavsen se dirigió al lugar de la cita, una solitaria explanada situada a unos trescientos metros de Havoysund, donde, como había asegurado el telegrama, le aguardaban dos hombres cubiertos con abrigos negros. Uno de ellos, bajo y menudo, se llamaba Reine y era el que llevaba la voz cantante;

el otro, llamado Torsson, era grande y fuerte, con el pelo rubio y una cicatriz en el mentón. Tras identificarse e intercambiar unos saludos, Reine le pidió a Gustavsen que contara todo lo que había sucedido desde la llegada del *Britannia,* así que el telegrafista expuso con detalle los hechos, aunque, en su opinión, tampoco había mucho que exponer. Cuando concluyó el relato, Reine le preguntó por el lugar donde se alojaba el marinero inglés, de modo que Gustavsen le explicó cómo llegar a la casa de huéspedes de la viuda Moklebust. Finalmente, el hombre de Cerro Pasco sacó un sobre del bolsillo de su abrigo y se lo entregó al telegrafista; contenía doscientos billetes de cien libras.

—Será mejor que no hable de este asunto con nadie —le advirtió Reine en tono veladamente amenazador.

Luego, tras despedirse con un cabeceo, se dio la vuelta y, seguido por el taciturno Torsson, comenzó a alejarse hacia el este. Tras unos segundos de indecisión, Gustavsen echó a andar de regreso al pueblo; aquel encuentro se le antojaba de lo más extraño, y esos dos hombres, lejos de parecer empleados de una importante compañía minera, resultaban inquietantes. ¿En qué lío se había metido?, se preguntó mientras caminaba de regreso al puerto. No obstante, el recuerdo de los doscientos billetes que anidaban en su bolsillo borró a los pocos minutos cualquier rastro de inquietud o sospecha. Era un hombre rico.

Perkins, entre tanto, se aburría como una ostra. La señora Moklebust, una atractiva mujer de mediana edad, apenas chapurreaba cuatro o cinco palabras en inglés; de hecho, salvo los funcionarios del puerto, nadie dominaba su idioma en aquel pueblucho situado lo más al norte de Noruega que se puede ir sin caer en el océano, así que Perkins no tenía con quien hablar ni nada que hacer.

Aquella tarde, después de echarse una larga siesta, el marinero se dirigió a la cantina del muelle y tomó un par de copas de *aquavit,* el aguardiente local, mientras contemplaba a través de la ventana el atraque de un ballenero sueco. Pasadas las siete,

Perkins salió al exterior y se abotonó al chaquetón; pese a estar en primavera, la temperatura jamás sobrepasaba los 5 grados centígrados y por la noche descendía hasta los siete u ocho bajo cero. Hacía frío, aunque afortunadamente mucho menos que en aquella maldita isla donde había pasado el invierno.

Durante un instante, Perkins consideró la idea de regresar a la pensión, pero era un hombre habituado al aire libre y se le caían las paredes encima cuando estaba demasiado tiempo encerrado; por ello, al igual que había hecho los días anteriores, decidió dar un paseo. Tras ajustarse el cabestrillo donde reposaba su brazo izquierdo, echó a andar por el sendero que, partiendo de la dársena, corría paralelo a la costa. El sol estaba muy bajo sobre el horizonte, pero siempre estaba bajo en aquellas latitudes; además, en esa época del año anochecía bien entrada la madrugada, así que aún tenía por delante muchas horas de luz.

Al cabo de diez minutos de caminata, al torcer un recodo del camino, el pueblo desapareció de vista y una intensa sensación de soledad se abatió sobre él. En las colinas que se alzaban a su derecha sólo había rocas, hierba y neveros, pero ni un solo árbol, ni flores, ni insectos, ni aves, nada; aquella tierra era un páramo donde no se percibían más sonidos que el batir de las olas y el susurro del viento.

Perkins caminó hacia el noroeste, siguiendo el trazado de la costa, durante tres cuartos de hora; se sentó en una piedra frente al mar, lió un cigarrillo empleando una sola mano —habilidad que muy pocos llegan a dominar— y fumó despacio, reconfortado por la idea de que al día siguiente, cuando el *Frembrudd* atracara en Havoysund, podría iniciar el regreso a su hogar. Minutos más tarde, tras dar una última calada, arrojó la colilla a las olas e inició el regreso.

El encuentro tuvo lugar a apenas un kilómetro y medio del pueblo. Al llegar Perkins a la altura de unas rocas, dos hombres salieron de detrás de ellas y se interpusieron en su camino; uno era bajo y tenía el pelo oscuro, el otro era rubio y grande.

—¿Eres Jeremiah Perkins? —preguntó el más bajo en inglés, con mucho acento escandinavo.

—Ajá —asintió el marinero, mirándolos con recelo.

—Estabas embarcado en el *Britannia,* ¿verdad?

—¿Quiénes sois vosotros? —preguntó a su vez Perkins con los ojos entrecerrados.

—Yo me llamo Reine y mi amigo es Torsson. Queremos hacerte unas preguntas.

—¿Preguntas? —los ojos del marinero se convirtieron en dos estrechas ranuras—. ¿Qué clase de preguntas?

—Por ejemplo, ¿adónde se ha dirigido el *Britannia?*

Perkins esbozó una sonrisa.

—Lo siento, amigos, tengo que irme —repuso—. Ya hablaremos en otro momento.

Sin perder la sonrisa, dio unos pasos para sortear a los dos hombres, pero se detuvo al instante cuando vio que Torsson sacaba una pistola Luger del bolsillo y le apuntaba con ella.

—Eh, eh, tranquilo... —dijo Perkins, alzando la mano derecha.

—Todos vamos a estar tranquilos —terció Reine—. Y tú vas a colaborar; ¿verdad, Jeremiah?

—Si me lo pedís tan amablemente no puedo negarme. ¿Queréis saber el destino del *Britannia?* Se dirigía a Spitsbergen; eso lo podríais haber averiguado en el puerto.

—¿Dónde está Foggart? —preguntó Reine.

—En Spitsbergen, junto con el resto de la tripulación.

—Esa isla es muy grande. ¿Dónde?

—En Longyearbyen.

—¿El asentamiento minero? —Reine alzó una ceja—. ¿Y qué hace allí?

Perkins se encogió de hombros.

—Ni idea —respondió.

—¿Me tomas por tonto? Llevas un año embarcado con Foggart, ¿y pretendes que me crea que no sabes lo que ha hecho durante todo ese tiempo?

—Vale, me has pillado —respondió Perkins con ironía—. Como somos íntimos amigos, Sir Foggart siempre me lo cuenta todo —soltó una risita—. Venga, hombre, que sólo soy un maldito marinero; a mí nadie me da explicaciones.

La mayor parte de lo que estaba diciendo era mentira, pero la expresión de su rostro destilaba sinceridad. Reine guardó silencio, evaluándole con la mirada, y al cabo de unos segundos dijo:

—Hace tres días, nada más desembarcar, fuiste a la oficina de correos y dejaste allí un paquete. ¿Qué era?

—Me lo dio Sir Foggart para que lo enviara a Londres.

—¿A quién?

—A su esposa.

—¿Qué había dentro?

—Yo qué sé, hombre; Sir Foggart me entregó el paquete ya cerrado. ¿Alguna pregunta más?

Reine asintió, pensativo.

—Nuestro jefe quiere hablar contigo —dijo—. Nos vas a acompañar, Jeremiah.

—¿Adónde?

—Un barco nos espera. Está cerca, no tendremos que caminar mucho.

Perkins se aproximó a los dos hombres con la mano derecha siempre alzada y una expresión de contrariedad en el rostro.

—Venga, amigos —suplicó—. Tengo un brazo roto y lo único que quiero es tomar mañana un barco y regresar a casa. Ya os he contado todo lo que sé, dejadme en paz.

—¿Quieres volver a Inglaterra? —Reine sonrió como un zorro—. Pues no te preocupes: nosotros te llevaremos a Inglaterra.

Justo en ese momento, Perkins miró por encima de los hombros de los dos noruegos e hizo un gesto de sorpresa, como si hubiera visto algo inesperado. Era una treta muy vieja, pero funcionó; Reine y Torsson volvieron simultáneamente la cabeza hacia atrás, momento que Perkins aprovechó para propinarle una contundente patada en la entrepierna al gigantón rubio.

Torsson desorbitó los ojos, exhaló una bocanada de aire y, sin soltar la pistola, se dobló sobre sí mismo al tiempo que profería un gemido incongruentemente agudo dado su tamaño; pero Perkins no vio nada de eso, pues, en cuanto propinó el golpe, echó a correr hacia el pueblo como alma que lleva el diablo.

—¡Se escapa! —gritó Reine, comenzando a perseguirle.

Sobreponiéndose al dolor, Torsson se incorporó, aspiró una profunda bocanada de aire, alzó la Luger, apuntó hacia el marinero que se alejaba a toda velocidad y disparó.

—¡No! —aulló Reine.

Puede que Perkins, de no haber tenido el brazo roto, hubiese logrado escapar. Siempre, desde su infancia en Withechapel, había tenido las piernas rápidas, lo cual le fue de gran utilidad en el pasado para evitar caer en las manos de *bobbys* justicieros o maridos airados, pero ahora no sólo no podía mover el brazo izquierdo, sino que además le dolía a cada zancada, impidiéndole desarrollar su máxima velocidad.

El primer disparo, como un moscardón letal, pasó zumbando a su izquierda. A unos cuarenta metros de distancia, el camino giraba, ocultándose tras una colina; si llegaba allí, ya no podrían alcanzarle. El segundo disparo siseó a su derecha. Ya sólo faltaban treinta metros...

Desgraciadamente, el marinero no llegó a oír el tercer disparo. De pronto, sintió un fuerte golpe en la espalda; no exactamente dolor, sino como si algo muy pesado le hubiera embestido. Dio un traspiés y cayó al suelo; antes de que su mente se disolviera en la nada, sintió el frescor de la hierba en la mejilla y pensó que era una sensación agradable.

Reine llegó corriendo a la altura de Perkins, se acuclilló a su lado y le puso una mano en el cuello, buscándole el pulso con la yema de los dedos. Torsson se aproximó caminando despacio, con las piernas arqueadas, y preguntó:

—¿Está...?

—Muerto, sí —Reine se incorporó y contempló a su compañero con el ceño fruncido—. Lo necesitábamos vivo —dijo en tono acusador—; ¿por qué demonios le has disparado?

—Se escapaba —repuso Torsson a la defensiva.

—Pues en vez de ponerte a pegar tiros, deberías haberle perseguido, maldita sea.

—Sí, claro, tengo las pelotas como para echar carreritas. Oye, si ese cabrón hubiese llegado al pueblo le habríamos perdido de todas formas y, además, habría dado la voz de alarma. Mejor así.

Reine aspiró una profunda bocanada de aire y se encogió de hombros.

—Eres tú el que tenía la pistola y eres tú el que le dejó escapar —dijo, pronunciando despacio las palabras—. Esto no les va a gustar a los jefes.

Incapaz de encontrar algún argumento con el que justificarse, Torsson desvió la mirada y se sonrojó. Reine sacudió la cabeza, volvió a acuclillarse y registró el cadáver de Perkins, pero no encontró nada de interés, así que se incorporó de nuevo y le indicó a Torsson con un gesto que se pusieran en marcha. En silencio, los dos hombres comenzaron a caminar hacia el este, alejándose del cadáver que yacía sobre la hierba como un títere desmadejado.

En realidad, Reine y Torsson no eran más que improvisados peones de un juego mucho más grande que ninguno de ellos alcanzaba a comprender. Ignoraban por qué era tan importante el *Britannia*, o por qué debían secuestrar a un simple marinero, o quién era John T. Foggart. Se limitaban a cumplir órdenes, aunque ni siquiera sabían a ciencia cierta para quién trabajaban.

El cadáver de Jeremiah Perkins fue descubierto al día siguiente, poco después del amanecer, por unos pescadores. Cuando se enteró de la noticia, Bjorn Gustavsen, el telegrafista, sintió que el suelo se hundía bajo sus pies. No tenía la menor duda de que aquellos dos hombres, Reine y Torsson, eran los responsables del crimen, lo cual le convertía de alguna manera en cómplice de asesinato. Al principio estuvo a punto de confesar lo que había pasado, pero el miedo a las posibles represalias legales, y el aún más profundo temor a perder las veinte mil libras, le convencieron de que era más prudente mantenerse a la expectativa de los acontecimientos. Esa misma tarde, a primera hora, llegó la policía, pero los agentes ni siquiera le interrogaron y, tras una breve y chapucera investigación, dieron por cerrado el caso. No mucho después, los habitantes de Havoysund se olvidaron del misterioso asesinato del marinero y Gustavsen respiró aliviado, convencido de que por fin se acababa aquella pesadilla.

Estaba equivocado. El mismo día en que apareció el cadáver de Jeremiah Perkins, el vapor *Frembrudd,* precisamente el buque donde el marinero tenía previsto embarcarse para iniciar el regreso a su país, atracó en el puerto de Havoysund. Seis horas más tarde, tras aprovisionarse de combustible, dejar en tierra su cargamento y cargar en las bodegas correo y mercancías procedentes del pueblo, el navío levó anclas con rumbo a Trondheim. Como es lógico, Perkins no pudo embarcar, pero algo que había pasado por sus manos viajaba en el *Frembrudd* dentro de una saca de correo: un pequeño paquete dirigido a Lady Elisabeth Faraday, en Londres.

No, aquello no era un final, sino un comienzo.

# LIBRO PRIMERO
El enigma de la cripta

*Diario personal de Samuel Durango.*
*Jueves, 27 de mayo de 1920*

*Hace mucho que no escribo este diario; tanto tiempo que ya casi no sé cómo hacerlo. Supongo que debería redactar un resumen de lo ocurrido durante los últimos meses, pero no me apetece. Sólo mencionaré dos cosas: mi benefactor, maestro y tutor, Pierre Charbonneau, murió el seis de octubre de 1919, a los sesenta y tres años de edad, y yo abandoné Francia para regresar a mi país.*

*Llegué a Madrid hace cinco semanas y me instalé en la pensión Cervantes, en el barrio de Maravillas, donde he alquilado dos habitaciones: una para mí y otra para guardar mi material de trabajo, que todavía permanece embalado. Reconozco que al venir aquí no tenía ningún plan en la cabeza; ni siquiera sabía si iba a quedarme en Madrid, y sigo sin saberlo. Digamos que mi situación es provisional, aunque lo cierto es que llevo mucho tiempo viviendo en la provisionalidad. Supongo que debería plantearme volver a practicar mi profesión, alquilar un local, instalar en él un estudio fotográfico y hacerme con una clientela, pero no me siento con fuerzas. Me cuesta centrarme, no logro sentir interés por nada.*

*No obstante, hace un par de semanas tropecé con algo que captó mi atención: un anuncio aparecido en el periódico* ABC. *El texto rezaba: «Institución científica SIGMA busca fotógrafo con experiencia. Los candidatos deberán reunir los siguientes requisitos: poseer equipo fotográfico propio, conocimiento de idiomas, buena forma física, predisposición para viajar, frialdad ante el peligro y valor. Los interesados pueden enviar sus currículos a SIGMA, calle de Almagro 9, Madrid».*

*Me sorprendieron los dos últimos requisitos, «frialdad ante el peligro y valor». ¿Por qué habría de necesitar cualquiera de ambas cualidades un fotógrafo? Ignoro las razones que me movieron a hacerlo —quizá la curiosidad—, pero el mismo día que leí el anuncio envié a «Sigma» (sea esto lo que fuere) una carta con mi historia profesional. No esperaba nada, pero anteayer recibí la respuesta: debo entrevistarme mañana a las diez con el profesor Ulises Zarco en la sede de la institución.*

*No sé si acudiré a la cita. ¿Estoy buscando un trabajo? No, estoy buscando un lugar donde quedarme. Aunque, bien pensado, quizá lo uno lleve a lo otro; quizá encontrando un trabajo encuentre al mismo tiempo un hogar...*

*Puede que al final acuda a la cita, aunque sólo sea por curiosidad.*

## 1. La inesperada visita de las damas inglesas

La sede de SIGMA se hallaba justo en la intersección de las calles Almagro y Zurbarán, en un palacete de tres plantas frente al que se extendía un amplio jardín triangular rodeado por una verja. Dado que la pensión Cervantes no se encontraba muy lejos, Samuel Durango se había dirigido allí a pie, llevando bajo el brazo una carpeta con muestras de su trabajo. El portalón de entrada estaba abierto. Al llegar a su altura, Samuel se detuvo y contempló la placa de bronce atornillada a la jamba izquierda; había una letra sigma grabada, y debajo el siguiente texto: «Sociedad de Investigaciones Geográficas, Meteorológicas y Astronómicas».

Al menos, pensó Samuel, ya sabía qué significaba SIGMA. Consultó su reloj; pasaban dos minutos de las diez, así que cruzó el portalón y echó a andar hacia la casa. El jardín, frondoso y escasamente cuidado, estaba lleno de plantas exóticas procedentes de otras latitudes; a la derecha se alzaba un invernadero de hierro forjado a través de cuyos cristales se distinguían macizos de flores multicolores. El lugar parecía desierto.

Samuel atravesó el jardín, remontó una escalinata de mármol y se detuvo frente a la puerta de entrada, que se hallaba entreabierta. Tras una breve vacilación, pulsó el timbre; un sonido de campanillas reverberó en el interior del edificio, pero no sucedió nada más. Volvió a pulsar el botón y, al cabo de un largo minuto, una mujer de veintitantos años de edad apareció en el recibidor con un bebé de ocho o nueve meses en brazos. Era rubia, igual que el bebé, y muy hermosa, con el pelo corto, los ojos azules y una bonita silueta, aunque lo más llamativo era que usaba pantalones, algo muy poco usual que algunos incluso considerarían escandaloso. La mujer se aproximó a la puerta y contempló sonriente a Samuel.

—¿Qué desea? —preguntó con acento anglosajón.
—Soy Samuel Durango. Me han citado para...
—Ah sí, el fotógrafo —le interrumpió ella echándose a un lado, y agregó—: Adelante, pase.

Samuel se adentró en el vestíbulo, un amplio recinto con los techos muy altos y las paredes adornadas con mapas antiguos enmarcados. La mujer le estrechó la mano y se presentó.

—Me llamo Sarah Baker —dijo—. Soy algo así como la secretaria del profesor Zarco —señaló al niño con un gesto—. Él es Tomás, mi hijo.

—Un niño precioso —murmuró Samuel.

En efecto, lo era, con los ojos azules, idénticos a los de su madre, y el pelo casi blanco de puro rubio. Siempre sonriente, Sarah contempló con curiosidad a Samuel.

—Es usted más joven de lo que imaginaba —comentó.

Samuel se encogió de hombros.

—Tengo veintitrés años —dijo—. ¿Es un problema?

—No; puede que al contrario —repuso ella, pensativa—. El profesor Zarco está en el patio trasero, pero antes de reunirnos con él debo advertirle algo: no se deje impresionar.

—¿Impresionar? ¿Por qué?

—Por el profesor.

—¿Es... impresionante?

—Oh, sí, mucho. Aunque quizá ésa no sea la palabra correcta. A primera vista, el profesor puede resultar un poco... digamos que amenazador.

—¿Amenazador? Pero...

—Y grosero, y malhumorado, y arrogante. Tiene mucho carácter, y en general muy malo, pero es pura fachada. Le diga lo que le diga, no se lo tome en serio. Venga, acompáñeme.

Desconcertado, Samuel siguió a la mujer a lo largo de un extenso corredor jalonado por puertas que, tras cruzar la zona de servicio, acababa desembocando en el patio trasero del palacete. Allí, cinco peones se afanaban en cargar grandes cajas de madera en un camión. Frente a ellos, un individuo alto y fornido de más de cuarenta años supervisaba la operación con el ceño fruncido. Medía alrededor de metro ochenta y cinco, tenía el pelo castaño, los ojos oscuros e intensos, un poblado bigote y el mentón cuadrado; vestía un terno de franela blanca y se cubría la cabeza con un viejo sombrero panamá. A su lado, un hombrecillo menudo y de baja estatura, tocado con un bombín, le miraba de reojo con aire atemorizado. Unos metros más allá, apoyado contra una pared, un hombre de treinta y tantos años, alto y atlético contemplaba la escena con una expresión divertida en el rostro.

Justo cuando Sarah y Samuel aparecieron en el patio, los peones estaban cargando la segunda caja en el camión; al encaramarla, uno de los trabajadores la soltó demasiado pronto y el embalaje se precipitó ruidosamente sobre la plataforma. Entonces, el hombre del sombrero panamá abrió mucho los ojos y resopló como una locomotora soltando vapor.

—¡¿Se puede saber qué clase de salvajes sois?! —bramó, aproximándose a grandes zancadas al capataz y clavando en él una mirada asesina. Luego, señaló con un dedo hacia los cajones y añadió—: ¡Eso que hay ahí es material científico muy valioso y muy frágil!

—Lo siento, patrón, ha sido un accidente. Pero tampoco es para tanto; a la caja no le ha pasado nada...

—Ah, entonces estamos de suerte —el hombre del panamá se aproximó al embalaje y lo acarició con la yema de los dedos—. Porque a mí lo que me importa es la caja, claro; lo que hay dentro lo hemos metido para hacer bulto, pero lo que realmente queremos enviar por tren son estas preciosas cajas de madera, ¿verdad?

—Si usted lo dice...

—¡No, imbécil, estoy siendo sarcástico! A la caja no le ha pasado nada, pero ¿y a lo que hay dentro? —respiró hondo—. Vamos a ver, ¿para qué os hemos contratado?

—Para cargar estos cajones y llevarlos a la estación.

—Para llevarlos íntegros, repito, íntegros a la estación. Pero a lo mejor preferís destrozarlos antes, claro. Puede que estéis tan acostumbrados a transportar chatarra que no os sintáis cómodos llevando objetos intactos en vuestro mugriento camión. ¿Queréis que vaya a por unos mazos? Podríamos liarnos todos a golpes con los embalajes y así acabaríamos antes, ¿no os parece?

El capataz se encogió de hombros.

—Lo que usted mande, patrón —musitó.

El hombre del sombrero panamá alzó los brazos hacia el cielo, como si demandara justicia a un dios indefinido, y se volvió hacia el hombrecillo del bombín.

—¡Por las barbas del profeta, Martínez! —bramó—. ¡¿De dónde ha sacado a esta cuadrilla de deficientes mentales que ni haciendo un cursillo llegarían a comprender un sarcasmo?!

—Son bu-buena gente —tartamudeó el hombrecillo llamado Martínez—. Ya han trabajado para nosotros en otras oca...

—¡Una panda de inútiles, eso es lo que son! —le interrumpió. Acto seguido, se volvió hacia los peones y dijo—: De acuerdo, lo expresaré con tanta claridad que hasta un niño de cinco años lo entendería. Esto lo digo por si conocéis a algún niño de cinco años que pueda explicároslo. Vamos a ver, lo que hay en esos embalajes es frágil; o sea, que se puede romper con facilidad. Además, es valioso, lo cual significa que ni con toda una vida de vuestros miserables sueldos podríais pagar el más leve desperfecto. Así que vais a cargar esas cajas en el camión con tanto mimo y cuidado como si dentro estuvieran vuestras madres, si es que tenéis madres.

Samuel se inclinó hacia Sarah y le susurró al oído:

—¿Ése es el profesor Zarco?

—El mismo —asintió la mujer.

—Quizá no sea buen momento para hablar con él. Puedo volver otro día...

—No, no; hoy está de buen humor. Esos arrebatos se le pasan enseguida, no se preocupe.

Mientras Zarco seguía hostigando a los peones, Samuel contempló los embalajes. Eran cuatro cajones de más de metro y medio de alto, todos ellos marcados con el rótulo «*DÉDALO* - Propiedad de SIGMA - Frágil». ¿Qué significaría «*Dédalo*»?, comenzó a preguntarse Samuel, pero en ese momento el hombre alto que había permanecido apoyado en la pared se aproximó a Sarah y acarició la cabeza del bebé.

—¿Quién es tu amigo? —le preguntó a la mujer.

—Samuel Durango, el candidato para sustituir al pobre Vázquez. Samuel, te presento a Adrián Cairo, socio del profesor, padre de Tomás y mi afortunado marido.

—Afortunadísimo —repuso Cairo mientras estrechaba la mano de Samuel.

De pronto, el profesor Zarco, abandonando por unos instantes el maltrato verbal a los peones, fijó la mirada en el fotógrafo y se aproximó a él con una ceja alzada.

—¿Quién demonios eres tú? —gruñó.

—Es Samuel Durango, profesor —terció Sarah—. El fotógrafo.

—¿Fotógrafo?...

Sin apartar la mirada del joven, Zarco parpadeó varias veces, como si no acertara a comprender el significado de la palabra «fotógrafo». Entonces, una bien timbrada voz de mujer dijo con acento inglés:

—Disculpen, ¿tendría alguien la amabilidad de atendernos?

Al instante, todas las miradas convergieron en la puerta que daba acceso al palacete, donde dos mujeres permanecían de pie observando con aire curioso la actividad que se desarrollaba en el patio. Aunque una ya había entrado en la edad madura y la otra debía de frisar la veintena, existía un gran parecido entre ellas; ambas tenían el cabello rubio y los ojos azules, ambas eran guapas y esbeltas, y ambas vestían elegantes trajes de alta confección —la de más edad uno de Gabrielle Chanel y la más joven uno de Madeleine Vionnet—, signo inequívoco de su elevada clase social.

Sarah le entregó el bebé a su marido y se aproximó a las recién llegadas.

—Buenos días —las saludó—; soy Sarah Baker, la secretaria del centro.

—Me llamo Elisabeth Faraday —repuso la mujer de más edad— y ella es mi hija, Katherine Foggart. Hemos llamado insistentemente al timbre, pero como no respondía nadie y la puerta estaba abierta, nos hemos tomado la libertad de entrar. Confío en que disculpen la intromisión.

—Oh, no, discúlpennos ustedes; hoy tenemos un poco de desorden. Dígame, ¿qué desean?

Lady Elisabeth paseó la mirada por entre los presentes antes de responder.

—Buscamos al profesor Ulises Zarco —dijo—. ¿Se encuentra aquí?

De repente, una transformación asombrosa tuvo lugar; hasta entonces, Zarco se había comportado como un gorila, pero súbitamente su fiero rostro se distendió con una sonrisa y, tras quitarse el sombrero, se aproximó a las dos mujeres destilando cortesía por todos los poros.

—Soy el profesor Zarco —declaró. A continuación, besó la mano de Lady Elisabeth, luego la de Katherine y finalmente dijo—: ¿En qué puedo ayudarlas?

—Se trata de mi marido, Sir John Thomas Foggart. Creo que usted le conoce.

Zarco arqueó las cejas, sorprendido.

—¿El viejo Johnny? Menuda sorpresa... Claro que le conozco; más de una vez he tropezado con ese pirata... —carraspeó—. Lo de pirata lo digo en sentido figurado y cariñoso, por supuesto —volvió a carraspear—. ¿Qué tal está John? ¿Le ha sucedido algo?

—Precisamente de eso se trata, profesor —Lady Elisabeth miró en derredor y preguntó—: ¿Podríamos hablar en un lugar más cómodo?

Zarco se dio una palmada en la frente.

—Sí, por supuesto —dijo—, qué distraído soy. Disculpen mi mala educación —se volvió hacia el hombrecillo del bombín y, recuperando su mejor expresión de ferocidad, le espetó—: Martínez, le hago personalmente responsable de que esos orangutanes transporten el *Dédalo* sin causarle el menor daño. ¿Está claro?

—Sí, profesor.

—Martínez...

—¿Sí, profesor?

—¿Me ha visto alguna vez enfadado?

—Eh..., creo que sí, profesor.

—Se equivoca, hasta ahora me ha visto en mi estado normal. Créame: no le gustaría verme enfadado de verdad, así que, por su bien, será mejor que el *Dédalo* no sufra ni un rasguño.

Acto seguido, se dio la vuelta y clavó la mirada en el rostro de Samuel.

—¿Quién has dicho que eras? —preguntó.

—Samuel Durango. He venido por el anuncio del...

—Ah, sí, el fotógrafo —le interrumpió—. De acuerdo, ven con nosotros —Zarco echó a andar hacia el interior del edificio y, dirigiéndose a las damas inglesas, agregó—: Muy bien, señoras, vamos a reunirnos en mi despacho.

\* \* \*

El despacho de Zarco era una enorme habitación abarrotada de objetos: mapas y cartas marinas clavadas en las paredes, miles de libros amontonándose en atestadas librerías o en polvorientas pilas, instrumentos científicos, ídolos polinesios, máscaras africanas, anaqueles con colecciones de monedas y fósiles, una enorme esfera terrestre, un incongruente traje de buzo colgando del techo, estatuas precolombinas, cuchillos ceremoniales, un astrolabio, cabezas reducidas jíbaras... Aquello parecía más el desván de un museo que un lugar de trabajo.

Tras despejar de trastos unas sillas, las dos inglesas, Sarah y Adrián Cairo, con su hijo en brazos, se sentaron frente al escritorio del profesor, mientras que éste se acomodaba detrás, en una vieja butaca de cuero. Samuel, sintiéndose absolutamente fuera de lugar, tomó asiento en segunda fila, con la carpeta sobre las rodillas. Lady Elisabeth contempló a las personas que la rodeaban y luego miró a Zarco con un deje de perplejidad. Adivinando sus pensamientos, el profesor dijo:

—Puede hablar con libertad, señora Faraday; esta gente es de mi entera confianza. Salvo ese joven de ahí, el fotógrafo, al que no había visto en mi vida; pero, dado el aspecto de infeliz que tiene, debe de ser inofensivo. Aunque, claro, quizá se trate de un tema delicado que requiera privacidad...

Lady Elisabeth negó levemente con la cabeza.

—No, no hay nada comprometedor en lo que voy a contar —dijo—. Sus amigos pueden quedarse.

—Muy bien, señora Faraday. Pero antes de comenzar, permítame una pregunta: siendo usted la esposa de John Foggart, ¿cómo es que no usa su apellido?

—Tras nuestro matrimonio, decidí conservar mi apellido de soltera. Los Faraday somos una vieja familia muy enraizada en nuestro país. Por ejemplo, Michael Faraday, el famoso científico investigador del electromagnetismo, fue uno de mis antepasados.

—Nobles orígenes —repuso Zarco; unió las manos entrecruzando los dedos y añadió—: La escucho, señora Faraday.

La mujer bajó la mirada y, tras dedicar unos instantes a ordenar sus pensamientos, comenzó el relato.

—Como quizá sepan —dijo—, John, mi marido, es arqueólogo.

—Y explorador —añadió Zarco—. Un gran profesional, sin duda.

—Goza de cierto prestigio académico, es cierto —prosiguió ella—. Pues bien, hará cosa de año y medio, durante los trabajos de remodelación del cementerio de la parroquia de San Gluvias, en Penryn, se descubrieron los cimientos de una iglesia muy anterior, prerrománica, de la que no se tenía noticia alguna.

—Disculpe, señora Faraday —la interrumpió Zarco—: ¿dónde está Penryn?

—Al suroeste de Inglaterra, en Cornualles; es un pequeño pueblo situado muy cerca de Falmouth —Lady Elisabeth hizo una pausa—. Cuando los restos del primitivo templo salieron a la luz, las autoridades locales se pusieron en contacto con John y le invitaron a estudiar el hallazgo, propuesta que mi marido aceptó. Las excavaciones se iniciaron hace algo más de un año y, a los pocos días de comenzar, John descubrió algo: una cripta con el sepulcro de san Bowen.

—¿San Bowen?

—Un monje celta del siglo X. No sé mucho más de él, lo siento.

—No importa. Prosiga, por favor.

—Además del sepulcro, mi marido encontró en el interior de la cripta un cofre que contenía ciertas reliquias. Concretamente, varios fragmentos de metal.

Zarco enarcó las cejas.

—¿Qué clase de metal? —preguntó—. ¿Los clavos de la crucifixión, la punta de la lanza de Longinos o algo así?

—No, profesor, nada de eso. Exactamente lo que he dicho: fragmentos de metal. John hizo analizar uno de ellos, pero no me comunicó los resultados. Entre tanto, el resto de las reliquias se guardaron en la caja fuerte del ayuntamiento de Penryn. Por desgracia, días después, unos ladrones entraron de noche en la alcaldía, forzaron la caja y las robaron.

—Qué raro... —comentó Zarco, atusándose el bigote pensativo—. ¿Esos fragmentos eran de oro o de algún otro metal valioso?

—Oro no, desde luego —repuso Lady Elisabeth—; pero ya volveremos a ese asunto más adelante. El caso es que mi marido regresó a Londres a comienzos de junio y durante unos días se dedicó a investigar en archivos y bibliotecas, aunque no llegó a decirme por qué. Finalmente, a mediados de junio, John me informó acerca del hallazgo realizado en Penryn y me comunicó que iba a ausentarse durante una temporada, pues debía proseguir su investigación en el continente.

—¿Le dijo adónde se dirigía?

Lady Elisabeth negó con la cabeza.

—Ni adónde se dirigía, ni qué buscaba, ni cuánto tiempo iba a estar ausente.

—¿Y eso no le extrañó?

—Por supuesto, pero cuando le pregunté al respecto, John se mostró evasivo. Dijo que de momento prefería mantener el asunto en secreto y que ni siquiera yo, por mi seguridad, debía saber nada.

—¿Por su seguridad?

—Sí, profesor; reconozco que el comentario me alarmó, y así se lo hice saber. Entonces John me hizo dos advertencias: en primer lugar, que tuviera mucho cuidado con Aleksander Ardán y con cualquier persona u organización relacionadas con él.

—Disculpe mi ignorancia: ¿quién es Aleksander Ardán?

—El dueño de una corporación llamada Ararat Ventures, un hombre de negocios armenio nacionalizado inglés. Es inmensamente rico.

—¿Usted le conoce?

—No le he visto jamás.

—¿Y su marido le conocía?

—No lo sé, profesor. John insistió en que me mantuviera alejada de Ardán, pero no me dijo por qué.

—Entiendo. ¿Y cuál fue la segunda advertencia que le hizo su esposo?

Lady Elisabeth sacó del bolso una pitillera de oro, extrajo de ella un largo cigarrillo y preguntó:

—¿Les importa que fume?

Zarco la miró, escandalizado, y abrió la boca para protestar, pero Sarah se le adelantó.

—No, señora Faraday, por supuesto —dijo, acercándole un cenicero.

Lady Elisabeth encendió el cigarrillo con un Cartier de oro, aspiró una bocanada de humo y lo exhaló lentamente por la nariz.

—La segunda advertencia que me hizo John —dijo, mirando fijamente a Zarco— fue que si le sucedía algo a él, o si no tenía noticias suyas durante demasiado tiempo, me pusiera en contacto con usted y le solicitara ayuda.

\* \* \*

El profesor Zarco casi dio un salto sobre la butaca. Con los ojos muy abiertos, se inclinó bruscamente hacia delante y exclamó:

—¡¿Que me pidiera ayuda a mí?! ¿Por qué?

—Porque, según palabras de John, usted es el hombre con más recursos que conoce y, además (siempre citando a mi marido), porque es usted tan terco como una mula y cuando se propone algo no hay nada en el mundo que pueda impedirle llevarlo a cabo.

—Vaya, no sé si sentirme halagado u ofendido —murmuró Zarco, reclinándose contra el respaldo de la butaca—. Pero, vamos a ver, señora Faraday, en definitiva: ¿a John le ha sucedido algo o no?

—Permítame continuar la historia, profesor. Mi marido posee un navío, el *Britannia,* un vapor en el que acostumbra a desplazarse durante sus viajes de trabajo.

—¿Aún se mantiene a flote ese viejo cascarón? —comentó Zarco.

—Espero que sí, pues mi marido está en él. El dieciséis de junio del año pasado, John embarcó en el *Britannia,* que estaba fondeado en Portsmouth, y partió con rumbo desconocido —Lady Elisabeth sacudió la ceniza de su cigarrillo con un elegante ademán—. Unas semanas más tarde —prosiguió—, dos hombres se presentaron en mi casa. Trabajaban para la empresa Cerro Pasco Resources Ltd. y querían averiguar el paradero de John para entrevistarse con él acerca de, según dijeron, un asunto de negocios. Afortunadamente, por aquel entonces yo había hecho algunas indagaciones y sabía que Cerro Pasco es una compañía minera perteneciente a Ararat Ventures, la corporación de Ardán, de modo que les dije que no tenía noticias de mi marido, lo que, por otro lado, era cierto. Tan sólo una semana después, un desconocido me abordó mientras paseaba por una zona solitaria de Hyde Park y me exigió que le dijera dónde estaba John.

—¿Le exigió?

—Así es. Aquel individuo se comportó de forma muy amenazadora; por fortuna, unos jóvenes aparecieron en ese momento y el hombre se fue a toda prisa. Pero esa noche un desconocido me telefoneó para advertirme que, si no revelaba el paradero de mi marido, era muy probable que volviese a tener un encuentro tan desagradable como el de aquella tarde.

—¿Y usted qué hizo?

—Le mandé a paseo, profesor. Aunque, a decir verdad, le envié a un sitio bastante más feo.

Lady Elisabeth dio una calada y, al tiempo que exhalaba una nube de humo, apagó el cigarrillo en el cenicero.

—¿Qué pasó después, señora Faraday? —preguntó Zarco, contemplando el humo con reprobación.

—¿Qué pasó? Nada, profesor; absolutamente nada. Los meses transcurrieron y no recibí la menor noticia de John. Finalmente, a mediados de febrero, le envié a usted una carta.

—¿A mí? —Zarco puso cara de perplejidad—. Le aseguro, señora, que no he recibido ninguna carta suya.

—Y a finales de marzo le envié otra —insistió la mujer.

—Pues puedo jurarle que...

—¿Ha revisado el correo, profesor? —le interrumpió Sarah, señalando las pilas de sobres y paquetes que se acumulaban sobre el escritorio.

Zarco contempló el montón de cartas como si lo viese por primera vez.

—Bueno —murmuró—, ando un poco atrasado...

Sarah se puso en pie y, tras un rápido examen del correo, sacó dos cartas y las dejó sobre el escritorio, frente a Zarco.

—Ahí están —dijo mientras volvía a sentarse.

—Cerradas y sin leer... —musitó Lady Elisabeth contemplando las misivas con una ceja alzada.

—He estado fuera de España, señora Faraday —se excusó Zarco—. En África, dirigiendo una expedición por el río Níger y... En fin, regresé hace dos meses y aún no me he puesto al día con el papeleo atrasado.

—No importa, profesor; ahora que estamos aquí, esas cartas carecen de interés —Lady Elisabeth le dedicó una fugaz sonrisa—. Como les decía, durante casi un año no supe nada de mi marido, hasta que, hace nueve días, recibí una carta suya. En realidad, era un paquete; contenía una nota manuscrita y un fragmento de metal; concretamente, un cilindro de unas cinco pulgadas de largo por una de diámetro.

—¿El metal de ese cilindro era similar al de las reliquias de Bowen? —preguntó Zarco.

—No; tenía un aspecto más oscuro y menos brillante. Ignoro qué clase de metal era.

—¿Y qué le decía su marido en la carta?

—Estaba fechada el veintinueve de abril de este año. Era una nota muy breve; John me comunicaba que se encontraba bien y que regresaría a Inglaterra, como muy tarde, a finales de verano. También me pedía que guardase el cilindro metálico en nuestra caja fuerte, y que no se lo enseñase a nadie.

—¿Le informaba acerca de su paradero?

—No, pero el paquete tenía matasellos de Noruega.

—Noruega... —repitió Zarco, pensativo—. Bueno, al menos sabemos que John está sano y salvo.

—Así es; no obstante... —Lady Elisabeth intercambió una mirada con su hija y prosiguió—: El día que llegó el paquete, lo guardé en la caja fuerte del despacho de John. Esa misma noche, alguien entró en nuestro hogar y, tras forzar el cofre, robó el paquete con el cilindro de metal y la carta. Afortunadamente, sólo fue un robo, pero todavía me estremezco al pensar que Katherine y yo estábamos en casa, durmiendo, mientras un ladrón nos desvalijaba —dejó escapar un breve suspiro—. Dos días más tarde, mi hija y yo abandonamos Londres e iniciamos el viaje a Madrid con el único objetivo de entrevistarnos con usted.

Sobrevino un largo silencio. Tras cruzar unas miradas con Adrián Cairo y con Sarah, Zarco contempló a Lady Elisabeth y se encogió de hombros.

—La historia que nos ha contado es muy interesante, señora Faraday —dijo—, pero, si he de serle sincero, no sé cómo puedo ayudarla. Según usted misma nos ha contado, su marido le escribió hace un mes y estaba como una rosa, así que lo único que tiene que hacer es aguardar su regreso.

—Se olvida de los robos y las amenazas —replicó la mujer.

—En eso tampoco puedo ayudarla. Yo en su lugar pondría el asunto en manos de la policía.

—Ya lo hice, profesor, pero ésa no es la cuestión. Resulta evidente que hay gente peligrosa buscando a mi marido, y que fuerzas poderosas están, por las razones que sean, sumamente interesadas en lo que John descubrió dentro del sepulcro de Bowen; de modo que, si antes me preocupaba lo que podía haberle pasado a mi marido, ahora me preocupa lo que pueda sucederle en el futuro. Estoy segura de que Scotland Yard hará todo lo humanamente posible por atrapar a los responsables del robo y las amenazas, pero también sé que la policía no irá al continente para buscar a mi marido y advertirle del peligro que corre.

Zarco se la quedó mirando con perplejidad, como si no acabara de captar el significado de las palabras de Lady Elisabeth, hasta que, de pronto, un destello de comprensión brilló en sus ojos.

—¿Pretende que vaya en busca de su marido? —preguntó.

—Exactamente —asintió la mujer, muy seria—; eso es lo que hemos venido a pedirle.

Zarco miró a sus colaboradores con incredulidad y alzó las manos en un gesto de impotencia.

—Pero eso es absolutamente imposible, señora mía —dijo.

—¿Por qué, profesor?
—Por muchísimos motivos —contestó Zarco—. En primer lugar, porque dentro de cuatro días parto hacia Venezuela, donde pasaré varios meses explorando los *tepuyes* de la Gran Sabana.
—Pues retráselo —replicó con naturalidad la mujer.
—¿Que lo retrase?... —Zarco entrecerró los ojos—. Vamos a ver, señora Faraday: dado que John es un hombre acaudalado, financia las expediciones de su bolsillo, ¿verdad?
—Así es.
—Pues yo no tengo esa suerte. Trabajo para SIGMA, que es la organización que me paga, y por tanto debo cumplir estrictamente las actividades que tengo programadas.
—Si se trata de dinero —repuso Lady Elisabeth—, estoy dispuesta a cubrir todos los gastos de la expedición, así como a remunerarle a usted y a sus colaboradores con la cantidad que decidan.
—No se trata sólo de dinero, señora —objetó Zarco, comenzando a irritarse—. Como comprenderá, no puedo decirle al consejo rector de la sociedad que suspendo mi viaje a Venezuela porque se me ha antojado ir en busca de un viejo conocido.
Katherine, la hija de Lady Elisabeth, que hasta entonces había permanecido en silencio, se inclinó hacia delante y preguntó en perfecto español:
—¿Está usted diciendo, profesor Zarco, que no va a hacer nada por ayudar a un amigo en peligro?
Zarco le dedicó a la muchacha una mirada de la que parecían saltar chispas.
—Vamos a dejar las cosas claras, señorita —dijo—. En primer lugar, John y yo no somos precisamente íntimos amigos, sino más bien rivales. Es cierto que nuestra relación siempre ha sido cordial, y que más de una vez hemos compartido un buen borgoña, pero no intercambiamos felicitaciones en Navidad ni nos llamamos por nuestros cumpleaños. En segundo lugar, John les envió una carta hace un mes comunicándoles que estaba bien y que regresaría a finales de verano, así que, tal y como

yo lo veo, no corre el menor peligro. Por otro lado, si alguien pretende causarle algún problema, estoy seguro de que John es lo suficientemente mayorcito como para solucionar el asunto sin necesidad de que nadie le haga de niñera. ¿He dejado claro mi punto de vista?

Se produjo un largo silencio. Lady Elisabeth dejó escapar un suspiro y comentó:

—Mi marido ya me advirtió de que usted se negaría. Por eso, antes de partir, me entregó algo que, según él, le haría cambiar de idea —la mujer abrió el bolso, sacó de su interior una bolsita de terciopelo negro y, al tiempo que se la entregaba a Zarco, aclaró—: Es una de las reliquias de Bowen.

Con expresión escéptica, el profesor abrió la pequeña bolsa y dejó caer su contenido sobre la palma de la mano izquierda. Se trataba de un fragmento de metal de unos tres centímetros de largo por dos de ancho; parecía un prisma hexagonal cortado en bisel y era de color gris plateado. Zarco lo examinó durante un largo minuto y luego se lo entregó a Adrián Cairo.

—No parece níquel, ni plata, ni acero —dijo.

Cairo lo escrutó con atención, manteniéndolo apartado de las manitas de su hijo, y al cabo de unos segundos se lo devolvió a Zarco.

—¿Quizá platino? —sugirió.

El profesor se encogió de hombros y, volviéndose hacia Lady Elisabeth, preguntó:

—¿Esto es lo que John encontró en la cripta de Penryn?

—Junto con otros seis fragmentos metálicos similares —respondió la mujer—; los que se depositaron en la caja fuerte del ayuntamiento y fueron robados. Mi marido guardó ése para analizarlo.

Zarco contempló con indiferencia el trozo de metal y volvió a encogerse de hombros.

—¿Y qué quiere que haga yo con esto, señora Faraday?

—Analizarlo. Eso es lo que me indicó John: que se lo entregue a usted y le pida que lo haga analizar por un químico.

—Eso no tiene sentido, señora Faraday...

—Yo correré con los gastos del laboratorio, si es eso lo que le preocupa.

—No, no es eso lo que me preocupa —replicó Zarco, cada vez más irritado—. La cuestión, señora Faraday, es que se trata de una pérdida de tiempo, porque, sinceramente, dudo mucho que los resultados de un análisis químico, sean cuales sean, me hagan cambiar de idea.

Lady Elisabeth esbozó una sonrisa distante.

—Ignoro qué clase de metal es ése —dijo—; como señalé antes, John nunca me lo reveló. Pero conozco a mi marido y sé que no suele hablar por hablar, de modo que si él creía que el análisis de ese metal podía convencerle, profesor, estoy segura de que tenía sus razones —hizo una pausa y agregó—: No voy a discutir su decisión de no ayudarnos a encontrar a mi marido, pero ¿tendría al menos la amabilidad de realizar ese análisis? Se lo pido por favor; es muy importante para nosotras.

Zarco respiró profundamente y contuvo el aliento mientras sopesaba pensativo el fragmento de metal. Luego, tras exhalar de golpe una bocanada de aire, dijo:

—De acuerdo, como usted quiera; hoy mismo lo mandaré a un laboratorio. Ahora bien, le advierto algo: el próximo martes, tengamos o no los resultados del análisis, y sean éstos cuales sean, subiré a un tren con destino a Santander, donde embarcaré rumbo a Venezuela. ¿Está claro?

—Clarísimo —Lady Elisabeth, imitada por su hija, se incorporó—. Ya hemos abusado de su tiempo, profesor, nos vamos. Estamos hospedadas en el hotel Ritz; les agradeceremos que nos avisen cuando reciban el informe del laboratorio.

* * *

Cuando Sarah y Zarco, después de acompañar a las dos inglesas a la salida, regresaron al despacho, el profesor se dejó caer en el sillón y profirió un gruñido.

—Qué mujer más pesada —murmuró.
—Está preocupada por su marido —dijo Cairo, entregándole el bebé a Sarah—. Es lógico que haya sido insistente.
—Un plomo, eso es lo que ha sido. Además, me parece de muy mala educación ponerse a echar humo como una locomotora.
—¿Y qué me dice de sus habanos, profesor? —terció Sarah—. Tenemos que abrir las ventanas para no asfixiarnos.
—Eso es distinto; yo soy un hombre.
Sarah sacudió la cabeza.
—Un hombre de la Edad Media —replicó—. Estamos en el siglo XX, profesor; las mujeres también fuman.
—Eso será en ese país de salvajes donde naciste, pero no en la vieja y civilizada Europa —Zarco contempló, taciturno, la reliquia de Bowen que yacía junto a la bolsa de terciopelo sobre el escritorio—. Y además —prosiguió—, esa insistencia en que haga analizar el maldito trozo de metal... En fin, ¿cómo se llama el químico con el que hemos trabajado otras veces? Ése con cabeza de huevo y pinta de enterrador...
—Bartolomé García, del Instituto Geológico —apuntó Sarah.
—Eso es. ¿Te importaría hablar con él, Adrián? Podrías llevarle el trozo de metal esta misma mañana, y así nos lo quitamos de encima.
—De acuerdo, profesor —asintió Cairo.
En ese momento, Samuel, que a fuerza de estarse quieto y callado temía haberse vuelto invisible, se incorporó y avanzó un par de pasos.
—Disculpen —dijo—. Quizá sea mejor que me vaya...
Zarco giró la cabeza y, durante unos instantes, le contempló como si le viese por primera vez.
—Ah, el fotógrafo... —dijo al fin—. ¿Cómo has dicho que te llamabas?
—Samuel Durango.
—¿Durango? ¿Qué clase de apellido es ése? —Zarco se volvió hacia Cairo y preguntó—: ¿El «durango» no es una fruta?

—No, profesor; la fruta se llama durazno. Es una especie de melocotón.

—Bueno, da igual —Zarco se encaró de nuevo con Samuel y le indicó con un gesto que se acercara—. A ver, enséñanos tu trabajo.

Un tanto desconcertado, Samuel desató los cordones que mantenían cerrada la carpeta y comenzó a desplegar fotografías delante de Zarco y sus colaboradores. La mayor parte eran retratos y fotos de estudio, aunque también había varias instantáneas tomadas en las calles de París; pero antes de verlas todas, Zarco le interrumpió con un ademán y dijo:

—De acuerdo, muy bonitas, aunque no tienen nada que ver con la clase de fotografías que necesitamos —miró fijamente a Samuel, como si quisiera arrancarle los pensamientos, y comentó—: Eres un crío.

—Tengo veintitrés años.

—Pues eso, un crío. Supongo que no tendrás mucha experiencia.

—He trabajado durante doce años con un fotógrafo profesional, el señor Pierre Charbonneau.

—¿Doce años, eh? No está mal. ¿Tienes equipo propio?

—Sí, señor. Aparte del material de laboratorio y de la iluminación eléctrica, tengo cuatro cámaras de estudio: una J. Lizars modelo Challenge, una Eastman Kodak, una Sanderson y una Gilles-Faller. En cuanto a cámaras portátiles, dispongo de una Agfa con óptica Zeiss, una Voigtländer Prominent, una...

—Bueno, bueno —le interrumpió Zarco—; cuentas con mucho equipo, lo he captado. Ahora vamos a lo importante: ¿hablas idiomas?

—Francés e inglés, aparte de español.

—¿Alemán?

—No.

—Pues deberías aprenderlo, es un gran idioma. ¿Sabes nadar?

—Eh..., sí.

—¿Estás en buena forma física?

—Supongo...

Zarco le miró de arriba abajo, como si examinara a un caballo de carreras.

—Un poco enclenque —dictaminó—; pero joven. Aún hay esperanzas. La forma física es muy importante para este trabajo, amiguito. Por ejemplo, Vázquez, nuestro anterior fotógrafo; es un gran profesional, pero está en pésima forma. ¿Sabes cuáles son los mamíferos que más muertes humanas causan en África?

—¿Los leones? —respondió Samuel, desconcertado por lo incongruente de la pregunta.

—De ninguna manera, ni leones, ni leopardos, ni hienas: los más letales son los hipopótamos. Parecen simpáticos cerdos gigantes, ¿verdad? Pues son unos hijos de mala madre capaces de hacerte papilla cuando menos te lo esperas. Sin ir más lejos, hace tres meses un hipopótamo nos embistió en las orillas del río Níger. Salimos por piernas, como es natural, pero Vázquez cometió dos errores. En primer lugar, corrió en línea recta, algo que no debe hacerse, pues los hipopótamos, pese a su apariencia, son muy rápidos a la carrera, no lo olvides.

—Lo tendré presente.

—Hay que correr en zigzag, porque esas bestias están tan gordas que les cuesta cambiar de dirección.

—¿Y el segundo error?

—No soltar la cámara. En fin, eso le honra; demostró mucha profesionalidad y un gran valor al proteger de ese modo sus herramientas de trabajo, pero también una inmensa estupidez, pues resulta evidente que no se puede correr muy deprisa cargando con un trípode y una cámara. Aunque, de todas formas, estaba en tan mala forma física que, con o sin cámara, hasta un pato cojo le hubiese alcanzado. Pobre tipo; esperemos que salga pronto del hospital. Y ya que hablamos de eso, ¿eres valiente?

Samuel se encogió de hombros.

—No lo sé.

—¿No lo sabes? Pues se trata de una cuestión importante;

no quiero llevar conmigo a ningún imbécil que salga corriendo como un conejo en cuanto vea a un nativo pintarrajeado. Dime, ¿has estado alguna vez en una situación peligrosa?

En vez de contestar, Samuel bajó la mirada y reflexionó durante unos segundos. Luego, sacó de la carpeta un par de fotografías y las depositó sobre la mesa: en una aparecía un grupo de soldados ingleses saliendo de un parapeto justo cuando un proyectil explotaba por detrás de ellos; en la otra imagen, algo borrosa, se veía a un soldado en el momento de ser abatido por las balas enemigas.

—Las tomé a finales de abril de 1917, en Francia, cerca de Arras —dijo Samuel con voz neutra.

Zarco arqueó una ceja.

—¿Estuviste en la Batalla de Arras? —preguntó, sorprendido.

—Sí.

—¿Combatías?

—No; hacía fotografías junto al señor Charbonneau.

—¿Y qué demonios se os había perdido en ese infierno? —intervino Cairo.

Samuel desvió la mirada.

—Es una historia larga —respondió sin responder.

Zarco tomó una de las fotografías y la examinó atentamente mientras se frotaba la nuca.

—En Arras hubo más de seiscientas mil bajas... —murmuró, pensativo. Acto seguido, dejó la foto sobre la mesa y declaró—: De acuerdo, Durazno, estás contratado.

—Pero...

—Discute con Sarah las condiciones —le interrumpió Zarco sin prestarle atención—. Y ahora largaos, que tengo que trabajar.

Cairo se incorporó, cogió de encima del escritorio la metálica reliquia de Bowen, se la guardó en un bolsillo y echó a andar hacia la salida.

—Voy a ver al químico —dijo mientras abandonaba el despacho—. Cogeré el Hispano-Suiza.

Sarah rodeó el escritorio, se aproximó a Zarco y, antes de que éste pudiera reaccionar, le puso el bebé encima de las rodillas.

—Cuídele mientras hablo con Samuel, profesor —dijo.

Zarco contempló al bebé como si fuera un alacrán que repentinamente hubiese caído sobre su regazo.

—¿Pero es que te has vuelto loca? —bramó—. Ya sabes que odio a los niños...

—Tonterías —replicó Sarah, tomando a Samuel de un brazo y conduciéndole hacia la puerta—. Tomás le adora, profesor; y usted a él.

Cuando la mujer y el fotógrafo abandonaron el despacho, Zarco se quedó mirando al bebé con el ceño fruncido.

—Como se te ocurra cagarte te estrangulo, sabandija —gruñó.

Tomás soltó una risa, tendió una mano y le apretó la punta de la nariz. Al instante, el feroz rostro del profesor se relajó con una no menos feroz sonrisa.

—Sabes cómo ganarte a la gente, ¿eh, perillán? —murmuró mientras comenzaba a hacerle cosquillas en la tripa.

* * *

El despacho de Sarah Baker era mucho más pequeño que el del profesor, pero estaba infinitamente más ordenado. Samuel y ella se acomodaron a ambos lados de un pequeño buró y durante unos segundos se contemplaron en silencio.

—No estoy seguro de querer este trabajo —dijo finalmente Samuel.

—Comprendo —sonrió Sarah—. Pero supongo que, antes de decidirse, deseará saber algo más sobre el puesto, ¿no?

—Eh..., sí.

—De acuerdo. SIGMA fue fundada a mediados del siglo pasado por don Andrés de Peralada y Santillán, marqués de Alamonegro, con el objetivo de contribuir al conocimiento científico y a la exploración de nuestro planeta. Tras su muerte, el marqués destinó parte de su herencia al establecimiento de la Fundación Alamonegro, cuyo único propósito es financiar a SIGMA. La Sociedad de Investigaciones Geográficas está supervisada por un consejo rector y dirigida por el profesor Zarco. Adrián, mi marido, es algo así como el jefe de operaciones, y Martínez, el caballero del bombín a quien el profesor maltrataba en el patio, es el administrador. En cuanto a mí, nací en California hace veintiocho años, llevo seis trabajando para el profesor y soy la secretaria y chica para todo del centro.

—¿Ésa es toda la plantilla? —preguntó Samuel, sorprendido por la escasez de personal.

—Aquí, en Madrid, sí. Luego están el capitán Verne y sus hombres, que ahora se encuentran en Santander. Y, por supuesto, tenemos vacante el puesto de fotógrafo. ¿Quiere conocer el sueldo?

—Sí, claro.

—Novecientas cincuenta pesetas al mes, más gastos y alojamiento, si lo desea.

Tras hacer un rápido cálculo mental, Samuel se quedó con la boca abierta; novecientas cincuenta pesetas equivalían a cuatro mil setecientos cincuenta francos, una cantidad enorme, casi el sueldo mensual de un médico o un abogado de renombre.

—Es mucho dinero... —murmuró, sorprendido.

Sarah apoyó los codos en el buró y preguntó:

—¿Te parece bien que nos tuteemos?

—Claro.

—De acuerdo; tú me llamas a mí Sarah y yo te llamaré a ti Sam. Pues bien, Sam, voy a ser absolutamente franca contigo: puede que el sueldo te parezca muy elevado, pero en realidad no lo es. Antes de Vázquez, otros cuatro fotógrafos trabajaron para el profesor; tres de ellos se despidieron al regresar de su primer viaje y el tercero aguantó dos expediciones, pero acabó en el hospital, como Vázquez.

—¿Otro hipopótamo?

Sarah negó con la cabeza.

—Una pelea en un tugurio de Shanghái. ¿Sabes por qué presentaron la renuncia los otros tres fotógrafos?

—¿Por el peligro?

—No. Se fueron porque no podían aguantar al profesor. Verás, Sam, Zarco no es un hombre de trato fácil.

—Ya lo he notado.

—Pero es inteligente, culto, brillante, valiente y en el fondo tiene un gran corazón. Además, cuando le coges el tranquillo, resulta hasta divertido. Pero no es sencillo trabajar con él, te lo aseguro. Por lo demás, SIGMA patrocina una o dos expediciones anualmente, en las que, por supuesto, tú deberás participar. Eso significa pasar nueve o diez meses al año en lugares lejanos y en condiciones que resultarían incómodas hasta para un cavernícola. Además, no sólo tendrás que hacer frente a situaciones arriesgadas, sino que deberás estar justo en medio del peligro, porque tu deber será fotografiarlo. Por último, si aceptas, partirás el próximo martes con destino a la selva venezolana, donde pasaréis varios meses explorando los *tepuyes*.

—¿Qué son los *«tepuyes»*?

—Unas formaciones geológicas muy particulares; ya te lo explicaré. El caso es que deberás vivir una larga temporada en la selva, rodeado de serpientes, arañas, jaguares e inmensas nubes de mosquitos, muchos de los cuales transmiten la malaria, entre otras enfermedades —Sarah se reclinó en el asiento—. En fin, Sam, no sé si después de lo que te he contado sigues considerando elevado el salario. En cualquier caso, y pese a todos los inconvenientes, puedes estar seguro de algo: si aceptas, verás cosas y lugares que muy pocos occidentales han contemplado. ¿Qué te parece?

Samuel guardó unos segundos de silencio antes de contestar.

—¿Puedo hacerte una pregunta? —dijo.

—Dispara —respondió Sarah, simulando una pistola con el índice y el pulgar.

—¿A cuántos candidatos habéis entrevistado para el puesto?
—Tú eres el séptimo.
—¿Y qué pasó con los otros seis?
—A cinco los desechó el profesor con cajas destempladas; el sexto se fue de aquí jurando que ni por todo el oro del mundo trabajaría, y cito textualmente sus palabras, en un manicomio como éste, dirigido además por un sádico. No hemos vuelto a verle —suspiró—. Bien, ¿qué me dices, Sam?

Samuel bajó la mirada, posándola en el parqué del suelo. SIGMA era uno de los lugares más extravagantes que había visto jamás, y el profesor Zarco parecía una especie de ogro, como la Bestia del cuento. Además, aceptar aquel trabajo supondría llevar una vida errante y desarraigada, así como exponerse a toda suerte de penalidades y peligros. Había que estar loco para comprometerse con un empleo tan excéntrico. Quizá por todos esos motivos, Samuel alzó la cabeza, miró a Sarah y dijo:

—De acuerdo, acepto.

*Diario personal de Samuel Durango.*
*Domingo, 30 de mayo de 1920*

*Nuevos cambios se han producido en mi vida. Anteayer, acepté trabajar para SIGMA, y todavía no sé a ciencia cierta por qué. Regresé a España buscando un lugar donde echar raíces y al final he acabado vinculándome a un trabajo que consiste exactamente en todo lo contrario; buscaba un sitio donde quedarme y, paradójicamente, lo que he encontrado ha sido un sitio de donde partir.*

*¿Por qué he aceptado este trabajo? Quizá temía que, de no hacerlo, acabaría perpetuándome en esa especie de limbo en el que he vivido durante los últimos meses. Hasta que se acabase el dinero; y entonces, ¿qué? Pero no es ésa la única razón; por algún motivo, el viernes, durante el tiempo que estuve en la sede de SIGMA, mientras escuchaba al profesor Zarco o hablaba con Sarah, me sentí por primera vez desde hace mucho tiempo... en paz, tranquilo, como si todo lo que me rodeaba en ese momento fuese de algún modo correcto. Y hay una tercera razón. Durante la guerra vi lo peor de los seres humanos y, al concluir el conflicto, contemplé las terribles consecuencias de esa locura. He vivido mucho tiempo rodeado de muerte, tristeza y destrucción; supongo que por eso la idea de internarme en la naturaleza virgen se me antoja una especie de bálsamo; puede que allí, lejos de lo que algunos llaman «civilización», encuentre la pureza que hace tanto tiempo perdí.*

*Según me contó Sarah, ella, su marido y su hijo viven en la sede de SIGMA; añadió que en el palacete había dormitorios libres y me ofreció uno de ellos. Dado que yo debía partir el martes por tiempo indefinido, dijo, carecía de sentido seguir pagando la pensión. Era razonable, así que esta mañana me he mudado al palacete. Mi dormitorio es amplio y soleado, con un balcón que da a los jardines; aunque ahora está muy desordenado, pues como debo emprender viaje en breve, no me he atrevido a deshacer todo el equipaje, así que la habitación está llena de cajas y baúles. Cuando se dirige a mí, el profesor Zarco siempre me llama «Durazno»; no lo hace por burla, sino sencillamente porque no se acuerda de mi auténtico apellido.*

*Esta tarde, a última hora, he charlado con Sarah. Estábamos en uno de los salones del palacete, con las ventanas abiertas, pues ya hace mucho calor en Madrid; mientras Sarah le daba un biberón a Tomás, me habló acerca del objetivo de nuestra expedición.*

*Los* tepuyes, *según explicó, son mesetas muy altas y abruptas, con las paredes totalmente verticales y las cimas planas. Están en Sudamérica entre el Amazonas y el río Negro, en Brasil, Guyana, Colombia y, sobre todo, en la Gran Sabana de Venezuela. Al parecer, estas formaciones geológicas son las más antiguas del planeta, pues se originaron en el Precámbrico. Sarah me contó que existen numerosos* tepuyes *y, por lo visto, la mayor parte nunca han sido pisados por el ser humano. En principio, el profesor quiere explorar el* tepuy *Roraima y el Auyantepui, aunque puede que incluya algún otro.*

*Sarah comentó en broma que quizá encontráramos dinosaurios. Al ver mi cara de extrañeza, me preguntó si no conocía la novela* El Mundo Perdido *de Arthur Conan Doyle, el mismo escritor que había creado a Sherlock Holmes. Le dije que no y ella me aclaró que, en esa novela, un grupo de exploradores escalan un* tepuy *y encuentran en su cima un mundo prehistórico habitado por los últimos dinosaurios. Se ofreció a regalarme el libro y comentó que, en cierto modo, la expedición a la Gran Sabana se la debíamos a Conan Doyle. Iba a preguntarle por qué, pero en ese momento sonó el teléfono; entonces Sarah me entregó el biberón y al bebé y me pidió que le acabara de dar de comer mientras ella atendía la llamada.*

*Al principio me sentí torpe e incómodo, pero, al fijarme en la felicidad que desprendía el rostro de Tomás, me relajé. Fue bonito.*

*Ahora que lo pienso, puede que haya otra razón más para*

*aceptar este trabajo: la historia que nos contó la señora Faraday. Reconozco que me picó la curiosidad con esa trama de cementerios, criptas secretas y misteriosas desapariciones. A fin de cuentas, si no aceptaba el puesto, jamás me enteraría de qué material está hecha la extraña reliquia de san Bowen.*

## 2. *El metal prodigioso*

El lunes, a las nueve en punto de la mañana, Bartolomé García, químico del Instituto Geológico de España, se presentó en la sede de SIGMA y solicitó hablar urgentemente con el profesor Zarco. García contaba cuarenta y cuatro años, era delgado, de estatura media y estaba calvo. Siempre vestía de negro, lo cual, unido al oscuro bigote y la no menos oscura perilla que adornaban su rostro, le confería cierto aire fúnebre. No obstante, pese a su sombrío aspecto, García se sentía aquella mañana más exultante de lo que jamás en su vida había estado.

Después de permanecer tres cuartos de hora encerrado en su despacho con el químico, el profesor Zarco, con expresión grave y aire circunspecto, fue en busca de Adrián Cairo y le pidió que se acercara al hotel Ritz y trajera a Lady Elisabeth y a su hija. Luego, sin añadir nada más, volvió a encerrarse con García. Una hora después, cuando Cairo regresó acompañado por las dos inglesas, Zarco las reunió a ellas y a todos sus colaboradores, incluido Samuel, en el despacho.

Bartolomé García, con una cartera de cuero sobre las rodillas, estaba sentado tras el escritorio, en el lugar que usualmente ocupaba el profesor, mientras que éste permanecía de pie a su lado, con las manos entrelazadas a la espalda y el rostro inexpresivo. Una vez que todos se acomodaron en sus asientos, el profesor cerró la puerta y, dirigiéndose a las inglesas, dijo:

—Señora Faraday, señorita Foggart... —carraspeó—, creo que lo primero que debo hacer es disculparme, pues John estaba en lo cierto: el análisis de la reliquia de Bowen ha hecho que me replantee las cosas.

Adrián Cairo y su mujer intercambiaron una mirada de

asombro; era la primera vez en su vida que veían al profesor pedir disculpas.

—Don Bartolomé García, aquí presente —prosiguió Zarco—, trabaja como químico en el ilustre Instituto Geológico y se ha ocupado de realizar el análisis, así que será él quien les informe de los resultados. Adelante, García.

El químico abrió la cartera, sacó de su interior la reliquia de Bowen y con infinito cuidado, como si en vez de metal fuese de vidrio, la depositó sobre el escritorio.

—Damas, caballeros —dijo en tono ceremonioso—, recibí el encargo de analizar esta muestra metálica el pasado viernes a última hora de la mañana, pero no pude hacerlo hasta el sábado. Una vez efectuado el primer análisis, realicé otro para confirmar los resultados y ayer, pese a ser festivo, volví a repetir las pruebas con distinto instrumental para descartar cualquier posibilidad de error. En definitiva, los tres análisis han dado idénticos resultados: ese fragmento metálico, con un peso de sesenta y dos coma veintisiete gramos, es titanio totalmente puro.

Tras un perplejo silencio, Lady Elisabeth preguntó:
—¿Titanio?
—Así es, señora; el elemento número veintidós de la tabla periódica de Mendeleiev, perteneciente a los llamados Metales de Transición y con una masa atómica de 47,8 daltons.
—¿Es un elemento raro o poco frecuente?
—No, señora, ni mucho menos; a decir verdad, se trata del cuarto metal más abundante en nuestro planeta. De hecho, está prácticamente por todas partes, incluso en nuestros propios organismos. No obstante, este objeto —señaló la reliquia— es imposible.
—¿Por qué?
—Porque el titanio no se encuentra en estado libre, sino siempre asociado a otros elementos, formando por lo general óxidos. Sencillamente, no hay titanio puro en la naturaleza. Por otro lado, y pese a que muchos lo están buscando desde hace décadas, todavía no se ha encontrado ningún sistema para

purificar el titanio[1]. Así pues, desde un punto de vista científico, ese fragmento de metal no puede existir.

—Y sin embargo, existe —comentó Cairo, pensativo.

—En efecto, es evidente —asintió el químico—; pero se trata de un misterio para el que la ciencia no tiene respuesta.

Sobrevino un largo silencio.

—Entonces —intervino Sarah—, ese santo, Bowen, ¿encontró una mina de titanio o algo así?

—No, señora —replicó García—. Hay minas con vetas más o menos puras de oro o plata, por ejemplo, pero no de titanio. Como he dicho, este elemento se halla siempre asociado con otros. ¿Quieren titanio? Pues vayan a una playa; la arena contiene abundante rutilo, que no es más que óxido de titanio. Ahora bien, en estado puro... jamás, es imposible.

—Entonces, ¿Bowen descubrió un sistema para purificar el titanio?

—¿En el medioevo? —el químico sacudió la cabeza—. Si nuestro actual nivel tecnológico no permite purificar el titanio, imagínese en la Edad Media. Además, hay otro hecho que todavía no he comentado. Antes dije que ese fragmento de titanio es totalmente puro, y no exageraba. Obviando el casi despreciable margen de error de mis instrumentos, la pureza de ese metal es del cien por cien. Y eso, de nuevo, resulta imposible, porque todo metal, por muy refinado que esté, posee impurezas. Podemos acercarnos a un noventa y nueve coma nueve por ciento de pureza, pero jamás llegar al absoluto. Es técnicamente inviable.

—Y menos en el siglo X —apuntó Zarco, que había permanecido todo el rato silencioso.

—Exacto —asintió García—. El profesor Zarco me ha comentado que ese fragmento de titanio apareció en una cripta del siglo X, lo cual nos conduce a nuevos imposibles —tomó la reliquia y la sostuvo en alto, para que todo el mundo pudiera

---

[1] Hasta 1946 no se desarrolló un proceso industrial de purificación del titanio, el llamado Método de Kroll.

verla—. Resulta evidente —prosiguió— que se trata de una pieza de fundición. Pues bien, el punto de fusión del titanio es muy superior al del hierro: 1.668 grados centígrados, una temperatura que, sinceramente, dudo mucho que pudieran alcanzar los hornos medievales. Pero aún hay más: si se fijan, esta parte en bisel ha sido limpiamente cortada, algo que puede apreciarse con claridad a través de un microscopio. Pues bien, el titanio es considerablemente más duro que el hierro; incluso hoy en día tendríamos dificultades para cortarlo, así que ¿cómo lo hicieron hace mil años?

La pregunta quedó flotando en el aire sin que nadie la contestara.

—Señor García —dijo Lady Elisabeth—, ¿el titanio es valioso?

—¿Un metal muy duro y más liviano que el acero, con una elevada temperatura de fusión y una casi absoluta resistencia a la corrosión? Señora Faraday, su valor es incalculable. No puedo ni imaginarme las increíbles aleaciones que podrían obtenerse utilizando titanio.

—Por tanto —prosiguió ella—, supongo que las compañías mineras estarán muy interesadas en poseer un método para refinar ese metal, ¿no es cierto?

—Matarían por ello —respondió el químico sin darse cuenta de hasta qué punto era literal su afirmación.

Lady Elisabeth sonrió y le dirigió a Zarco una inquisitiva mirada. Éste, tras unos segundos de silencio, dio una palmada y dijo:

—Muy bien, García; muchas gracias por su colaboración. Ya puede volver a sus quehaceres.

El químico se incorporó y, con aire desvalido, contempló alternativamente el fragmento de titanio que descansaba sobre el escritorio y el rostro de Zarco.

—Profesor —dijo—, estoy sumamente interesado en este hallazgo, así que le agradecería que me mantuviese informado...

—Claro, claro —le interrumpió Zarco, agarrándole por un

brazo y empujándole hacia la salida—. Hablaremos mañana. Entre tanto, recuerde que no debe comentar este asunto con nadie.

—Por supuesto, profesor, pero quisiera...

—No sea pesado, García; mañana me lo cuenta.

Zarco abrió la puerta, empujó al desconsolado químico al otro lado del umbral y cerró de un portazo. Luego, se acomodó en la butaca que había dejado libre García, cogió la reliquia y la contempló abstraído.

—¿Y bien, profesor? —preguntó Lady Elisabeth—. ¿Qué piensa al respecto?

\* \* \*

Sin apartar los ojos del fragmento de titanio, Zarco comentó:

—Se trata de un bonito enigma, desde luego.

—Y también de un buen motivo para temer que mi marido pueda estar en peligro —apuntó Lady Elisabeth.

—Cierto, así es —asintió el profesor, y, volviéndose hacia Cairo, preguntó—: ¿Qué opinas, Adrián?

—Que es todo un misterio, en efecto. Puede que valga la pena indagar un poco.

Zarco dejó el trozo de metal sobre el escritorio y sacudió la cabeza.

—El problema, señora Faraday —dijo—, es que John puede encontrarse en cualquier parte.

—Ya le he dicho que el paquete que me envió estaba matasellado en Noruega.

—Sí, pero Noruega tiene casi veintidós mil kilómetros de costa, y no estoy hablando de una costa recta y diáfana, sino de un endemoniado litoral lleno de fiordos, entrantes, salientes, golfos y cabos, eso por no mencionar las numerosas islas. ¿Quiere que recorramos toda esa costa buscando el *Britannia?* Por favor, tardaríamos años. Si hubiese usted mirado con más atención el matasellos, sabríamos con precisión desde dónde se envió el paquete.

Lady Elisabeth frunció casi imperceptiblemente el ceño.

—Examiné muy atentamente el matasellos —replicó con frialdad—; pero estaba medio borrado. No obstante, se adivinaban las dos primeras letras de la localidad: «Ha».

—¿«Ha»? —Zarco se encogió de hombros—. Debe de haber un montón de pueblos noruegos que comienzan por «Ha», señora.

Lady Elisabeth miró a su hija; luego, en silencio, abrió el bolso y sacó un papel doblado.

—Antes de irse —dijo—, mi marido me indicó que, si tenía que recurrir a usted, le entregara esto.

Zarco cogió el papel y lo desplegó; sobre su superficie sólo había una línea de letras y números escrita con elegante caligrafía: «*RB.23.a.3417*».

—¿John le explicó qué era esto? —preguntó Zarco sin apartar la mirada del papel.

—No, pero me aseguró que usted comprendería lo que es.

—¿Sí? —Zarco dejó el papel sobre la mesa y se encogió de hombros—. Pues no tengo la menor idea; no obstante, le daré vueltas a ver si se me ocurre algo —se inclinó hacia delante y dio un palmetazo sobre la mesa—. De acuerdo, señora Faraday, la ayudaremos a buscar a su marido. Aunque le advierto que todavía debemos salvar un obstáculo: convencer a doña Rosario.

—¿Quién es doña Rosario?

—Mi Némesis —respondió Zarco con el rostro ensombrecido—, mi castigo. La cruz que tengo que soportar para poder llevar la vida que llevo.

—SIGMA está supervisada por un consejo rector compuesto por dos personas —intervino Sarah—. Una de ellas es don Emilio Ramos, el actual director del banco que gestiona parte de la herencia del difunto marqués de Alamonegro, y la otra es doña Rosario de Peralada y Sotomayor, la hija y única heredera del marqués. Pero quien en realidad toma las decisiones es ella.

—El profesor llevaba tiempo queriendo explorar los *tepu-*

*yes* de Venezuela —terció Cairo—, pero a doña Rosario no le convencía la idea.

—A ella no le interesaba Venezuela —comentó Zarco con expresión hosca— y al banquero de las narices le parecía muy caro construir el *Dédalo*.

—Pero al profesor se le ocurrió una idea —prosiguió Cairo—: le regaló a doña Rosario la novela *El Mundo Perdido*, de Arthur Conan Doyle. ¿La conoce, señora Faraday?

—Sí, señor Cairo, tanto mi hija como yo la hemos leído. Es un agradable entretenimiento.

—A doña Rosario le encantó. No sólo eso, se tomó el argumento como si fuese real, así que cambió de idea y decidió financiar la expedición a la Gran Sabana, convencida de que vamos a encontrar dinosaurios en la cima de los *tepuyes*.

—Esa vieja loca está tan entusiasmada con el asunto —dijo Zarco—, que me pidió que le enviara por correo fotos de los primeros diplodocus que encontráramos. No va a ser fácil hacerle cambiar de idea.

—Supongo que cosas así suceden cuando se engaña a la gente —comentó Lady Elisabeth con un deje de censura.

—Yo no he engañado a nadie —protestó Zarco, fulminándola con la mirada—. Doña Rosario me preguntó si creía posible que hubiera dinosaurios en los *tepuyes* y yo me limité a contestarle que nadie había ido allí para comprobarlo. El resto lo puso su imaginación —gruñó por lo bajo y prosiguió—: Pero supongo que ya se me ocurrirá algo para convencerla. Ahora vamos a lo práctico. Sarah: telefonea a doña Rosario y al banquero y convócales mañana a primera hora para una reunión del consejo. Luego, envíale un cablegrama al capitán Verne anunciándole que vamos a retrasar veinticuatro horas nuestra llegada.

—Profesor —le interrumpió Lady Elisabeth—, ¿sería posible que mi hija y yo asistiéramos a la reunión del consejo?

Zarco puso cara de ir a negarse, pero tras unos segundos de reflexión cambió de idea.

—Sí, por qué no —dijo—. Quizá contemplar a la desconsolada esposa y a la desamparada hija del explorador perdido ablande el corazón de esa bruja.

Lady Elisabeth frunció el entrecejo y abrió la boca para decir algo, pero volvió a cerrarla y se incorporó.

—Nos vamos ya, profesor —dijo—. Les ruego que, cuando lo sepan, nos informen de la hora de la reunión. Buenos días.

Sarah y Cairo acompañaron a las dos inglesas a la salida y Samuel se retiró a su habitación. Cuando se quedó solo, Zarco cogió el papel que le había dado Lady Elisabeth y volvió a leerlo.

«*RB.23.a.3417*»

El profesor permitió que su rostro se relajara con una sonrisa y murmuró:

—¿Tan mayor y todavía con jueguecitos, John?...

\* \* \*

El martes, a las nueve en punto de la mañana, un lujoso Rolls-Royce se detuvo frente a la sede de SIGMA y de él descendieron doña Rosario de Peralada y Sotomayor, marquesa de Alamonegro, y don Emilio Ramos, director de la central del Banco Urquijo. Doña Rosario era una mujer gruesa, de unos sesenta años, con el rostro redondo y el pelo recogido en un complejo moño. Vestía un carísimo traje de seda, aunque de corte un tanto anticuado, y no llevaba más joyas que un valiosísimo anillo de oro y diamantes y un broche con un zafiro del tamaño de un huevo de paloma. Don Emilio contaba cincuenta y tantos años y también era grueso; vestido con una levita de impecable factura británica y tocado con un sombrero de copa, parecía el prototipo de un banquero.

La reunión tuvo lugar en el gran salón del palacete, una habitación de unos setenta metros cuadrados en cuyo centro descansaba una gran mesa oval de roble rodeada de sillas. Doña Rosario ocupaba la cabecera, el banquero estaba sentado a su derecha y Zarco a su izquierda; el resto de los presentes —las dos inglesas, Sarah, Cairo y Samuel— estaban distribuidos a uno y otro lado de la mesa.

Tras las debidas presentaciones, Zarco tomó la palabra y, dejando sobre la mesa, delante de la marquesa y el banquero, la reliquia de Bowen, relató la historia que había contado Lady Elisabeth, así como los resultados del análisis efectuado al fragmento metálico. Finalmente, a modo de conclusión, dijo:

—En resumen, según la ciencia y el actual estado de la tecnología, ese trozo de titanio no debería existir. Para añadir misterio al misterio, dicho fragmento apareció en el interior de una cripta del siglo X, en el sepulcro de un religioso llamado Bowen, algo a todas luces extraordinario, por no decir imposible. Pues bien, en mi opinión, Sir John Foggart encontró una pista que muy posiblemente conducía al origen de ese metal. Así pues, dada la importancia de este hallazgo, propongo retrasar la expedición a la Gran Sabana y emprender la búsqueda del *Britannia* y de su tripulación.

Pensativo, el banquero cogió la reliquia y la examinó haciéndola girar entre los dedos.

—En fin —murmuró—, si este metal es tan valioso como dice, profesor, quizá valga la pena...

—De eso nada, Emilio —le interrumpió la marquesa. Tenía la voz muy aguda, casi de niña, pero al mismo tiempo extremadamente autoritaria—. El propósito de SIGMA —continuó—, no es buscar minerales para enriquecernos, sino expandir el conocimiento sobre nuestro mundo. De ninguna manera voy a consentir que la organización que fundó mi padre con fines exclusivamente científicos se convierta en una especie de compañía minera.

El banquero dejó bruscamente sobre la mesa el fragmento de metal, como si de pronto le quemara los dedos.

—Disculpe, señora marquesa —intervino Lady Elisabeth—. Quisiera insistir en que mi marido puede estar en grave peligro.

—Y cuenta con todas mis simpatías, querida —repuso doña

Rosario—; pero SIGMA tampoco es una empresa dedicada al rescate. Estoy segura de que, si recurre a las autoridades de su país, podrá encontrar la ayuda que precisa. Sintiéndolo mucho, yo no puedo hacer nada.

Hubo un largo silencio.

—Tiene usted toda la razón, doña Rosario —dijo Zarco—. No obstante, creo que investigar el origen de ese metal puede contribuir al conocimiento científico.

—No dudo que ampliaría las fronteras de la química, Zarco —replicó la marquesa—, pero le recuerdo que SIGMA es una sociedad de investigaciones geográficas, no geológicas.

—Por supuesto, aunque geografía y geología son materias que caminan cogidas de la mano, por así decirlo. Sin embargo, cuando digo que indagar la procedencia del titanio puede contribuir al conocimiento científico, me estoy refiriendo precisamente a la geografía y a la historia.

La marquesa arrugó la nariz.

—No veo cómo —dijo—. Déjese de circunloquios, Zarco, y explíquese.

—Pues verá, doña Rosario, cuando supe que la reliquia de Bowen era un fragmento de titanio puro, no pude evitar pensar en el *oricalco*.

—¿El *oricalco*?...

—Exacto, señora. El *oricalco*, u *orichalcum*, era, como bien sabe, el prodigioso metal que, según Platón, se extraía en la Atlántida. Pues bien, dadas sus extraordinarias propiedades, me parece muy posible que el titanio puro sea en realidad lo que los griegos llamaban «*oricalco*».

—¿Y qué? —preguntó la marquesa, visiblemente interesada.

—Bueno, es evidente —prosiguió Zarco—. Usted misma me ha comentado en más de una ocasión que, cuando la Atlántida se hundió, quizá las cumbres de sus montañas más elevadas permanecieron sobre la superficie del mar formando islas. Y, quién sabe, quizá el tal Bowen encontró una de esas islas y en ella, el *oricalco*; es decir, el titanio. De ser esto cierto, la expedición de Sir John Foggart habría partido en realidad en busca de los restos de la Atlántida.

Los ojos de la marquesa, que durante unos segundos habían chispeado de excitación, se tornaron de pronto recelosos.

—No acabo de verlo claro, Zarco —dijo—. Hemos hablado infinidad de veces sobre la Atlántida y usted siempre ha insistido en que era un mito. ¿A qué viene ese cambio de actitud?

Zarco sonrió como lo haría un ángel con aspecto de oso.

—No debería existir titanio puro —dijo, señalando la reliquia—, y sin embargo existe. Puede que suceda lo mismo con la Atlántida —se encogió de hombros y añadió—: Es de sabios rectificar.

Doña Rosario contempló con el ceño fruncido la reliquia de Bowen. Al cabo de un par de interminables minutos, se puso en pie y declaró:

—De acuerdo, Zarco, siga el rastro de ese metal. Pero le doy un plazo máximo de un mes; si al cabo de ese tiempo no ha encontrado ninguna pista sólida, emprenderá la expedición a Venezuela tal y como estaba previsto. ¿He hablado claro?

—Clarísimo, doña Rosario —repuso Zarco, sonriente.

Tras despedirse ceremoniosamente de todos los presentes, la marquesa se aproximó al profesor, muy seria. Aunque él era casi cuarenta centímetros más alto, daba la sensación de que ella le miraba por encima del hombro.

—Le conozco, Zarco —dijo doña Rosario—. Se ha salido con la suya y ahora está ahí, relamiéndose como el gato que se comió al canario —le señaló con un admonitorio dedo y agregó—: Encuentre la Atlántida, Zarco; encuéntrela o me enfadaré seriamente.

\* \* \*

Tras acompañar a la marquesa y al banquero a la salida, Zarco regresó al salón de reuniones y ocupó la cabecera que había dejado vacante doña Rosario.

—Con qué gusto estrangularía a esa mujer... —masculló entre dientes al tiempo que se reclinaba contra el respaldo.

—¿Cree realmente lo que ha dicho acerca del *oricalco* y la Atlántida, profesor? —preguntó Lady Elisabeth.

Zarco soltó una carcajada.

—Por supuesto que no, señora Faraday —dijo—. Lo de la Atlántida sólo es un cuentecito que se inventó Platón para ilustrar su modelo de Estado ideal, que, por cierto, era una especie de tiranía. En cuanto al *oricalco,* Platón aseguraba que se extraía en minas, y ya sabemos que no hay minas de titanio; así que no, aunque el *oricalco* existiese (que no existe), de ninguna manera sería titanio —profirió un sonoro suspiro—. La cuestión es que esa vieja loca está obsesionada con la Atlántida y lleva años dándome la tabarra para organizar una expedición en su búsqueda. Por eso pensé que, si quería convencer a doña Rosario, sólo un continente perdido podría competir contra los dinosaurios. Y estaba en lo cierto.

Lady Elisabeth suspiró con resignación, como si le disgustara ser cómplice de aquel engaño, pero no le quedara más remedio que aceptarlo.

—¿Cuándo partiremos? —preguntó—. Katherine y yo tenemos que preparar el viaje.

Zarco frunció el ceño.

—Disculpe, señora Faraday —dijo—, pero me temo que está confundida. Iremos en busca de su marido, como quería, pero ni usted ni su hija vendrán con nosotros.

Lady Elisabeth alzó levemente una ceja.

—¿Y eso por qué, profesor?

—Porque ésta es una labor para hombres, no para mujeres —repuso Zarco, como si fuese algo evidente.

—Se trata de buscar a mi marido en Noruega —replicó ella—, un país civilizado donde, según ciertos rumores, también hay mujeres.

Zarco encajó el sarcasmo con un parpadeo y replicó:

—Dígame algo, señora Faraday, ¿cree que de haberse encontrado cerca de un lugar donde hubiese telégrafo o correo, John habría estado tanto tiempo sin enviarle noticias?

—Supongo que no...

—Por tanto, John se encontraba, y probablemente todavía se encuentra, en algún sitio muy alejado de la civilización. Exactamente la clase de lugar adonde las mujeres no deben ir.

Lady Elisabeth respiró hondo, haciendo acopio de paciencia.

—Permítame explicarle algo, profesor. Al principio de nuestro matrimonio, participé con mi marido en varias expediciones, tanto por África como por Asia. Tiempo después, mi hija y yo pasamos con él cinco años en Latinoamérica, y me refiero a las selvas de México, Guatemala y Perú. Le aseguro que estamos acostumbradas a vivir en condiciones muy precarias.

—No lo dudo, señora Faraday —replicó Zarco—, ni dudo que John estuviese encantado de llevarlas en sus viajes. Pero se da la circunstancia de que usted y yo no estamos casados, de modo que no tengo la menor obligación de llevarla a ninguna parte. Por otro lado, y como usted misma ha expresado repetidas veces, es muy posible que su marido corra peligro. Por tanto, nosotros, al buscarle, correremos idénticos riesgos, y ésa es una razón más para que ustedes no nos acompañen.

—Tanto Katherine como yo sabemos manejar armas y ambas practicamos deporte habitualmente, de modo que estamos en buena forma física. Podemos defendernos exactamente igual que cualquier hombre.

Zarco soltó una risita irónica.

—Señora Faraday, estoy seguro de que ustedes son muy hábiles tirando al plato o jugando al bádminton, pero no vamos a un club de campo, sino a embarcarnos en una expedición cuyo destino final ni siquiera conocemos, un viaje incierto que no pienso emprender cargando con una mujer y un niña.

—Tengo veintiún años, profesor —replicó Catherine—. No soy ninguna niña.

—Pues con dos mujeres, da igual. Les sugiero que regresen

a Londres y aguarden nuestras noticias. Será mejor para todos, sobre todo para ustedes.

Se produjo un silencio tan tenso como la cuerda de un violín.

—Parece que no aprecia mucho a las mujeres, profesor —dijo Katherine, conteniendo su enfado.

—Al contrario, señorita Foggart —repuso Zarco—; aprecio muchísimo a las mujeres. Siempre y cuando sepan estar en su lugar.

—¿Y cuál es ese lugar, profesor? —terció Lady Elisabeth en tono irónico—. ¿La cocina?

—Por ejemplo. Y el hogar, o criando a la prole, o cuidando enfermos. Las mujeres están capacitadas para realizar muchas tareas, pero no todas; hay trabajos estrictamente masculinos. ¿O acaso pretende decirme que los hombres y las mujeres son iguales?

—No, profesor; no somos iguales. Afortunadamente. Pero deberíamos tener idénticos derechos y obligaciones.

Zarco abrió mucho los ojos.

—¡Por Júpiter! —exclamó—. ¿No será usted una de esas sufragistas?

—Sí, profesor, soy «una de esas sufragistas». Y gracias a otras muchas como yo, en mi país ya pueden votar las mujeres, y este mismo año adquirirán ese derecho las norteamericanas, las austriacas, las húngaras y las checoslovacas. Pero no estamos aquí para discutir sobre feminismo, ¿verdad?

—Eso espero.

—Estamos aquí por John. Se trata de mi marido y del padre de Katherine, y creo que eso debería bastar para permitirnos acompañarle en su búsqueda. ¿Hay algo que podamos hacer o decir para convencerle, profesor?

Zarco sacudió la cabeza.

—No, señora Faraday. Créame, es por su bien.

Lady Elisabeth se incorporó.

—En tal caso, no le molestamos más —dijo, muy seria—. Le agradecemos mucho que haya aceptado ayudar a mi marido, profesor. No, no hace falta que nos acompañen; ya conocemos el camino. Que tengan un buen día.

En medio de un plomizo silencio, las dos inglesas abandonaron el salón. Entonces, una vez que desaparecieron tras la puerta, Sarah se volvió hacia Zarco y le espetó:

—Es usted un neandertal, profesor.

—¿Ahora te vas a poner de su parte?

—Se trata de la esposa de Foggart; tiene derecho a participar en su búsqueda.

—¿Y cargar todo el tiempo con dos damiselas cotorreando y quejándose a mi alrededor? No, gracias. Las mujeres son pasivas por naturaleza, no están hechas para la acción. Y no lo digo por ti, Sarah; las americanas sois distintas, aún estáis por civilizar.

—Es guapa —comentó Cairo.

—¿Quién? —preguntó Zarco.

—La señora Faraday. Y su hija también, ¿verdad, Sam?

Samuel asintió con un leve cabeceo al tiempo que Zarco profería un bufido.

—Una mujer bastante impertinente, eso es lo que es. La verdad, no sé qué vio John en ella... Y además sufragista, lo que le faltaba.

—Por lo menos, hoy no ha fumado.

—Sí, ha sido todo un detalle por su parte —Zarco descargó un palmetazo sobre la mesa y concluyó—: Bueno, basta de charla; aún tenemos que ultimar los preparativos para el viaje.

\* \* \*

Cuando Lady Elisabeth y su hija abandonaron la sede de SIGMA, un hombre llamado Smith, que se hallaba sentado en un banco situado en la acera de enfrente, apuntó la hora en una libreta y comenzó a seguirlas desde una prudente distancia.

A decir verdad, llevaba más de dos semanas siguiendo a aquellas mujeres, desde antes, incluso, de que abandonaran

Londres. Pero, a fin de cuentas, en eso consistía su trabajo, pues Smith era un detective a sueldo de Hawkes & Associates Research Services, una agencia londinense de investigaciones privadas.

Smith ignoraba el propósito de sus pesquisas; todo lo que sabía era que debía seguir a las dos mujeres e informar a la central diariamente de sus movimientos. Por supuesto, no era el único detective que las vigilaba; había varios más, y ninguno de ellos conocía el nombre del cliente para quien trabajaban.

De hecho, ni siquiera habían oído hablar de una compañía llamada Cerro Pasco Resources Ltd.

## 3. *Armas de mujer*

Aquella misma tarde, poco después de las seis, el timbre del palacete comenzó a sonar insistentemente. Cuando Sarah abrió la puerta, vio con sorpresa que al otro lado del umbral se encontraban doña Rosario de Peralada y Elisabeth Faraday. Sarah las invitó a pasar y sugirió que se acomodaran en la sala de reuniones, pero la marquesa dijo que sólo deseaba hablar un momento con Zarco y que le esperaría en el vestíbulo. Tras ir a buscarle, Sarah regresó un par de minutos más tarde con el profesor.

—Doña Rosario, señora Faraday... —dijo él, mirándolas extrañado—; qué sorpresa volver a verlas tan pronto.

—¿Está sorprendido, Zarco? —replicó la marquesa con gesto adusto—. Pues yo también; sorprendida y escandalizada.

—¿Por qué?

—Por lo que me han contado Lisa y Kathy.

Zarco parpadeó, confundido.

—¿Lisa y Kathy?

—Elisabeth y su hija Katherine. ¿Qué le pasa, Zarco? Hoy no le veo demasiado espabilado —doña Rosario le miró con severidad—. Me han dicho que usted no les permite acompañarle en la búsqueda de Sir Foggart. ¿Es eso cierto?

El profesor contempló alternativamente a la inglesa y a la aristócrata antes de responder.

—El viaje no estará exento de peligros —dijo a la defensiva—. Es por su bien. Además, no creo que sea apropiado que dos damas viajen solas en un barco lleno de hombres...

—Ah, sí —le interrumpió la marquesa—. Lisa ya me ha comentado la opinión que usted tiene sobre las mujeres. Dígame, Zarco, ¿se ha percatado de que soy una mujer?

—Por supuesto, doña Rosario, es evidente.

—Entonces supongo que, según usted, yo debería estar pelando patatas o sacudiendo alfombras, ¿verdad?
—Por favor, yo jamás...
—Zarco.
—¿Sí?
—¿Ha oído hablar de Mary Wollstonecraft o de Emmeline Pankhurst?
—Eh..., creo que no.
—Ambas escribieron sobre los derechos de la mujer. Lisa me ha comentado las ideas que defienden y me parecen muy atinadas. Pienso leer sus libros, y usted también debería hacer lo mismo, Zarco. No se puede ir por el mundo con una mentalidad tan anticuada como la suya.

El profesor abrió la boca para decir algo, pero doña Rosario le acalló con autoritario ademán.

—Escúcheme, Zarco: Lisa es la esposa de Sir Foggart y Kathy es su hija, de modo que ellas, más que nadie, tienen derecho a ir en su búsqueda. Por tanto, le acompañarán.
—Pero...
—No me venga con *peros,* Zarco: Lisa y Kathy viajarán con ustedes y no hay más que hablar. Y ahora le dejo; tengo mejores cosas que hacer que perder el tiempo discutiendo.

Tras despedirse de Sarah y de Elisabeth, la marquesa se aproximó a la puerta y la abrió, pero antes de salir se volvió hacia el profesor y le espetó:

—Encuentre la Atlántida, Zarco. Encuéntrela.

Dicho esto, cruzó el umbral y cerró a su espalda. Durante unos segundos, Zarco permaneció inmóvil mirando la puerta; tenía el rostro intensamente rojo, congestionado, y una vena le latía en la sien, como si estuviese a punto de sufrir un síncope. Se volvió hacia la inglesa y la norteamericana y dijo en voz baja:

—Un momento, ahora vuelvo.

A continuación, se dirigió a la puerta que daba a su despacho, entró en él y cerró con cuidado. Durante un largo minuto no sucedió nada; hasta que, de pronto, el estruendo de algo pesado rompiéndose en pedazos resonó tras el tabique. Sarah y Lady Elisabeth intercambiaron una mirada de sorpresa y alarma, pero antes de que pudieran reaccionar, Zarco salió del despacho y se aproximó a ellas con una fría sonrisa en los labios. Su rostro había recuperado el color normal.

—Hablemos en la sala de reuniones, señora Faraday —dijo en tono gélido.

En silencio, los tres se dirigieron al gran salón del palacete. Al llegar, Zarco le cedió el paso a Lady Elisabeth, pero cuando Sarah hizo amago de entrar, el profesor se interpuso en su camino.

—Quiero hablar a solas con la señora Faraday, Sarah. Por cierto, el globo terráqueo que había en mi despacho se ha roto; dile a la señora de la limpieza que recoja los trozos y los tire a la basura.

Acto seguido, entró en la sala y cerró la puerta.

\* \* \*

Zarco y Lady Elisabeth se sentaron frente a frente, con la mesa de por medio. Durante unos segundos, el profesor clavó en ella una mirada asesina; luego, preguntó en voz baja:

—¿Y su hija?

—Está en el hotel —respondió Lady Elisabeth, manteniéndole la mirada sin pestañear—. Hemos convenido que, si no tiene noticias mías dentro de una hora, avisará a la policía.

Las cejas de Zarco salieron disparadas hacia arriba.

—¡¿Qué?! —bramó.

Lady Elisabeth se echó a reír.

—Es una broma, profesor —dijo—. No sea tan serio.

Zarco masculló algo ininteligible y comentó en tono lúgubre:

—Supongo que eso es un ejemplo de lo que llaman «humor inglés», señora Faraday, pero a mí no me hace maldita la gracia. Y no sé por qué me viene con bromitas después de clavarme un cuchillo por la espalda.

—Ignoro a qué se refiere, profesor —repuso ella con inocencia.

—Ah, vamos, no se haga la tonta. Me refiero a eso de entrevistarse a escondidas con doña Rosario y engatusarla para conseguir sus fines. A eso me refiero.

—¿Quiere decir que he abusado de la solidaridad femenina?

—Así es.

—Pues exactamente igual que usted abusaba del autoritarismo masculino. Debió de pensárselo, teniendo en cuenta que su jefa es una dama.

Zarco entrecerró los ojos y resopló.

—Incluso para ser una mujer, señora Faraday —dijo—, resulta usted sorprendentemente irritante.

—Lo tomaré como un cumplido —repuso ella—. Ahora, profesor, ¿le parece bien que enterremos el hacha de guerra? Intente comprenderlo: John es mi esposo, de modo que no puede reprocharme que haga cualquier cosa por ir en su ayuda —suspiró—. Ya que vamos a pasar juntos mucho tiempo, profesor, ¿no sería mejor aceptarlo con deportividad y colaborar?

Zarco cerró los ojos, gruñó algo por lo bajo y resopló; luego, clavó la mirada en el rostro de la mujer y se cruzó de brazos.

—De acuerdo —dijo sin abandonar del todo la hostilidad—, aceptemos los hechos como son. No obstante, que quede patente mi absoluta repulsa por los métodos que ha empleado, señora Faraday. Un caballero jamás se comportaría así.

—Pero yo no soy un caballero.

—Eso está fuera de toda duda. Bien, ¿qué más quiere?

—Conocer sus planes, profesor.

—¿Mis planes? Muy sencillo: mañana cogeremos el tren para Santander y pasaremos la noche en esa ciudad. Al día siguiente embarcaremos en el *Saint Michel* y partiremos con destino a Falmouth.

—¿A Falmouth? —Lady Elisabeth le miró con perplejidad—. ¿Por qué?

—Porque como usted muy bien sabe, es el puerto más cercano a Penryn, donde todo comenzó.

—Visité Penryn hace un par de meses, profesor, y allí no queda nada de interés. Recuerde que las reliquias de Bowen fueron robadas.

—Está la cripta donde aparecieron.

—Sólo es un sepulcro sin más importancia que la histórica; no tiene nada de especial. Escuche, profesor, no perdamos el tiempo volviendo sobre lo que ya ha sido investigado. Sabemos que John estuvo, y quizá siga estando, en Noruega. Es allí adonde deberíamos dirigirnos lo antes posible.

—¿Debo recordarle otra vez los veintidós mil kilómetros que mide la costa Noruega?

—Pero...

—Señora Faraday —le interrumpió Zarco, comenzando a malhumorarse de nuevo—, no tenemos ni la más remota idea de dónde está John. Para que me entienda, su marido es como una madeja perdida y sólo contamos con un hilo que comienza en Penryn, de modo que, si queremos seguirlo, deberemos ir allí. Dice que no hay nada de interés en ese lugar, ¿verdad? Pues permítame una pregunta: ¿quién era Bowen?

—Un religioso celta del siglo X, ya le he dicho que no sé más.

—¿Y cree que con eso me vale? He buscado referencias sobre el tal Bowen en la Biblioteca Nacional y en el Archivo Episcopal, y nada, no hay ni rastro de él. Nadie conoce a ese santo aquí en España, así que a lo mejor consigo que alguien en Inglaterra me hable de él. ¿Cómo quiere que encuentre a su marido si no sé lo que estaba buscando? Aunque, claro, siempre puede acudir usted a la marquesa y acusarme de que no obedezco sus órdenes.

Lady Elisabeth bajó la mirada y guardó unos segundos de silencio.

—Tiene razón, profesor —dijo al fin—, usted es el que

debe tomar las decisiones. Discúlpeme, a veces soy demasiado vehemente intentando imponer mi criterio.

Satisfecho por haber vencido aquel asalto, Zarco se relajó un poco.

—¿Algo más, señora Faraday? —preguntó.

—Sí, profesor. ¿Ha averiguado qué significa la serie de números y letras que John me dio para usted?

—Pues no, la verdad. Pero sigo dándole vueltas, no se preocupe.

—Entonces, supongo que eso es todo.

Lady Elisabeth se incorporó, dando por terminada la conversación, y Zarco la acompañó a la salida.

—Una cosa más, señora Faraday —dijo el profesor al tiempo que abría la puerta—: El tren saldrá a las diez de la mañana, de modo que nos veremos en la Estación del Norte una hora antes, a las nueve.

La mujer le dedicó una sonrisa luminosa.

—Buen intento, profesor —dijo—; pero esta misma mañana compré los billetes para mi hija y para mí, de modo que ya sé que el tren tiene prevista su salida a las ocho, no a las diez. Buenas tardes.

Lady Elisabeth se dio la vuelta, bajó la escalera y comenzó a recorrer el sendero que conducía a la salida mientras Zarco la contemplaba con el ceño fruncido.

*Diario personal de Samuel Durango.*
*Miércoles, 2 de junio de 1920*

Esta mañana, a primera hora, el profesor Zarco, Adrián Cairo, Bartolomé García, la señora Faraday, su hija y yo abordamos el tren con destino a Santander. Me sorprendió ver al señor García, pues no estaba previsto que nos acompañase, pero el profesor dijo que necesitábamos a un químico en la expedición y que, habida cuenta lo entusiasmado que estaba García con el fragmento de titanio, no había sido difícil convencerle de que se sumase a ella.

Sarah dejó a Tomás al cuidado de una criada y nos acompañó a la estación. Al despedirse de mí, me dijo: «Aunque no lo parezca, Adrián está tan loco como el profesor. Cuida de él, Sam; procura que no se meta en líos». Le dije que sí, aunque siendo, como soy, el último mono del grupo, dudo mucho que lo que yo diga o haga sirva para algo. Antes de irse, Sarah me entregó un ejemplar de El Mundo Perdido; comentó que, aunque ya no fuésemos a la Gran Sabana, la novela era muy divertida y serviría para hacerme más corto el viaje.

Tenía razón. Comencé el libro de Conan Doyle al poco de partir el tren y no pude dejar de leerlo hasta que llegué al final. Es curioso; Challenger, el protagonista de la novela, un profesor malhumorado y gruñón, me recuerda mucho al profesor Zarco. Se lo comenté al señor Cairo y me respondió: «Créeme, Sam: al lado de Zarco, Challenger es un angelito».

Ahora todo el mundo me llama Sam, menos el profesor, que insiste en llamarme «Durazno». En cierto modo es un alivio; Samuel Durango ha desaparecido y en su lugar ha quedado «Sam Durazno». ¿Una persona distinta? No lo creo; no al menos mientras la memoria de Samuel y la de Sam sean la misma. El señor Charbonneau solía decirlo: «Somos nuestros recuerdos». Por desgracia, sus recuerdos acabaron matándole. Y también por desgracia, yo no logro librarme de los míos.

*Como ignoraba qué iba a necesitar, y además ya estaba embalado, he decidido llevar conmigo todo el equipo fotográfico. El señor Cairo me comentó que Vázquez, mi antecesor en el puesto, había dejado en SIGMA varias cajas de placas fotográficas vírgenes y me preguntó si me servirían. En efecto, hay cientos de placas y me sirven; las hemos traído con nosotros, aunque dudo que llegue a utilizarlas todas.*

*El viaje ha sido largo y pesado, pues el convoy estuvo varias horas parado por una avería técnica. Debido al retraso, llegamos a Santander cuando ya había anochecido; el profesor Zarco se fue directamente al puerto, pues quería supervisar el traslado del equipaje y planificar la travesía con el capitán Verne, mientras que el señor Cairo y los demás nos dirigimos al Hotel Sardinero, donde estaremos alojados hasta que mañana embarquemos en el* Saint Michel.

*La verdad es que estoy un poco nervioso, pues jamás he viajado en barco.*

## 4. El navío del capitán Verne

El *Saint Michel,* un carguero de 53 metros de eslora, pintado de negro con una raya roja horizontal recorriendo el casco, estaba amarrado en la dársena principal del puerto. A las nueve de la mañana, Cairo, Samuel, García y las dos inglesas llegaron al muelle y remontaron la escalerilla que conducía a la cubierta principal del buque. Allí les esperaba Aitor Elizagaray, el primer oficial, un vasco robusto, serio y reservado de unos cuarenta años de edad.

Elizagaray saludó ceremoniosamente a los recién llegados y, mientras Cairo iba en busca del profesor, les explicó brevemente algunas de las características del barco. Según dijo, el *Saint Michel* era el primer mercante español propulsado por un motor diésel, una máquina construida en Inglaterra por Harland & Wolff capaz de desarrollar mil seiscientos caballos de potencia, lo cual permitía alcanzar una velocidad máxima de casi treinta nudos. El navío, que podía cargar hasta quinientas treinta toneladas de fuel en sus depósitos, tenía una autonomía de setenta y seis días y su tripulación constaba de veinticinco miembros, además del capitán.

Tras este breve discurso, el primer oficial les condujo a sus camarotes: uno para Lady Elisabeth y su hija, otro para Samuel y Cairo, y otro más que el químico compartiría con João Sintra, el segundo oficial. Antes de despedirse, Elizagaray les anunció que el capitán Verne se reuniría con ellos a la una y media en el comedor de oficiales.

A las diez y cuarto de la mañana, bajo un sol que lucía en un cielo intensamente azul salpicado de nubes blancas, el *Saint Michel* realizó las maniobras de desatraque e inició el viaje con destino al suroeste de Inglaterra. Una vez instalado en su camarote, Samuel subió a la cubierta y contempló desde la borda cómo el puerto y la ciudad se empequeñecían en la distancia conforme el barco se alejaba. Aunque las aguas estaban calmadas, el suave balanceo del mercante le revolvió un poco el estómago y a punto estuvo de vomitar, pero después de tragar saliva varias veces y de respirar profundamente, el mareo se disipó. Tras recuperarse, Samuel permaneció un rato en la cubierta, pero como no vio ni al profesor, ni a Cairo, ni al resto de los pasajeros, regresó a su camarote y permaneció en él hasta la hora de su cita con el capitán.

*  *  *

El capitán Verne era un cincuentón alto, de rostro noble, con el pelo gris y una cuidada barba castaña entreverada de canas. Cuando los pasajeros se presentaron en el comedor de oficiales, el capitán estaba acompañado por Zarco, Cairo, Aitor Elizagaray y Joäo Sintra. Verne besó las manos de las dos inglesas, estrechó cordialmente las de Samuel y García, y luego les invitó a todos a sentarse.

—Espero que me disculpen por no haberles recibido esta mañana —dijo el capitán, con suave acento francés, una vez que se hubieron acomodado en torno a la mesa—. Teníamos previsto dirigirnos a Sudamérica, pero el repentino cambio de planes nos ha obligado a rehacer la ruta y a solucionar una serie de pequeños contratiempos. Espero que se encuentren cómodos en el *Saint Michel*; si tienen algún problema o desean algo, no duden en hablarlo conmigo o con los oficiales. En particular, me gustaría dar la bienvenida a la señora Faraday y a su hija; rara vez tenemos la oportunidad de viajar en compañía de damas tan encantadoras.

Zarco soltó un bufido por lo bajo mientras se cruzaba de brazos. Ignorándole, Lady Elisabeth le dedicó una sonrisa a Verne y repuso:

—Muchas gracias, capitán; es usted muy amable. Mi hija y yo estamos seguras de que nuestra estancia en el *Saint Michel* será sumamente grata.

—Haremos todo lo posible por que así sea, señora —Verne hizo una leve reverencia con la cabeza y agregó—: La comida se servirá en breve; entre tanto, ¿alguien desea preguntar algo?

—Yo, capitán —intervino García—. El *Saint Michel* está dotado de un modernísimo sistema de propulsión; sin embargo, me ha parecido advertir que no se trata de un barco nuevo.

—No lo es, en efecto —asintió Verne—. Fue botado en 1909 y era un vapor, pero este mismo año ha sido remodelado en el astillero de Santander para adaptarlo a la propulsión diésel. Por eso estábamos fondeados allí.

—Entonces —preguntó el químico—, ¿el motor no ha sido probado?

—Sólo en travesías cortas. Pero no se preocupe; funciona como un reloj. Además, nuestro jefe de máquinas, Marcel Vincent, es un mago de la mecánica. ¿Alguna pregunta más?

—Sí, capitán —dijo Lady Elisabeth—. ¿Cuándo está prevista nuestra llegada a Falmouth?

—Dado que el motor es nuevo, al principio navegaremos a media máquina, así que llegaremos mañana al atardecer, si no hay contratiempos.

Lady Elisabeth contempló de reojo a Zarco, que se mantenía ajeno a la conversación, como si estuviera pensando en otra cosa, y miró de nuevo a Verne.

—Dígame, capitán, ¿le ha contado el profesor cuál es el objetivo de este viaje?

—Sí, señora Faraday; me mostró el fragmento de titanio. Un asunto realmente enigmático.

—Entonces —continuó la mujer—, sabrá que el profesor ha insistido en visitar la cripta donde aparecieron las reliquias —hizo una pausa—. Verá, capitán, en las excavaciones que mi marido realizó en el cementerio de San Gluvias participó George Townsand, concejal del ayuntamiento de Penryn y anticuario aficionado. Estuvo presente en el descubrimiento de la cripta y es, aparte de mi marido, quien mejor conoce los pormenores del hallazgo. Así pues, he pensado que el profesor estaría interesado en hablar con él. ¿No es así, profesor?

Zarco parpadeó, como si saliera de un trance, y murmuró:

—Eh..., sí, supongo que puede ser de utilidad.

Lady Elisabeth le dedicó una sonrisa y, dirigiéndose de nuevo al capitán, prosiguió:

—Ayer le mandé un cablegrama al señor Townsand anunciándole nuestra próxima llegada, pero no supe decirle el momento exacto. Si pudiera enviarle un radiograma, estoy segura de que el señor Townsand tendría la amabilidad de recibirnos en el puerto.

—Por supuesto, señora Faraday —repuso Verne—. Le diré a Román Manglano, nuestro radiotelegrafista, que se ponga a su disposición.

En ese momento entró en el comedor Ramón Corral, el ayudante de cocina, y comenzó a servir la comida.

\* \* \*

El menú se componía de sopa bullabesa, lenguado *meuniere* y suflé de naranja, y según opinión unánime de todos los comensales —salvo Zarco, que se mantuvo toda la comida sumido en un hosco silencio— estaba delicioso.

—Armand Lacroix —dijo el capitán—, nuestro cocinero, es marsellés; un defecto que se ve compensado por su extraordinaria habilidad en la cocina.

Al terminar los postres, Elizagaray y Sintra se levantaron y, tras excusarse aduciendo que debían regresar a sus obligaciones, abandonaron el comedor. Entonces, mientras el ayudante de cocina servía los cafés, Verne propuso:

—Dado que hay muchas caras nuevas en el *Saint Michel*, y como vamos a pasar algún tiempo juntos, ¿qué les parece si nos conocemos un poco mejor?

—¿A qué se refiere, capitán? —preguntó Lady Elisabeth.

—Cada uno de nosotros podría presentarse brevemente. Por

ejemplo, y comenzando por los que ya nos conocemos, seré yo, si les parece bien, el primero en tomar la palabra —el capitán le dio un sorbo a su café y prosiguió—: Me llamo Gabriel Verne, nací en Nantes, Bretaña, hace cincuenta y tres años y desde los doce he trabajado en el mar. Durante mi juventud fui piloto y, al cumplir los treinta y dos, accedí al grado de capitán, cargo que he desempeñado hasta ahora sin que ninguna falta excesivamente grave emborrone mi expediente. Comencé a trabajar para SIGMA en 1911. Soy viudo y tengo dos hijas, hoy felizmente casadas.

—Se le olvida decir que ya es abuelo, capitán —comentó Cairo con una sonrisa socarrona.

Verne asintió con un cabeceo.

—Es cierto, mi hija mayor, Valentine, dio a luz el año pasado. El pequeño se llama Jules y le veo tan poco que, en efecto, suelo olvidar que soy abuelo.

—¿Cuántas expediciones ha realizado con el profesor, capitán? —preguntó Lady Elisabeth.

Verne reflexionó unos segundos antes de responder.

—Doce, si mal no recuerdo —dijo—. Ésta hace la número trece; espero que no sean supersticiosos. Bien, ¿quién es el siguiente? ¿Adrián?

Cairo aceptó con un encogimiento de hombros.

—Me llamo Adrián Cairo —declaró—, tengo treinta y cuatro años y nací en Lastres, un pueblecito asturiano. Me escapé de casa siendo muy joven y, en un momento de locura, decidí enrolarme en la Legión Extranjera. Luché durante tres años en el norte de África, hasta que abandoné el ejército y me establecí primero en Kenia y luego en el Congo, lugares donde trabajé durante siete años como guía, cazador y organizador de safaris. Fue precisamente en Leopoldville, la capital del Congo, donde conocí al profesor. Trabajo para SIGMA desde hace seis años, estoy casado con la encantadora Sarah Baker y tengo un hijo, al que ya conocen, llamado Tomás. Creo que eso es todo.

Tras unos segundos de silencio, el capitán se volvió hacia Zarco.

—Su turno, Ulises —dijo, invitándole a hablar con un ademán.

Zarco frunció el ceño y entreabrió los labios, pero Lady Elisabeth se le adelantó diciendo:

—No creo que sea necesario, capitán; la fama del profesor le precede: Ulises Zarco Romero, nacido el cuatro de enero de 1874 en Madrid, licenciado en Geografía, Historia y Lenguas Clásicas. En 1899 se convirtió en el catedrático más joven de España. Dos años después, abandonó la universidad y comenzó a trabajar para el Museo Nacional de Antropología, en cuyo nombre llevó a cabo diversas expediciones. En 1911 fue contratado por SIGMA. Ha publicado seis libros, así como numerosos artículos y monografías, y ha recibido infinidad de galardones, entre ellos una Mención de Honor del Ateneo y la medalla de oro de la Academia de Ciencias. Entre sus empresas más conocidas, cabe citar la expedición a Mongolia de 1913, el descubrimiento de un templo dedicado a Anubis en el Valle de los Reyes, la exploración de la cuenca del Ucayali, en la Amazonía...

—Parece que me ha investigado a fondo, señora Faraday —la interrumpió Zarco, mirándola con una reprobadora ceja alzada.

—Claro que le he investigado; nunca me embarcaría en una empresa como ésta sin saber quién me acompaña. Además, mi marido me habló mucho de usted. John le aprecia, profesor, aunque, según me dijo, sus métodos no siempre son ortodoxos.

—¿A qué métodos se refiere? —replicó Zarco a la defensiva.

—Por ejemplo, a los que empleó en el templo de Angkor Wat, en Camboya, hace, según creo, once años.

Repentinamente, las mejillas de Zarco se tiñeron de rojo.

—¿John le contó lo de Camboya? —preguntó.

—Con todo detalle, profesor.

Zarco masculló algo incomprensible y murmuró:

—Ya no se puede confiar ni en la discreción de un inglés...

—Eh, esa historia no la conozco —intervino Cairo—. ¿Qué pasó en Camboya?

—Eso no viene a cuento —restalló Zarco, descargando un manotazo sobre la mesa—. Estábamos presentándonos, ¿no?, y la señora Faraday ha descrito mi vida y milagros. ¿Queda algo por contar?

—Sí, profesor —dijo Lady Elisabeth—, hay un dato que no he encontrado. ¿Está o ha estado casado?

—No —repuso Zarco, mirándola desafiante—; ni he estado, ni estoy, ni (espero) estaré casado.

—Suponía que iba a responder algo similar —comentó ella, siempre sonriente.

—Bien —dijo el capitán—, los viejos ya nos hemos presentado. Ahora les toca el turno a los recién llegados y, como es lógico, las damas primero. Antes de nada, señora Faraday, permítame felicitarla por su dominio del español. Es impresionante.

—Mi marido, mi hija y yo vivimos durante cinco años en Latinoamérica —repuso Lady Elisabeth—; allí aprendimos el idioma. Pero por favor, abandonemos los formalismos; llámenme por mi nombre, o mejor aún: Lisa, que es como me conocen mis amigos. En cuanto a mi hija, todo el mundo la llama Kathy —hizo una pausa para darle un sorbo al café y prosiguió—. Como saben, me llamo Elisabeth Faraday y nací en Londres el once de abril de 1878, de modo que tengo cuarenta y dos años, y les aseguro que no me quito ninguno. Estudié en el Farmville College y a los diecinueve años me casé con John Foggart. Durante un tiempo, viajé con mi marido por Egipto y Oriente Medio. Luego, cuando nació Kathy, me quedé en casa cuidando de ella y dejé de acompañarle. En 1909 nos trasladamos a México, luego a Guatemala, después a Perú y finalmente, en 1914, cuando comenzó la guerra, regresamos a Inglaterra, donde Kathy y yo hemos residido hasta ahora. Aunque carezco de formación académica, he colaborado asiduamente con mi marido, de modo que tengo ciertos conocimientos sobre historia y filología. Por lo demás, soy aficionada a la lectura, buena amazona, no se me da mal el tenis y, según dicen, mi *apple cake* es delicioso.

Lady Elisabeth se reclinó en el asiento y sonrió, dando por terminada su exposición. Verne contempló entonces a Katherine y dijo:

—Su turno, Kathy.

La muchacha se apartó un mechón de cabello de los ojos y paseó la mirada por los presentes. Aunque hasta entonces había guardado un casi completo silencio, no había en ella el menor rastro de timidez o inseguridad.

—Poco puedo añadir a lo que ha contado mi madre —dijo—. Me llamo Katherine Foggart y nací el quince de mayo de 1899 en Londres. He estudiado en el Girton College de Cambridge y después del verano ingresaré en la universidad.

—¿Qué va a estudiar? —preguntó Verne.

—Física, capitán.

—¡Física! Vaya, sin duda es usted una joven muy inteligente. Y ya que hablamos de física, ha llegado el turno del químico. Cuéntenos, señor García.

García se sonrojó levemente y, tras atusarse la perilla con gesto nervioso, declaró:

—Me llamo Bartolomé García Valdés y nací el veinticuatro de diciembre de 1875 en Madrid.

—Así que le dio la Nochebuena a su madre —comentó Cairo.

—En efecto, no fui muy oportuno —asintió García—. Estudié química y geología en la Universidad Complutense y, al poco de licenciarme, entré a trabajar en el Instituto Geológico. Estoy casado y tengo cuatro hijos. Eso es todo.

—¿No ha viajado? —preguntó Verne.

—No, capitán; es la primera vez que salgo de España.

—Así que ésta va a ser su gran aventura —comentó Cairo—. ¿Qué ha dicho su mujer cuando le contó que se iba?

—Que estaba loco —respondió el químico con aire resignado—. Luego me tiró un florero a la cabeza.

—¿Le dio?

—Afortunadamente tiene tan mal genio como escasa puntería —García dejó escapar un suspiro y agregó—: Pero aunque me hubiese dado, valdría la pena. Ese fragmento de titanio es... mágico, inverosímil, un enigma que me atrae como un imán. Daría cualquier cosa por resolver el misterio.

—Esperemos que lo consiga —dijo Verne—. Y ahora llega el momento de nuestro nuevo fotógrafo. ¿Puedo llamarle Sam? Al parecer, todo el mundo lo hace.

—Claro.

—Muy bien, Sam: su turno.

Samuel bajó la mirada y guardó unos segundos de silencio.

—Me llamo Samuel Durango Muñoz —dijo al fin—, y nací en Malpica de Tajo, un pueblo de Toledo, el dieciocho de noviembre de 1896. Mis padres murieron de tifus cuando yo tenía seis años y fui acogido en casa de mi tío Damián, donde viví hasta que, durante la primavera de 1907, apareció en el pueblo Pierre Charbonneau, un fotógrafo francés que recorría España retratando gente y paisajes para su colección particular. El señor Charbonneau me hizo una foto, hablamos y... supongo que le caí bien, porque me preguntó si me gustaría conocer París, le dije que sí y esa misma tarde habló con mi tío, ofreciéndose a ser mi tutor y a enseñarme su oficio. Mi tío aceptó y a mediados de verano nos trasladamos a París, donde he residido hasta ahora.

—¿Llevas desde los once años viviendo en Francia? —preguntó Cairo.

—Sí.

—Pues no tienes demasiado acento.

—En París hay una colonia de españoles. El señor Charbonneau insistía en que me relacionara con ellos, pues no debía perder mis raíces —Samuel se humedeció los labios con la lengua y continuó—: Me convertí en su aprendiz y trabajé en su estudio durante doce años; él me enseñó todo lo que sé sobre fotografía... y sobre cualquier otra cosa —vaciló un instante—. El año pasado —murmuró—, en octubre, el señor Charbonneau falleció repentinamente...

—Lo lamento —dijo Verne—. Debió de ser una gran pérdida para usted. ¿Cómo murió?

Samuel titubeó antes de contestar.

—Un ataque cardiaco —dijo—. Más tarde, cuando se leyó su testamento, descubrí que me había legado el estudio, su equipo fotográfico y cierta cantidad de dinero. Poco después, cerré el establecimiento y me trasladé a España. Hace unas semanas, leí el anuncio de SIGMA y... —se encogió de hombros—. Aquí estoy.

—Pero eso no es todo, Sam —protestó Cairo—. El otro día comentaste que, durante la guerra, estuviste en el frente de Arras.

—En Arras y en otros muchos frentes —repuso el joven.

—¿Por qué no nos lo cuentas? Debió de ser toda una experiencia.

Samuel cobijó la mirada en algún punto indeterminado del suelo. De pronto, su rostro se contrajo con un casi imperceptible rictus de dolor; tragó saliva y dijo en voz baja:

—Preferiría no hablar de eso.

Un denso silencio se abatió sobre el comedor. Al cabo de unos segundos, el capitán Verne hizo un comentario cambiando de tema y la charla se reanudó hasta que, unos minutos después, al terminar todos sus cafés, la sobremesa se dio por concluida. Durante ese tiempo, Samuel permaneció con la mirada perdida, inmerso en sus recuerdos, sin darse cuenta de que Katherine Foggart le observaba fijamente.

* * *

El Golfo de Vizcaya, por cuyas aguas navegaba el *Saint Michel,* ha sido, desde la Antigüedad, una de las zonas con mayor tráfico marítimo del mundo, pues por ella cruzan las rutas que unen la costa occidental del continente con el Mediterráneo, así como las que conectan las Islas Británicas con la Península Ibérica y el sur de Francia. Por eso, dada la abundancia de navíos en aquellas aguas, nadie en el *Saint Michel* advirtió que un buque les seguía, a unas seis millas náuticas de distancia, desde que abandonaron el puerto de Santander. Se trataba del *White Seagull,* un carguero pequeño, pero rápido, propiedad de la empresa de transportes marítimos Williamson & Purches Ltd.

Lo que muy pocos sabían era que Williamson & Purches pertenecía en realidad a la compañía minera Cerro Pasco Resources, y que el capitán del *White Seagull* había recibido la orden de no perder de vista al *Saint Michel* e informar de todos sus movimientos.

**Tripulación del *Saint Michel***

**Capitán**
Gabriel Verne

**Primer oficial**
Aitor Elizagaray

**Segundo oficial**
Joäo Sintra

**Piloto**
Yago Castro

**Jefe de máquinas**
Marcel Vincent

**Primer oficial de máquinas**
Mustafá Özdemir

**Segundo oficial de máquinas**
Nicolás Manrique

**Ayudante de máquinas**
Luis Ortiz

**Radiotelegrafista**
Román Manglano

**Cocinero**
Armand Lacroix

**Ayudante de cocina**
Ramón Corral

**Marineros**
Abdul Arab
Patxi Arriaga
Ernesto Burgos
Napoleón Ciénaga
Jacinto Frías
Rasul Hakme
Chang Jintao
José La Hoz
Leoncio López
Elías Mombé
José Palacios
Evelio Ramírez
Arturo Robles
Sean O'Rourke
Iván Sóbolev

***Diario personal de Samuel Durango.***
***Viernes, 4 de junio de 1920***

*Ayer por la tarde, el profesor Zarco me comentó que requerirá de mis servicios al llegar a Falmouth, pues quiere que fotografíe la cripta de san Bowen. Hablé con el capitán para informarle de que iba a necesitar un lugar cerrado y oscuro donde instalar el laboratorio de revelado y me ha ofrecido una de las bodegas. Elizagaray, el primer oficial, ordenó que instalaran allí una mesa improvisada con unas borriquetas y que la atornillaran al suelo. Esta mañana, a primera hora, he trasladado a la bodega las cajas donde está guardado el instrumental y lo he desembalado. He tenido que fijarlo todo a la mesa con mordazas, pues el balanceo del barco ponía en peligro su estabilidad.*

*En la bodega hace mucho calor; al mediodía salí a la cubierta para tomar el aire y saqué el pequeño ajedrez plegable que me regaló el señor Charbonneau. Estuve un rato solo, analizando posiciones, hasta que pasó por allí el capitán Verne; al verme, comentó que él también era aficionado al ajedrez y me invitó a jugar una partida. Subimos al puente de mando y jugamos dos; gané ambas veces. El capitán, sorprendido, me preguntó que dónde había aprendido a jugar tan bien, y yo le contesté que me había enseñado el señor Charbonneau. Añadí que el señor Charbonneau era un gran aficionado al ajedrez, casi un profesional, y que todos los días, desde que yo era pequeño, dedicábamos unas horas a practicarlo. El capitán comentó que, más adelante, debía ofrecerle la revancha y luego bajamos al comedor, donde nos esperaban los oficiales y el resto de los pasajeros.*

*Elizagaray ha dicho que llegaremos a Falmouth a última hora de la tarde. Conforme nos aproximamos a Inglaterra, el cielo ha ido encapotándose y no creo que tarde en llover.*

## 5. *La Madonna de la Araña*

Falmouth está situado en el extremo suroeste de Inglaterra, en la desembocadura del río Fal. Se trata de una pequeña ciudad erigida en las laderas de las verdes colinas que rodean la ensenada, con casas bajas de ladrillo, piedra o madera, tejados de pizarra a dos aguas y estrechas callejas adoquinadas.

El *Saint Michel* llegó al puerto a las ocho y veinte de la tarde, bajo un cielo plomizo y una lluvia suave, aunque tozuda, en medio de una nube de gaviotas. Tras realizar la maniobra de atraque, dos marineros tendieron una pasarela por la que descendieron al muelle el profesor Zarco, Adrián Cairo, Samuel, Lady Elisabeth y su hija. Las dos mujeres se guarecían bajo un paraguas, mientras que Cairo y Samuel cargaban al descubierto con el equipo fotográfico. Mientras se dirigían a las oficinas portuarias, Zarco masculló:

—El clima de esta maldita isla es la versión meteorológica de un dolor de muelas...

Una vez cumplimentados los trámites de aduana, el grupo se dirigió al extremo sur del malecón; allí, junto a la King's Pipe —la chimenea de ladrillo donde se quemaba el tabaco de contrabando—, aguardaba George Townsand, el concejal de Penryn. A su lado, sosteniendo un paraguas abierto, le acompañaba un cincuentón de pelo cano, traje y sombrero negros y alzacuellos blanco, que resultó ser James Matheson, el pastor de la parroquia de San Gluvias. Tras realizar las debidas presentaciones, Lady Elisabeth dijo:

—Mi hija y yo ya hemos visto la cripta y, además, estamos un poco fatigadas, de modo que, si nos disculpan, nos retiraremos al hotel. Estoy segura de que el señor Townsand los atenderá con su proverbial amabilidad.

—Desde luego, señora Faraday —repuso el concejal con una inclinación de cabeza.

Lady Elisabeth se volvió hacia Zarco.

—Estaremos alojadas en el hotel Arwenack —dijo—. Si necesita algo, no dude en comunicármelo, sea la hora que sea.

—Descuide —murmuró el profesor—, dudo mucho que la necesite.

Lady Elisabeth le dedicó una fría sonrisa y, tras despedirse de los demás, partió con su hija en dirección al pueblo. Townsand sugirió entonces que se dirigieran al lugar donde estaba aparcado su automóvil, un viejo Arrol-Johnston de 1910. En medio del graznido de las gaviotas, Cairo y Samuel acomodaron el equipo fotográfico en el maletero del vehículo y ocuparon, junto con el pastor Matheson, los asientos traseros; tras poner en marcha el motor con una manivela, Townsand se sentó frente al volante y Zarco hizo lo propio a su izquierda.

—Penryn se encuentra a un par de millas de aquí —dijo el concejal mientras arrancaba el vehículo—. Llegaremos enseguida.

—Muy bien —repuso Zarco—. Entre tanto, ¿por qué no me ponen un poco al corriente? Por ejemplo, ¿qué saben de ese santo, Bowen?

—Poca cosa, la verdad —respondió Townsand—. Pero es mejor que se lo cuente el padre Matheson.

El pastor carraspeó y dijo:

—Lo cierto es que, hasta la aparición de la cripta, ni siquiera estábamos seguros de que hubiera existido realmente. Todo lo que sabíamos de él eran meras referencias extraídas de biografías medievales de santos celtas, sobre todo la *Vida de San Ungust,* del siglo XII.

—¿Y qué dicen esas referencias?

—Que Bowen nació en algún lugar de aquí, de Cornualles, durante la segunda mitad del siglo X, que ingresó en la congregación fundada por san Gluvias, que viajó al norte del continente para convertir a los escandinavos, que allí fundó el priorato de Santa María y que, al final de su vida, regresó a Cornualles, donde murió.

—¿Eso es todo? —preguntó Zarco, decepcionado.

—Bueno —repuso el sacerdote con un encogimiento de hombros—, hay una vieja leyenda. Según dicen, Bowen se perdió en el mar durante su viaje a Escandinavia y llegó al Infierno.

—¿Un santo pecador? —comentó Cairo con extrañeza.

—No es que fuera condenado —aclaró el pastor Matheson—. Visitó en vida los infiernos y regresó para contarlo.

—Vaya, eso sí que es un viajecito —dijo Cairo—. ¿Y qué contó?

El sacerdote volvió a encogerse de hombros.

—No lo sé —reconoció.

Durante unos minutos circularon en silencio. Ya había anochecido y, entre la oscuridad, la lluvia y la escasa potencia de los faroles situados a ambos lados del automóvil, apenas se distinguía el trazado de la estrecha carretera; afortunadamente, Townsand parecía conocer el camino de memoria.

—¿Qué puede contarme acerca del robo de las reliquias? —preguntó Zarco.

—Ocurrió once días después del descubrimiento de la cripta. Las reliquias estaban guardadas en la caja fuerte del ayuntamiento; unos desconocidos entraron por la noche y las robaron sin dejar rastro. La policía sigue investigando, pero dudo mucho que llegue a alguna parte. Esos ladrones eran profesionales: no reventaron la caja; la abrieron limpiamente.

—¿Sólo robaron las reliquias?

—Nada más; había algo de dinero, pero ni lo tocaron.

Zarco reflexionó durante unos segundos.

—Según tengo entendido, Townsand —dijo finalmente—, el señor Foggart hizo analizar uno de los fragmentos metálicos.

—Así es.

—¿Le comunicó los resultados?

—No; regresó a Londres sin hablar conmigo. Me mandó una nota despidiéndose; decía que tenía que realizar ciertas pesquisas antes de proseguir las excavaciones.

—¿Dónde realizó el análisis?
—En Chemical Jobs, un laboratorio de Falmouth.
—¿Y quién lo realizó?
—El encargado del laboratorio; un químico llamado Benjamin Colby. Él y su familia deben de llevar más de diez años residiendo en la zona —el concejal titubeó—. Aunque, ahora que me acuerdo, se mudaron hará cosa de un año.
—¿Se mudaron? —preguntó Zarco, repentinamente interesado.
—Sí. Por lo visto, ascendieron a Colby en la compañía y le trasladaron a otra ciudad.
—¿Adónde?
—No lo sé. La verdad es que se fueron a toda prisa.
Justo en ese momento llegaron a Penryn, un pequeño pueblo situado junto al río del mismo nombre. Sin detenerse, dejaron atrás las casas y, al llegar a un cartel donde se leía *Church Road,* viraron hacia el noroeste por una carretera que remontaba una empinada colina. Tras recorrer trescientos metros en paralelo a un muro de piedra, al final de una curva, apareció ante sus ojos la sombría torre de la iglesia de San Gluvias elevándose sobre una frondosa arboleda.

* * *

La iglesia parroquial de San Gluvias se encontraba en la cima de una colina boscosa y constaba de una nave con ventanales ojivales, en cuya parte frontal se alzaba una torre cuadrangular rematada por almenas, con un pequeño torreón redondo en la parte superior. A la derecha del edificio, rodeado por una valla de piedra y hierro, se extendía un viejo cementerio salpicado de lápidas y cruces. Desde allí, a través de los árboles, se distinguían las luces de Penryn, pero no había ningún otro edificio en las proximidades.

Cuando Townsand aparcó el automóvil frente a la entrada, los pasajeros descendieron del vehículo y se dirigieron rápidamente al atrio para protegerse de la lluvia.

—¿De qué época es el templo? —preguntó Zarco.

—La iglesia original comenzó a construirse en 1266 —respondió el pastor Matheson— y se concluyó en 1318, pero apenas quedan algunos vestigios de ella. La torre es del siglo XV, y el actual edificio, de finales del XIX.

—¿Y el cementerio?

—Las tumbas más antiguas son del siglo XVII, pero por aquella época se hizo una remodelación del camposanto, así que probablemente había sepulcros muy anteriores. Verá, Penryn fue fundado por el obispo de Exeter en 1216 y cincuenta años después se inició la construcción de San Gluvias. Ahora bien, habrá advertido que el templo se encuentra bastante alejado del pueblo; eso se debe a que, según la tradición, en esta colina se hallaba el monasterio que san Gluvias, sobrino de san Patroc y hermano de san Cadoc, fundó en el siglo VI.

—De hecho —intervino Townsand—, cuando encontramos en el camposanto los cimientos de un edificio antiguo pensamos que podían tratarse de los restos de ese monasterio.

—¿Dónde está la cripta? —preguntó Zarco.

—Allí, detrás de ese seto —respondió el sacerdote señalando hacia donde se encontraban las primeras tumbas—. Esperen un momento; voy a por unas linternas. ¿Me ayuda, Townsand?

El sacerdote y el concejal entraron en la sacristía y volvieron a salir al cabo de unos minutos con cuatro faroles de queroseno. Acto seguido, protegiéndose de la lluvia bajo unos paraguas que también había aportado el pastor, se encaminaron hacia el cementerio y se detuvieron al llegar a una zona donde la tierra había sido removida. En el centro, bajo un toldo sostenido por cuatro palos clavados en el suelo, había una trampilla metálica cerrada con un candado; alrededor, formando un cuadrado de unos cinco metros de lado, se distinguían rastros de unos viejos basamentos. Zarco examinó la cimentación iluminándola con el haz de luz de su linterna.

—Un recinto demasiado pequeño para haber sido una iglesia —comentó.

—Probablemente fue una capilla externa —repuso Townsand.

El pastor Matheson se aproximó al entoldado, sacó una llave del bolsillo, abrió el candado e hizo girar trabajosamente la trampilla sobre sus goznes.

—Si no les importa, me quedaré fuera —dijo—. El reuma me está matando.

Zarco iluminó con su linterna el agujero que había dejado al descubierto la trampilla; medía más o menos un metro de diámetro y se distinguía el comienzo de una escala de madera, pero no el fondo.

—El suelo está a unos catorce pies de profundidad —señaló Townsand—. Como ya he estado ahí dentro muchas veces, bajaré yo primero y así les alumbraré.

Mientras el concejal descendía por la escalerilla, Zarco se volvió hacia Samuel y le dijo:

—Primero bajaremos nosotros, Durazno; luego tú, para hacer las fotografías, así que ve preparando el equipo.

Samuel se dirigió al automóvil en busca de su material de trabajo y Zarco, seguido de Cairo, comenzó a descender los peldaños, adentrándose en el interior de la tierra.

La cripta de san Bowen —una bóveda formada por la intersección de dos arcos de medio punto— medía más o menos tres metros y medio de altura por cuatro de diámetro y estaba construida con bloques de piedra bastamente labrados. En el extremo este, junto al muro, había un sepulcro de granito, y enfrente, adosada a un pilar, una talla de la Virgen con una hornacina debajo. Olía intensamente a tierra y humedad. Zarco se aproximó al sepulcro e iluminó la lápida; en su superficie había una cruz tallada y la siguiente inscripción: *Hic iacet frates Bowenus prior Sancta María.*

—¿Bowen sigue ahí? —preguntó Zarco, señalando el sepulcro.

—Así es —respondió el concejal.

—¿Había algo dentro?

—Sólo los restos del santo.
—¿Dónde estaban las reliquias?
—En la hornacina que hay debajo de la estatua, dentro de un cofre de madera. Aunque, claro, la madera estaba podrida y los herrajes carcomidos por el óxido.

Zarco y Cairo se aproximaron a la escultura y la contemplaron en silencio. Era una Virgen toscamente tallada de más o menos un metro de altura, con las manos entrelazadas a la altura del vientre y el pie derecho adelantado, pisando... algo, un ser extraño, una especie de animal ovalado con cuatro patas a cada lado.

—¿Qué demonios es eso?... —murmuró Zarco, alzando la linterna e inclinándose hacia delante para ver mejor.

—¿Un cangrejo? —sugirió Cairo.

—No tiene pinzas. Parece una araña.

—¿Una Virgen con una araña gigante?

—Pisándola, como si fuera el diablo... —Zarco se volvió hacia Townsand y preguntó—: ¿Sabe algo del bicho que aparece al pie de la escultura?

—Es extraño, ¿verdad? No, no sabemos qué significa. A Sir Foggart también le llamó mucho la atención.

Tras echarle un último vistazo, Zarco se apartó de la talla, tendió la mano que sujetaba la linterna y giró sobre sí mismo iluminando los muros de la cripta.

—¿Hay algo más? —preguntó—. ¿Alguna marca o inscripción?

—No, nada.

—¿Esto fue construido en el siglo X?

—A finales del siglo X o comienzos del XI. No sabemos cuándo murió exactamente Bowen.

Zarco recorrió en silencio la cripta, examinando con cuidado los muros, y mientras contemplaba de nuevo el extraño ser tallado al pie de la Virgen, le dijo a Cairo:

—Échale una mano a Durazno con el equipo, Adrián. En cuanto haga las fotografías nos largamos.

\* \* \*

Ayudado por Cairo, Samuel bajó al interior de la cripta una cámara fotográfica —la J. Lizars, por ser la menos pesada y voluminosa—, un trípode de madera y una maleta con accesorios. Una vez que el joven hubo instalado el equipo, Zarco le pidió que fotografiase la cripta desde todos los ángulos, así como el sepulcro, la escultura de la Virgen y, muy especialmente, el grotesco animal que aparecía en la base. Samuel, por su parte, le pidió a Cairo que se quedase a ayudarle y sugirió que Zarco y Townsand salieran fuera, pues iba a emplear polvo de magnesio para iluminar la cripta y provocaría mucho humo.

El profesor y el concejal remontaron la escalerilla y salieron al exterior, donde les aguardaba el pastor Matheson resguardado de la persistente lluvia bajo el toldo. Al poco, como un géiser de luz, un intenso resplandor brotó del agujero; unos instantes después, el acre olor de la combustión del magnesio hirió sus pituitarias. Zarco, absorto en sus pensamientos, observó en silencio cómo el fogonazo se repetía doce veces a lo largo de la siguiente media hora. Trascurrido ese tiempo, y una vez finalizado el trabajo, Cairo y Samuel salieron de la cripta transportando el equipo fotográfico y lo llevaron al automóvil; entonces Zarco se aproximó a Townsand y a Matheson y le preguntó al concejal:

—Volviendo a ese químico, Colby, ¿se fue de Falmouth poco después del robo de las reliquias?

Townsand reflexionó unos segundos.

—Sí, debió de ser más o menos por esas fechas —respondió.

—Ya. ¿Cómo ha dicho que se llama el laboratorio?

—Chemical Jobs.

—Eso es. ¿Le importaría averiguar quién es el propietario de Chemical Jobs? Seguro que sus colegas del ayuntamiento de Falmouth estarán encantados de facilitarle la información.

—Eh..., claro, haré lo que pueda.

—Entonces me pasaré por su despacho mañana, digamos que a las diez. ¿De acuerdo?

—Sí, por supuesto... —el concejal titubeó—. Disculpe, profesor Zarco, ¿está sugiriendo que Ben Colby robó las reliquias?

—No, Townsand; lo que sugiero es que Colby fue el hijo de puta que puso sobre aviso a quienes las robaron —Zarco miró al sacerdote de reojo y agregó—: Disculpe mi lenguaje, padre; pero convendrá conmigo que hay que ser muy hijo de mala madre para hacer algo así.

\* \* \*

Después de llover toda la noche, el sábado amaneció con el cielo despejado de nubes. Pasadas las nueve de la mañana, Zarco alquiló un viejo automóvil Ford T en la gasolinera de Falmouth y se dirigió al ayuntamiento de Penryn, donde había quedado con George Townsand. Al entrar en el pequeño despacho de éste, Zarco se detuvo en seco, sorprendido, pues Lady Elisabeth se encontraba sentada enfrente del concejal.

—Buenos días, profesor —le saludó Townsand—. Precisamente estaba comentando con la señora Faraday nuestra pequeña expedición de ayer.

—¿Qué hace usted aquí? —preguntó Zarco, clavando una reprobadora mirada en Lady Elisabeth.

—Interesarme por sus indagaciones, profesor —repuso ella sonriente—. Según me ha contado Townsand, usted sospecha del químico que analizó las reliquias.

Visiblemente molesto por la presencia de la mujer, Zarco se acomodó en una silla, dejó el panamá sobre el escritorio y le preguntó al concejal:

—¿Averiguó lo que le pedí, Townsand?

—Sí, profesor; esta mañana a primera hora telefoneé al ayuntamiento de Falmouth y me han informado de que Chemical Jobs, el laboratorio donde trabajaba Benjamin Colby, pertenece a Ararat Ventures.

—La corporación de Ardán —aclaró Lady Elisabeth.

—Ya lo sé, señora Faraday —gruñó Zarco—; suele bastarme con que me digan las cosas una vez para recordarlas —volvió a gruñir y agregó pensativo—: De modo que ese mal nacido le fue con el soplo a su jefe...

—Disculpen —dijo el concejal, confuso—, entonces, ¿Ben Colby está implicado en el robo de las reliquias?

—No lo dude, Townsand —asintió Zarco—. Fue Colby quien, haciendo caso omiso a la más mínima ética profesional, les habló de las reliquias a sus jefes. Luego, lo apartaron de escena trasladándolo a algún lugar desconocido donde pueda gastarse tranquilamente la recompensa que sin duda le dio Ardán.

Townsand parpadeó, cada vez más confundido.

—¿Se refieren a Aleksander Ardán, el famoso hombre de negocios?

—Así es —respondió Lady Elisabeth.

—Pero... ¿qué tienen de especial esos fragmentos de metal? ¿Conocen ustedes los resultados del análisis?

Lady Elisabeth abrió la boca para responder, pero Zarco se lo impidió incorporándose y diciendo:

—No, Townsand, no los conocemos. Ahora, si nos disculpa, tenemos que irnos.

—Sí, claro, pero...

—Le agradecemos mucho su colaboración. Que pase un buen día.

Zarco estrechó la mano del desconcertado concejal, se puso el panamá, tomó a Lady Elisabeth del brazo y tiró de ella hacia la salida. Una vez fuera del despacho, mientras se dirigían a la calle, la mujer dijo:

—No pensaba comentar nada acerca del titanio, profesor; ha sido innecesaria una despedida tan brusca.

—Nunca se sabe —repuso Zarco sin mirarla—. Las mujeres siempre hablan más de lo debido.

Al salir al exterior, Lady Elisabeth se detuvo y preguntó:

—¿Cómo ha venido a Penryn, profesor?
—He alquilado un automóvil.
—¿Va a regresar ahora a Falmouth?
—Sí.
—Yo he venido en autobús. ¿Le importaría llevarme de vuelta?

Zarco arrugó el entrecejo y asintió con un desganado cabeceo; acto seguido, ambos subieron al Ford T y partieron en dirección a la cercana Falmouth. Tras unos minutos de silencio, Lady Elisabeth dijo:

—¿Le ha sido de utilidad visitar Penryn, profesor?
—Por supuesto, señora Faraday —respondió Zarco sin apartar la mirada de la estrecha carretera—. De entrada, he descubierto cómo se enteró Ardán de la existencia de las reliquias.
—Es cierto, aunque ya sabíamos que Ardán estaba implicado; el propio John me advirtió de él.

Zarco masculló algo por lo bajo y dijo de mal humor:
—Pues ahora lo hemos corroborado. Además, ya he visto lo mismo que vio John cuando este asunto comenzó, y ése era el objetivo que me trajo aquí.
—Comprendo. ¿Y ahora qué, profesor? ¿Cuáles son sus planes?
—Reunirme con mis hombres de confianza esta misma mañana y decidir los siguientes pasos.
—Aunque yo no sea uno de sus «hombres de confianza» espero que no tenga inconveniente en que asista a esa reunión.
—Le diga lo que le diga asistirá de todas formas, así que haga lo que quiera.

Lady Elisabeth esbozó una sonrisa y contempló el verde paisaje que se divisaba a través de la ventanilla. Al cabo de unos minutos, Zarco, a regañadientes, como si le costara trabajo dirigirse a la mujer, preguntó:

—El otro día usted comentó que había investigado a Ardán. ¿Qué averiguó?
—No demasiado —respondió Lady Elisabeth—. Para la

mayoría de la gente, Aleksander Ardán es un ejemplo de *self made man,* el hombre que, partiendo de la nada, alcanza la cima. Para otros, para las viejas y apolilladas familias nobles de este país, no es más que un advenedizo, el típico nuevo rico. Y por último, en opinión de una selecta minoría, se trata de un delincuente disfrazado de hombre de negocios.

—¿Y usted qué cree que es?

Lady Elisabeth se encogió de hombros.

—Una mezcla de todo eso, supongo. Según su biografía oficial, Aleksander Ardán nació en la capital de Armenia, Ereván, en 1873, de modo que ahora tiene cuarenta y siete años. Emigró a Inglaterra en 1889, cuando tenía dieciséis, y vino absolutamente solo, sin familia ni amigos; por lo visto, ni siquiera hablaba inglés. Su primer trabajo fue de picador en una mina de carbón en Yorkshire; quince años más tarde, era propietario de varias canteras y minas distribuidas por toda la isla. En 1908 consiguió los derechos de explotación de los yacimientos de Cerro Pasco, en Perú, y fundó su empresa estrella, la perla de la corona, por así decirlo: Cerro Pasco Resources, la compañía minera que le convirtió en multimillonario. Actualmente, su corporación, Ararat Ventures, controla más de cien empresas, la mayor parte de ellas relacionadas con la minería y el transporte de mercancías.

—Eso suena a emprendedor hombre de negocios —comentó Zarco.

—Porque, como he señalado, se trata de su biografía oficial. Ahora bien, extraoficialmente las cosas son muy distintas. Según dicen, Ardán inició su exitosa carrera recurriendo a prácticas tales como la coacción, el soborno, el chantaje e, incluso, el asesinato. También dicen que obtuvo la concesión de Cerro Pasco sobornando a Augusto Leguía, el entonces recién nombrado presidente de Perú. Aseguran igualmente que, durante la Gran Guerra, multiplicó su fortuna vendiendo materias primas a todos los bandos enfrentados; aunque, por supuesto, no hay pruebas de nada de eso. En cualquier caso, Ararat Ventures es un imperio comercial tan poderoso como corrupto.

Zarco esbozó una sonrisa de tigre.

—Parece que Ardán es un rival formidable —comentó, como si aquello, en el fondo, no acabara de desagradarle.

—Y un individuo sin escrúpulos —repuso Lady Elisabeth con expresión sombría—. Eso es lo que me preocupa.

El profesor la miró de soslayo.

—John es un hombre lleno de recursos —dijo—. Ni siquiera a un tiburón como Ardán le resultará fácil dar con él.

Lady Elisabeth le miró con extrañeza.

—¿Me está consolando, profesor? —preguntó.

—Ni mucho menos. Me limito a exponer los hechos: John se las ha visto en situaciones mucho peores y siempre ha salido adelante. Además, puede que le llevemos la delantera a ese armenio del demonio.

—¿Qué quiere decir?

—Que quizá tengamos un as oculto en la manga.

Lady Elisabeth le miró con el ceño fruncido.

—No le entiendo, profesor —dijo—. ¿Por qué no intenta explicarse?

Zarco sonrió con fiereza.

—Ahora no, señora Faraday —repuso—. Hablaremos de eso en el barco.

\* \* \*

Nada más llegar a Falmouth, Lady Elisabeth y Zarco se dirigieron al *Saint Michel*. Una vez allí, el profesor convocó una reunión en el comedor de oficiales a la que asistieron el capitán Verne, Adrián Cairo y Lady Elisabeth. Cuando todos estuvieron sentados en torno a la mesa, el profesor, sin más preámbulos, declaró:

—Acabo de regresar de Penryn, donde he descubierto cómo se enteró Aleksander Ardán de la existencia de las reliquias. Resumiendo: un tal Benjamin Colby, el químico a quien John Foggart le encargó el análisis de uno de los fragmentos metálicos, trabajaba para Chemical Jobs, un laboratorio perteneciente a la corporación de Ardán. Supongo que Colby, al descubrir que el metal era titanio puro, debió de entusiasmarse tanto como nuestro amigo García, así que el muy hijo de perra se lo contó a sus jefes y éstos se lo comunicaron a Ardán. O bien Colby acudió a él directamente, da igual; el caso es que Colby ha desaparecido del mapa y Ardán lleva un año tras la pista de John Foggart.

—Puede que ya le haya encontrado —sugirió Cairo. Luego, volviéndose hacia Lady Elisabeth, añadió—: Lo siento, Lisa; hay que barajar todas las posibilidades.

—No, Adrián —dijo Zarco—; de haberle encontrado, los hombres de Ardán no nos estarían siguiendo.

—¿Nos siguen? —preguntó Lady Elisabeth, sorprendida.

—En efecto, señora Faraday; desde que llegamos a Inglaterra, al menos. Hay tres tipos que no nos han quitado el ojo de encima durante todo el tiempo que llevamos aquí. Son tripulantes del *White Seagull,* un mercante que llegó a puerto el mismo día que nosotros y que está fondeado muy cerca del *Saint Michel.*

—¿Cómo lo sabe? —preguntó Lady Elisabeth.

Zarco le dedicó una sonrisa que irradiaba autosuficiencia.

—Si no tuviera un aguzado sentido de la observación, señora Faraday —repuso—, a estas alturas estaría criando malvas. En cualquier caso, el hecho de que nos estén siguiendo es la prueba irrefutable de que todavía no han encontrado a John.

Sobrevino un silencio.

—Bien, Ulises —intervino Verne—, ¿cuál es el plan?

—Tenemos que ir a Portsmouth —respondió Zarco—. Si zarpamos esta noche, llegaremos mañana antes del amanecer.

—¿A Portsmouth? —preguntó Lady Elisabeth, extrañada—. ¿Qué se nos ha perdido allí?

—En Portsmouth nada, señora Faraday. Pero en Londres sí.

—¿Por qué?

—Porque allí resolveremos definitivamente este enigma.

Zarco sacó del bolsillo un papel doblado, lo desplegó y lo puso encima de la mesa. Era la combinación de cifras y letras que Foggart le había entregado a su esposa para que ella se lo diera a su vez al profesor: «*RB.23.a.3417*».

—¿Ya sabe qué es? —preguntó Lady Elisabeth.

—Por supuesto, señora Faraday —respondió Zarco con aire triunfal—. Es un libro.

—¿Un libro?

—En realidad, se trata de lo que ustedes, los ingleses, llaman una *shelf mark;* es decir, una clave que se emplea en las bibliotecas públicas para identificar los diferentes títulos y facilitar su localización. Esta *shelf mark* en concreto pertenece al sistema de clasificación de la Biblioteca del Museo Británico.

—¿A qué libro corresponde? —preguntó Cairo.

—Y yo qué sé, Adrián. ¿Acaso crees que conozco de memoria todos los libros de la Biblioteca Británica? Pero, sea el título que sea, está claro que John quería que yo lo viese, de modo que ahí debe de estar la clave para localizar su actual paradero.

—¿Cuándo lo descubrió, profesor? —preguntó Lady Elisabeth.

—En cuanto me lo enseñó, señora Faraday. Era evidente.

—¿Y por qué no lo dijo? Mañana es domingo y la Biblioteca está cerrada, así que tendremos que esperar al lunes. Hemos perdido tres días inútilmente.

—No dije nada, porque, de lo contrario, usted se habría empeñado en que fuésemos directamente a Londres y no me apetecía tenerla cacareando a mi alrededor todo el día. O habría decidido ir por su cuenta a la Biblioteca y, dado que con toda seguridad la están vigilando, lo habría estropeado todo.

Lady Elisabeth cerró los ojos y, haciendo esfuerzos por conservar la calma, respiró profundamente y exhaló el aire con lentitud. Luego, movió la cabeza de un lado a otro y se quedó mirando el papel con la *shelf mark*.

—He estado en la Biblioteca Británica decenas de veces —murmuró—. ¿Cómo no me he dado cuenta?

—Porque usted —dijo Zarco—, como todas las mujeres, carece de la capacidad de observación y del rigor mental que caracterizan a un hombre entrenado en las tareas intelectuales. De hecho, quizá esto sea un buen ejemplo de la diferencia entre el cerebro del hombre y el de la mujer. Ante un problema, un hombre observa los detalles, reflexiona y saca conclusiones. Una mujer, por el contrario, observa los detalles y... charla de ellos con las amigas —se incorporó bruscamente y echó a andar hacia la escotilla de salida—. La reunión ha concluido —añadió antes de salir—. Gabriel, cuando pueda, reúnase conmigo en mi camarote para planificar la travesía.

Un silencio de asfalto se abatió sobre el comedor cuando Zarco desapareció de vista. Lady Elisabeth, apretando los puños para conservar la compostura y contener el enfado, dijo con voz gélida:

—Ya sé que es su amigo y colega, caballeros, pero les aseguro que se trata del hombre más insufrible que he conocido en mi vida.

Cairo profirió un largo suspiro.

—El profesor está enfadado porque usted recurrió a la marquesa para torcer su voluntad. Se enfrentó a él y se salió con la suya, y eso es algo que Zarco no lleva nada bien. En el fondo, es como un niño grande; ahora está enfurruñado, pero ya se le pasará. No se lo tenga en cuenta.

Lady Elisabeth se frotó los ojos con gesto cansado.

—Sí, supongo que ése es el motivo —dijo—. Pero es que, además, es el misógino más grande que jamás me he encontrado.

—Tiene razón —asintió Cairo—. El profesor es un misógino, y es insufrible, y grosero, y colérico, y prepotente, y despótico, e impertinente...

—Aparte de vanidoso, excéntrico y caprichoso —intervino Verne con una sonrisa.

—En efecto, Lisa —prosiguió Cairo—; el profesor es todo eso y mucho más. Pero me gustaría que entendiese algo: si usted, o cualquiera de nosotros, estuviera en peligro, Zarco se jugaría la vida para salvarnos. Y no lo digo por decir; el profesor tiene una cicatriz en el lado izquierdo del pecho, consecuencia de un flechazo. La flecha me la lanzó a mí un indígena yanomami, y el profesor se interpuso para protegerme. El venablo se le clavó a un centímetro del corazón, estuvo a punto de morir, pero no dudó ni un instante en arriesgar su vida para salvar la mía. Por eso, Lisa, pese a lo insoportable que es el profesor, le aseguro que tiene usted mucha suerte al contar con él en este viaje.

## 6. *Cita en el Reform Club*

El *Saint Michel* atracó en el puerto de Portsmouth a las seis menos cuarto de la madrugada del domingo seis de junio, pero los pasajeros no bajaron a tierra hasta las ocho. A esa hora, Zarco descendió por la pasarela del barco transportando una pequeña valija y, acompañado por Cairo, Lady Elisabeth, Katherine, Samuel y García, se dirigió a The Compass Rose, una taberna del puerto donde el profesor había decidido desayunar.

Mientras los demás se acomodaban en torno a una mesa, Samuel se quedó en la entrada del establecimiento, examinando un cartel que estaba fijado en la pared, y no se reunió con el resto del grupo hasta que, al cabo de un par de minutos, llegó la camarera para tomar las comandas. Todos pidieron el contundente desayuno de la casa, salvo Lady Elisabeth y su hija, que se conformaron con sendas tazas de té. Una vez que la camarera se hubo marchado, Zarco dijo:

—Subiré al tren de las diez y media y llegaré a Londres a eso de la una. Me alojaré en el Royal Eagle Hotel. Mañana a las nueve en punto, en cuanto abran, iré a la Biblioteca Británica, así que supongo que estaré de regreso a media tarde.

—Nuestra casa se encuentra en Guilford Street, no muy lejos de la biblioteca —intervino Lady Elisabeth—. Si desea alojarse allí, profesor, tenemos un confortable dormitorio de invitados.

—Prefiero la intimidad de un hotel, señora Faraday —repuso Zarco sin mirarla.

En ese momento llegó la camarera con las bebidas; mientras las servía, Cairo preguntó:

—Y, entre tanto, ¿qué quiere que hagamos nosotros, profesor?

—Nada. Podéis tomaros el día libre.

Hubo un silencio. Samuel titubeó unos instantes y comentó:

—En el cartel que hay en la entrada pone que Arthur Conan Doyle dará una conferencia esta tarde en el salón de actos del ayuntamiento.

—No me extraña —comentó Lady Elisabeth—. Doyle vivió mucho tiempo aquí, en Portsmouth.

—¿De qué trata la conferencia? —preguntó Cairo.

—Se titula *La nueva revelación* y creo que es sobre espiritismo.

Zarco soltó una sonora carcajada.

—Paparruchas —se limitó a decir en tono despectivo.

—Parece mentira —intervino García— que el creador de Sherlock Holmes, el personaje más racional de la historia de la literatura, crea en fantasmas y en hadas.

Lady Elisabeth le dio un sorbo a su taza de té y dijo:

—A Doyle siempre le interesó la «investigación psíquica», pero no era un fanático; hasta que, hace tres años, su hijo Kingsley, que había sido movilizado, murió a consecuencia de las heridas sufridas en la batalla de Somme. A partir de entonces, Doyle se obsesionó con el espiritismo. Supongo que, ante una desgracia semejante, es lógico aferrarse a cualquier esperanza, aunque sea imaginaria.

—Sustentar esperanzas imaginarias —sentenció Zarco— es como intentar sobrevivir a un naufragio agarrándote a un salvavidas de plomo.

Samuel, que había dejado de prestar atención y tenía la mirada perdida en algún punto de la mesa, murmuró para sí:

—Yo estuve en Somme...

Cairo le contempló con el ceño fruncido y entreabrió los labios, pero Lady Elisabeth le interrumpió al incorporarse y decir:

—Kathy y yo tomaremos el tren de las nueve y media, así que debemos ir a la estación —se volvió hacia Zarco—. ¿Nos vemos mañana a las nueve en la entrada de la biblioteca, profesor?

Zarco torció el gesto.

—No hace falta que vaya usted, señora Faraday —replicó—; puedo arreglármelas yo solo.

Lady Elisabeth sonrió con ironía.

—¿Y privarme de su encantadora compañía, profesor? Eso jamás —tomó a su hija por el brazo y agregó—: Hasta mañana, caballeros.

Acto seguido, ambas se alejaron en dirección a la salida.

\* \* \*

Cuando, el lunes a las nueve de la mañana, Zarco llegó al Museo Británico, encontró a Lady Elisabeth esperándole en la entrada.

—Buenos días, profesor —le saludó la mujer con el simulacro de una sonrisa en los labios—. Hace una mañana espléndida, ¿no es cierto?

Zarco masculló algo incomprensible y, sin detenerse a saludarla, siguió andando en dirección a la biblioteca. Mientras caminaban, Lady Elisabeth preguntó:

—¿Tuvo un buen viaje, profesor?

—Magnífico, señora Faraday; no se imagina lo reconfortante que es disfrutar de la soledad sin que nadie le moleste a uno.

—¿Y qué tal el hotel? —prosiguió ella, imperturbable—. ¿Ha dormido bien?

Zarco suspiró con cansancio.

—Sí, señora Faraday. Como un niño.

Una vez en la biblioteca, se dirigieron a la sala de archivos y consultaron el catálogo general. La *shelfmark* RB.23.a.3417 correspondía al título llamado *Cornwell's Antiquities and Ancient Monastic Life,* de Edward Pritchard Markland, editado en 1883 por la imprenta Filmore & Sons de Plymouth, Cornualles. Zarco rellenó la ficha de solicitud y se dirigió a uno de los bibliotecarios.

Desde unos metros de distancia, Lady Elisabeth observó a Zarco mientras le entregaba la ficha al funcionario. Luego, el profesor dijo algo en voz baja y el bibliotecario sacudió la cabeza. Zarco insistió, el archivero volvió a negarse, esta vez con aire ofendido, y entonces el profesor sacó algo del bolsillo, se lo entregó disimuladamente, susurró algo y le guiñó un ojo. El bibliotecario contempló lo que le había dado el profesor y su rostro se iluminó; a continuación, dijo algo con expresión extremadamente amable y desapareció tras una puerta.

—¿Qué pasaba? —preguntó Lady Elisabeth cuando Zarco regresó a su lado.

—Nada, todo va bien.

—Pero usted le ha dado algo...

—Sí, cinco libras.

—¿Por qué?

—En primer lugar, para que nos concedan una sala de lectura privada. En segundo lugar, para obtener cierta información.

La mujer le miró con un punto de censura.

—Le ha sobornado —murmuró.

—Exacto, señora Faraday —repuso Zarco en tono sarcástico—. He corrompido a un funcionario público. Pero que no se entere Scotland Yard; no me gustaría pasar el resto de mis días encerrado en la Torre de Londres.

En ese momento apareció un conserje y, tras invitarles a que le siguieran, los condujo a través de la enorme sala circular de lectura, que a aquella hora tan temprana estaba casi vacía, hasta una pequeña habitación donde había una mesa de madera con dos sillas y una lámpara de latón. Cuando el conserje desapareció, cerrando la puerta a su espalda, Lady Elisabeth y Zarco se acomodaron en los asientos y se sumieron en un profundo silencio.

Veinte minutos más tarde, el bibliotecario que había hablado con Zarco entró en la sala con un libro en las manos y lo depositó sobre la mesa. En la cubierta, de cartón amarillento, sólo aparecía el título, el nombre del autor y la fecha de edición. El profesor le echó un rápido vistazo y preguntó:

—¿Tienen aquí más ejemplares?

—No, señor Zarco —respondió el bibliotecario—; sólo disponemos de éste. Se trata de una edición muy rara.

—¿Qué sabe del libro?

—Markland, el autor, fue un discreto y poco conocido historiador local de Cornualles. Él mismo sufragó de su bolsillo la edición de este título, con una tirada de trescientos ejemplares, la mayor parte de los cuales se perdieron. Como le he dicho, es un libro muy poco conocido, un ejemplar de coleccionista.

—¿Ha averiguado quién fue la última persona que solicitó su lectura?

—Así es, señor Zarco: el último caballero que consultó este libro fue Sir John Thomas Foggart, el trece de junio del pasado año.

Lady Elisabeth y el profesor cruzaron una mirada.

—Muy bien, amigo. Gracias por la ayuda —le dijo Zarco al bibliotecario—. Ahora, si no le importa, nos gustaría un poco de privacidad.

Tras comunicarles que si necesitaban cualquier cosa le llamaran, el funcionario se despidió con una inclinación de cabeza y abandonó la sala.

—John consultó este libro tres días antes de irse —dijo Lady Elisabeth cuando se quedaron solos.

—Y lo que es más importante —apuntó Zarco—: nadie lo ha solicitado desde entonces. Seguimos llevando la delantera.

Con una sonrisa satisfecha, el profesor abrió el volumen por la primera hoja y comenzó a examinarlo. El libro estaba dividido en dos partes: la primera, *Cornwell's Antiquities,* trataba sobre los principales lugares históricos de Cornualles; la segunda, *Ancient Monastic Life in Cornwell,* versaba sobre los monasterios e iglesias de la región, así como acerca de antiguas leyendas de carácter religioso. El capítulo décimo octavo estaba dedicado a Falmouth y sus alrededores; uno de los apartados trataba sobre Penryn y la orden de San Gluvias, y allí, al final del capítulo, había unos párrafos dedicados a san Bowen. Lady Elisabeth y Zarco se inclinaron hacia delante, con las cabezas casi tocándose, y comenzaron a leer.

***San Bowen.-*** *Aunque su santidad nunca ha sido reconocida oficialmente por la Iglesia, la tradición, tanto en Cornualles como en Noruega, ha insistido en considerar santo a este antiguo misionero celta. Bowen, también conocido como* Buadhach, *en gaélico, o como* Bowenus *en la versión latina de su nombre, nació en algún lugar de Cornualles —probablemente cerca de la actual Falmouth— en algún momento de la segunda mitad del siglo X, e ingresó siendo muy joven en el monasterio de la orden de San Gluvias situado en Penryn.*

*En el año 995, Olaf Tryggvason se convirtió en rey de Noruega y, convencido de que todos sus súbditos debían recibir el Bautismo, solicitó a la Iglesia que enviara misioneros a su país con el objetivo de predicar los Evangelios entre los paganos hombres del Norte. Atendiendo al llamamiento del rey Olaf, Bowen y otros nueve frailes embarcaron rumbo a Noruega, donde fundaron el priorato de Santa María de los Escandinavos, sito en la ciudad de Trondheim. Años después, a principios de la segunda década del siglo XI, Bowen regresó a Cornualles, donde murió en fecha incierta.*

*Son varios los milagros que se atribuyen a san Bowen, pero sin duda el más conocido de ellos es su visita a los infiernos. Según la leyenda, durante el viaje de Bowen y sus hermanos a Noruega, el barco en el que navegaban fue sorprendido por cuatro tormentas consecutivas, perdiéndose en mitad del océano. Tras varias semanas de navegar a la deriva, el navío llegó a una misteriosa isla situada en el gélido Norte, donde al parecer se hallaba una de las puertas del Infierno; dicho portal estaba custodiado por un demonio, con quien Bowen tuvo un terrible encuentro. Tras abandonar la isla gracias a la intercesión divina, los sacerdotes lograron alcanzar tierras noruegas, donde prosiguieron su misión. La crónica de este milagroso viaje, así como la historia de la fundación del priorato de Santa María, aparecen relatadas en el llamado* Codex Bowenus, *un manuscrito del siglo XI redactado por el propio Bowen, que actualmente se conserva en el Museo Vitenskaps de Trondheim.*

Zarco y Lady Elisabeth alzaron simultáneamente la vista y murmuraron a la vez:

—Trondheim...

A continuación, el profesor desvió la mirada y reflexionó durante unos segundos; luego, cogió el libro, arrancó la hoja donde aparecía el artículo sobre Bowen y se la guardó en un bolsillo.

—¡¿Qué hace?! —exclamó Lady Elisabeth, consternada.

—Eliminar pistas, señora Faraday. Es evidente.

—Pero es un libro muy valioso y, además, pertenece a la biblioteca.

—Exacto. Pertenece a una biblioteca pública donde cualquiera puede consultarlo —Zarco suspiró con cansancio, como si le fatigara tener que explicar lo que para él era evidente—. Escuche, señora Faraday: a mí me han seguido mientras venía hacia aquí y no le quepa duda de que a usted también, así que, en cuanto salgamos, los hombres de Ardán entrarán en la biblioteca y sobornarán a algún honrado funcionario inglés para que les revele qué libro hemos consultado. Lo pedirán, lo examinarán y, si el artículo sobre Bowen sigue en el libro, sabrán adónde nos dirigimos y qué nos proponemos hacer, con lo cual perderemos la única ventaja que tenemos sobre ellos. Así pues, señora Faraday, ¿quiere que vuelva a poner la página en su lugar?

Lady Elisabeth titubeó durante unos segundos antes de responder.

—De acuerdo, tiene razón —dijo finalmente—. Pero prométame que devolverá la hoja a la biblioteca en cuanto todo esto acabe.

—Descuide, no tengo intención de robarle nada al Gran Imperio Británico —Zarco se incorporó y preguntó—: ¿Insiste en acompañarnos, señora Faraday?

—Por supuesto, profesor —respondió ella, poniéndose en pie.

—En tal caso, haga algo útil: regrese lo antes posible a

Portsmouth y cuéntele al capitán Verne y a Adrián lo que hemos averiguado. Dígales que lo preparen todo para partir mañana antes del amanecer.

—Hacia Trondheim —dijo Lady Elisabeth.

—No, hacia Copacabana, si le parece. A Trondheim, claro; ¿adónde si no? —Zarco masculló algo y prosiguió—: Habrá que adquirir algunos pertrechos; coménteselo a Adrián, él se ocupará de todo. Y dígale a Verne que falsee el papeleo; nadie debe saber cuál es nuestro destino.

—Antes tengo que pasar por mi casa para recoger a Kathy y preparar el equipaje.

—Pues dese prisa. Y nada de modelitos franceses, encajes o puntillitas. Lleven sólo lo imprescindible y no olviden la ropa de abrigo, porque en Noruega hace frío incluso en primavera.

—¿Y usted qué va a hacer, profesor?

—Tengo que enviar un telegrama y luego mataré un poco de tiempo. Probablemente almuerce en el hotel.

—¿Por qué?

—Porque voy a conocer personalmente a nuestro adversario.

—¿Va a intentar entrevistarse con Ardán?

Zarco sonrió con fiereza.

—No, señora Faraday —dijo—. Me quedaré en el hotel esperando tranquilamente, porque le aseguro que, en cuanto se entere de que al libro le falta una hoja, ese armenio va a estar muy interesado en hablar conmigo.

\* \* \*

Tras despedirse de Lady Elisabeth y abandonar la biblioteca del Museo Británico, Zarco echó a andar por Great Russell Street. Aunque ya había mucha gente deambulando por las calles, el profesor no tuvo el menor problema en identificar al individuo que le estaba siguiendo, un hombre de mediana edad tocado con un bombín que caminaba tras él a unos diez o doce metros de distancia.

Satisfecho de sí mismo, Zarco continuó paseando despreocupadamente, se introdujo en la estación de metro de Tottenham Court y, siempre seguido por el hombre del bombín, se encaminó al andén donde paraban los trenes que se dirigían al norte, hacia Camden Town. Al cabo de un par de minutos, un tren se detuvo y abrió sus puertas. Zarco se introdujo en él y observó de reojo cómo el espía hacía lo mismo, sólo que en el otro extremo del vagón. Unos segundos después, sonó un silbato y las puertas comenzaron a cerrarse, pero antes de que lo hicieran del todo, Zarco dio un salto y salió del vagón. El hombre del bombín, sorprendido, intentó regresar al andén, pero las puertas se le cerraron en las narices. Mientras el tren se ponía en marcha, Zarco se despidió del espía agitando la mano con una irónica sonrisa.

Acto seguido, el profesor tomó un tren en dirección sur, hacia Charing Cross. Allí cambió de línea y, seguro ya de que nadie le seguía, cogió otro convoy hacia Trafalgar Square, donde abandonó el subterráneo. Una vez en la calle, se dirigió a la oficina de telégrafos más cercana y envió un cablegrama al museo Vitenskaps de Trondheim. Luego, paró un taxi y se dirigió a su hotel.

Zarco pasó el resto de la mañana hojeando la prensa en la sala de lectura del Royal Eagle. A la una en punto, se dirigió al restaurante y pidió sopa de tomate y rosbif con guarnición de patatas y verduras. Veinticinco minutos después, justo cuando estaba a punto de atacar el segundo plato, apareció un botones con un sobre dirigido a él. Zarco le dio un chelín al muchacho, rasgó el sobre y extrajo de su interior un tarjetón de cartulina con el siguiente mensaje pulcramente escrito a mano:

*El señor Aleksander Ardán le ruega que tenga la amabilidad de reunirse con él esta tarde a la 15:30 en la sede del Reform Club, situada en el número 104 de Pall Mall Street.*

\* \* \*

El Reform Club era uno de los clubes de caballeros más antiguos y acreditados de Londres. Fundado en 1836 por el parlamentario *whig* Edward Ellice, en un principio estuvo destinado exclusivamente a los diputados liberales, aunque no tardó mucho en acoger en su seno a caballeros de ideas reformistas que no procedían de la política. Entre sus miembros más conocidos se contaban Winston Churchill, el primer ministro David Lloyd George o escritores tan célebres como H. G. Wells, E. M. Foster y Henry James. Sin embargo, su fama se debía sobre todo a una célebre apuesta que medio siglo atrás había tenido lugar entre sus paredes. En efecto: el 2 de octubre de 1872, el señor Phileas Fogg apostó veinte mil libras con los señores Stuart, Fallentin, Sullivan, Flanagan y Ralph, todos ellos miembros del club, a que conseguiría dar la vuelta al mundo en ochenta días. Y ganó, toda una hazaña para la época.

El Reform Club ocupaba un sobrio pero elegante edificio de tres plantas situado muy cerca de Buckingham Palace, la residencia del rey Jorge V, justo enfrente de St. James Park. Zarco remontó la escalera de entrada, se detuvo ante la puerta y consultó su reloj: eran las cuatro menos cuarto; llegaba quince minutos tarde a la cita, tal y como había previsto. Cuanto más molesto e impaciente estuviese Ardán, mejor. Guardó el reloj y tiró del llamador; un repique de campanillas sonó a lo lejos. Al poco, un mayordomo vestido de librea abrió la puerta y le miró expectante.

—¿En qué puedo ayudarle, señor? —preguntó.

—Soy el profesor Ulises Zarco. Estoy citado con Aleksander Ardán.

—Por supuesto, señor, adelante —dijo el mayordomo, franqueándole el paso—. El señor Ardán le espera.

Zarco cruzó la puerta y se adentró en un lujoso vestíbulo. Al fijarse en el panamá con que se cubría Zarco, el mayordomo alzó levísimamente una ceja, en lo más cercano a un gesto de reprobación que aquel rostro hierático podía expresar.

—¿Quiere que le guarde... el sombrero, señor? —preguntó.

—No, gracias. No me quedaré demasiado tiempo.
—Como desee. Si tiene la amabilidad de acompañarme...

Zarco siguió al mayordomo a través de un suntuoso patio interior rodeado de columnas; luego, tras recorrer un breve pasillo, se detuvieron frente a una puerta cerrada. El criado golpeó con los nudillos en la hoja, abrió y dijo:

—Su invitado ha llegado, señor Ardán.

—Adelante, Jenkins —dijo una rotunda voz de barítono desde el interior de la estancia—. Hágalo pasar.

El mayordomo se echó a un lado e invitó a entrar a Zarco con un ademán. Éste cruzó la puerta y se adentró en una sala aristocráticamente amueblada; a la derecha, junto a un ventanal de vidrios emplomados, había dos butacas de cuero con un velador de caoba entre medias y, enfrente, un buró, una mesita auxiliar y una librería repleta de volúmenes encuadernados en piel. De las paredes colgaban óleos con retratos y paisajes. Aleksander Ardán, que se hallaba de pie en el centro de la sala, se aproximó al profesor con una amplia sonrisa y la mano tendida.

—Bienvenido, señor Zarco —dijo—. Por fin nos conocemos.

Ardán era alto, tanto como el profesor, e igual de fornido. Tenía los hombros anchos, la mandíbula prominente y la mirada intensa; sus cabellos, muy oscuros, estaban peinados hacia atrás con brillantina. Vestía un terno negro de excelente paño e impecable factura y llevaba en el anular de la mano izquierda un solitario con un enorme rubí; no obstante, pese a su intachable atuendo, había cierta tosquedad en él, como si detrás de aquella pulcra apariencia se agazapara algo salvaje.

Zarco y Ardán se estrecharon la mano mirándose a los ojos y, durante unos segundos ambos apretaron con tanta fuerza que la piel se les puso lívida en torno a los dedos; parecían dos gorilas compitiendo por el territorio. Finalmente, Ardán apartó la mano y preguntó:

—¿Desea tomar algo, amigo mío?

—No, gracias.

Ardán se volvió hacia el mayordomo, que aguardaba junto a la puerta, y dijo:

—Yo tomaré un coñac, Jenkins.

El criado hizo una leve reverencia y desapareció, cerrando la puerta.

—¿Nos sentamos? —propuso Ardán.

Ambos se acomodaron en los sillones y permanecieron unos segundos en silencio, evaluándose con la mirada.

—¿Qué tal su estancia en Inglaterra, Ulises? Disculpe, supongo que no le importa que le llame por su nombre...

—Sí, sí que me importa —le interrumpió el profesor—. Me encanta mi apellido: úselo. Y dejémonos de preámbulos. Usted me ha invitado a venir; ¿qué quiere?

—Directo al grano —asintió Ardán, sonriente—. Eso me gusta. Muy bien, señor Zarco, hablemos de negocios. Esta mañana, usted y la señora Faraday fueron a la biblioteca del Museo Británico y solicitaron un libro llamado *Cornwell's Antiquities and Ancient Monastic Life*. Tras consultarlo, abandonaron la biblioteca y, más tarde, mis hombres descubrieron que a dicho libro le había sido arrancada una página.

—Es cierto —repuso Zarco con burlona inocencia—; la señora Faraday y yo también nos dimos cuenta. Es increíble lo bárbara que puede llegar a ser la gente, ¿verdad?

El armenio le dedicó una gélida sonrisa.

—Según el índice del libro —dijo—, en la página que falta se habla acerca de Penryn, la orden de San Gluvias y ese otro santo, Bowen.

—Vaya, qué casualidad —comentó Zarco.

Ardán suspiró.

—Como usted mismo ha dicho, dejémonos de rodeos, señor Zarco; los dos sabemos quién arrancó la página. Piénselo: estamos solos aquí, usted y yo, podemos hablar con sinceridad.

—¡Ah! —exclamó Zarco—. ¿Ahora toca ser sinceros? De acuerdo, entonces contésteme a una pregunta: ¿admite que fue usted el instigador del robo de las reliquias de Bowen y del cilindro metálico que le envió John Foggart a su esposa?

La sonrisa del armenio se amplió, prestándole la apariencia de un escualo.

—En efecto, fui yo —dijo.

—¿Lo reconoce?

Ardán se encogió de hombros.

—¿Por qué no? —repuso—. Usted no tiene más pruebas que mi palabra y aquí no hay ningún testigo.

—Entonces, admite ser un ladrón.

—No, señor Zarco, eso es demasiado vulgar. Lo que soy es un hombre con visión de futuro, la clase de hombre que hace avanzar a la sociedad. Por ejemplo, fíjese en el caso de Thomas Bruce, séptimo conde de Elgin, embajador británico en Constantinopla y arqueólogo aficionado. Cuando se apropió de parte de las esculturas del Partenón y las trajo a Inglaterra, lo que estaba haciendo era robar a los griegos; sin embargo, aquí, en este país, todo el mundo le consideró un héroe y ahí tiene su botín exhibiéndose públicamente en el Museo Británico. Lo que uno es o no es, amigo mío, depende del punto de vista.

—Pues desde mi punto de vista —replicó Zarco—, usted no es más que un vulgar ladrón.

Ardán encajó la mandíbula y le miró entrecerrando los ojos. En ese momento, sonaron unos discretos golpes en la puerta y el mayordomo entró en la sala llevando en las manos una bandeja de plata sobre la que descansaban una copa de cristal y una botella de coñac Hennessy. Tras servir la bebida, el criado se marchó, silencioso como un fantasma. Ardán le dio un sorbo al licor y, tras recuperar la sonrisa, dijo:

—Me parece que hemos empezado con mal pie, señor Zarco. Vamos a centrar el asunto. Ambos sabemos lo que está en juego, ¿no es cierto?

—¿Lo sabemos? —repuso el profesor con ironía.

—Estoy al corriente de que hizo analizar una de las reliquias, amigo mío, no es necesario hacerse el tonto —hizo una pausa y prosiguió—: Titanio. Titanio puro. ¿Se imagina lo que eso puede hacer avanzar la tecnología y la ciencia?

—Me hago una idea.

—Pues no es todo. No se trata sólo del titanio; Foggart descubrió algo todavía más increíble.

Zarco le miró con el ceño fruncido.

—El cilindro metálico... —murmuró—. ¿Qué es?

Ardán soltó una carcajada.

—No —dijo—; aún no hemos pasado por la vicaría, si me permite la metáfora. Todavía no ha llegado el momento de las confidencias. Pero eso puede cambiar. Le he hecho venir aquí, Zarco, porque quiero que trabaje para mí —concluyó.

El profesor alzó una ceja.

—Ya tengo trabajo —replicó.

Ardán volvió a reír.

—Ah, sí, esa insignificante sociedad científica, SIGMA... ¿Cuánto le pagan? No, no me lo diga; sea cual sea la cifra, le ofrezco el triple.

Zarco sonrió.

—Vaya, es una oferta muy tentadora.

—Y la recompensa puede ser aún más alta. Si gracias a su ayuda logramos encontrar a John Foggart, le daré el uno por ciento de todos los beneficios que se deriven de lo que descubramos.

—¿El uno por ciento? —dijo el profesor en tono burlón—. Suena muy poco generoso.

—No lo crea; ese uno por ciento podría convertirle en el segundo hombre más rico del planeta.

—Y usted sería el primero, ¿verdad?

Ardán le contempló con una tenue sonrisa en los labios.

—Le estoy ofreciendo mucho, Zarco —dijo—. ¿Qué me responde?

El profesor se quitó el panamá, se rascó la cabeza y volvió a calarse el sombrero.

—Le respondo que no estoy en venta.

Ardán dejó escapar un largo suspiro y apuró su copa de un trago.

—¿Qué quiere, Zarco? —preguntó con un deje de irritación—. ¿Una sociedad geográfica para usted solo? De acuerdo, crearé una fundación y sufragaré cuantas expediciones le vengan en gana. Vamos, todo hombre tiene un precio. ¿Cuál es el suyo?

Zarco desvió la mirada y reflexionó durante unos segundos.

—Diez mil millones de libras —dijo al fin.

—¿Qué?

—Bueno, he evaluado mi precio y así, a vuelapluma, lo estimo en diez mil millones.

Ardán resopló, cada vez más exasperado.

—¿Podemos hablar en serio?

—Estoy hablando en serio. Puede que me sobrevalore, pero le garantizo que por diez mil millones de libras no sólo le encuentro a Foggart, sino que además le limpio los zapatos. ¿Qué me dice?

El armenio se recostó en la butaca y cruzó los brazos.

—No acabo de entenderle, Zarco —murmuró.

—Pues es muy sencillo: una de mis reglas consiste en que nunca hay que asociarse con ladrones, porque acabarán robándote. Y usted, como he señalado antes, es un ladrón.

Ardán clavó en el profesor una dura mirada; todo rastro de cordialidad había desaparecido de su rostro.

—¿Cree que no podré encontrar otro ejemplar de ese libro? —preguntó—. Mis hombres ya lo están buscando.

—Y darán con él, estoy seguro. Pero ¿cuándo? Según tengo entendido, se trata de un libro muy, pero que muy raro... —Zarco se puso en pie—. Debo coger un tren, me voy. No, no hace falta que llame a ese esclavo de librea; conozco el camino.

Echó a andar hacia la puerta, pero cuando estaba a punto de abrirla, Ardán le contuvo:

—Zarco.

El profesor se giró.

—¿Sí?
—Le sugiero que reconsidere mi oferta. Créame: no le gustaría tenerme como enemigo.

Zarco le dedicó una sonrisa irónica y, sin decir nada, abrió la puerta y abandonó la sala.

\* \* \*

Ulises Zarco regresó a Portsmouth a las ocho y cuarto de la tarde y se dirigió directamente al *Saint Michel*. Una vez en el barco, convocó en el comedor de oficiales al capitán Verne, a Cairo, a Lady Elisabeth y a García para contarles su entrevista con Aleksander Ardán. Cuando concluyó, tras un sombrío silencio, Cairo preguntó:

—¿Qué opina de Ardán, profesor?

—Es peligroso —respondió Zarco—; pero de momento le llevamos la delantera. Salvo en un aspecto.

—¿Cuál?

—El cilindro metálico que John envió a Londres. Ardán sabe lo que es y nosotros no. Y ese maldito armenio le daba mucha importancia —Zarco se volvió hacia Lady Elisabeth y preguntó—: ¿Qué le decía su marido en la carta acerca del cilindro?

—Me pedía que lo guardase en la caja fuerte y que no se lo enseñase a nadie.

—¿No decía dónde lo había encontrado?

Lady Elisabeth negó con la cabeza. Zarco meditó unos instantes y preguntó:

—¿Qué aspecto tenía?

—Era pesado y del color del plomo, pero más brillante.

—¿Tiene idea de qué puede ser, García? —le preguntó Zarco al químico.

El hombrecillo se encogió de hombros.

—Hay muchos metales que se ajustan a esa descripción —dijo—. El estaño o el zirconio, por ejemplo.

—Pero Ardán no consideraría especialmente valiosos ni el estaño ni el zirconio —repuso Zarco, pensativo—. Y Foggart no se habría molestado en enviar a Londres cualquiera de esos materiales. Tiene que ser otra cosa... —resopló—. Bueno, dejémonos de conjeturas. ¿Está todo listo para partir, capitán?

—Zarparemos a las seis de la mañana —respondió Verne—. Si tenemos buena mar, tardaremos unos tres días y medio en llegar a Trondheim.

—Y vamos allí para examinar ese manuscrito que mencionaba el libro, ¿no? —comentó Cairo.

—El Códice Bowen —asintió Zarco.

—¿Qué espera encontrar, profesor?

—Alguna pista acerca del lugar adonde se dirigió Foggart.

—Pero cuando Foggart le entregó a su esposa la *shelf mark* del libro aún no había visto el manuscrito. Puede que viajase a Trondheim y no encontrase nada.

—En cuyo caso habría vuelto a Inglaterra inmediatamente en vez de desaparecer durante un año —replicó Zarco, torciendo el gesto—. Últimamente te veo muy cenizo, Adrián. ¿Qué te pasa?

Cairo se encogió de hombros.

—Tengo un mal presentimiento —respondió.

—Ah, tienes un presentimiento —el tono de Zarco era burlón—. Entonces será mejor regresar a casa, ¿no? —resopló—. Presentimientos..., ¡tonterías! Deberías intentar ser un poquito más positivo, Adrián —se puso en pie y concluyó—: Será mejor que cenemos y nos vayamos temprano a la cama. Mañana hay que madrugar.

\* \* \*

Aquella noche, Adrián Cairo no durmió en su camarote; en vez de ello, se dirigió a uno de los botes salvavidas con unas mantas para pasar allí la noche. La única razón fue que tenía un mal presentimiento.

En cierta ocasión, cuando vivía en África, Cairo visitó una aldea de la tribu Bakongo y pasó allí dos días mientras esperaba la llegada de unos cazadores belgas que le habían contratado como guía. La hechicera del poblado, una anciana llamada Ngudi, pasó todo el primer día observándole a distancia. Por la noche, Cairo durmió mal, agobiado por pesadillas que no recordaba al despertar, y al día siguiente se levantó embargado por una extraña desazón a la que no podía encontrar motivo. Al atardecer, la hechicera se aproximó a él y le dijo:

—Tú tienes la mirada.

—¿La mirada?... —repitió Cairo, desconcertado.

—El dios Nzambi te ha tocado con su mano y puedes ver el mundo de las tinieblas. Pocos blancos tienen la mirada, y también pocos bakongo, pero tú la tienes, igual que yo, y los dos sabemos que va a suceder algo terrible. Esperas a otros blancos para ir a cazar; no deberíais hacerlo, porque os aguarda la desgracia.

Sin añadir nada más, Ngudi se dio la vuelta y desapareció en el interior de su cabaña. Cairo no se tomó en serio la advertencia de la hechicera —a fin de cuentas, sólo eran supersticiones primitivas—, pero la sensación de inquietud, lejos de difuminarse, no dejó de crecer en su interior. Por eso, al día siguiente, cuando llegaron los belgas que le habían contratado, intentó hacerles desistir del safari, aunque, careciendo como carecía de argumentos, no resultó muy convincente, de modo que al amanecer abandonaron el poblado y partieron hacia el oeste.

Cuatro días más tarde, cuando se encontraban en la región de Mayéyé, fueron sorprendidos por una estampida de cebras. Uno de los belgas murió; el otro y tres de los porteadores resultaron gravemente heridos. El propio Cairo sufrió una conmoción cerebral que le mantuvo varias horas inconsciente. Por eso, desde entonces, Cairo hacía mucho caso a sus presentimientos y por eso aquella noche durmió en el exterior, tumbado sobre uno de los botes del *Saint Michel,* con un revólver Smith & Wesson al cinto. Aunque, realmente, no durmió demasiado, pues a eso de las tres de la madrugada algo le despertó.

Cairo se incorporó bruscamente, pasando en un instante del sueño a la vigilia. ¿Qué le había despertado? Miró a su alrededor; aunque la luna estaba ausente, el resplandor de las farolas del puerto le permitió comprobar que no había nadie por los alrededores, ni en el muelle ni en la cubierta. Arriba, en el puente de mando, brillaba una luz; allí estaba el segundo oficial Joäo Sintra, de guardia, aunque al parecer no había oído nada, pues seguía tranquilamente en su puesto. Cairo contuvo el aliento y escuchó atentamente; al poco, oyó un chapoteo y algo así como unos susurros que parecían proceder del costado de babor.

Procurando no hacer ruido, Cairo bajó del bote, empuñó su revólver y, amparándose en las sombras, se dirigió hacia el lugar de donde procedían los sonidos. Mientras avanzaba sigilosamente, recordó que debía haber un marinero de guardia en la cubierta, pero no había rastro de él. Tras rodear la superestructura del barco, se detuvo y observó la cubierta de babor, que, al estar al lado opuesto del muelle, se encontraba sumida en las sombras. De pronto, distinguió la silueta de un hombre acuclillado junto a la borda.

—¿Quién anda ahí? —dijo Cairo en voz alta.

Automáticamente, el desconocido empuñó una pistola y le apuntó. Al instante, Cairo se lanzó al suelo, justo en el momento en que sonaba una detonación y una bala pasaba silbando por encima de él. Estando todavía en el aire, Cairo disparó tres veces contra el agresor, rodó sobre sí mismo y se quedó de rodillas, con el revólver apuntando al frente. Pero ya no hubo más disparos; el desconocido yacía inmóvil en la cubierta, con la pistola caída a su lado. Cairo se incorporó y, sin dejar de apuntarle, se aproximó a él y comprobó que estaba muerto. Junto al cadáver había dos cajas de madera y en la barandilla se distinguía un gancho de metal del que colgaba una cuerda.

Cairo se acercó a la borda y miró hacia abajo; en el agua,

junto al casco del *Saint Michel,* flotaba una pequeña barca con dos hombres dentro. Al verle, uno de ellos alzó una pistola y disparó; Cairo retrocedió un paso y respondió con varios disparos consecutivos, pero los dos extraños, desentendiéndose del tiroteo, se lanzaron al agua y desaparecieron engullidos por la oscuridad.

—¡Quieto, no te muevas! —gritó una voz desde lo alto.

Cairo alzó la mirada y vio al segundo oficial apuntándole con un rifle desde el puente de mando.

—Soy Adrián —dijo—. Aparta ese cañón.

—¿A quién has disparado? —preguntó Sintra, desviando el rifle.

—Baja y te lo cuento. Pero antes conecta las luces de cubierta.

El segundo oficial desapareció en el interior del puente de mando; al poco, los focos exteriores del barco se encendieron. Entonces Cairo advirtió que había otro cuerpo tirado en el suelo, debajo del bote de babor, así que enfundó el revólver y se aproximó a él. Era Leoncio López, el marinero de guardia; tenía sangre en la cabeza y estaba inconsciente. Sintra bajó en ese momento por la escalerilla que conducía a la cubierta y se quedó mirando con perplejidad el cadáver del desconocido.

—¿Qué ha pasado? —preguntó.

Cairo señaló el cuerpo.

—Ese tipo y un par de amigos suyos querían hacernos una visita sorpresa.

—¿Ladrones?

Con un encogimiento de hombros, Cairo se inclinó hacia una de las cajas, descorrió el pasador que la mantenía cerrada y la abrió. Estaba llena de cartuchos de dinamita.

\* \* \*

Zarco contempló con el entrecejo fruncido las dos cajas de madera que descansaban sobre la cubierta.

—Ahí debe de haber más de cincuenta kilos de dinamita —murmuró.

—Suficiente para hundir el *Saint Michel* —comentó Verne, que se hallaba a su lado.

El profesor lanzó un gruñido, apretó los puños y exclamó:

—¡Maldito hijo de puta! ¡Voy a matar a ese armenio, le voy a estrangular con mis propias manos!

—No estamos seguros de que haya sido él —objetó el capitán.

—Ah, entonces habrá sido mi tía Enriqueta —ironizó Zarco—. Claro que es cosa de Ardán; como ese bastardo no pudo comprarme, decidió mandarnos al fondo del mar.

Zarco masculló un par de maldiciones y se aproximó a Cairo, que estaba acuclillado junto al cadáver, registrándolo.

—¿Sabemos quién es? —preguntó.

Cairo se puso en pie y sacudió la cabeza.

—No lleva documentación —repuso.

—Da igual, sólo es un miserable sicario —dijo Zarco de mal humor—. El mundo estará mejor sin él —después preguntó—: ¿Cómo se encuentra el marinero al que le aporrearon la cabeza?

—Ya ha recobrado el conocimiento. Tiene un buen chichón, pero sobrevivirá.

El capitán se aproximó a ellos con expresión preocupada.

—Deberíamos dar parte a la policía —dijo.

Zarco profirió una carcajada sarcástica.

—Claro, qué gran idea —dijo—. Avisemos a la policía y así conseguiremos que nos retengan aquí durante semanas. Por favor, Gabriel, no diga bobadas. Además, es muy posible que sean los propios hombres de Ardán quienes avisen a la policía, porque, aparte de mandarnos al infierno de un bombazo, ése sería otro buen modo de impedirnos continuar el viaje. Así que vamos a zarpar inmediatamente.

—¿Y qué hacemos con él? —preguntó Verne, señalando el cadáver.

—Tirarlo por la borda —respondió Zarco al tiempo que

se daba la vuelta y echaba a andar hacia el interior del barco.

—Pero eso es una barbaridad, Ulises... —dijo Verne.

El profesor se detuvo, le dedicó al capitán una fiera sonrisa y asintió:

—Tiene razón, me he equivocado. Antes de tirarlo por la borda hay que atarle un peso. Porque no queremos que flote, ¿verdad?

***Diario personal de Samuel Durango.***
***Martes, 8 de junio de 1920***

*El domingo pasado, aprovechando que tenía el día libre, asistí a la conferencia que pronunció Arthur Conan Doyle en el ayuntamiento de Portsmouth. Había mucho público y el escritor habló durante más de una hora acerca de la investigación psíquica y el mundo de los espíritus. La verdad es que me sorprendió el aspecto de Doyle; supongo que esperaba a un hombre menudo y con aire romántico, pero en realidad es alto y robusto, con un bigote de guías puntiagudas y un carácter expansivo.*

*Cuando concluyó la conferencia, me aproximé a él para que me firmara mi ejemplar de* El Mundo Perdido *y conversamos durante unos minutos. Le hablé acerca del señor Charbonneau, y Doyle me dijo que no debía estar triste, pues el espíritu de mi tutor seguía vivo en un plano alternativo de la realidad. Añadió que su madre había muerto recientemente y ya se había comunicado con ella varias veces a través de una médium. Según él, tarde o temprano todos nos reuniremos con nuestros seres queridos en el más allá.*

*Me gustaría creerle, pero no puedo. Si realmente el espíritu sobrevive a la muerte física, ¿dónde están las almas de los millones de personas que fallecieron durante la guerra? ¿Por qué no hacen oír sus voces mediante golpes en los muros, manifestaciones ectoplásmicas, apariciones o del modo que sea? ¿Por qué ese silencio? Sólo se me ocurre una respuesta: después no hay nada. El señor Charbonneau era escéptico y no creía en la existencia de una vida después de la muerte; sencillamente, carecía de esa clase de esperanza. Supongo que a mí me sucede lo mismo.*

*Hemos zarpado hoy, de madrugada, mientras todavía estaba dormido. Adrián Cairo me ha contado que, durante la noche, unos desconocidos intentaron poner una bomba en el* Saint Michel. *Empiezo a comprender por qué se requería valor para este trabajo.*

*Estoy familiarizándome con la vida en el barco. Todos los miembros de la tripulación hacen guardias de cuatro horas y descansan ocho. Sólo se libran de esta rutina el capitán y el jefe de máquinas, pero a cambio deben estar siempre dispuestos a intervenir en caso de necesidad. Un reloj marca los turnos de guardia tocando una campana cada media hora. El capitán Verne pasa la mayor parte del tiempo en el puente, aunque nunca coge el timón, pues de esa tarea se ocupan Elizagaray, Sintra o el piloto Yago Castro.*

*Esta mañana, el capitán me ha invitado a subir al puente de mando para jugar con él un par de partidas de ajedrez. He vuelto a ganar. Al parecer, se ha corrido la voz de que no soy del todo mal jugador y varios miembros de la tripulación me han retado.*

*Hoy, por la tarde, he estado fotografiando a algunos marineros mientras trabajaban. Uno de ellos, Napoleón Ciénaga, es un negro colombiano gigantesco; mide casi dos metros de estatura y tiene un rostro que parece tallado en ébano. También hay un chino, Chang Jintao, y dos árabes: Abdul Arab y Rasul Hakme, que es casi tan grande como Ciénaga. Mustafá Özdemir, el primer oficial de máquinas, es turco y siempre lleva un fez rojo en la cabeza. Estoy deseando revelar las fotografías.*

*Resulta agradable el ambiente de camaradería que reina en el* Saint Michel. *Incluso el profesor parece más relajado, como si el aire libre y el movimiento le apaciguaran. Ayer por la noche, después de cenar, el capitán, el profesor y Cairo contaron anécdotas de sus viajes. La señora Faraday y su hija también intervinieron, pero yo me mantuve callado. Creo que no conozco ninguna historia divertida.*

## 7. Trondheim

El *Saint Michel* dejó atrás el Canal de la Mancha y las costas de Inglaterra, y se adentró en las aguas del Mar del Norte. El miércoles a primera hora de la mañana, el capitán Verne le pidió a Zarco que subiera al puente de mando y, tras entregarle unos prismáticos, le condujo a la portilla que estaba orientada hacia popa y le indicó que observara un lejano navío que se encontraba al suroeste, casi en la línea del horizonte. Zarco se llevó los prismáticos a los ojos y miró en la dirección indicada, pero el barco estaba demasiado lejos y no podían distinguirse ni el nombre ni la enseña.

—Nos sigue desde que salimos de Portsmouth —dijo Verne.

—¿Por qué no me ha avisado antes? —preguntó Zarco con el ceño fruncido.

—Porque no estaba seguro. En el canal hay mucho tráfico y ese barco podía estar siguiendo nuestro rumbo por casualidad, pero he hecho un par de pruebas. Cuando reducimos la velocidad, él la reduce, y si aceleramos, acelera, manteniéndose siempre a unas seis o siete millas de distancia.

Zarco volvió a mirar a través de los prismáticos y murmuró:

—Maldito Ardán... —luego, volviéndose hacia Verne, preguntó—: ¿Ha probado ya el motor a plena potencia, Gabriel?

—Todavía no.

—Pues quizá éste sea un buen momento para hacerlo.

El capitán asintió con un cabeceo, se aproximó a Yago Castro, el piloto, que se hallaba de pie manejando la rueda del timón, y le dijo:

—A toda máquina.

Castro, un cincuentón enjuto con el rostro plagado de arrugas, hizo sonar dos veces la sirena y desplazó hacia delante la palanca del telégrafo que comunicaba las órdenes del piloto al cuarto de máquinas. Al poco, el sonido del motor se incrementó y la velocidad del *Saint Michel* comenzó a aumentar.

—Dieciocho nudos —dijo el piloto.

La proa del barco empezó a cabecear conforme cortaba las aguas.

—Veinticuatro nudos —informó Castro al cabo de unos minutos.

Zarco miró a través de los prismáticos y comprobó que la distancia entre el *Saint Michel* y el navío que les seguía no había aumentado lo más mínimo.

—¡Más rápido! —exclamó.

El *Saint Michel* se balanceaba arriba y abajo formando enormes olas cada vez que la quilla hendía el agua. Zarco y el capitán tuvieron que sujetarse para no perder el equilibrio.

—Veintinueve nudos —dijo el piloto, aferrado a la rueda del timón.

Llevándose los binoculares a los ojos, Zarco constató que no habían logrado alejarse ni un metro de aquel buque desconocido.

—¡Más velocidad! —gritó, sobreponiéndose al ruido del motor y el estruendo de las olas.

—No podemos ir más rápido —replicó Verne.

—¡Pues forcemos la máquina, por Júpiter!

—Ya la estamos forzando, Ulises. Además, aunque dispusiéramos del doble de potencia, no conseguiríamos ir más deprisa. Ésta es la velocidad máxima del *Saint Michel* —Verne se volvió hacia el piloto y le ordenó—: A media máquina.

Castro tiró de la palanca. Al cabo de unos segundos, el ruido del motor decreció y, poco a poco, según disminuía su velocidad, el barco fue estabilizándose. Zarco contempló con desaliento el lejano navío y soltó una nueva maldición.

—Es más rápido que nosotros —dijo Verne—. No hay nada que hacer.

Zarco le devolvió los prismáticos y esbozó una desafiante sonrisa.

—De acuerdo —dijo—. Si quieren olernos el trasero, que nos lo huelan. Ya veremos quién ríe el último.

Acto seguido, se dirigió a la escotilla y abandonó el puente de mando con paso firme. No obstante, pese a su aparente seguridad, una nube de preocupación le nublaba el rostro mientras bajaba por la escalerilla que conducía a la cubierta.

\* \* \*

Aquella tarde, después de comer, Samuel cogió su cámara portátil Voigtländer y se dirigió a la cubierta para tomar unas instantáneas del trabajo de los marineros. Al poco, la hija de Lady Elisabeth salió al exterior y, apoyándose en la borda, se quedó mirando la actividad del fotógrafo. Samuel y Katherine no habían intercambiado palabra desde que se conocieron, así que el joven no pudo evitar sorprenderse cuando ella se aproximó a él y le dijo:

—¿Podría hacerle una pregunta, Sam?

—Claro, señorita Foggart —respondió Samuel, bajando la cámara.

—Mis amigos me llaman Kathy. Verá, Sam, he observado que tanto ayer como hoy ha estado usted fotografiando a la tripulación. Ha retratado a los marineros, al capitán, a los oficiales, a todo el mundo. Menos a mí. ¿Le parezco fea?

Samuel parpadeó, confundido.

—Por supuesto que no —repuso—; es usted muy bonita.

—Entonces, ¿por qué no me ha fotografiado todavía?

Samuel se encogió de hombros.

—No sé... Supongo que no quería molestarla.

—Pues no me molesta en absoluto.

Sobrevino un silencio.

—¿Puedo fotografiarla ahora? —preguntó finalmente Samuel.

El rostro de Katherine se iluminó con una sonrisa.

—Claro. ¿Dónde quiere que me ponga?

Samuel le pidió que se situase junto a la barandilla, para que el mar quedara de fondo, y luego fotografió varias veces a la joven desde distintos ángulos. Cuando acabó, mientras guardaba las placas, Katherine se aproximó a él y comentó:

—Nunca he sabido cómo funciona la fotografía. Debe de ser muy difícil, ¿verdad?

—No, en realidad es sencillo. ¿Sabe lo que es una cámara oscura? —Katherine negó con la cabeza y Samuel prosiguió—: Imagínese una caja completamente cerrada. Si hacemos un agujero muy pequeño en uno de los lados y colocamos enfrente una manzana, por ejemplo, la luz entrará por el agujero y proyectará la imagen invertida de la manzana en el fondo de la caja.

—¿Eso es una cámara oscura?

—Sí. Algunos pintores la utilizaban para proyectar sobre un lienzo la imagen que querían dibujar y luego la calcaban. Bueno, pues una cámara fotográfica es básicamente lo mismo, sólo que en vez de un agujero se utiliza una lente, y la imagen se proyecta sobre una placa de cristal impregnada con sales de plata.

—¿Sales de plata?

—Concretamente, bromuro de plata —asintió Samuel—. Esa sustancia se oscurece al incidir la luz sobre ella, de forma que lo más brillante aparece más negro y lo más oscuro más blanco. Es decir, obtenemos un negativo de la imagen que queremos retratar.

—¿Y qué se hace después?

—Revelar la placa sumergiéndola en unos líquidos especiales. Luego, se coloca en una ampliadora, que no es más que un proyector; la luz pasa a través del cristal y proyecta la imagen en negativo sobre un papel también impregnado en sal de plata. Al revelar el papel, el proceso se invierte: lo que antes era negro aparecerá blanco y viceversa, y así obtendremos la imagen en positivo; es decir, la fotografía final. Es fácil.

Katherine contempló la cámara que, sujeta por una correa, colgaba del cuello de Samuel.

—Pero ahí veo muchos botones y resortes —comentó—. No debe de ser tan fácil.

—Bueno, le he contado lo básico, pero hay que tener en cuenta algunos detalles —señaló la cámara con un dedo—. Esa rueda sirve para enfocar la imagen. Con esta palanquita se gradúa el diafragma y con esta otra el tiempo que permanece abierto el obturador...

La risa de Katherine tintineó como un cascabel.

—No tan rápido, Sam —dijo—. ¿Diafragma? ¿Obturador?... Creo que me lo va a tener que explicar más despacio.

Los dos jóvenes se sentaron y Samuel le expuso pacientemente a Katherine el funcionamiento de la cámara fotográfica. Cuando acabó, la muchacha le preguntó si podía hacer una foto y él, galantemente, respondió que sí. A continuación, introdujo una placa virgen en la cámara y se la entregó; entonces, Katherine se llevó el visor al ojo derecho, cerró el izquierdo y encuadró a Samuel.

—No —protestó él, alzando una mano—. No me gusta que me fotografíen.

—Tonterías, Sam —replicó ella sin dejar de encuadrarle—. Aparte esa mano y sonría.

Samuel suspiró, resignado, y compuso una insegura sonrisa. Tras efectuar los ajustes necesarios, Katherine oprimió el disparador y le devolvió la cámara a Samuel.

—¿Cuándo va a revelar las placas? —preguntó.

—He quedado en jugar una partida de ajedrez con el capitán. Cuando acabe, si el barco no se mueve mucho, bajaré al laboratorio.

—Ah, sí, el ajedrez; dicen que es usted un gran jugador.

—No se me da mal, aunque sólo soy un aficionado.

—A mí me enseñó a jugar mi padre cuando era pequeña, pero se me ha olvidado.

—Puedo enseñarle, si quiere.

Katherine volvió a reír.

—No tan deprisa. Primero vamos a ver si aprendo algo

de fotografía —se incorporó—. No le entretengo más. ¿Me enseñará las fotos cuando las revele?
—Por supuesto.
—Gracias. Buenas tardes, Sam.
—Buenas tardes, Kathy.
Samuel observó cómo la joven se alejaba y desaparecía tras cruzar la escotilla que conducía al interior del barco. Después de unos segundos de quietud, se dirigió al puente de mando.
A lo lejos, empequeñecido por la distancia, el barco misterioso proseguía incansable la persecución del *Saint Michel*.

\* \* \*

Como era usual, aquella noche, después de la cena, el capitán Verne y los pasajeros se quedaron charlando en el comedor de oficiales. Por lo general, contaban historias acerca de sus viajes y esa sobremesa no fue la excepción; en cierto momento, Adrián Cairo relató un incidente acaecido en Kenia. En 1912, la tribu kikuyo le contrató para que diera caza a unos monstruos devoradores de hombres, dos seres sobrenaturales a quienes los nativos llamaban los «fantasmas blancos» y que hasta aquel momento habían matado a más de treinta personas. Tras varias semanas de persecución y acoso, Cairo descubrió que los monstruos eran en realidad dos leones albinos, un macho y una hembra.
—Eso ya en sí mismo es raro —señaló Cairo—, pues los leones albinos son muy poco frecuentes y además suelen morir jóvenes, pero aquellos animales eran adultos y se habían acostumbrado a la carne humana.
—¿Logró darles caza? —preguntó García.
—Sólo pude abatir a uno, al macho; la hembra desapareció y no volvió a saberse de ella por la región. Pero lo realmente extraño sucedió ocho meses después. Yo estaba acampado en el Valle del Rift, a casi quinientos kilómetros de distancia del lugar donde había perseguido a los «fantasmas blancos». Pues bien,

una noche, de madrugada, salí de la tienda de campaña y allí, a apenas diez metros, estaba la leona albina, acechándome. Ese animal me había seguido durante medio millar de kilómetros para vengarse. Es increíble.

—¿Y qué sucedió? —preguntó Katherine.

—Siempre que estoy en la selva voy armado. La leona se abalanzó sobre mí y yo la maté de un disparo. Pero todavía hoy me sobrecoge pensar en el odio que aquella bestia debía de profesarme para recorrer esa enorme distancia durante tanto tiempo con el único objetivo de acabar conmigo. Es lo más raro que me ha sucedido jamás.

Tras escuchar el relato de Cairo, Verne propuso que cada uno de los presentes contara su experiencia más extraña. Zarco tomó entonces la palabra y comenzó a contar su encuentro con una tribu amazónica desconocida que le confundió con un dios, pero Cairo le interrumpió diciendo:

—Disculpe profesor, pero, hablando de dioses, lo más raro que ha hecho fue hace cuatro años, cuando cruzamos el Ecuador y se disfrazó de Neptuno.

—¿Se disfrazó de Neptuno? —intervino Lady Elisabeth, sorprendida—. ¿Por qué?

—Es una vieja costumbre —respondió Cairo—. Cada vez que un barco cruza el Ecuador se celebra una fiesta a bordo; alguien se disfraza de Neptuno, el dios del mar, y somete a una serie de pruebas a los novatos que traspasan esa línea por primera vez. Aquel año, el profesor representó el papel de Neptuno y se disfrazó con una falda de algas, una corona de latón y una barba postiza. La verdad es que ofrecía un aspecto de lo más raro. Pero lo bueno vino cuando el profesor encendió un puro y por accidente le prendió fuego a la barba —se echó a reír—. ¡Parecía un salvaje alcanzado por un rayo!

—Eso me habría gustado verlo —comentó Lady Elisabeth, mirando de reojo a Zarco.

—Vázquez le hizo una foto —intervino el capitán—. Creo que la tengo en mi camarote...

—Bueno, ya está bien —gruñó Zarco—. Estuve a punto de abrasarme, así que no le veo la gracia —masculló algo entre dientes y prosiguió—: Ahora le toca a usted, señora Faraday. ¿Qué es lo más extraño que le ha sucedido, si es que alguna vez le ha ocurrido algo interesante?

Ignorando el sarcasmo, Lady Elisabeth reflexionó durante unos segundos y dijo:

—Al poco de casarnos, viajé con mi marido a Marruecos. En cierta ocasión, visitando Mogador, nos hospedamos en la casa de Ahmed Benzekri, el comerciante más rico de la ciudad. Un día, Benzekri se reunió con John y quiso comprarme. Le ofreció seis camellos y diez cabras.

—¿Y por qué no aceptó John la oferta? —preguntó Zarco con ironía.

Lady Elisabeth sonrió.

—Regatearon, pero no llegaron a un acuerdo —dijo—. Creo que con un par de cabras más el trato habría quedado cerrado.

A continuación, Katherine contó que, cuando tenía trece años y vivía en Guatemala, los habitantes de un poblado maya le pidieron que participara en una ceremonia dedicada a Chac, el dios de la lluvia.

—Me vistieron con una túnica blanca —relató la joven—, me cubrieron con collares de cuentas y me pusieron una guirnalda de flores en la cabeza. Luego, me senté en mitad de un círculo que formaba la gente de la aldea y unos hombres empezaron a tocar tambores mientras las mujeres cantaban en yucateco, su idioma. Entonces apareció un hombre disfrazado de pájaro y empezó a bailar a mi alrededor. Yo representaba a Tonatzin, la Madre Tierra, y él a Quetzal Caam, la Serpiente Emplumada. Fue de lo más extraño.

—Más tarde supimos que se trataba de una ceremonia de la fertilidad —comentó Lady Elisabeth—. La Serpiente Emplumada fecundando a la Madre Tierra mediante la lluvia de Chac. En fin, no resultaba un asunto muy adecuado para una niña, aunque afortunadamente todo era simbólico.

—Parece que tanto a los árabes como al dios Chac les gustan las rubias —comentó Zarco en voz baja.

—¿Y usted, capitán? —preguntó Cairo—. ¿Qué es lo más extraño que le ha ocurrido?

Verne reflexionó antes de responder.

—En 1895 yo era piloto del carguero *Cormorán* —dijo—. Una noche, estando de guardia en el puente, mientras navegábamos por el Mar de las Antillas, más o menos a la altura de las Caimán, vi un galeón.

—¿Un galeón? —repitió Lady Elisabeth, extrañada.

—Sí, un galeón del siglo XVI con todas las velas desplegadas. Pasó a unos doscientos metros de distancia; había luna llena, de modo que lo vi con toda claridad. No se distinguía a nadie en cubierta ni hacía el menor ruido.

—¡El *Holandés Errante!* —exclamó Zarco en tono burlón—. ¿No habría abusado del ron esa noche, Gabriel?

—Jamás he bebido estando de guardia —respondió Verne, y tras una pensativa pausa, agregó—: Supongo que fue una alucinación, pero parecía absolutamente real. Sin duda es lo más extraño que me ha ocurrido.

Cairo se volvió hacia García e, invitándole a intervenir con un gesto, dijo:

—Su turno, Bartolomé.

El químico se encogió de hombros.

—Pues si he de ser sincero —respondió—, lo más raro es esto.

—¿El qué?

—El fragmento de titanio puro, este viaje... Lamento ser tan poco interesante, pero es lo más extraño que he vivido jamás.

Cairo le dedicó una amistosa sonrisa y luego contempló a Samuel.

—Bueno, Sam, eres el último. ¿Cuál fue tu experiencia más rara?

Samuel meditó unos instantes y exhaló un suspiro.

—He sido el hijo muerto de muchas familias —dijo.

Todos le miraron con extrañeza.

—¿A qué se refiere, Sam? —preguntó Verne.

Samuel volvió a suspirar y, tras una pausa, respondió:

—Hace seis años, cuando comenzó la guerra, los jóvenes franceses fueron movilizados. Apenas un año después, cientos de miles habían muerto en las trincheras. Entonces, al señor Charbonneau se le ocurrió una idea... Muchos padres habían perdido a sus hijos sin la oportunidad de hacerse una última fotografía con ellos, así que mi tutor comenzó a ofrecer un nuevo servicio. Los interesados debían traer al estudio un retrato del fallecido; yo me vestía con el uniforme de la sección del ejército a la que hubiese pertenecido el joven y me fotografiaba con los familiares. Después, mediante un sencillo trucaje fotográfico, el señor Charbonneau sustituía mi cara por el rostro del muerto y de ese modo aquellos padres podían tener una fotografía en la que aparecían ellos junto a su difunto hijo vestido de militar —hizo una pausa y añadió en voz baja—: Durante las sesiones fotográficas, las madres solían llorar. En cierta ocasión, una de ellas se abrazó a mí creyendo que era su hijo y no me quería soltar, pues pensaba que si lo hacía, la muerte se me llevaría de nuevo —respiró hondo y dejó escapar el aire lentamente—. El caso es que en muchos hogares de Francia hay fotografías en las que aparece mi cuerpo, aunque no mi cara.

Un lúgubre silencio siguió a las palabras de Samuel.

—Sí que es extraño, sí —comentó Cairo—. Más que lo de mi leona; más incluso que el profesor disfrazado de Neptuno...

Nadie le llevó la contraria.

\* \* \*

Después de la sobremesa, Samuel se aproximó a Katherine y le entregó una fotografía. El joven había pasado varias horas en la bodega, revelando las placas de la sesión fotográfica de la tarde, y tras una minuciosa selección había escogido el mejor retrato de la muchacha.

—Es precioso —dijo Katherine contemplando su imagen impresa en el papel—. La mejor fotografía que me han hecho jamás; muchas gracias —alzó la mirada y preguntó—: ¿Y la que le hice yo, Sam? ¿La ha revelado?

Tras un titubeo, Samuel sacó una fotografía del bolsillo y se la entregó a Katherine. En el retrato aparecía el joven fotógrafo mirando a cámara con una sonrisa en los labios. La sonrisa más triste del mundo, pensó la muchacha.

—¿Puedo quedármela? —preguntó.

—Claro.

Katherine guardó las fotografías en el bolso y dijo:

—Voy a dar un paseo por cubierta antes de retirarme al camarote. ¿Me acompaña, Sam?

El *Saint Michel* navegaba en una oscuridad apenas mitigada por el resplandor de las estrellas. La cubierta, desierta a aquellas horas, se hallaba tenuemente iluminada por las lámparas que estaban fijadas a la superestructura. Cuando los dos jóvenes salieron al exterior, Katherine se apoyó en la barandilla y paseó la mirada por la superficie del mar; al volver la vista hacia popa distinguió en la lejanía las luces del barco que les seguía y un escalofrío le recorrió la espalda. Entonces alzó los ojos hacia el firmamento y comentó:

—Qué noche más estrellada...

Samuel elevó la mirada y comprobó que, en efecto, el cielo estaba cuajado de estrellas.

—La Vía Láctea —prosiguió la muchacha, señalando hacia arriba con el dedo—. Y ahí está Casiopea, justo encima de Cepheus. ¿Conoce las constelaciones, Sam?

—Me temo que no.

—Entonces ahora tengo la oportunidad de enseñarle algo. Es sencillo. Por ejemplo, fíjese en esas siete estrellas que parecen formar un carro: son la Osa Menor. ¿Ve la estrella más brillante? Es Polaris y se llama así porque está situada justo encima del Polo Norte. De hecho, todas las estrellas del firmamento parecen moverse a causa del giro de la Tierra, pero

Polaris permanece fija en el cielo, marcando siempre el Norte, y por eso es la estrella que usan los marinos para orientarse. Antiguamente, Polaris se llamaba Cinosura, como la ninfa que, según la leyenda, ocultó y protegió a Zeus cuando su padre, Cronos, quería devorarlo. Al morir Cinosura, Zeus, en agradecimiento, la elevó a los cielos, convirtiéndola en estrella. Es una historia bonita, ¿verdad?

—Mucho.

—Dígame, Sam: ¿se pueden fotografiar las estrellas?

—Sí, pero no con el equipo que tengo, y menos en un barco en movimiento.

Con la mirada siempre fija en el cielo, Katherine guardó un largo silencio. Una ráfaga de viento la hizo estremecer y se arrebujó en el chal que le cubría los hombros.

—¿Sabe algo, Sam? —dijo al fin—. Creo que sus fotografías y las estrellas se parecen.

—¿Por qué?

—Las fotografías son algo así como luz congelada. Luz del pasado atrapada en sales de plata, ¿no le parece?

—Nunca lo había visto de ese modo, pero supongo que sí.

—Bueno, pues las estrellas están tan lejos que su luz, pese a viajar a 186.000 millas por segundo, tarda años, incluso siglos, en llegar a nosotros. De modo que, cuando miramos el firmamento en realidad vemos luz vieja, luz del pasado. Como ocurre con las fotografías.

Samuel la miró de reojo.

—¿Cómo es que sabe tanto de astronomía, Kathy? —preguntó.

Los ojos de la muchacha abandonaron las estrellas y se perdieron en la oscuridad del mar.

—Mi padre me enseñó... —murmuró.

Hubo un silencio.

—Le echa de menos, ¿verdad? —dijo Samuel.

—Sí, mucho —suspiró—. En fin, estoy acostumbrada a sus viajes, pero nunca había permanecido tanto tiempo ausente.

La verdad es que estuve muy preocupada hasta que llegó su carta. Fue un alivio saber que se encontraba bien, pero luego empezaron a suceder cosas extrañas; el robo, las amenazas a mi madre... —señaló la lejana luz del navío que les seguía—. Y ahora ese barco, siempre detrás de nosotros.

—Recuerde lo que dijo el profesor: si ese barco nos sigue es porque Ardán no ha encontrado todavía a su padre, Kathy.

Katherine asintió con un inseguro cabeceo y guardó un largo silencio.

—Usted también echa de menos a su tutor, el señor Charbonneau —dijo de repente—. ¿No es así, Sam?

—Sí...

—¿Le quería mucho?

Samuel demoró unos segundos la respuesta.

—Me enseñó todo lo que sé —dijo— y siempre me trató bien.

Katherine se dio cuenta de que, en realidad, el joven no había contestado a su pregunta, pero no insistió.

—¿Mientras vivió en Francia volvió alguna vez a España? —preguntó.

—No, nunca.

—Y ahora, a su regreso, ¿visitó a sus tíos?

—Sí —Samuel desvió la mirada—. Mi tío murió hace cuatro años.

—¿Y usted no lo sabía?

—Cuando me trasladé a Francia perdí todo contacto con ellos.

—Vaya, lo siento... ¿Cómo están sus demás parientes?

—Mi tía ha envejecido mucho y mis primos ya son mayores. Dos emigraron a Barcelona y los demás aún trabajan las tierras de su padre... Pasé con ellos una tarde y fue como visitar a unos extraños.

—Es lógico. Una ausencia tan larga y las diferencias de educación...

Samuel sacudió la cabeza.

—No, Kathy —dijo—. Es que ellos nunca me quisieron.

—¿Por qué dice eso, Sam?

El joven la miró a los ojos.

—Me entregaron a un extraño —respondió—. El señor Charbonneau era un buen hombre, pero ¿y si hubiese sido un pervertido? Mis tíos no le conocían, pero le cedieron mi custodia con una única condición: cien pesetas, eso era lo que yo valía para ellos. Siempre fui un estorbo para esa familia y, en cuanto pudieron, se libraron de mí. Por eso cuando volví a verlos me parecieron unos extraños: porque en realidad lo eran. Siempre lo fueron.

Katherine bajó la mirada.

—Lo siento —musitó—. Pregunto demasiado.

Samuel parpadeó, instantáneamente arrepentido de haber pronunciado aquellas palabras.

—Disculpe usted, Kathy —dijo, avergonzado—. He hablado más de lo necesario.

—Se ha limitado a contestar, Sam; y le agradezco su sinceridad.

Una ráfaga de viento les azotó el rostro.

—Hace frío —observó Samuel—. Deberíamos ir dentro.

Katherine asintió y, en silencio, se dirigieron a sus respectivos camarotes.

\* \* \*

Conforme navegaban hacia el norte de Europa, dejando atrás el paralelo 60 y las islas Shetland, los días se fueron volviendo progresivamente más largos y el clima más frío. Finalmente, a primera hora de la mañana del viernes, once de junio, la embocadura del fiordo de Trondheim apareció en el horizonte y el *Saint Michel* enfiló en su dirección. Justo entonces, el barco que les seguía aceleró la marcha y comenzó a acortar la distancia que le separaba del *Saint Michel*. Unos minutos antes de las ocho y media, el capitán convocó a los pasajeros en el puente de mando y les anunció:

—Dentro de media hora atracaremos en el puerto de Trondheim. El navío que nos sigue ha incrementado la velocidad, aproximándose a nosotros, y por fin he podido distinguir su nombre —apuntó con el dedo hacia popa, señalando el cada vez más cercano buque—. Se llama *Charybdis* y navega bajo pabellón inglés.

—Es el nuevo yate de Aleksander Ardán —intervino Lady Elisabeth—. Hace unos meses leí un artículo en el *Times* acerca de su botadura.

Zarco cogió un catalejo y contempló a través de sus lentes el navío.

—¿Eso es un yate? —comentó—. Pero si debe de tener más de cien metros de eslora.

—Según el periódico —dijo Lady Elisabeth—, se trata del barco más moderno del mundo y uno de los más rápidos.

—No me cabe duda de que así es —terció el capitán—. Dudo mucho que podamos librarnos de él.

—Eso ahora no importa —sentenció Zarco, zanjando el tema con una palmada—. Centrémonos en nuestros próximos pasos. En cuanto el *Saint Michel* atraque, me dirigiré al museo Vitenskaps —señaló a Samuel—. Vendrás conmigo, Durazno; quiero que fotografíes el códice.

—Yo también le acompañaré, profesor —dijo Lady Elisabeth, sonriente.

Zarco alzó la mirada, como implorando clemencia a alguna deidad.

—No creo que sea necesario, señora Faraday —repuso en un tono que pretendía ser paciente, pero le salió irritado—. Se trata de examinar un texto en latín que le resultará completamente incomprensible.

—Conozco el latín.

—Vamos, no crea ni por un instante que le va a bastar con las nociones de latín que aprendió en el colegio de señoritas al que la llevaron sus padres. El códice, sin duda, estará escrito en latín medieval con una caligrafía endiablada.

Durante unos instantes, Lady Elisabeth le contempló en silencio, sin perder la sonrisa.

—Cuando le comenté que ayudaba a mi marido en su trabajo —dijo—, no me refería a lavarle la ropa o zurcirle los calcetines. Desde que era muy joven me dediqué, si bien de forma autodidacta, a la lingüística; aprendí varios idiomas.

—Reconozco que habla muy fluidamente español —protestó Zarco—, pero eso no significa...

—Hablo fluidamente español —le interrumpió ella—, así como francés, italiano, portugués, alemán, árabe y griego, aparte de inglés, por supuesto. Además, tengo nociones de ruso, de holandés, de sueco, danés y noruego. ¿Habla usted algo de noruego, profesor?

—No, pero...

—Bien —prosiguió la mujer—, eso en lo que respecta a las lenguas vivas y sin mencionar los dialectos. En cuanto a las lenguas muertas, conozco el griego clásico, el hebreo bíblico, el árabe clásico, el arameo y sé descifrar jeroglíficos egipcios. Y, por supuesto, domino el latín, tanto clásico como medieval. Así pues, me considero perfectamente capacitada para examinar el Códice Bowen.

—Pero...

—En cuanto atraquemos en el puerto iré al museo Vitenskaps, profesor. Con o sin usted.

Zarco encajó la mandíbula y apretó los puños.

—Pero qué terca es... —masculló.

—Yo prefiero denominarlo firmeza —repuso ella, siempre sonriente.

El profesor resopló y sacudió la cabeza con un gesto de agria claudicación.

—De acuerdo, haga lo que le venga en gana; a fin de cuentas, siempre lo hace —gruñó algo por lo bajo y agregó malhumorado—: Me iré en cuanto atraquemos y no pienso esperarla. En lo que a ti respecta, Durazno, te quiero en la cubierta a las nueve en punto, con el equipo que necesites y listo para partir.

—¿Qué hacemos nosotros entre tanto? —preguntó Cairo.

—Esperarme. Que nadie desembarque hasta mi regreso.

Dicho esto, Zarco abandonó el puente de mando, seguido al poco por el resto de los pasajeros. Antes de irse, Samuel se aproximó a la portilla de proa y contempló las verdes colinas que se alzaban en torno al fiordo y, al fondo, la ciudad de Trondheim. Yago Castro, que en aquel momento pilotaba el *Saint Michel,* comentó con marcado acento gallego:

—Esos dos van a acabar liándose.

—¿Quiénes? —preguntó Samuel.

—El profesor y la inglesa. Se ve venir un romance.

—Pero si no se soportan; están siempre discutiendo.

Sin apartar las manos de la rueda del timón, el piloto soltó una carcajada.

—Pero qué ingenuo eres, *carallo* —dijo—. ¿Has oído eso de que los marinos tienen una novia en cada puerto?

—Sí.

—Pues es verdad, y yo hace casi cuarenta años que trabajo en la mar, así que soy experto en asuntos del corazón. Y te voy a decir algo: el enemigo del amor no es el odio, sino la indiferencia. Odio y amor son las dos caras de la misma moneda y basta un chispazo para que lo uno se convierta en lo otro.

—En cualquier caso, la señora Faraday está casada.

—¡Como casi todas mis novias! —rió de nuevo Castro—. No seas panoli, rapaz, y hazme caso: esos dos no acaban el viaje sin darse un revolcón.

Samuel se encogió de hombros y, tras despedirse, abandonó el puente de mando en busca de su equipo fotográfico.

* * *

Mientras el *Saint Michel* realizaba las maniobras de aproximación al puerto y atraque, el *Charybdis* echó el ancla a unos doscientos metros de distancia del muelle. Simultáneamente, una lancha a motor se aproximó al enorme yate, recogió a unos pasajeros y los condujo a la dársena. Zarco, que observaba toda aquella actividad desde la cubierta del *Saint Michel,* comentó:

—Ahí van nuestras sombras.

—¿Nuestras sombras? —preguntó Lady Elisabeth, que se hallaba a su lado, apoyada en la barandilla.

—Los tipos que van a espiarnos —aclaró Zarco—. Ardán ya sabe que nuestro destino era Trondheim, pero ignora qué buscamos aquí, así que en esa lancha deben de ir agentes suyos con la misión de no quitarnos la vista de encima.

—¿Y qué vamos a hacer al respecto?

En vez de responder, Zarco comenzó a silbar una jiga mientras contemplaba cómo la lancha se aproximaba al puerto.

A las nueve y cuarto, una vez amarrado el *Saint Michel,* un par de marineros tendieron la pasarela y por ella descendieron Zarco, Lady Elisabeth y Samuel, que cargaba con su equipo fotográfico. Diez minutos más tarde, después de pasar por la aduana, echaron a andar hacia el noroeste.

Trondheim se encuentra en el meandro que describe el río Nidelva antes de desembocar en el fiordo. Era una ciudad de casas bajas —la mayoría de madera, con las fachadas pintadas de verde, rojo o amarillo albero— donde se alternaban amplias avenidas con estrechos laberintos de callejas. Tras abandonar el recinto portuario, los dos hombres y la mujer se internaron en una solitaria zona ocupada por almacenes y cobertizos. Al cabo de unos minutos, Lady Elisabeth preguntó:

—¿Dónde está el museo?

—Al suroeste de la ciudad, cerca del río —respondió Zarco.

—Pues yo diría que vamos en dirección contraria.

—Ya lo sé, señora Faraday, ya lo sé —respondió Zarco en tono aburrido sin dejar de caminar.

Unos cincuenta metros más adelante, a la derecha, se abría un callejón lleno de basura y embalajes vacíos; al llegar a su altura, Zarco, seguido por sus dos acompañantes, se introdujo en él.

—Por aquí no hay salida —observó Lady Elisabeth, deteniéndose.

Zarco se arrimó a un muro, cerca de la entrada, y dijo en voz baja:

—Vaya al fondo del callejón. Tú también, Durazno.

—Pero... —comenzó a protestar la mujer.

Zarco la interrumpió con un siseo.

—Por una vez en su vida —susurró—, cierre la boca y obedezca.

Lady Elisabeth alzó una ceja e, imitada por Samuel, retrocedió unos pasos. Durante veinte interminables segundos no sucedió nada; hasta que, de repente, un hombre cubierto con un gabán negro dobló la esquina del callejón. De un salto, Zarco se interpuso en su camino y exclamó sonriente:

—¡Sorpresa!

Con los ojos como platos, el hombre abrió la boca, pero no pudo decir nada, pues de pronto el puño derecho del profesor impactó contra su mandíbula con la violencia de una coz, sumiéndole instantáneamente en la inconsciencia.

Lady Elisabeth, contemplando con incredulidad el desmadejado cuerpo del desconocido, se aproximó a Zarco y musitó:

—Pero... ¿qué ha hecho?

—Atizarle a este imbécil, está claro.

—¿Por qué?

En vez de responder, Zarco se inclinó hacia el desconocido, le cacheó, extrajo del bolsillo interior de su gabán una cartera y, tras examinarla, sacó de ella una tarjeta y se la entregó a la mujer. La tarjeta llevaba el membrete de Cerro Pasco Resources y estaba a nombre de un tal Francis Whithey, agente del departamento de seguridad de la compañía.

—Nos estaba siguiendo... —murmuró Lady Elisabeth—. Pero ¿no había otra forma de impedirlo? Podríamos haberle despistado...

—¡Por Júpiter, deje de quejarse! —gruñó el profesor—. Sólo está dormido, así que no se preocupe por él.

Zarco asió al desvanecido agente de Cerro Pasco por las

axilas y, arrastrándolo, lo ocultó detrás de unos cajones. Luego se sacudió las manos y dijo:

—Vámonos al museo.

—Pero no podemos dejarlo ahí tirado... —protestó Lady Elisabeth.

—Oh, sí que podemos —replicó el profesor—. Al menos, yo sí puedo. Ahora bien, si usted quiere quedarse aquí velando sus sueños, no tengo nada que objetar. Vámonos, Durazno.

Zarco se dirigió a la salida y Samuel, después de un breve titubeo, fue tras él. Lady Elisabeth contempló el exánime cuerpo del espía, suspiró con resignación y echó a andar en pos del profesor.

## 8. La historia de Bowen

El museo Vitenskaps estaba situado en el extremo suroeste de la ciudad vieja, en un gran edificio de tres plantas pintado de beige con tejados de pizarra. El extenso recinto se hallaba dividido en dos secciones: una dedicada a la Historia Natural y otra a la Arqueología. A esa hora, apenas había público en ninguna de ellas. Zarco, seguido por Lady Elisabeth y Samuel, se dirigió a las oficinas del centro y solicitó hablar con el director; escasos minutos más tarde, un ujier los guió hasta un despacho donde les aguardaba el doctor Emil Rasmusen, director del museo, un hombre de unos sesenta años, de complexión fornida, pelo cano y caballerosos modales.

Tras saludar a los recién llegados, dirigiéndose a ellos en un más que correcto inglés, Rasmusen les invitó a sentarse en las sillas que estaban dispuestas frente a un escritorio de roble, al tiempo que se acomodaba en un sillón situado al otro lado de la mesa.

—Ante todo —dijo, entrecruzando los dedos de las manos—, deseo manifestarle, profesor Zarco, que es un honor para esta institución contar con la presencia de tan ilustre explorador y geógrafo.

Zarco sonrió, satisfecho.

—Muchas gracias, amigo mío. ¿Recibió mi telegrama?

—Sí, profesor. Aunque debo reconocer que, después de leerlo, no me quedaron muy claros los motivos de su visita.

—Se trata de examinar una de las piezas de su colección, nada más. Pero antes quería preguntarle algo: ¿conoce a Sir John Thomas Foggart?

Rasmusen asintió.

—Es un gran erudito y un caballero muy agradable. Nos visitó hará cosa de un año.

—¿Recuerda la fecha?

Rasmusen se acarició la barbilla, pensativo.

—Debió de ser a mediados de junio. Tendría que consultar los archivos para decirle el día exacto.

—No importa. Sir Foggart solicitó examinar el Códice Bowen, ¿no es cierto?

El noruego alzó las cejas, sorprendido.

—En efecto. ¿Cómo lo sabe?

—Disculpe, doctor Rasmusen —intervino Lady Elisabeth—; soy la esposa de John Thomas Foggart. Hace un año que mi marido ha desaparecido y estamos buscándole. ¿Le dijo adónde pensaba dirigirse cuando abandonara Trondheim?

—¿Desaparecido? —el rostro de Rasmusen se ensombreció—. Qué terrible noticia... No, lo lamento, Sir Foggart no mencionó su destino. La verdad es que di por hecho que regresaría a Inglaterra.

—¿Le informó sobre sus motivos para examinar el Códice Bowen? —preguntó Zarco.

—Comentó que estaban relacionados con unas excavaciones realizadas en Cornualles. Por lo visto, había descubierto la tumba del santo.

Sobrevino un silencio. Pensativo, Zarco preguntó:

—¿Qué puede decirnos acerca de ese santo, Bowen?

—Casi todo lo que sabemos acerca de él proviene del manuscrito que lleva su nombre —respondió Rasmusen y, tras un carraspeo, prosiguió—: Como saben, Noruega inició su conversión al cristianismo a partir del año 995, cuando Olaf Tryggvason fue coronado rey.

—En efecto —asintió Zarco—. Tryggvason amenazó con cortarle la cabeza a todo aquel que no se bautizase.

Rasmusen parpadeó.

—Eh..., sí, el rey Olaf I era un hombre muy expeditivo, por así decirlo —carraspeó de nuevo—. El caso es que hizo un llamamiento solicitando misioneros y Bowen, junto con algunos de sus hermanos de la orden de San Gluvias, viajó de

Cornualles a Trondheim. Dado que la ciudad, que por aquel entonces se llamaba Nidaros, fue fundada por el propio Olaf en el año 997, la llegada de Bowen debió de acontecer entre esa fecha y el año 1000, cuando el rey murió. Una vez en Trondheim, y contando con el apoyo de Olaf, Bowen fundó el priorato de Santa María de los Escandinavos.

—¿Aún existe? —preguntó Zarco.

—No. Debía de ser una construcción de madera, así que no queda ni el menor resto. Ni siquiera sabemos con precisión dónde se encontraba —Rasmusen hizo una pausa y prosiguió—: Durante unos quince años, Bowen permaneció en Noruega realizando labores apostólicas y luego regresó a Cornualles. El priorato de Santa María perduró durante algo más de tres siglos, hasta que, en 1324, la orden de San Gluvias se disolvió y sus miembros, así como los fondos del priorato, se trasladaron al monasterio franciscano de San Olav.

—¿Y qué pasó con el Códice Bowen?

—Permaneció en el monasterio hasta que, en el siglo XVI, cuando tuvo lugar la reforma protestante, fue albergado junto con parte de los fondos bibliográficos en la biblioteca del ayuntamiento. Por último, a mediados del siglo pasado, el *Codex Bowenus* pasó a formar parte de las colecciones del museo.

—¿Y qué puede decirme acerca de esa famosa visita al infierno que, al parecer, realizó Bowen?

Rasmusen esbozó una sonrisa.

—Bueno, es la típica leyenda medieval. Durante su viaje de ida, el barco en que viajaba Bowen fue apartado de su ruta por unas tormentas y llegó a una isla donde el santo encontró una de las puertas del infierno. No recuerdo los detalles, pero la historia aparece relatada en el manuscrito.

—Aparte del códice —dijo Zarco—, ¿hay alguna otra reliquia relacionada con el santo?

—Así es: un cáliz de oro que, según la tradición, mandó fundir el propio Bowen. Está expuesto en el museo de la catedral.

Zarco se incorporó y estiró los brazos, desentumeciendo los músculos.

—Le agradecemos la información que nos ha proporcionado, doctor Rasmusen —dijo—. Y ahora, ¿sería posible examinar el códice?

\* \* \*

Rasmusen los condujo a una sala situada cerca de su despacho y, tras dejarles instalados en torno a una mesa de lectura, fue en busca del manuscrito. Regresó diez minutos más tarde acompañado por un ujier que transportaba en una bandeja un viejo libro encuadernado en piel marrón, muy desgastada, con páginas de pergamino. El ujier depositó cuidadosamente el tomo sobre un atril situado sobre la mesa, junto a una lupa, y se retiró en silencio.

—¿Desean algo más? —preguntó Rasmusen—. Quizá necesiten un diccionario de latín...

Zarco abrió la boca para aceptar el ofrecimiento, pero Lady Elisabeth se le adelantó diciendo:

—No será necesario, muchas gracias.

—En tal caso, les dejaré trabajar a solas. Si necesitan algo, estaré en mi despacho.

Rasmusen abandonó la sala y cerró la puerta. Zarco contempló a Lady Elisabeth con el ceño fruncido.

—Nos habría venido bien un diccionario —dijo.

La mujer sonrió con ironía.

—¿Desconfía de su latín, profesor? —preguntó.

Mientras Zarco cerraba los ojos y contaba mentalmente hasta diez, Samuel, que estaba sentado frente a ellos, ahogó un bostezo y se reclinó en su asiento. El profesor sacó del bolsillo una libreta y una estilográfica y abrió el libro, dejando al descubierto una amarillenta página de pergamino escrita en latín con apretada caligrafía. Simultáneamente, Lady Elisabeth y Zarco inclinaron las cabezas hacia delante para leer mejor.

Mientras descifraba el códice, el profesor iba tomando notas con gran rapidez.

La primera parte del texto contenía una breve biografía de san Gluvias, seguida por una exaltación de la orden monástica que el santo había fundado. A continuación, figuraba una descripción de la vida conventual y, al final de la misma, una transcripción del llamamiento del rey Olaf. Acto seguido, narraba cómo diez monjes, entre ellos Bowen, su superior, decidían aceptar, a mayor gloria de Dios, la tarea de evangelizar a los escandinavos y se dirigían a la costa de Cornualles para embarcarse en un navío noruego. Al llegar a ese punto, Lady Elisabeth comenzó a leer el texto en voz alta conforme lo traducía.

* * *

*«(...) Alcanzamos la costa al amanecer y nos dirigimos al puerto situado en la desembocadura del río, donde nos aguardaba el navío que debía conducirnos a tierras escandinavas. Era un barco normando, de los llamados* knarr, *y medía al menos cuarenta codos de largo por doce de anchura; estaba destinado al transporte de mercancías y tenía por nombre* Jörmundgandr, *que, según las creencias paganas, es la serpiente marina que rodea al mundo, aunque me abstuve de comunicarles esto a mis hermanos para evitarles el temor de embarcarse en un barco con nombre diabólico. El capitán del* Jörmundgandr, *llamado Thorkell de Egersund, era un hombre gigantesco y de apariencia brutal, mas la Divina Providencia quiso que fuera cristiano bautizado, así que nos trató con amabilidad y ordenó a su tripulación, compuesta por dos docenas de hombres, que no se nos molestara.*

*A media mañana el* Jörmundgandr *se hizo a la mar impulsado por los remos, y más tarde, al abandonar la ensenada e izar la vela, empujado por un viento que soplaba de occidente hacia las costas de Galia. Mientras nos adentrábamos en el océano, mis hermanos y yo nos hincamos de rodillas y rezamos a Nuestro Señor Jesucristo y a su bendito siervo Gluvias, suplicando su favor para la azarosa travesía que acabábamos de comenzar.*

*Y quiso Dios escuchar nuestras oraciones, pues, gracias a Su clemencia, ningún incidente vino a perturbar la navegación durante los cuarenta días que el* Jörmundgandr *estuvo recorriendo la costa occidental, siempre hacia el norte, deteniéndose en diversos puertos para comprar y vender mercancías. Al cabo de ese tiempo, después de atracar en Alesund, donde Thorkell hizo llenar las bodegas del navío con carne seca, arenques ahumados y cereales, productos éstos que pensaba vender a buen precio en Nidaros, el* Jörmundgandr *emprendió la etapa final del viaje.*

*Entonces, cuando nuestra meta se hallaba casi a la vista, los cielos se llenaron de nubes, cerrándose de tal modo que ocultaban la luz del sol, y una galerna se desató sobre nosotros. Olas grandes como montañas alejaron al* Jörmundgandr *de la costa y un viento hostil arreció, empujándonos hacia el interior del océano. Tal era la furia de la tempestad que el palo mayor de la nave se quebró, y los remeros, pese al gran empeño que ponían, no lograban gobernar el* Jörmundgandr, *que era zarandeado de un lado a otro como un corcho en un torrente. Mis hermanos y yo, postrados en la cubierta, orábamos sin cesar, suplicando el final de la cólera divina, mas nuestros rezos tardaron en ser atendidos, pues la galerna duró un día y una noche.*

*Pasado ese tiempo, la lluvia cesó y el oleaje comenzó a aquietarse, aunque el fuerte viento no dejó de soplar, empujándonos hacia el norte. Aprovechando aquella transitoria calma, Thorkell ordenó a sus hombres que repararan el palo, pues sin la vela jamás recuperaríamos el rumbo perdido. Mas una cosa es lo que el hombre propone y otra lo que Dios dispone, ya que al cabo de escasas horas, antes de poder reparar el daño, una nueva tormenta nos azotó, y después de una breve tregua, se desató otra galerna más, de mayor violencia y duración que la primera.*

*Mil veces estuvo a punto de hundirse el* Jörmundgandr *y mil veces logró perseverar sobre el oleaje, mas era tal la desesperación de los tripulantes que convirtieron su miedo en ira y se volvieron contra nosotros, acusándonos de atraer la mala suerte con nuestros rezos y amenazándonos con echarnos por la borda para apaciguar a Njordh, su pagano dios del mar. Por fortuna, Thorkell se interpuso y salvó nuestras vidas al advertir a sus hombres que cualquiera que osara dañar a un siervo del Señor sería maldito de por vida.*

*Al cabo de dos días y dos noches la furia de los elementos cesó y, aunque los cielos seguían cubiertos y el viento continuaba empujándonos hacia el norte, a la galerna le siguieron tres días de calma. Durante ese tiempo, los hombres de Thorkell repararon el palo del navío, pero no fue posible iniciar el regreso, pues tal y como había venido, la calma se esfumó dando paso a una nueva tormenta.*

*Tres días con sus tres noches duró el temporal y tal fue su violencia que el palo volvió a quebrarse y los tripulantes, agotados y resignados a su suerte, se dejaban caer en la cubierta sin oponer más resistencia que la necesaria para no verse arrastrados por las olas, y sólo Thorkell se aferraba incansable al timón, luchando por mantener a flote el* Jörmundgandr. *Mas incluso mis hermanos y yo desfallecíamos y cada vez sonaban más débiles nuestros rezos y cada vez era más sombrío nuestro ánimo.*

*Al cabo de tres jornadas de galerna, quiso la Divina Providencia atender nuestras súplicas y poner fin a su cólera. Las aguas se aquietaron y los cielos se abrieron; mas, pese a hallarnos en el estío, padecíamos un frío terrible. Reinaba además un día eterno, pues el sol jamás se ponía tras el horizonte, prodigio éste que atribuí a un milagro divino, aunque Thorkell me explicó que se trataba de un fenómeno usual en las tierras del norte.*

*No habiendo transiciones entre la luz y la oscuridad, perdimos la cuenta de los días que el* Jörmundgandr *navegó a la deriva, impulsado siempre por vientos y corrientes que nos conducían a regiones boreales. El palo no tenía ya arreglo y muchos remos se habían perdido durante las galernas, de modo que no había forma de enderezar el rumbo y sólo nos quedaba confiar en la benevolencia de Dios Nuestro Señor.*

*Durante quién sabe cuánto tiempo el* Jörmundgandr *flotó desarbolado en aquella mar helada. Vimos prodigios, montañas de hielo flotando sobre las aguas e inmensos leviatanes nadando en el océano, bestias colosales que, gracias a Dios, nos ignoraron y pasaron de largo. Y entre tanto, mis hermanos y yo rezábamos sin descanso, rogándole a Nuestro Señor y a su dulce madre, la Virgen María, que obraran el milagro de salvar nuestras vidas. Y finalmente nuestras oraciones fueron atendidas, pues un buen día divisamos aves en el cielo, señal de que estábamos cerca de tierra firme.*

*Poco después avistamos un archipiélago helado formado por dos islas grandes, tres más pequeñas y una miríada de islotes. Afanándose con los escasos remos que aún se hallaban intactos, los hombres de Thorkell lograron conducir el* Jörmundgandr *a la isla pequeña situada más al oriente. Era una ínsula de roca oscura en su mayor parte cubierta de hielo y nieve donde sólo crecían líquenes y yerbajos, aunque en la costa había abundantes aves marinas, focas y unas bestias, grandes como vacas, dotadas de enormes colmillos. También abundaban unos descomunales osos de color blanco, cuya fiereza tuvieron los escandinavos que eludir en más de una ocasión lanzándoles venablos.*

*Dos jornadas después de haber desembarcado, tras proveernos de carne de foca y agua fresca, Thorkell y algunos de sus hombres comenzaron a explorar la isla en busca de material para reparar el* Jörmundgandr, *mas allí no crecía árbol alguno. Sin embargo, quiso la Divina Providencia que realizaran un extraordinario descubrimiento: en el extremo occidental de la costa sur, bajo la sombra del caballo, se abría una caverna que, introduciéndose en la tierra, desembocaba en una ciudad subterránea abandonada mucho tiempo ha por sus habitantes.*

*Mis hermanos, temerosos de que aquel lugar fuera la antesala del Infierno, se negaron al principio a penetrar en él, mas yo les hice ver que había sido la voluntad de Dios llevarnos allí, pues en esa urbe subterránea hallaríamos cobijo y calor. Entre tanto, Thorkell y sus hombres encontraron en la vasta caverna el material que necesitaban para reparar el* Jörmundgandr, *pero también encontraron un templo pagano consagrado al demonio Aracné, y en el templo numerosas ofrendas de oro, plata y metales preciosos.*

*No hay pecado que turbe más el entendimiento de los hombres que la codicia. Thorkell reunió a su tripulación para declarar que aquel tesoro no estaba sólo en la isla donde nos encontrábamos, sino que con seguridad había más en otra isla situada a oriente del archipiélago, y les propuso que, una vez repararan el* Jörmundgandr, *partieran en busca de aquella misteriosa ínsula y de los tesoros que allí, sin duda, habrían de encontrar. Cegados por el brillo del oro, los escandinavos aceptaron con entusiasmo la propuesta de su capitán.*

*Mucho le insistí a Thorkell para que desistiera de aquella aventura, advirtiéndole que seguir adelante con ella sería tentar a la suerte, pues Dios nos había salvado de las tormentas y conducido a aquel archipiélago, no para enriquecernos con oro, sino para que lográramos completar nuestro viaje y pudiéramos predicar Su Palabra entre los hombres del norte. Mas Thorkell, con la mente nublada por la codicia, ignoró mis admoniciones y no mucho después, tras reparar el navío, partimos hacia el oriente.*

*Navegamos durante quince jornadas siguiendo la costa de una inmensa planicie helada. Al cabo de ese tiempo, alcanzamos otro archipiélago compuesto por una miríada de pequeñas islas e islotes cubiertos de hielo y nieve, una tierra yerma y gélida donde no crecía ni una miserable brizna de hierba.*

*Thorkell dijo entonces que debíamos dirigirnos hacia el norte, mas todo lo que había en tal dirección era hielo. Sin embargo, al costear la isla más occidental del archipiélago, descubrimos que en el hielo se abría un corredor de agua líquida, un río salado cuya cálida corriente fluía hacia el norte.*

*Tras internarnos en el río, y después de tres jornadas de navegación, avistamos una isla de mediano tamaño encaramada sobre elevados acantilados. Al norte había una montaña de fuego, y en el extremo sur, el único lugar que permitía el acceso a la isla, una playa rocosa donde se alzaba un inmenso ídolo pagano. Mucho nos alarmó a mis hermanos y a mí la visión de esa efigie, pues sin duda estaba dedicada a Satanás, y le rogamos a Thorkell que nos alejara de aquel lugar maldito, mas el escandinavo ignoró nuestras súplicas y condujo la nave hacia la playa.*

*Después de desembarcar, remontamos una larga escalinata tallada en las paredes del acantilado y nos adentramos en la isla, donde, en medio de un feraz bosque, encontramos las ruinas de antiquísimas construcciones de piedra. Una de ellas era un templo pagano consagrado al demonio Aracné y allí Thorkell encontró metales preciosos, mas ello no colmó su avaricia y decidió explorar la isla en busca de otros tesoros. Mientras esto ocurría, presenciamos señales en el cielo, luces misteriosas, resplandores sobrenaturales que sólo cabía interpretar como presagios adversos, y así se lo dije a Thorkell, aunque de nuevo ignoró mis palabras e insistió en proseguir la exploración.*

*Al día siguiente, descubrimos que un muro de piedra se alzaba en mitad de la ínsula, de este a oeste, bloqueando el paso. Lo cruzamos por una puerta que había en su mitad y advertimos que, más allá de la muralla, el terreno se volvía yermo y no crecía nada. Nos encontrábamos en un estrecho cañón, frente a cuya salida se alzaban tres columnas de color púrpura.*

*Al intentar cruzar por allí, Harald, uno de los tripulantes, ardió de repente en llamas y su cadáver carbonizado se derrumbó sobre el suelo, causándonos gran espanto. Entonces Thorkell se detuvo y comprobó, arrojando guijarros hacia delante, que un muro de fuego invisible se alzaba ante nosotros. Sobrecogido de temor, le rogué que regresáramos al navío, pues sin duda aquello eran una trampa del diablo, mas Thorkell, sin hacerme caso, comprobó que el fuego invisible se interrumpía en las columnas de los extremos y que, para sortearlo, bastaba con trepar por las rocas del cañón. Eso hicieron los escandinavos, y yo, que era el único de los hermanos que les acompañaba en aquella expedición, fui tras ellos después de rezar una breve oración por el alma de Harald.*

*Poco después, llegamos a las proximidades de la montaña de fuego y allí, para nuestro asombro, divisamos unas retorcidas construcciones presididas por un inmenso domo, una cúpula tan negra que producía vértigo mirarla. El lugar estaba desierto, mas las extrañas edificaciones de aquella ciudad fantasmal irradiaban tal malignidad que de nuevo le supliqué a Thorkell y a sus hombres que nos alejáramos de allí y regresáramos al campamento, pues temía que alguna desgracia acaeciese sobre nosotros..*

*Pero los escandinavos, sordos a mis palabras, prosiguieron el avance y yo, tras encomendarme a Dios, fui tras ellos. Entonces, conforme nos aproximábamos a la demoníaca ciudadela, advertimos que había numerosos trozos de metal tirados por el suelo y que algunos eran oro y plata. En ese momento la codicia se adueñó por completo de los escandinavos, que, abandonando toda precaución, se desperdigaron por el terreno en busca de riquezas.*

*Y de pronto, como surgido de la nada, apareció un demonio plateado que se abalanzó sobre Gardar, uno de los tripulantes, y lo mató atravesándolo con su aguijón. A continuación, desplazándose a una velocidad vertiginosa, se dirigió hacia Ulf, que intentó huir, pero acabó sufriendo la misma suerte que Gardar. Entonces, el demonio se dirigió hacia donde nos encontrábamos Thorkell y yo, pero el capitán, en vez de intentar huir, como hubiera hecho yo mismo de no impedírmelo el temblor de las piernas, empuñó su hacha de guerra y aguantó a pie firme. Y, cuando la bestia se encontraba a escasos pasos de distancia, Thorkell la abatió arrojándole el arma.*

*El demonio, caído en el suelo, se revolvió con furia, pero Thorkell, eludiendo los aguijonazos que intentaba asestarle, lo remató con su espada. Durante unos minutos, nada más sucedió. Los escandinavos se reagruparon mientras miraban temerosos en derredor y yo comencé a rezar, suplicando la protección de nuestro divino Salvador. Y entonces, con gran estruendo, un enorme portal, sin duda la entrada a los infiernos, se abrió en una de las rocas, y de él surgió el mismísimo demonio Aracné, inmenso como una montaña, avanzando sobre sus ocho patas grandes como columnas.*

*Presos de pavor, huimos a la carrera, pero el descomunal demonio nos persiguió y, vomitando fuego por las fauces, abrasó a tres de los tripulantes. Con gran espanto corrimos, alejándonos del monstruo, hasta que advertimos que ya no nos perseguía.*

*Tras recuperar el resuello, iniciamos temerosos el regreso al campamento y, mientras caminábamos, yo no dejaba de orar suplicándole a Dios que nos librara de la furia del demonio Aracné.*

*Al llegar a donde aguardaban el resto de los escandinavos, Thorkell relató la terrible aventura que acabábamos de protagonizar y ordenó que embarcáramos inmediatamente, pues aquella ínsula estaba maldita y en ella había monstruos. Una vez en el* Jörmundgandr, *y antes de iniciar la travesía, Thorkell me rogó que le escuchara en confesión, ya que había incurrido en pecado de codicia, y tal era su arrepentimiento que me entregó parte del tesoro para que lo empleáramos en la iglesia que habíamos de fundar en Nidaros.*

*Tras recibir la absolución, Thorkell dio la orden de levar el ancla y, dejando atrás aquella ínsula infernal, iniciamos la travesía de regreso mientras mis hermanos y yo le rezábamos a Jesús, a su virginal madre María y a todos los santos, dando gracias porque hubieran protegido nuestras vidas y rogándoles que nos libraran de todo mal y nos guiaran con bien a tierras noruegas (...)»*

\* \* \*

El resto del manuscrito narraba el viaje de regreso, la llegada del *Jörmundgandr* a Nidaros, la fundación de la iglesia y el priorato de Santa María de los Escandinavos y la labor evangelizadora que los monjes llevaron a cabo durante los siguientes años.

Al llegar a la última línea, Zarco alzó la cabeza, se desperezó estirando los brazos y dijo:

—Prepara tu equipo, Durazno. Quiero que fotografíes cada una de las páginas del códice.

Samuel se aproximó a un ventanal y comenzó a desplegar el trípode. Lady Elisabeth miró pensativa a Zarco y preguntó:

—¿Y bien, profesor?

Zarco hizo un gesto vago.

—Tenía usted razón, señora Faraday —respondió—. Su latín es excelente, lo reconozco.

—No me refiero a eso. ¿El texto le da alguna pista sobre el paradero de mi esposo?

Zarco la miró con una sonrisa de oreja a oreja.

—El bueno de Bowen era un hombre minucioso —dijo—. Aporta datos muy precisos: dos archipiélagos en el océano Ártico, uno al este y otro al oeste. Pero supongo que una dama tan instruida como usted ya habrá caído en ello.

Lady Elisabeth contuvo el aliento durante unos instantes y luego lo exhaló por la nariz.

—Pues no, profesor —repuso en tono paciente—. ¿Le importaría arrojar un poco de luz sobre mi ignorancia?

Zarco soltó una risita por lo bajo y dijo:

—Esos dos archipiélagos, si no me equivoco, son Svalbard y la Tierra de Francisco José.
—¿Y cree que John está allí?
—Eso parece.
—¿En cuál de los dos?
—No estoy seguro. Cuando regresemos al *Saint Michel* y examine los mapas le contestaré.

Lady Elisabeth señaló el códice.

—No voy a consentir que le arranque páginas, profesor —advirtió.

Zarco la miró con aire ofendido.

—No pensaba hacerlo; Ardán desconoce la existencia de este códice. Además, ¿cree que soy un bárbaro? —se incorporó—. Ahora, ayudemos a Durazno con las fotografías.

Siguiendo las indicaciones de Samuel, colocaron una mesa auxiliar junto al ventanal y, sobre ella, el atril con el códice, para que recibiera directamente la luz del sol. Durante un par de horas, Samuel se dedicó a fotografiar el manuscrito. Concluida esa tarea, devolvieron el códice y se despidieron de Rasmusen. Acto seguido, se dirigieron al museo de la catedral de Nidaros para contemplar el cáliz que, según la tradición, había pertenecido a Bowen, una copa de oro adornada con ángeles y motivos vegetales.

—Si hiciéramos analizar el metal de ese cáliz —comentó Zarco—, seguro que descubriríamos que es oro puro al cien por cien.

—¿Cree que procede del mismo sitio que el titanio? —preguntó Lady Elisabeth.

—El propio códice lo dice. Thorkell le entregó a Bowen parte de los metales preciosos que había encontrado. Oro, quizá plata y titanio. Nuestro amigo Bowen hizo fundir el oro para confeccionar esa copa, pero el punto de fusión del titanio es demasiado alto y no pudo hacer nada con él, así que lo conservó como reliquia.

—Lo que no explica el códice es de dónde salieron esos metales.

Zarco asintió con un abstraído cabeceo.

—Pero lo que sí explica —señaló— es adónde debemos dirigirnos para intentar resolver el enigma.

Tras abandonar el museo de la catedral, regresaron al puerto. Una vez en el *Saint Michel,* Zarco le ordenó a Samuel que revelara lo antes posible las fotografías y, luego, se reunió en el puente de mando con el capitán Verne, Adrián Cairo y Lady Elisabeth. Tenían que hacer planes.

\* \* \*

Cuando Zarco terminó de narrar la historia de Bowen, Cairo y Verne intercambiaron una mirada de extrañeza. Tras un silencio, el capitán comentó:

—Parece la típica leyenda medieval.

—El texto contiene elementos legendarios, no hay duda —respondió Zarco—. Pero también aporta datos muy precisos. Esos dos archipiélagos que menciona deben de ser Svalbard y la Tierra de Francisco José, no hay otra opción.

Contemplándole con escepticismo, Verne cogió un mapa y una regla y, tras realizar unos rápidos cálculos, dijo:

—Según el códice, el barco en que viajaba Bowen fue sorprendido por la primera tormenta cuando se encontraba cerca de Trondheim y finalmente llegó a uno de los archipiélagos. ¿A cuál de los dos?

—Al que está al oeste, Svalbard —respondió Zarco.

—Pues entre Trondheim y Svalbard hay unas seiscientas millas náuticas. ¿Pretende decirme, Ulises, que Bowen y sus amigos recorrieron esa distancia a bordo de una cáscara de nuez?

—Los escandinavos de aquella época viajaban habitualmente entre Islandia y Noruega, en mar abierto —replicó Zarco—. Le recuerdo que eran los mejores navegantes de la época.

—Pero de Islandia a Noruega hay la mitad de distancia y, además, está mucho más al sur. Svalbard es un infierno helado.

—El viaje lo realizaron en verano.

—Aun así, profesor —intervino Cairo—. Según he entendido, esa isla misteriosa estaba en el segundo archipiélago. Es decir, y según su teoría, en la Tierra de Francisco José.

—Así es.

—Y el texto describía la isla como boscosa.

—Exacto.

Cairo se volvió hacia Verne y le preguntó:

—¿A qué latitud se encuentra la Tierra de Francisco, capitán?

Verne consultó el mapa y respondió:

—Entre 80 y 81,9 grados norte.

—Pues como usted bien sabe, profesor —prosiguió Cairo—, a partir de los 70 grados de latitud norte ya no crece ningún árbol. Es imposible que hubiera un bosque en la Tierra de Francisco José.

Zarco hizo un gesto de irritación.

—Ya lo sé, Adrián, no soy idiota —dijo—. Está claro que Bowen tenía mucha imaginación, pero también aporta datos concretos. Por ejemplo, dice que el primer archipiélago que encontraron constaba de dos islas grandes, tres pequeñas y un montón de islotes. Exactamente igual que Svalbard.

—Disculpen —intervino Lady Elisabeth—. Suponiendo que tenga razón, profesor, ¿dónde cree que está mi marido?

Zarco examinó el mapa y se frotó la mandíbula, pensativo.

—Bowen relata —dijo, hablando más para sí que para los demás— que desembarcaron en la isla pequeña situada más al oriente. Es decir, en Kvitoya.

—Entonces, ¿cree que John se encuentra allí?

—No sé si aún sigue allí, pero estoy seguro de que ha estado —Zarco se volvió hacia Verne y le preguntó—: ¿Cuál es el puerto noruego situado más al norte, Gabriel?

El capitán consultó una carta de navegación y respondió:

—Havoysund. Es un puerto pequeño que da servicio, sobre todo, a los balleneros noruegos, suecos y rusos que frecuentan la zona en primavera y verano. Está cerca del Cabo Norte.

Zarco alzó una ceja y miró a Lady Elisabeth.

—¿No decía usted, señora Faraday, que el paquete que le envió su marido procedía de un lugar de Noruega que comienza por «HA»?

La mujer entrecerró los ojos.

—Como Havoysund... —murmuró.

—Exacto. Si John estuvo en Svalbard, lo lógico es que se dirigiera al puerto noruego más cercano, que es precisamente ése.

Sobrevino un largo silencio.

—Entonces —dijo Verne con el ceño fruncido—, ¿pretende que nos dirijamos a Svalbard, Ulises?

—A la isla Kvitoya, para ser precisos.

—Pero el *Saint Michel* no está preparado para navegar por el Ártico.

—Tonterías. Si un puñado de escandinavos logró llegar allí en el siglo X a bordo de un *knarr*, para el *Saint Michel* será coser y cantar. Además no vamos a ir a Svalbard directamente; antes haremos una escala en Havoysund —Zarco contempló a través de los portillos la lejana silueta del *Charybdis*—. Aún tenemos que solucionar el problema del maldito yate de Ardán —dijo en voz baja—. Esos hijos de mala madre no se van a apartar de nosotros en cuanto levemos ancla, así que debemos encontrar alguna forma de despistarles —gruñó algo por lo bajo y, volviéndose hacia Cairo, dijo—: En el sitio adonde vamos hace mucho frío, Adrián, así que habrá que comprar el equipamiento adecuado. Ahora lo hablamos —se giró hacia los demás y añadió—: Huelga decir que debemos mantener en secreto lo de la isla Kvitoya. Ni siquiera la tripulación del *Saint Michel* debe saberlo. Oficialmente, nuestro destino será Havoysund. ¿De acuerdo?

Nadie se opuso. Tras disolverse la reunión, Zarco condujo a Cairo a la cubierta y, con la mirada fija en el *Charybdis*, preguntó:

—¿Qué armamento llevamos a bordo, Adrián?

—Lo de siempre: cuarenta fusiles Mauser y unas cuantas pistolas.

—Necesitamos algo más contundente, la mayor potencia de fuego que podamos trasladar en el *Saint Michel.* ¿Crees que podrás encontrarlo aquí, en Noruega?

Cairo esbozó una sonrisa.

—Después de la guerra —dijo—, es más fácil adquirir armamento pesado que mantequilla —señaló hacia el *Charybdis* con un cabeceo—. ¿Piensa emplearlo contra ellos?

Zarco se acodó en la barandilla.

—Por ahora no —hizo una mueca feroz—. Pero más adelante, quién sabe...

\* \* \*

Mientras Adrián Cairo se ocupaba de adquirir los pertrechos necesarios, el capitán Verne le dio permiso a la tripulación para desembarcar, aunque fijó turnos de guardia de tal forma que siempre hubiera al menos seis hombres vigilando el buque. Durante las siguientes veinticuatro horas, nada sucedió; el *Charybdis* permaneció anclado frente al muelle y los agentes de Cerro Pasco se dedicaron a espiar los movimientos de los tripulantes del *Saint Michel,* siempre a distancia. Sin embargo, al finalizar el segundo día de estancia en Trondheim, tuvo lugar un inesperado encuentro.

A última hora de la tarde, el capitán Verne, Zarco, Elizagaray, el jefe de máquinas y dos de sus oficiales, Román Manglano y siete marineros, se dirigieron a una taberna del puerto para cenar. Al poco de llegar, mientras aguardaban el pedido sentados en torno a una larga mesa, Aleksander Ardán entró en el local escoltado por seis hombres con aspecto de guardaespaldas y se aproximó a donde se encontraban los viajeros del *Saint Michel.*

—Buenas tardes, señor Zarco —dijo el millonario con una fría sonrisa—. Y usted debe de ser el capitán Verne. ¿No es cier...?

—¿Qué demonios quiere, Ardán? —le interrumpió el profesor.

—Hablar con usted un momento. ¿Puedo sentarme?

—No. Lárguese.

Sin perder la sonrisa, Ardán cogió una silla y se acomodó en ella. Luego, con la mirada fija en Zarco, preguntó:

—¿Qué han venido a hacer a Trondheim?

—Viaje de placer —respondió Zarco con indiferencia—. Mera diversión.

—¿Ah, sí? Pues ayer noqueó usted a uno de mis hombres. ¿Le divierte golpear a la gente?

—Sólo a los imbéciles que intentan espiarme sin tomar las debidas precauciones.

—Entiendo —Ardán entrecerró los ojos—. ¿Adónde piensan dirigirse cuando abandonen Trondheim?

Zarco le miró con ironía.

—¿De verdad es tan ingenuo que cree que le voy a contestar?

—No, no contaba con ello, pero tampoco es necesario. ¿Se ha parado a pensar que mi yate, el *Charybdis,* es mucho más rápido que su carguero? Allá donde usted vaya, le seguiré.

Zarco apoyó las manos en las rodillas y contempló a Ardán con aire desafiante.

—¿Qué le parece si solucionamos esto usted y yo, a solas, en una pelea limpia? —propuso—. El que pierda, abandona. ¿Qué me dice?

Ardán soltó una carcajada.

—Demasiado primitivo para mi gusto —repuso. Extendió los brazos en un gesto de estudiada franqueza y añadió—: ¿Por qué no enterramos el hacha de guerra, señor Zarco? ¿No sería mejor para todos que colaboráramos? Ustedes quieren encontrar a Sir Foggart y yo también; no pretendo hacerle el menor daño, sino todo lo contrario: deseo proponerle una asociación que le hará mucho más rico de lo que ya es. ¿Tiene eso algo de malo? Escuche: ustedes sólo cuentan con un barco, pero yo poseo decenas y mucho más modernos que el *Saint*

*Michel*. Si ha encontrado alguna pista sobre el paradero del *Britannia,* compártala conmigo y unamos nuestras fuerzas para proseguir la búsqueda.

Zarco ahogó un bostezo y dijo:

—Creí haber dejado claro que no me asocio con ladrones. Lárguese de una vez, Ardán. Me aburre.

El armenio cabeceó un par de veces con una gélida mirada clavada en Zarco. Luego, se incorporó y, dirigiéndose a los tripulantes del *Saint Michel,* dijo:

—Caballeros, me llamo Aleksander Ardán. Quizá algunos de ustedes me conozcan, en cuyo caso sabrán que soy un hombre de negocios rico y poderoso. Puede que también hayan oído decir algunas cosas no demasiado agradables sobre mí e incluso es posible que sean ciertas, pero lo que jamás habrán escuchado es que incumplo mis promesas. Y ahora préstenme atención, porque voy a prometerles algo: ofrezco cien mil libras a cualquiera que me proporcione información sobre el paradero de Sir John Thomas Foggart y el buque *Britannia.*

Un profundo silencio siguió a las palabras del magnate. Zarco miró de reojo a los tripulantes del *Saint Michel* y luego se encaró con Ardán.

—Estos hombres no aceptan sobornos —dijo entre dientes.

Ardán sonrió con ironía y replicó:

—¿Ahora quién es el ingenuo, señor Zarco? —se incorporó y, dirigiéndose de nuevo a la tripulación, añadió—: Cien mil libras, caballeros. Es mucho dinero.

Acto seguido, se despidió con una leve inclinación de cabeza y abandonó el local seguido por sus guardaespaldas. Durante un largo minuto, nadie pronunció palabra, hasta que el capitán Verne dijo:

—Respondo por mis hombres, Ulises. Nadie dirá nada.

Zarco asintió con la cabeza y, sin mirar a nadie en particular, dijo en voz lo suficientemente alta para que todo el mundo le oyese:

—Estoy seguro, Gabriel. Hemos navegado juntos desde

hace años y sé que su tripulación es de fiar —hizo una pausa y añadió—: Pero si a algún hijo de mala madre se le ocurre aceptar el soborno de ese armenio del demonio, juro que le arrancaré las tripas y saltaré a la comba con ellas.

Los tripulantes del *Saint Michel* se removieron en sus asientos; conocían lo suficiente al profesor Zarco como para no tomarse a broma sus amenazas.

\* \* \*

Adrián Cairo regresó dos días más tarde, a media mañana, a bordo de un camión cargado de pertrechos, entre los que se incluía el material que le había encargado Zarco: un pesado cajón de madera sin ninguna identificación en el exterior. Mientras un grupo de estibadores introducía la carga en la bodega del *Saint Michel* con ayuda de un cabestrante, el profesor se aproximó a Cairo, que se hallaba en la cubierta supervisando las operaciones, y le saludó con un palmetazo en la espalda:

—¿Qué tal todo, Adrián? —dijo—. ¿Conseguiste lo que te pedí?

—Sí, profesor —Cairo señaló el cajón—. Una Maschinengewehr 08, la ametralladora del ejército alemán. Se la he comprado a un grupo de traficantes finlandeses que provee de armas a los contrarrevolucionarios rusos.

—¿Calibre?

—Siete noventa y dos Mauser.

Zarco contempló de reojo el *Charybdis* y frunció el ceño.

—Con eso apenas podríamos hacerle unos arañazos —murmuró.

Cairo le miró con ironía.

—¿De verdad quiere hundir el yate de Ardán? —preguntó.

—Me conformaría con dañarlo lo suficiente como para impedir que nos siguiese.

—Haría falta un cañón para detener a ese mastodonte, profesor. Y no podemos cargar un cañón en el *Saint Michel*.

Zarco se encogió de hombros.

—En cualquier caso —dijo—, esa MG08 puede sernos útil —echó a andar hacia el puente de mando y agregó—: Partiremos en cuanto se carguen los pertrechos, así que date prisa, Adrián.

A última hora de la mañana, una vez completada la operación de carga, el buque soltó amarras y se dirigió a la salida del fiordo. Casi simultáneamente, el *Charybdis* levó anclas y reanudó, incansable, la persecución del *Saint Michel*.

***Diario personal de Samuel Durango.***
***Miércoles, 16 de junio de 1920***

*Ayer acabé de positivar todas las placas que tomé del manuscrito y le entregué las copias al profesor. No sé qué pensar de todo esto; la historia que cuenta el códice suena a fantasía, pero Zarco parece tomársela en serio. Supongo que se debe a ese metal prodigioso, el titanio puro; a veces me olvido de él, pero el manuscrito menciona que los escandinavos encontraron fragmentos de metal. Demasiada coincidencia, imagino.*

*Últimamente suelo pasar mucho tiempo con Katherine Foggart. De hecho, salvo cuando estoy en el laboratorio o juego al ajedrez con el capitán o algún miembro de la tripulación, casi siempre estoy con ella. Kathy es una joven muy agradable e inteligente; le interesa mucho la fotografía y ha insistido en que le enseñe a revelar y positivar, pero aún no lo he hecho. No estoy seguro de que sea correcto que nos encerremos a solas en la bodega.*

*Conforme avanzamos hacia el norte, los día se van volviendo más largos; tanto es así que ya nunca se hace del todo de noche, pues el cielo permanece hasta altas horas de la madrugada iluminado por las luces del crepúsculo. El capitán Verne me ha dicho que, cuando dejemos atrás el círculo polar, el sol no se pondrá en ningún momento. Por lo visto, en el lugar situado más al norte del planeta, el polo geográfico, sólo amanece y anochece una vez al año.*

*Hoy vamos a cruzar el círculo polar. Adrián Cairo me ha dicho que, aunque no es lo mismo que cruzar el Ecuador, la tripulación va a dar esta tarde una fiesta para celebrarlo.*

## 9. La Maniobra Savannah

Según los cálculos del capitán Verne, el *Saint Michel* cruzaría el círculo polar aproximadamente a las seis y media de la tarde. A esa hora, los pasajeros y tripulantes, salvo aquellos que estaban de guardia, se reunieron en la cubierta para celebrar la fiesta del «paso del Ártico». Los doce neófitos que cruzaban por primera vez aquella línea imaginaria se situaron frente a Yago Castro, quien, disfrazado de Neptuno, les impuso una prueba: debían trepar hasta la cima del palo de mesana; el que subiera y bajara en menos tiempo sería nombrado Tritón, el hijo del dios del mar. Yago añadió que, por supuesto, las damas estaban liberadas de pasar la prueba.

Pero las dos inglesas se negaron en redondo e insistieron en en seguir la misma suerte de los demás novatos, aunque, para evitar escándalos, antes fueron a su camarote y cambiaron las faldas por pantalones. El mástil de mesana medía ocho metros y medio de altura; ganó la prueba Elías Mombé, pero, para sorpresa de todos, el segundo puesto le correspondió a Katherine Foggart, quien, tras descalzarse, subió y bajó por el mástil empleando tan sólo dos segundos más que el marinero. Lady Elisabeth quedó octava, justo por detrás de Samuel, mientras que García, el químico, apenas llegó a trepar un tercio de la altura del palo.

Tras las pruebas del círculo polar, el cocinero y su ayudante sirvieron en la cubierta un refrigerio acompañado por un gran cuenco de ponche de ron. Al mismo tiempo, Yago Castro cogió un acordeón, Sean O'Rourke un violín y Leoncio López una guitarra, y comenzaron a interpretar una jiga celta. Poco después, se inició el baile; dado que sólo había dos mujeres, toda la tripulación quería bailar con ellas, de modo que se siguió un escrupuloso turno jerárquico: Lady Elisabeth y su hija bailaron primero con el capitán Verne y con Aitor Elizagaray, después con el segundo oficial y con el jefe de máquinas, y así sucesivamente.

Una hora más tarde, cuando más animada estaba la fiesta, Cairo advirtió que Samuel estaba apoyado contra un mamparo de la superestructura, apartado del bullicio. Se aproximó a él y le preguntó:

—¿Por qué no sacas a bailar a Kathy, Sam?

—No sé bailar —respondió el fotógrafo.

—¿Sabes dar saltitos? Porque en eso consiste bailar: en dar saltitos. Además, el baile no es nada más que un pretexto para abrazar a una chica guapa. Y Kathy es muy guapa, ¿no te parece?

Samuel enrojeció.

—Sí, claro, pero... se lo está pasando bien y no quiero molestarla.

Cairo dejó escapar un largo suspiro.

—Sam —dijo—, eres el joven más fúnebre que jamás me he echado a la cara. Y el más idiota. Vamos a ver, Kathy tiene veintiún años; ¿cuántos hombres de su edad hay en este barco?

—Bueno, está Jacinto...

—¿El ayudante de Lacroix? No creo que tenga ni dieciocho, y además es más feo que un mono. Por amor de Dios, Sam; Kathy no te quita el ojo de encima. ¿Es que estás ciego?

Samuel se ruborizó aún más.

—Creo que se equivoca, Adrián... —murmuró.

—Deja de llamarme de usted —replicó Cairo—; parece que te hubieras tragado una escoba. Y no, no me equivoco, así que sácala a bailar de una maldita vez.

Tras un breve titubeo, Samuel sacudió la cabeza.

—Ya le he di... Ya te he dicho que no sé bailar.

Cairo frunció el ceño y se quedó en silencio, mirando a la improvisada orquesta, que en aquel momento interpretaba un foxtrot. Lady Elisabeth bailaba con Manglano, el radiotelegrafista, y su hija con el ayudante de máquinas, mientras que algunos tripulantes lo hacían por su cuenta, dando saltos más parecidos a una danza guerrera que a un baile moderno. Cuando la pieza concluyó, Cairo sujetó a Samuel por el brazo y, desoyendo sus protestas, lo arrastró hasta donde se encontraba Katherine.

—¿Podrías hacerme un favor, Kathy? —dijo—. Mi buen amigo Sam no sabe bailar; ¿te importaría ser su maestra?

—Será un placer —respondió Katherine, sonriente. Luego, miró al fotógrafo y añadió—: Ya hay algo más que puedo enseñarle, Sam.

Tras dejar a Samuel en brazos de Katherine, Cairo se aproximó al capitán Verne, que estaba junto a la mesa de las viandas, bebiendo un vaso de ponche.

—Bonita fiesta, capitán —dijo mientras se servía una copa.

—En efecto —repuso Verne—; es tonificante contar con presencia femenina a bordo. Y más bonita sería la fiesta si no nos siguiera ese tiburón.

Cairo volvió la mirada hacia la distante silueta del *Charybdis* y se encogió de hombros.

—Seguro que Ardán no está celebrando nada —dijo—. Por cierto, ¿y el profesor?

—No lo sé. La última vez que le vi fue durante las pruebas.

Cairo arrugó el entrecejo.

—Qué raro —comentó—. Al profesor le encantan estos saraos. Deberíamos ir a buscarle.

Verne y Cairo apuraron sus bebidas de un trago y se dirigieron al interior del barco. Encontraron a Zarco en su camarote; estaba sentado frente a la mesa de trabajo, examinando con una lupa las fotografías del códice.

—Se está perdiendo la fiesta, profesor —dijo Cairo desde la puerta.

—Detesto el ponche —respondió Zarco al tiempo que dejaba las fotografías sobre la mesa—. Adelante, caballeros; en Londres compré unas botellas de whisky de malta, una bebida civilizada ideal para consumir en compañía.

El capitán se sentó en una silla y Cairo en el borde de la cama; Zarco sacó de un cajón una botella de Macallan junto con tres vasos y sirvió la bebida. Tras alzar su copa en un brindis, dijo:

—Por la isla de Bowen.

A continuación, entrechocaron los vasos y los vaciaron de un trago.

—¿Cuándo llegaremos a Havoysund, Gabriel? —preguntó el profesor mientras servía otra ronda.

—Pasado mañana al amanecer —respondió Verne.

Zarco torció el gesto.

—¿Tan tarde? Por las barbas del profeta, vamos a paso de tortuga. ¿Por qué no pone a prueba ese motor diésel tan nuevo y reluciente que tiene?

El capitán negó con la cabeza.

—Es temporada de icebergs —dijo—. Navegaremos a media máquina.

—¡Icebergs! —replicó Zarco con un gesto despectivo—. Los vigías pueden verlos venir a kilómetros de distancia.

—Eso mismo pensaba Edward J. Smith, y mire cómo acabó.

—¿Quién es Edward J. Smith? —preguntó Cairo.

—El capitán del *Titanic* —gruñó Zarco—. Vamos, Gabriel, el *Titanic* era un mastodonte de cuarenta y cinco mil toneladas que tardaba horas en virar, pero el *Saint Michel* es un navío pequeño y manejable.

Verne le dio un sorbo a su bebida y volvió a negar con la cabeza.

—Fuera del *Saint Michel* usted manda, Ulises —dijo—; pero aquí dentro quien da las órdenes soy yo. Navegaremos a media máquina.

Zarco masculló algo por lo bajo y dio un trago de whisky. Tras un silencio, Cairo señaló las fotografías que descansaban sobre la mesa y preguntó:

—¿Qué estaba haciendo, profesor?

—Darle vueltas a la historia de Bowen. Es extraña.

—Como todas las leyendas medievales.
—No, ésta es diferente, Adrián. Hay detalles muy intrigantes.
—¿Por ejemplo? —preguntó Verne.
—Bueno, según el manuscrito, el navío escandinavo navegó muy al norte y llegó a un archipiélago que Bowen describió de la siguiente manera...

El profesor tomó una de las fotografías y, con ayuda de la lupa, leyó en voz alta:

—*«Poco después avistamos un archipiélago helado formado por dos islas grandes, tres más pequeñas y una miríada de islotes»* —dejó la lupa sobre la mesa—. Según hemos convenido, Gabriel, ésa es una buena descripción del archipiélago Svalbard, ¿verdad?

—Eso parece.

—Y luego se dirigieron al este, a otro archipiélago helado que sólo puede ser la Tierra de Francisco José, ¿no es cierto?

—Supongo que sí.

—Pues bien, Svalbard fue descubierto por el holandés Willem Barents en 1596, y la Tierra de Francisco José en 1873 por la expedición austriaca de Payer y Weypretch. Pero Bowen los describió a comienzos del siglo XI, así que, dado que nadie pudo hablarle de ellos, pues nadie los conocía por aquel entonces, no queda más remedio que aceptar que Bowen estuvo allí y vio esos archipiélagos con sus propios ojos.

—¿Y qué? —preguntó Cairo.

—Muy sencillo: eso demuestra que al menos una parte del relato de Bowen es cierta. Y si es verdad que estuvo allí, ¿por qué no va a ser cierto lo demás?

—¿Una isla boscosa a apenas quinientas millas del Polo Norte? —preguntó Verne, alzando una ceja con escepticismo—. ¿Una ciudad subterránea? ¿Un río en el hielo? ¿Un muro de fuego invisible?

—Eso por no citar los demonios de ocho patas —terció Cairo.

Zarco rasgó el aire con un malhumorado ademán.

—No digo que fuese exactamente como él lo cuenta —replicó—. Creo que Bowen vio cosas que no supo interpretar, así que las adaptó a sus creencias. En cualquier caso, estoy seguro de que Bowen y sus compañeros se enfrentaron a algo sumamente raro, a algo que les aterró hasta la médula de los huesos.

—¿A qué? —preguntó Cairo.

—Y yo qué sé, Adrián —Zarco frunció el ceño y se quedó mirando las fotografías del manuscrito—. Bowen llamaba «Aracné» al demonio que les atacó, y eso también es extraño.

—¿Por qué?

—Porque no hay ningún demonio llamado así. Según la mitología grecorromana, Aracné era una tejedora mortal que rivalizaba en habilidad con la diosa Minerva, razón por la que ésta la convirtió en araña. Una tejedora, no un demonio. Por otro lado, no debemos olvidar la araña que aparece en la escultura de la cripta de Bowen...

—¿Sugiere que hay una araña gigante en esa isla, profesor? —preguntó Cairo en tono burlón.

Zarco le fulminó con la mirada.

—Sugiero que puedes ganarte un puñetazo si sigues haciéndote el gracioso, Adrián —gruñó—. No, no creo en arañas gigantes; pero tampoco creía en metales imposibles, y ahí tienes el fragmento de titanio puro. ¿Acaso eso es menos insólito que un bosque en el Ártico o una ciudad subterránea?

Ni Verne ni Cairo respondieron. El profesor Zarco vació su copa, señaló las fotografías del códice dando unos golpecitos sobre ellas con el índice de la mano izquierda y dijo en voz baja:

—Es evidente que Bowen y sus compañeros tropezaron con algo extraño, pero no logro imaginar qué podía ser para asustarles tanto.

\* \* \*

El *Saint Michel* llegó a Havoysund a las siete y diez de la mañana del dieciocho de junio, seguido a escasa distancia por el *Charybdis*. Por lo general, aquel puerto sólo era frecuentado por los balleneros que cazaban en la zona, así que los tripulantes del *Saint Michel* se llevaron una sorpresa cuando vieron una decena de cargueros fondeados en la dársena.

Tras realizar las maniobras de atraque, Verne y Zarco desembarcaron y se dirigieron a las oficinas del puerto para hablar con el práctico; hora y media más tarde, regresaron al buque y se reunieron con Cairo y las dos inglesas en el puente de mando.

—El *Britannia* atracó en Havoysund el pasado tres de mayo —dijo el capitán— y, veinticuatro horas más tarde, tras aprovisionarse de vituallas y combustible, partió hacia Spitsbergen. Al menos, ése era su origen y destino oficial.

—¿Estaba mi esposo en el barco? —preguntó Lady Elisabeth.

—No figuraba en la lista de pasajeros; lo siento.

—Pero me envió un paquete desde aquí...

—No fue él, Lisa, sino uno de los tripulantes del *Britannia*, el marinero Jeremiah Perkins. Por lo visto, se había roto un brazo y desembarcó en este puerto para regresar a Inglaterra. Él envió el paquete; lo hemos comprobado.

—Entonces, ¿ese tal Perkins está ahora en Inglaterra? —preguntó Lady Elisabeth.

—No salió nunca de aquí —respondió Zarco—. Tres días después de desembarcar, mientras esperaba el barco que iba a conducirle a Trondheim, le asesinaron disparándole por la espalda. Puede encontrar su tumba en el cementerio local.

Las mejillas de la mujer palidecieron.

—¿Quién lo mató?

—Nadie lo sabe —repuso Zarco—; pero no hay que ser muy listo para ver la mano de Ardán tras ese crimen. De hecho, todos los barcos que están fondeados en el puerto pertenecen a Ararat Ventures y, por lo visto, hay muchos más por estas aguas.

Un lúgubre silencio se extendió por el puente de mando.

—¿Dónde está Spitsbergen, profesor? —preguntó Katherine.

—Es la isla más grande del archipiélago Svalbard —respondió Zarco—. Pero su padre no está ahí, señorita Foggart; sin duda, John falsificó la documentación, porque sabemos que en realidad se encontraba en Kvitoya.

—¿Y qué vamos a hacer ahora? —dijo Lady Elisabeth.

Zarco se frotó el mentón, pensativo.

—Ardán cree que John está en Spitsbergen, así que iremos allí.

—¿Y después? —preguntó Cairo—. Porque el *Charybdis* no se va a apartar de nosotros.

El profesor torció el gesto.

—Después ya veremos —dijo, dando un manotazo sobre la bitácora—. Lo que vamos a hacer ahora es partir inmediatamente.

—Inmediatamente no —replicó Verne—. Debemos cargar combustible y hay seis navíos en lista de espera por delante de nosotros.

—Maldita sea, Gabriel —insistió Zarco—. Tenemos fuel de sobra para ir y volver a Svalbard tres veces.

—No pienso internarme en el Ártico sin tener los depósitos llenos, Ulises.

—¡Por los clavos de Cristo! —tronó el profesor—. Ardán ha movilizado toda su flota de cargueros para buscar al *Britannia*. Es de vital importancia que nos adelantemos a él.

—Más importante aún es la seguridad de los pasajeros y de la tripulación. No zarparemos hasta que estemos listos.

Zarco apretó los puños y soltó un bufido.

—Oh, muy bien —dijo en tono cáustico—; aquí todo el mundo hace lo que le sale de las narices. Esto no es una expedición, sino un gallinero ambulante.

Acto seguido, abandonó el puente de mando dando uno de sus habituales portazos.

\* \* \*

Dado que el *Saint Michel* no podría repostar combustible hasta bien entrada la madrugada, el capitán Verne les dio permiso a los tripulantes que no estaban de guardia para desembarcar. No es que hubiese muchas diversiones en Havoysund, pero al menos pasarían el día pisando tierra firme. Lady Elisabeth y su hija también decidieron desembarcar para buscar un lugar donde poder asearse civilizadamente y descansar en camas de verdad. Tras preguntar en el puerto, se dirigieron a la casa de huéspedes de la viuda Moklebust, el mismo lugar (aunque ellas lo ignoraban) donde se había alojado el marinero Jeremiah Perkins, y alquilaron una habitación con dos camas. Antes, Lady Elisabeth le pidió a Cairo que las avisara cuando el *Saint Michel* estuviera listo para zarpar.

Durante setenta y cuatro días al año, treinta y siete antes y treinta y siete después del solsticio de verano, nunca se hacía de noche en Havoysund; aunque, en realidad, el sol permanecía siempre muy bajo en el cielo, como en un permanente atardecer. Ese día, igual que todos en aquella época del año, el sol fue descendiendo poco a poco conforme pasaba la mañana y la tarde, hasta que, al llegar la medianoche, se detuvo justo encima del horizonte para, acto seguido, sin llegar a ponerse, empezar un lento ascenso que culminaría doce horas después, iniciándose de nuevo el ciclo.

Era extraña la medianoche boreal, una medianoche iluminada por la fría luz de un ocaso perpetuo. Hacía horas que los habitantes del pueblo se habían encerrado en sus casas; salvo en el puerto, no se percibía ninguna actividad, ni el menor rastro de presencia humana. Resultaba inquietante y fantasmal aquella quietud, aquel silencio.

De pronto, veinte minutos después de la medianoche, un camión se aproximó a la casa de la viuda Moklebust y aparcó frente a la entrada. Cuatro hombres cubiertos con abrigos negros bajaron del vehículo; mientras uno de ellos se quedaba frente a la entrada, vigilando los alrededores, los otros tres se dirigieron sigilosamente a la puerta y, con ayuda de una palanqueta, comenzaron a forzar la cerradura.

De repente, otros cuatro hombres, armados con fusiles Mauser, surgieron de detrás de la casa, dos por cada lado, y encañonaron con sus armas a los atracadores; eran Napoleón Ciénaga, Rasul Hakme, Patxi Arriaga y Leoncio López, marineros del *Saint Michel*.

—¡Quietos ahí! —ordenó el negro Ciénaga—. ¡Y arriba esas manos!

Sin hacer caso a las protestas de los sicarios, Arriaga y López los cachearon; descubrieron que dos de ellos iban armados con pistolas automáticas. Luego, les ataron las manos a la espalda, los introdujeron a empujones en el camión y, mientras los otros tres marineros vigilaban a sus cautivos en la parte trasera del vehículo, Hakme se sentó al volante, arrancó y puso rumbo al puerto.

\* \* \*

Lady Elisabeth y su hija regresaron al *Saint Michel* a las tres y media de la madrugada, cuando el sol ya había alcanzado cierta altura en un cielo limpio de nubes. Tres cuartos de hora antes, un marinero enviado por Cairo había ido a la casa de huéspedes para avisarlas de que el buque zarparía una hora más tarde.

Cuando las dos inglesas remontaron la escalerilla que conducía al *Saint Michel,* se encontraron con Zarco y Cairo esperándolas en cubierta.

—Han intentado secuestrarlas —gruñó el profesor, sin molestarse en saludar ni quitarse el sombrero.

—¡¿Qué?! —exclamó Lady Elisabeth, alarmada.

—Poco después de medianoche —intervino Cairo—, cuatro tipos intentaron forzar la entrada de la casa de huéspedes donde se alojaban usted y Kathy. Afortunadamente, puse a algunos hombres de guardia vigilando la casa y se lo impidieron.

—Si no hubiesen decidido hospedarse en esa pensión, nada de esto habría pasado —refunfuñó Zarco, de mal humor—. Pero claro, las señoras querían dormir entre sábanas de hilo y ahora tenemos que ocuparnos de esos cuatro imbéciles.

—¿Dónde están? —preguntó Lady Elisabeth.

—Encerrados en una de las bodegas —respondió Cairo—. Son noruegos; escoria de los muelles.

—¿Qué van a hacer con ellos? —la mujer contempló a Zarco con recelo—. No estará pensando en...

—¿Matarlos? —el profesor soltó un bufido—. Debería hacerlo, pero no valen ni el precio de una bala. Cuando estemos listos para zarpar, los interrogaré y después les dejaré marchar. Aunque no creo que nos cuenten nada interesante.

Dicho esto, Zarco se dio la vuelta y, con las manos entrelazadas a la espalda, comenzó a pasear de un lado a otro abstraído en sus pensamientos. Katherine se dirigió entonces a su camarote, pero Lady Elisabeth permaneció en cubierta, observando los trabajos de desatraque. Cuando el motor del *Saint Michel* se puso en marcha, Zarco le pidió a Cairo que trajera a los prisioneros. A lo lejos, se escuchó el rugido de los motores del *Charybdis* al activarse. El profesor le dedicó una torva mirada al yate de Ardán y siguió paseando de un lado a otro, como un oso enjaulado.

Al poco, justo cuando un par de marineros comenzaban a retirar la escalerilla, Cairo regresó con los cuatro sicarios maniatados y con Ciénaga y López, que, armados con sendos fusiles, vigilaban a los prisioneros. Nada más pisar la cubierta y ver a Zarco, los cuatro sicarios se pusieron a hablar a la vez en su idioma.

—¡Silencio! —rugió el profesor en inglés.

Los prisioneros enmudecieron al instante. En el muelle, unos estibadores soltaron las amarras y el buque comenzó a alejarse lentamente de la dársena. Tras una pausa, Zarco preguntó:

—¿Alguno de vosotros habla una lengua civilizada?

—Yo, señor —dijo uno de los sicarios en un inglés torpe, con mucho acento—. Y debo protestar por el atropello que...

—¿Cómo te llamas?

—Harek, señor.

—Bien, Harek, ¿qué os proponíais hacer?

—Nada, señor —contestó el sicario—. Íbamos a solicitar hospedaje en la pensión del pueblo y... —señaló a Ciénaga y a López— esos hombres nos secuestraron brutalmente.

—¿Cuando vais a una casa de huéspedes siempre forzáis la puerta con una palanqueta?

—¡No hemos forzado ninguna puerta! —protestó el noruego—. Íbamos a llamar cuando...

De repente, Zarco sacó del interior de su chaqueta una pistola y encañonó al sicario, apuntándole a la cabeza. Harek tragó saliva y se quedó mudo, mirando aterrado el negro cañón del arma. El profesor se inclinó hacia él y dijo en voz baja:

—No me conoces, muchacho, y por eso no te pego un tiro ahora mismo; pero permíteme que te explique algo: odio que me mientan. Es como si me tomaran por tonto y eso me saca de quicio. Y cuando algo me saca de quicio, puedo hacer cualquier cosa, ¿comprendes? Como, por ejemplo, arrancarte el hígado y comérmelo cocinado con vino. Aunque, claro, no sabías con quién estabas hablando, así que voy a darte otra oportunidad. Préstame atención: si me dices la verdad, os dejaré marchar; pero si me vuelves a mentir, os mataré uno a uno, y a ti lentamente. ¿Está claro?

Harek asintió débilmente con la cabeza.

—Muy bien —prosiguió Zarco—, repito la pregunta: ¿qué os proponíais hacer?

El *Saint Michel* iba cobrando velocidad y ya se hallaba a unos cien metros del muelle. Harek tragó saliva de nuevo y dijo con un hilo de voz:

—Nos contrataron para que buscáramos a dos mujeres en la pensión...

—La señora Faraday y su hija. Ibais a secuestrarlas, ¿no?

El noruego asintió con un inseguro cabeceo y Zarco preguntó:

—¿Quién os contrató?
—No nos dijo su nombre. Creo que era inglés.
—¿Cuánto os pagó?
—Doscientas coronas. Y otras doscientas cuando le entregásemos a..., eh..., las damas.
—¿Adónde teníais que llevarlas?
—A un barco. El *Charybdis*.
Zarco esbozó una sonrisa de tiburón y guardó la pistola.
—Muy bien, Harek —dijo—; ahora nos entendemos. ¿Dónde tienes el dinero?
—¿Qué?...
—El dinero que os adelantó ese tipo por el secuestro. ¿Dónde está?
El noruego titubeó antes de responder:
—En mi cartera...
Zarco le cogió la cartera del bolsillo trasero del pantalón, extrajo de ella cuatro billetes de cincuenta coronas y se los guardó en la chaqueta; le devolvió la cartera al sicario y, dirigiéndose a Cairo, dijo:
—Libéralos, Adrián.
Cairo sacó una navaja y cortó rápidamente las ligaduras de los prisioneros.
—Soy hombre de palabra —dijo Zarco—: podéis iros.
Harek miró hacia el puerto, que ya estaba casi a doscientos metros de distancia, y preguntó:
—¿Cómo?
—Nadando —repuso el profesor con un gesto displicente.
—Pe-pe-pero el agua está helada —tartamudeó Harek.
—Si nadáis deprisa, entraréis en calor. Además, no hay nada más tonificante que un bañito de madrugada.
—El mar está a escasos grados por encima del punto de congelación —intervino Lady Elisabeth—. Esos hombres pueden morir.
Zarco la fulminó con la mirada. Luego, se volvió hacia los sicarios y les dijo:

—¿Todavía estáis aquí? Cuanto más tardéis en saltar, más nos alejaremos del muelle y más tiempo estaréis en el agua.

—Se lo rogamos, señor; déjenos usar un bote... —suplicó Harek.

Zarco suspiró ruidosamente y, dirigiéndose a Ciénaga y López, ordenó:

—Cuando cuente tres, comenzad a disparar contra ellos.

—¡Por amor de Dios, tenga piedad! —aulló Harek.

—Uno —dijo Zarco con aire distraído.

—¡Piedad, señor! —insistió el noruego.

—Dos —prosiguió Zarco, indiferente.

Ciénaga y López amartillaron los percutores de sus fusiles. Entonces, tras unos instantes de vacilación, Harek y sus compinches saltaron por la borda, lanzándose a las heladas aguas del mar. Lady Elisabeth ahogó un grito, corrió hacia la barandilla y contempló durante unos segundos cómo los cuatro sicarios nadaban frenéticamente hacia el puerto. Luego, se encaró con Zarco y le dijo en tono acusador:

—Esos hombres pueden morir.

—¡Pues que se mueran! —bramó el profesor—. Deberían habérselo pensado antes de intentar nada contra nosotros.

—Es usted un salvaje —le espetó la mujer, conteniendo a duras penas su indignación.

—¿Yo soy un salvaje? —Zarco se echó hacia atrás el panamá, como un matón a punto de entrar en pelea—. El mundo es salvaje, señora; está lleno de ratas miserables, como ésas que acabo de arrojar al agua, gentuza capaz de secuestrar mujeres y niñas por unas monedas. Y esa chusma sólo entiende un lenguaje: el de la violencia. Así que, para sobrevivir en este mundo, hay que ser tan violento o más que los malvados. Quizá usted considere eso salvajismo, pero yo lo llamo supervivencia.

—Si se comporta igual que los malvados —replicó Lady Elisabeth—, ¿en qué se diferencia de ellos?

—En el punto de vista, señora mía —respondió el profesor—. Concretamente, en el suyo, pues yo estoy de su parte y de parte de su esposo, mientras que ellos están en su contra. Convendría que recordara eso antes de criticarme.

Malhumorado, Zarco se dirigió a la popa del barco y contempló con los brazos en jarras al *Charybdis,* que de nuevo había iniciado el seguimiento del *Saint Michel*. Aunque el navío estaba demasiado lejos para que pudieran oírle, alzó un puño y gritó:

—¡No puedes conmigo, Ardán! ¡Siempre voy por delante de ti, piojoso armenio!

\* \* \*

Durante veintinueve horas, el *Saint Michel,* siempre seguido por el *Charybdis,* navegó a media máquina hacia el norte. Pasado ese tiempo, alcanzaron las costas meridionales de Spitsbergen, la mayor isla de Svalbard; entonces, al divisar en la lejanía las nevadas crestas y los negros farallones de piedra volcánica, el navío modificó su rumbo y enfiló hacia el noroeste, camino de Longyearbyen, el único asentamiento habitado del archipiélago.

Cuatro horas más tarde, el *Saint Michel* se aproximó lo suficiente a la isla como para poder apreciarla con detalle, de modo que los pasajeros salieron a cubierta para contemplar aquel extraño y solitario paisaje. La isla era muy montañosa, con las cumbres cubiertas de nieve y las laderas de una piedra negruzca donde sólo crecían líquenes y una hierba rala y escasa de color entre verde y pardo. La costa estaba atestada de aves marinas, focas y morsas, y en el interior se divisaban ocasionales manadas de renos, pero, aunque al parecer abundaban por la isla, nadie vio rastro alguno de osos blancos.

Al cabo de un rato, Verne bajó del puente de mando y se reunió con los pasajeros en la cubierta.

—Llegaremos a Longyearbyen dentro de una hora —les informó.

—¿Había estado antes aquí, capitán? —preguntó Lady Elisabeth.

—Hace muchos años, cuando comenzaba mi carrera —Verne contempló las lejanas cumbres de la isla—. Pero todo sigue igual, por lo que puedo ver.

—La temperatura es de tres grados por encima de cero —terció García, señalando el termómetro que estaba fijado a un mamparo—. Pensé que haría más frío tan al norte del círculo polar.

—Es por la Corriente del Golfo —respondió Zarco—. De no ser por ese flujo de agua cálida procedente del Caribe, esto sería un desierto helado.

En ese momento el *Saint Michel* pasaba por delante de una lengua de nieve que descendía desde la cumbre de una montaña hasta llegar al mar. De pronto, con gran estruendo, un enorme bloque de hielo se desprendió sobre el agua.

—Un glaciar —explicó Verne—. En verano, al quebrarse el hielo, se forman los icebergs.

Diez minutos más tarde vieron en la orilla las primeras huellas de presencia humana: las cabañas de madera de un campamento ballenero abandonado. Por lo general, aquélla era una de las zonas más solitarias de la Tierra; sin embargo, se cruzaron con dos cargueros que navegaban en sentido contrario, hacia el sureste. Ambos llevaban la enseña de Ararat Ventures. Finalmente, al llegar a los 78 grados de latitud norte, el *Saint Michel* viró a estribor para adentrarse en el fiordo de Is. En la orilla derecha se alzaban las instalaciones de la Artic Coal Company of Boston, la compañía minera que explotaba los yacimientos de hulla de la zona, y al fondo, en la misma orilla, Longyearbyen, el único pueblo del archipiélago. Aunque llamar «pueblo» a aquello era una clara exageración, pues sólo había un puñado de cabañas de madera dispuestas en doble fila, con una única calle central sin asfaltar.

No obstante, pese a la rústica precariedad del poblado, había cinco modernos cargueros anclados frente al puerto, todos con enseñas de Ararat Ventures y tres de ellos también con las de Cerro Pasco. Además, junto al pueblo había un improvisado campamento de tiendas de campaña. El lugar estaba mucho más concurrido que de costumbre.

Tras echar el ancla frente al poblado, los tripulantes del *Saint Michel* arriaron un bote ocupado por Zarco, Cairo y cuatro marineros armados. Acto seguido, el bote se dirigió al tosco puerto de Longyearbyen, donde desembarcaron, para no regresar hasta cuatro horas más tarde. De nuevo en el barco, Zarco reunió a los pasajeros y al capitán en el puente de mando para informarles sobre los resultados de sus pesquisas.

—He tenido la fortuna —dijo Zarco tras un carraspeo— de encontrarme en ese villorrio de mala muerte con un viejo conocido y colega, el profesor Alfred Wegener. ¿Han oído hablar de él?

Todos negaron con la cabeza, salvo Katherine, que respondió:

—Es un famoso geólogo alemán. Ha desarrollado una nueva teoría..., creo que se llama «deriva continental». Si mal no recuerdo, afirma que los continentes se desplazan lentamente, deslizándose sobre el magma de la Tierra.

Zarco asintió, sorprendido.

—Muy bien, señorita Foggart; así es. Wegener sostiene que, en un principio, sólo había un continente, al que denomina Pangea; pero luego, a causa de la fuerza centrífuga que genera el planeta al girar sobre su eje, esa única tierra se fragmentó en los distintos continentes que ahora conocemos y que poco a poco se alejan los unos de los otros. Es una teoría fascinante, aunque controvertida. Precisamente Wegener se encuentra ahora aquí, en Svalbard, recopilando datos que prueben su hipótesis acerca de...

—Muy interesante, profesor —le interrumpió Lady Elisabeth con impaciencia—, pero podemos hablar de eso en otro momento. ¿Han averiguado algo acerca de mi esposo?

Zarco arrugó el entrecejo, contrariado por la interrupción.

—Como sospechábamos —respondió—, ni John ni el *Britannia* han pasado por Longyearbyen. Wegener ha estado todo el invierno y la primavera aquí y me lo ha confirmado. También me ha contado que, desde hace más o menos un mes, Spitsbergen se ha llenado de navíos pertenecientes a Ararat Ventures. Al parecer, hay entre treinta y cuarenta barcos recorriendo la costa, puede que más. Pero lo más alarmante es que la búsqueda se ha ampliado y ya hay navíos de Ardán explorando Edgejokulen y Barentsoya.

—¿Perdón?... —dijo García con extrañeza.

—Las dos islas que se encuentran al este de Spitsbergen —aclaró el capitán.

—Exacto —asintió Zarco—. Y seguirán más hacia el este, buscando por Wilhelmoya, por Wahlbergoya, por las Islas del Rey Carlos y por Nordaustlandet, hasta que, finalmente, lleguen a Kvitoya, que es donde sabemos que está o estuvo el *Britannia*. Es una carrera contra el tiempo.

Hubo un silencio.

—Entonces —dijo Lady Elisabeth—, ¿qué haremos ahora? El *Charybdis* nos seguirá vayamos adonde vayamos.

Zarco le echó una sombría mirada al yate de Ardán, que permanecía anclado en medio del fiordo, y luego examinó las cartas de navegación.

—No podemos rodear el archipiélago por el noroeste... —murmuró, pensativo.

—¿Por qué? —preguntó García.

—Porque nos encontraríamos con la banquisa —respondió Verne.

—Disculpe, capitán —intervino Samuel—, ¿qué es la banquisa?

—La capa de hielo flotante que cubre el océano Ártico alrededor del polo, Sam. Tiene entre uno y veinte metros de espesor e impide por completo la navegación.

—Así que debemos ir hacia el noreste... —prosiguió Zarco con la mirada fija en el mapa.

—¿Y qué pasa con el *Charybdis*? —preguntó Lady Elisabeth.

—Si aquí se hiciera de noche —comentó Cairo—, quizá pudiéramos eludirlo apagando las luces y navegando en la oscuridad —suspiró—. Pero aún faltan meses para que el sol se ponga...

De repente, Zarco alzó la cabeza y contempló a su amigo con los ojos muy abiertos.

—Mañana es el solsticio —dijo.

—Sí. ¿Y...?

—Que ya estamos en verano —repuso Zarco con aire triunfal.

—Eso no es ninguna novedad, profesor.

Sin hacerle el menor caso, Zarco se inclinó sobre el mapa y lo examinó con extrema atención. Luego, se volvió hacia Verne y le espetó:

—Partiremos inmediatamente, Gabriel.

—¿Hacia dónde? —preguntó el capitán.

—Hacia aquí —respondió Zarco, señalando con el dedo un punto situado abajo y a la derecha del archipiélago—: Más o menos setenta y seis grados de latitud norte y treinta y seis de longitud este.

Verne contempló con perplejidad la carta marina.

—Pero eso son aguas abiertas, Ulises —dijo—. Ahí no hay nada.

—Exacto —respondió Zarco con una fiera sonrisa—. No hay nada; justo lo que necesitamos.

\* \* \*

Tras levar el ancla, el *Saint Michel,* siempre seguido por el *Charybdis*, abandonó el fiordo de Is y puso rumbo hacia el sureste. Nueve horas más tarde alcanzaron el punto que había señalado Zarco: 76° N, 36° E. Una vez allí, el capitán ordenó detener el barco y le preguntó a Zarco:

—¿Y ahora, Ulises?

El profesor miró el cielo a través del portillo frontal del puente de mando y respondió:

—Ahora esperaremos.
—¿Qué?
—El momento propicio —respondió el profesor con aire enigmático.

Para desesperación de todos, el momento propicio tardó tres días en llegar. El *Saint Michel* se encontraba en medio de un mar calmado sin rastro de tierra firme, una nada boreal donde no se escuchaba ni siquiera el rumor del viento. Lo único que quebraba aquella monótona soledad era el *Charybdis,* que se hallaba a unas dos millas de distancia, aguardando a que el *Saint Michel* se pusiera de nuevo en marcha para reiniciar el seguimiento.

Zarco no le contó a nadie qué aguardaba. Pasaba la mayor parte del día en la cubierta, oteando el horizonte o realizando mediciones en la pequeña estación meteorológica que había a popa. Durante la mañana del segundo día, López, uno de los marineros, le vio consultar el higrómetro y le oyó exclamar:

—¡Un sesenta y cinco por ciento de humedad relativa! ¡Esto marcha!

Esa misma tarde, Román Manglano, el radiotelegrafista, fue en busca de Zarco.

—El *Charybdis* ha enviado un radiograma —le dijo, al tiempo que le entregaba un papel escrito—. Preguntan si tenemos algún problema y nos ofrecen ayuda.

Zarco arrugó el papel que le había entregado Manglano y lo tiró por la borda.

—Contéstales diciendo que se metan la ayuda donde les quepa —masculló.

Y así, sin que sucediera nada, con absoluta monotonía, pasaron las horas; hasta que, a las tres y media de la tarde del día veinticuatro, Zarco remontó la escalera del puente de mando como una exhalación. En ese momento, Verne y Samuel estaban jugando una partida de ajedrez mientras Yago Castro, el piloto, los contemplaba desde su puesto frente a la rueda del timón.

—¡Ponga en marcha el barco! —exclamó Zarco nada más entrar en el puente.
—¿Con qué rumbo? —preguntó el capitán.
—Hacia el norte. ¡Dese prisa!
—Pero ¿adónde se supone que...?
—No hay tiempo para preguntas, Gabriel —le interrumpió el profesor, impaciente—. Vamos, arranque este trasto de una condenada vez.

Verne se encogió de hombros y le ordenó a Castro que pusiera en marcha los motores. Al poco, el *Saint Michel* comenzó a navegar hacia el norte, y tras él el *Charybdis*. Unos minutos después, Lady Elisabeth, Katherine y Cairo entraron en el puente de mando.

—¿Qué sucede, capitán? —preguntó Lady Elisabeth—. ¿Por qué nos hemos puesto en marcha?

Verne se encogió de hombros y señaló con un gesto a Zarco, que permanecía con la vista fija en el horizonte marino.

—¿Adónde vamos, profesor? —preguntó Cairo.

Zarco, con la mirada al frente, no le hizo el menor caso. Al poco, los pasajeros del *Saint Michel* vieron que, unas cuatro millas más adelante, el océano se hallaba cubierto por un manto blanco.

—¡Niebla! —exclamó el capitán—. ¿Es eso lo que estaba esperando, Ulises? ¿Pretende que despistemos al *Charybdis* adentrándonos en la niebla?

—Me ha leído el pensamiento —asintió Zarco.

El capitán sacudió la cabeza.

—No pienso navegar a ciegas por estas aguas —dijo—. Además, ese banco de niebla no es demasiado grande; el *Charybdis* no tendría el menor problema en recuperar nuestro rastro.

—Se equivoca, Gabriel —replicó Zarco—. Fíjese: son dos bancos de niebla, uno al este y otro al oeste. ¿Recuerda aquella vez, hace siete años, cuando una patrullera yanqui nos perseguía cerca de Charleston? Supongo que no habrá olvidado cómo les dimos esquinazo. Incluso le pusimos nombre: la «Maniobra Savannah».

—Por amor de Dios, eso es una locura.

—Ya lo hemos hecho antes, Gabriel.

—Pero yo conocía aquellas aguas y éstas no.

—Disculpen —intervino Lady Elisabeth—, ¿qué es la «Maniobra Savannah»?

—Sí, eso —terció Cairo—. Yo tampoco la conozco.

Zarco se volvió hacia ellos y dijo:

—Nuestro problema reside en que el *Charybdis* es más rápido que nosotros; pero el *Saint Michel,* al ser más pequeño, es más maniobrable. El plan es el siguiente: navegaremos a toda máquina hacia el banco de niebla que está al este y el maldito yate de Ardán nos seguirá; pero, una vez que la niebla nos cubra, giraremos 180, hacia el este. Cuando el capitán del *Charybdis* se dé cuenta del truco, virará en redondo, pero tardará bastante más que nosotros en hacerlo, así que le sacaremos al menos otras dos millas de ventaja. Entonces entraremos en el banco de niebla del oeste y, cuando estemos a cubierto, pondremos rumbo norte. Ardán creerá que hemos seguido hacia el oeste y nos buscará por la costa oriental de Spitsbergen, mientras que nosotros estaremos camino de Kvitoya. No puede fallar.

—Salvo que nos encontremos con escollos —replicó Verne—, o con un iceberg.

—Qué pesadito se pone con los icebergs, Gabriel —gruñó Zarco—. Durante todo el viaje no hemos visto ni uno.

—Y navegando en la niebla tampoco lo veríamos hasta tenerlo encima. No pienso arriesgar el barco, la tripulación y el pasaje en esa aventura, Ulises.

Zarco abrió la boca para protestar, pero Lady Elisabeth se le adelantó diciendo:

—Perdone, capitán; si no topáramos con icebergs o escollos, ¿esa maniobra podría funcionar? ¿Despistaríamos al *Charybdis?*

Verne hizo un gesto vago.

—Supongo que sí —dijo—. Al menos, ya funcionó una vez. Pero en estas aguas es demasiado peligroso.

Lady Elisabeth y su hija intercambiaron una mirada. Entonces, Katherine dijo:

—Temo, capitán, que el motivo de su decisión sea nuestra presencia en el barco, de modo que le ruego que no piense en mi madre y en mí como dos mujeres, sino como dos miembros más de la expedición. Por favor, si hay alguna posibilidad de escapar del *Charybdis* y proseguir la búsqueda de mi padre, le suplico que lo intente.

—¡Por Júpiter, bravo! —exclamó Zarco—. ¡Esta chica es todo un hombre! ¿Qué me dice, Gabriel, va a seguir buscando excusas o les demostramos a esos hijos de mala madre del *Charybdis* quiénes somos?

Verne se volvió hacia Cairo, buscando ayuda, pero éste se encogió de hombros y dijo:

—¿Por qué no? De algo hay que morir.

El capitán paseó la mirada por los rostros de los presentes y, tras sacudir la cabeza, declaró:

—Están todos locos, y yo el primero —se giró hacia Yago Castro y le ordenó—: Treinta grados noreste, a toda máquina.

El motor rugió y el *Saint Michel* comenzó a describir una amplia curva hacia estribor.

\* \* \*

Cuando el *Saint Michel* incrementó su velocidad en dirección al banco de niebla, el capitán del *Charybdis* forzó al máximo los motores para aproximarse lo más posible a su presa. En el puente de mando del *Saint Michel,* Cairo comentó:

—Son rápidos. Deben de estar a milla y media.

—Ya veremos lo rápidos que son para dar la vuelta —masculló Zarco, con la mirada fija en el lechoso manto que flotaba sobre el mar a quinientos escasos metros de distancia.

Conforme se aproximaban a la niebla, los pasajeros y tripulantes contuvieron el aliento hasta que, de pronto, se encontraron en medio de una blanca opacidad. Aunque el capitán había destacado vigías en la proa, la bruma era tan densa que apenas se veía nada. Katherine, muy seria, con la mirada fija en el muro de niebla, se aproximó a Samuel y le cogió de la mano.

—¿Velocidad? —preguntó Verne sin apartar los ojos del cronógrafo.

—Veinticuatro nudos —respondió el piloto.

Verne hizo unos rápidos cálculos mentales y aguardó, siempre mirando el reloj. Al cabo de unos minutos, ordenó:

—Reduzca un cuarto y vire ciento ochenta grados a babor.

Lentamente, el *Saint Michel* comenzó a trazar una amplia curva hacia la izquierda, hasta estabilizar su rumbo en dirección oeste.

—A toda máquina —ordenó entonces el capitán, con el ceño fruncido.

Las revoluciones del motor se incrementaron y el *Saint Michel* fue ganando velocidad de nuevo, deshaciendo el camino que acababa de recorrer. Al poco, escucharon el sonido de otro motor, aproximándose, y de pronto, como un monstruo antediluviano, el *Charybdis* apareció entre la niebla navegando a toda velocidad en sentido inverso. Cuando se cruzaron, la distancia entre ambos barcos era de poco más de diez metros. Zarco soltó un aullido de júbilo, hizo sonar dos veces la sirena y, asomándose por una escotilla, gritó en dirección al yate de Ardán:

—¡Adiós, imbéciles!

El *Charybdis* desapareció en la niebla mientras el *Saint Michel* proseguía hacia el oeste a toda la velocidad que podía proporcionarle el motor. Al cabo de unos minutos, como si se descorriese un telón, el barco salió a cielo abierto y los pasajeros respiraron aliviados a la vez.

—¡Oh, cielo santo! —dijo Zarco en tono burlón—. ¡Cuantísimos icebergs nos hemos encontrado!

Verne le fulminó con la mirada y contempló el banco de niebla del oeste, calculando que se hallaba a unas cuatro millas de distancia. Un tenso silencio se adueñó del puente de mando;

cada poco, el capitán y los pasajeros miraban hacia atrás para comprobar si el *Charybdis* los seguía. Zarco, apoyado en la bitácora con la vista al frente, comenzó a cantar por lo bajo:

> *Venid jovenzuelos que en el mar vivís.*
> *Oh, oh, al agua con él.*
> *Que tome su baño el capitán Jim.*
> *Oh, oh, al agua con él.*
> *Por la pasarela tendrá que salir.*
> *Oh, oh, al agua con él.*
> *Sólo dos pasos lo alejan del fin.*
> *Oh, oh, al agua con él...*

Cuando faltaba aproximadamente media milla para llegar a la niebla, Cairo comentó señalando hacia atrás:
—Ahí están.

Todos volvieron la cabeza y comprobaron que el *Charybdis* había salido del manto de bruma y se dirigía hacia ellos a toda velocidad. Zarco dejó de canturrear y calculó la distancia que les faltaba para llegar a la niebla. Seiscientos metros..., cuatrocientos..., doscientos..., cien... El *Saint Michel* se zambulló en la ciega blancura y de nuevo todos contuvieron el aliento durante unos instantes. Verne consultó otra vez el cronógrafo y al cabo de cuatro minutos ordenó:

—Reduzca un cuarto y vire noventa grados a estribor.

El piloto obedeció y el navío comenzó a girar en dirección norte. Tras un largo silencio, Zarco dijo:

—Podemos ir más rápido, Gabriel.

—Si la maniobra ha salido bien, no hace falta —respondió el capitán—. Ya es bastante locura navegar a ciegas por estas aguas.

—Ah sí, los icebergs; me olvidaba de ellos —replicó Zarco, burlón—. Pero si nos hemos de estrellar, ¿qué más dará hacerlo a quince nudos o a veinticinco?

Tras fulminarle de nuevo con la mirada, Verne consultó otra

vez el cronógrafo y comenzó a contar los minutos, que parecían arrastrarse con lentitud de caracoles. Lady Elisabeth entrecerró los ojos, intentando ver algo a través de la niebla. Cairo sacó un dólar de plata del bolsillo y comenzó a juguetear con él, haciéndolo girar entre los dedos. Katherine se apretó contra Samuel, sujetándose a su brazo. Zarco empezó a canturrear de nuevo. Entonces, al cabo de catorce eternos minutos, de repente, el *Saint Michel* dejó atrás el banco de niebla y salió a cielo descubierto.

Y todos vieron con horror que el barco navegaba directamente hacia una montaña de hielo flotante, un iceberg cuya parte emergida alcanzaba la altura de una casa de siete pisos y que apenas se hallaba a cien metros de distancia.

—¡Todo a babor! —aulló el capitán.

Castro giró rápidamente la rueda del timón y el barco se escoró tanto que los pasajeros tuvieron que apoyarse en los mamparos para no caer. Lentamente, el *Saint Michel* comenzó a virar hacia la izquierda, pero el gigantesco iceberg estaba tan cerca que el choque parecía inevitable.

—Dios santo... —musitó Lady Elisabeth, contemplando con los ojos muy abiertos aquel monstruo helado que se les echaba encima.

Pasó cerca, muy cerca; tanto que los pasajeros pudieron sentir en la piel el intenso frío que desprendía la montaña flotante. Durante unos segundos, vieron pasar a su lado los farallones blanco-azulados del iceberg, con las aristas de hielo reflejando el sol como diamantes, y luego el leviatán quedó atrás.

Un suspiro de alivio recorrió el puente de mando. Zarco soltó una carcajada y, dirigiéndose al capitán, le espetó:

—¿Lo ve, Gabriel? El *Saint Michel* no ha tenido ningún problema para sortear ese trocito de hielo. Debería darle vergüenza que yo tenga más fe en su barco que usted mismo.

Verne sacó un pañuelo del bolsillo, se quitó la gorra y, tras enjugarse el sudor que le perlaba la frente, respondió:

—A veces, Ulises, estoy tentado de ordenarles a mis hombres que le arrojen por la borda.

—No hay suficientes tripulantes en el *Saint Michel* para hacer eso —respondió Zarco, sonriente—. Ahora vamos a ver si hemos conseguido darle esquinazo a Ardán.

Al cabo de una hora de solitaria navegación, sin rastro del *Charybdis,* quedó claro que la Maniobra Savannah había dado resultado. Fue entonces cuando el capitán Verne dio la orden de poner rumbo hacia Kvitoya, la isla más oriental y solitaria del archipiélago Svalbard.

*Diario personal de Samuel Durango.*
*Viernes, 25 de junio de 1920*

*Apenas hemos tardado doce horas en llegar a nuestro destino. Kvitoya tiene cuarenta y dos kilómetros de largo por veintidós de ancho; según el profesor, su superficie es de unos 680 kilómetros cuadrados, el noventa por ciento de los cuales está cubierto de glaciares. Supongo que por eso los noruegos la llaman la Isla Blanca.*

*No hay ni rastro de presencia humana; ni siquiera un miserable campamento ballenero. Tampoco se ven en la costa tantas aves y mamíferos marinos como en Spitsbergen; supongo que eso se debe a que este lugar es mucho más frío. El profesor dice que la Corriente del Golfo ya no pasa por aquí, de modo que al mediodía la temperatura no supera los 2 grados por encima de cero. De hecho, hace tanto frío que el mar está escarchado y lleno de pequeños bloques de hielo que, al chocar contra el casco del* Saint Michel, *suenan como un tamborileo. El capitán me ha contado que en invierno es imposible la navegación, pues todo está cubierto por una capa de agua congelada.*

*Hoy hemos visto el primer oso blanco. Estaba sentado en un bloque de hielo a la deriva y se quedó mirándonos fijamente conforme pasábamos por su lado. Era un animal muy hermoso. Lo he fotografiado.*

*Nada más llegar a Kvitoya, el* Saint Michel *ha recorrido la costa sur buscando el* Britannia, *pero no lo hemos encontrado. Sin embargo, es posible que hayamos dado con su rastro. Según el Códice Bowen, la misteriosa ciudad subterránea se encuentra en el extremo occidental de la isla; pues bien, en una playa situada justo al oeste de Kvitoya hay huellas de presencia humana reciente. Adrián Cairo desembarcó en un bote y encontró los restos de un campamento provisional, así como un montón de basura, entre ella latas de Corned Beef y un par de botellas de whisky. No sabemos a ciencia cierta si son rastros de la expedición de Sir Foggart, pero es lo más probable.*

*El profesor Zarco ha decidido que nos dividamos en grupos y exploremos la zona. Debemos buscar la entrada de una caverna que, como dice el códice, está situada «bajo la sombra del caballo». El profesor cree que, probablemente, ese «caballo» sea una formación geológica semejante al animal, o quizá una talla o una pintura. Acto seguido, Adrián Cairo nos ha informado de los peligros con que podremos encontrarnos. En concreto, un solo peligro: los osos blancos. Al parecer, hay muchos en la isla.*

*Según Adrián, el oso blanco (*thalarctos maritimus*, como apuntó el profesor) es el mayor carnívoro terrestre, y puede pesar hasta media tonelada. Aparte de eso, y a diferencia del resto de los animales, los osos blancos no temen al hombre, porque apenas han estado en contacto con él. Todo ello, señaló, convierte a estos seres en unas bestias terriblemente feroces, razón por la cual Adrián ha insistido en que vayamos armados.*

*Pero yo odio las armas y no pienso empuñar una.*

*A la hora de asignar los grupos, Zarco dio por descontado que las mujeres permanecerían en el barco, pero Lady Elisabeth protestó con tanta energía que el profesor tiró la toalla sin protestar demasiado, algo muy poco usual en él. Lady Elisabeth irá con Elizagaray, el primer oficial, y con el marinero O'Rourke. Kathy vendrá con Adrián y conmigo.*

*Me alegro de que nos acompañe.*

## 10. El templo subterráneo

Se formaron seis grupos, compuestos por tres personas, y los botes los fueron distribuyendo a lo largo de la costa, con un intervalo de un kilómetro entre grupo y grupo. Katherine, Samuel y Cairo partieron en cuarto lugar y, tras desembarcar en la isla, comenzaron a explorar el litoral hacia el oeste. El terreno era pedregoso e irregular, con numerosas planchas de nieve helada, así que avanzaban despacio, apoyándose en los piolets que les habían dado en el barco. Hacía frío. Todos llevaban gruesos chaquetones, gorros y pantalones de lana, así como pesadas botas de montaña; Katherine y Cairo portaban sendos fusiles al hombro, pero Samuel sólo llevaba una cámara fotográfica colgando del cuello.

—¿Por qué no ha querido un fusil, Sam? —preguntó Katherine al cabo de unos minutos de marcha silenciosa.

—No me gustan las armas —respondió el joven.

Atravesaban una zona más o menos llana, con el mar a la izquierda y una sucesión de riscos oscuros cubiertos de nieve a la derecha. Mientras caminaban no dejaban de mirar a su alrededor buscando cualquier cosa que se pareciese a un caballo.

—Pues si no te gustan las armas —comentó Cairo al cabo de unos instantes—, ¿por qué fotografiabas los frentes de batalla durante la guerra?

—Por el señor Charbonneau; era él quien quería hacerlo.

—¿Trabajaba para algún periódico?

Samuel negó con la cabeza.

—El señor Charbonneau tenía un hijo llamado François —dijo—. Era teniente del ejército y estaba destacado fuera de París, así que no solían verse demasiado, aunque el señor Charbonneau le escribía con frecuencia. Le quería mucho —hizo un larga pausa—. Dos años después de estallar la guerra —prosiguió—, el uno de julio de 1916, durante la batalla de Somme, François Charbonneau murió herido por la metralla de una granada. El señor Charbonneau viajó a la zona de combate para hacerse cargo del cadáver y lo enterró en el cementerio de Herbecourt, un pueblo cercano al frente.

—Y tú le acompañaste —dijo Cairo.

Samuel asintió.

—Después del entierro —continuó—, el señor Charbonneau decidió ir al frente de batalla para realizar un reportaje fotográfico en honor a su hijo. Intenté disuadirle, pero fue inútil; él, por su parte, me ordenó que volviera a París, pero no le hice caso y le seguí —guardó silencio un buen rato—. El señor Charbonneau siempre se situaba en primera línea —dijo en voz baja—, con la cámara sobre el trípode, sin intentar protegerse de las balas... Pero ni una le alcanzó. Después de Somme fuimos al frente de Arras, y luego al de Verdún, y al de Marne, y pese a los riesgos que corría, el señor Charbonneau jamás sufrió ni un rasguño...

—¿Por qué se arriesgaba tanto? —preguntó Katherine.

—Quería morir —respondió Samuel.

Tras pronunciar esas palabras, el joven se sumió en sus pensamientos. Al poco, Cairo dijo:

—¿Puedo preguntarte algo muy personal, Sam?

—Claro.

—Al comienzo del viaje dijiste que tu tutor murió de un ataque cardiaco; pero eso no es cierto, ¿verdad?

Samuel demoró casi un minuto la respuesta.

—No, no es cierto —dijo al fin en tono neutro—. Se suicidó. Lo encontré en su dormitorio, colgando de una cuerda.

—Ah, vaya... —Cairo parpadeó—. Lo lamento.

Sin dejar de caminar, guardaron un taciturno silencio. Al cabo de unos minutos, Katherine cambió de tema diciendo:

—Todavía no estoy muy segura de saber qué estamos buscando.

—Una cueva, Kathy —respondió Cairo—. Una cueva situada bajo algo parecido a un caballo. Eso dice el códice.

—Pero es que, según se mire, muchas de estas piedras pueden parecer un caballo —señaló una formación rocosa—. Por ejemplo, ésa de ahí.

Cairo soltó una carcajada.

—Pues a mí me recuerda más a un camello —dijo.

Y en ese preciso momento, a unos cinco metros de distancia por delante de ellos, surgiendo de detrás de una peña, aparecieron dos figuras blancas: una inmensa osa polar y su cachorro. Tanto los animales como los humanos se detuvieron en seco, mirándose unos a otros con recelo y alarma. Automáticamente, Cairo y Katherine empuñaron sus fusiles. Al tiempo, la osa se alzó sobre sus patas traseras y emitió un profundo gruñido. Cairo encañonó a la fiera y alzó el percutor; su dedo se tensó sobre el gatillo... Entonces, antes de que pudiera disparar, Samuel se interpuso entre el arma y el animal.

—¡Apártate, Sam! —gritó Cairo.

Sin hacerle caso, Samuel avanzó un paso con las manos alzadas. La osa, que puesta en pie era más alta que un hombre alto, arrugó los belfos, mostrando unos colmillos tan grandes como cuchillos, y lanzó otro gruñido, éste más feroz que el anterior. Samuel la miró fijamente a los ojos y dijo:

—Tienes que cuidar a tu cachorro; no nos obligues a hacerte daño. Por favor, seguid vuestro camino.

El animal, sin apartar la mirada del joven, cerró las fauces y ladeó la cabeza. Luego, volvió a ponerse a cuatro patas, se dio la vuelta y, seguida por el osezno, se alejó lentamente, deshaciendo el camino por el que habían venido. Antes de que desaparecieran de su vista, Samuel los encuadró con el visor de la cámara e hizo una foto.

—Dios santo —musitó Katherine, pálida como la nieve que la rodeaba—. Qué susto me ha dado, Sam...

—¡¿Pero es que te has vuelto loco?! —exclamó Cairo, aproximándose al joven—. ¡Esa bestia habría podido arrancarte la cabeza de un zarpazo! ¿En qué estabas pensando?

—Es un animal muy hermoso —respondió Samuel—. No quería que muriese.

—¿Y por salvar a una fiera te juegas la vida? Además, si te hubiese atacado tú estarías muerto y yo habría tenido que abatirla de todas formas.

—Pero no me ha atacado —Samuel se encogió de hombros y concluyó—: Ya he visto demasiadas muertes en mi vida, Adrián.

Cairo abrió la boca para replicar algo, pero justo en ese instante se escucharon en la lejanía tres disparos consecutivos: la señal convenida por si algún grupo encontraba lo que estaban buscando.

—Proceden del este —calibró Cairo, mirando a su izquierda—. Y no han sonado muy lejanos.

—El grupo que nos precede es el de mi madre —comentó Katherine.

—De acuerdo, vamos a ver qué sucede —Cairo se colgó el fusil del hombro y echó a andar hacia el este; pero no había dado ni tres pasos cuando se detuvo y, señalando a Samuel con un dedo, le advirtió—: No vuelvas a hacer eso, Sam. Jamás.

\* \* \*

Los disparos se habían efectuado aproximadamente a un kilómetro de distancia, pero, aunque Katherine, Cairo y Samuel marchaban todo lo rápido que podían, el terreno era tan accidentado que tardaron casi media hora en recorrer el trayecto. Cuando llegaron, vieron a Lady Elisabeth, Elizagaray y el marinero O'Rourke al pie de un risco, junto a unas rocas, a unos doscientos metros de la costa. Zarco acababa de desembarcar del bote y se dirigía hacia ellos: pese al frío reinante, seguía llevando el panamá.

—¿Qué ocurre? —preguntó Cairo cuando llegaron a la altura del grupo—. ¿Han encontrado algo?

—Espero que sea importante —gruñó Zarco mientras se

aproximaba remontando la pedregosa ladera del monte—, porque esos disparos han interrumpido la búsqueda.

—Ha sido gracias a la señora Faraday —dijo el primer oficial—. De no ser por ella, lo hubiésemos pasado por alto.

—Hubieseis pasado por alto, ¿qué? —preguntó Zarco, deteniéndose junto a él.

—Véalo usted mismo, profesor —intervino Lady Elisabeth al tiempo que rodeaba las rocas y señalaba con un ademán lo que había detrás de ellas.

Era la entrada de una cueva, una oquedad de unos tres metros de altura que se adentraba en la tierra hacia el corazón de la montaña. Con los ojos chispeando de excitación, Zarco se aproximó a la boca de la caverna y extendió los brazos hacia delante, como palpando el aire.

—Hay una corriente cálida —comentó.

—Sí, ya lo habíamos notado —dijo Lady Elisabeth—. Además, no hay hielo ni nieve alrededor. Parece que Bowen decía la verdad: este lugar está caliente.

Zarco miró hacia el interior de la cueva. El pasaje descendía con una inclinación de unos treinta grados, pero había escalones toscamente tallados en la roca para facilitar la bajada. En cualquier caso, a los pocos metros la oscuridad impedía distinguir nada, de modo que el profesor se alejó de la caverna y miró a su alrededor.

—¿Y el caballo? —preguntó.

—Es toda la montaña —respondió Lady Elisabeth, señalando con un ademán la mole de piedra que se alzaba a su espalda—. Desde aquí no se distingue, y tampoco si se mira desde el este. De hecho, sólo lo advertí cuando la habíamos sobrepasado y se me ocurrió volver la cabeza.

Zarco, seguido por los demás, se alejó unos cien metros hacia el oeste y comprobó que, en efecto, vista desde esa perspectiva, la montaña tenía la apariencia de una cabeza de caballo.

—Es como una pieza de ajedrez gigante —comentó Samuel.

Katherine sacudió la cabeza.

—¿Cómo no nos hemos dado cuenta al venir hacia aquí? —se preguntó.

—Porque todos buscábamos algo más pequeño —dijo Lady Elisabeth—. Lo he visto por pura casualidad.

Cairo le dirigió a Zarco una sonrisa socarrona.

—Ha sido providencial que Lisa participara en la búsqueda, ¿verdad, profesor? Deberíamos felicitarla.

Zarco arrugó el entrecejo.

—Ha sido suerte —dijo—; ella misma lo reconoce. Además, tarde o temprano habríamos acabado por encontrarlo. Pero..., eh..., en fin, sí, felicidades, señora Faraday —visiblemente incómodo, se volvió hacia Samuel y le ordenó—: Fotografía esa maldita montaña, Durazno —luego, girándose hacia Cairo, dijo—: Hay que traer del barco cuerdas, clavijas, linternas, todo lo necesario para explorar esa cueva. Y más vale que te des prisa, Adrián, porque no tenemos mucho tiempo.

* * *

Hora y media más tarde, una vez desembarcados del *Saint Michel* los utensilios necesarios, mientras un grupo de marineros levantaba un campamento provisional frente a la cueva, Zarco, Cairo y Elizagaray se dispusieron a adentrarse en el interior de la tierra. Entonces, Lady Elisabeth insistió en acompañarles, a lo cual el profesor se negó en redondo.

—Es demasiado peligroso para una mujer —dijo—. Y sólo sería un estorbo.

Lady Elisabeth dejó escapar un cansado suspiro y replicó:

—¿Vamos a estar siempre así? Usted se niega a que les acompañe, yo le aseguro que voy a ir de todas formas y, al final, usted cede. ¿Por qué no nos ahorramos los preliminares? Además, yo he encontrado la cueva, así que tengo más derecho que usted a ser de los primeros en explorarla.

Zarco abrió y cerró la boca, incapaz de encontrar las palabras adecuadas para expresar su consternación. Entonces, entregándole a Lady Elisabeth una soga, Cairo dijo:

—Átesela a la cintura, Lisa; bajaremos encordados.

Zarco lanzó una vitriólica mirada a su colaborador, gruñó algo por lo bajo y, de evidente malhumor, comenzó a atarse un extremo de la cuerda. En ese momento, Katherine se aproximó a Samuel, que se hallaba algo alejado, comprobando su equipo fotográfico, y le dijo:

—No hemos tenido la oportunidad de hablar, Sam, pero quería decirle algo: lo que hizo antes para salvar a la osa y su cachorro fue una locura, pero también el acto más valeroso que he presenciado en mi vida. Es usted una gran persona.

Samuel parpadeó, azorado, y fue a decir algo, pero entonces Katherine se abrazó a él, le besó en una mejilla y, sin decir nada más, se alejó dejando al joven, rojo como un tomate.

Entre tanto, los expedicionarios, adecuadamente pertrechados, se habían adentrado en la cueva. Iban encordados, con Zarco a la cabeza, después el primer oficial seguido por Lady Elisabeth y, cerrando la marcha, Cairo. Todos portaban mochilas, piolets y pesadas linternas eléctricas. Lentamente, iluminando el terreno con los haces de luz, comenzaron a bajar por los escalones tallados en la roca. A los pocos metros, el pasadizo se estrechaba tanto que en algunos lugares había que agacharse para poder pasar. Cinco minutos más tarde, Zarco se detuvo e iluminó con su linterna la pared que tenía a su derecha: estaba plagada de signos tallados en la roca. Espirales, rombos, esvásticas, líneas quebradas, laberintos, figuras abstractas..., los muros del túnel parecían una exposición de arte primitivo.

—¿Ha visto alguna vez algo semejante, profesor? —preguntó Lady Elisabeth mientras contemplaba asombrada las inscripciones.

—Sí —respondió Zarco, igualmente abstraído en los petroglifos—. Pero no igual.

—¿Tiene idea de qué significan? —terció Cairo.

—Ni la más mínima, Adrián. Pero de lo que sí estoy seguro es de que son condenadamente antiguos.

Zarco apartó la luz de la pared y reanudaron el descenso, aunque el profesor no tardó en detenerse de nuevo para sacar del bolsillo un termómetro y consultarlo.

—Veintidós grados centígrados —dijo—. Cuanto más bajamos, más calor hace.

Entonces, como si se hubieran puesto de acuerdo, todos se despojaron de sus gruesos chaquetones y los dejaron sobre un saliente de la roca.

—Ya los recogeremos a la vuelta —comentó Zarco, enjugándose con el antebrazo el sudor que le perlaba la frente.

Continuaron bajando durante quince minutos más, hasta que, de pronto, tras doblar una curva del pasadizo, desembocaron en un recinto tan grande que la luz de las linternas ya no podía iluminar las paredes. El eco que levantaron sus pasos se mezcló con un murmullo de agua corriendo. Olía intensamente a humedad.

—¿Dónde estamos? —murmuró Cairo, intentando distinguir algo en la oscuridad.

—Miren —dijo Elizagaray señalando hacia arriba—: Ahí se ve algo de luz.

En efecto, un tenue resplandor iluminaba el techo de roca por encima de sus cabezas.

—Deben de ser grietas que dan al exterior —comentó Zarco.

—Pero ¿a qué altura están? —terció Cairo.

Zarco se desató de la cordada; luego, tras quitarse la mochila, sacó de ella una bengala de magnesio y la prendió. Al instante, un intenso resplandor blanco bañó el extraño mundo al que habían llegado.

Y todos se quedaron boquiabiertos.

Era una caverna inmensa, descomunal, inabarcable. Allí donde se encontraban mediría unos seiscientos metros de ancho por más de cien de alto; el fondo, sencillamente, no se distinguía. Pero no era el tamaño lo que más les sorprendió, sino la ruinosa ciudad abandonada que se extendía a lo largo y ancho de la gruta. Toscas cabañas de piedra con los techos derrumbados arracimadas unas contra otras, plazas, callejas, una especie de anfiteatro tallado en la roca; a la derecha, cerca de un río subterráneo que fluía desde el fondo de la caverna, se alzaba el edificio más grande de todos, una torre cuadrangular de basalto, de unos once metros de altura por ocho de lado, cuya puerta estaba adornada con cráneos de morsa encajados a lo largo del marco.

—Bowen decía la verdad... —murmuró Lady Elisabeth, contemplando asombrada las ruinas que se extendían ante ellos.

—Pero... —Cairo tragó saliva— ¿quién construyó esto?

—Mi tía abuela —respondió Zarco—. ¿Y yo qué sé, Adrián? Será mejor que dejemos de hacer preguntas estúpidas.

En ese momento, la bengala se extinguió y las ruinas volvieron a ser engullidas por la oscuridad. Zarco sacó de nuevo el termómetro y lo consultó bajo la luz de la linterna.

—Veinticinco grados y medio —murmuró.

—¿Cómo es posible que haga tanto calor? —preguntó Lady Elisabeth.

—Si se hubiera fijado en el río que corre aquí al lado —respondió Zarco—, se habría dado cuenta de que sus aguas desprenden vapor. Sin duda, está alimentado por fuentes termales. Kvitoya, como el resto de las islas del archipiélago, tiene origen volcánico.

Zarco prendió otra bengala y señaló hacia su derecha.

—Ese edificio es el que está mejor conservado —dijo—. Parece un templo; vamos a echar un vistazo.

Encabezados por el profesor, los exploradores se dirigieron a la torre de basalto que se alzaba a unos sesenta metros de distancia. Conforme se aproximaban, advirtieron que, aparte de los cráneos de morsa que adornaban la puerta de entrada, había una figura tallada en las piedras, sobre el dintel; era un ídolo con un solo ojo. Al llegar a la altura del edificio, descubrieron que en el muro había un texto escrito en inglés con pintura

negra. El mensaje decía: «*Este yacimiento arqueológico fue descubierto el 14 de agosto de 1919 por la expedición dirigida por Sir John Thomas Foggart a bordo del navío Britannia*».
Debajo aparecía la firma de Sir John, y más abajo, escrito en un trozo de madera y clavado en una rendija del muro, el siguiente cartel: «*4-06-1920. Partimos hacia la isla de Bowen en la Tierra de Francisco José*».

—Se fueron hace tres semanas —murmuró Lady Elisabeth—. Pero ¿por qué se quedaron aquí tanto tiempo?

—Porque se les echó el frío encima —respondió Zarco—. John descubrió este lugar a finales de verano y, conociéndole, seguro que se tomó su tiempo en explorarlo. Entonces llegó el otoño polar y la navegación por estas aguas se volvió impracticable, así que John y sus hombres debieron de quedarse a pasar el invierno aquí. Al menos, estaban calentitos —se encogió de hombros—. Han partido en cuanto han podido; es decir, ahora, en verano, cuando la banquisa se está fundiendo.

Zarco se apartó del grupo y examinó, iluminándolos con la luz de la linterna, las calaveras de morsa de la puerta, con sus enormes colmillos apuntando hacia abajo. El juego de luces y sombras hacía que parecieran moverse. ¿Qué antigüedad tendría aquella construcción? Era imposible saberlo, pero Zarco estaba acostumbrado a trabajar con restos prehistóricos y, sin duda, se trataba de ruinas extremadamente viejas.

El profesor avanzó hacia la puerta, cruzó el umbral e iluminó el interior de la torre con el haz de luz. Entonces, sus ojos se abrieron formando dos círculos perfectos al tiempo que contenía el aliento. Había dado en el clavo: era un templo con las paredes totalmente cubiertas de multicolores pinturas primitivas. Y, presidiendo el muro central, el dibujo de una gigantesca araña de color gris.

Una araña.

Tras contemplarla durante unos segundos, Zarco salió de la torre y, dirigiéndose a Elizagaray, le ordenó:

—Regresa a la superficie y haz que baje todo el mundo

disponible, incluyendo a Durazno y al químico. Que traigan herramientas, linternas, el generador y los focos. Y date prisa, porque el tiempo apremia.

\* \* \*

Tres horas más tarde, un grupo formado por doce tripulantes del *Saint Michel* descendió a la caverna transportando el material que había solicitado el profesor. A instancias de éste, colocaron el generador junto al templo e instalaron una batería de focos alrededor y dentro del edificio. Al conectar el generador, ese rincón de la cueva se llenó de luz; a cambio, los expedicionarios tuvieron que soportar el estrépito del motor multiplicado por el eco.

Concluido ese trabajo, Cairo seleccionó a siete hombres para explorar la cueva; entre ellos estaba Samuel, que, según instrucciones del profesor, debía «fotografiarlo absolutamente todo». Entre tanto, mientras el grupo se adentraba en la caverna, Zarco, Lady Elisabeth, Katherine y García comenzaron a inspeccionar el interior del templo bajo la luz de los focos.

Lo primero que examinaron fue el muro situado frente a la puerta de los cráneos. Alrededor de la pintura que representaba a una gigantesca araña, había sesenta y seis pequeñas hornacinas talladas en la piedra; todas estaban vacías, salvo una medio oculta en una esquina, que contenía una pequeña pieza romboidal de color pardo rojizo.

—Parece óxido de hierro —dijo García, examinándola con una lupa—. Pero no, no lo es. Tendré que analizarlo.

—¿Cree que todas esas cavidades contenían fragmentos de metal? —le preguntó Lady Elisabeth a Zarco.

—Es lo más probable —respondió éste, pensativo—. Según el códice, los escandinavos encontraron aquí metales preciosos, ofrendas al dios Aracné —señaló la pintura de la araña—. Pues bien, ahí está Aracné, así que cabe suponer que en esas hornacinas había en efecto fragmentos de metal. Aunque no sabemos si era lo único que había.

—¿Qué quiere decir?

—Los escandinavos se llevaron todo aquello que les pareció valioso —respondió Zarco, abstraído, como si reflexionara en voz alta—. Oro y plata, por supuesto, pero también hierro, cobre, estaño, plomo, titanio o cualquier otro material que les resultara útil o les pareciera bonito, suponiendo que lo hubiese. Pero, evidentemente, no se lo llevaron todo, porque John le envió a usted un objeto encontrado aquí, el que robaron en su casa. Al parecer, no les interesó a los escandinavos y no lo cogieron. Seguro que dejaron más objetos que carecían de valor para ellos.

—Si es así, ¿dónde están? —preguntó Lady Elisabeth.

Zarco soltó una carcajada.

—A buen recaudo en el *Britannia,* supongo —dijo—. John es arqueólogo; o sea, un ladrón con título académico, y disculpe mi franqueza, señora Faraday. Después de pasar seis meses aquí, seguro que se llevó todo lo que tenía algún interés —el profesor retrocedió un par de pasos y miró a su alrededor, hacia abajo, contemplando los cascotes que cubrían el suelo del templo—. Pero puede que algo se haya caído —prosiguió—. Deberíamos comprobarlo.

Acto seguido, todos se pusieron de rodillas y comenzaron a rebuscar por entre los escombros. Cinco minutos más tarde, el químico alzó en la mano una especie de ficha redonda de color gris oscuro partida por la mitad y exclamó:

—¡He encontrado algo!

Todas las miradas convergieron en él.

—¿Qué es? —preguntó Katherine.

—Carbono. Grafito, creo, pero habrá que analizarlo.

García guardó el fragmento en un sobre de papel marrón y prosiguieron la búsqueda. Al cabo de veinte minutos, Zarco encontró entre un montón de escombros una pequeña cuña metálica de color gris acero y se la entregó al químico. Tras examinarla con la lupa, éste declaró:

—Wolframio, no cabe duda. Aunque lo analizaré, por supuesto.

Siguieron inspeccionando el suelo durante media hora más; pasado ese tiempo, Zarco se puso en pie y se sacudió las manos, dando por terminada la búsqueda. Entonces, Katherine exclamó:

—¡Mira, mamá!

La joven se acercó a su madre y le entregó lo que acababa de encontrar: una barrita cilíndrica de color gris plomo. Lady Elisabeth la contempló con sorpresa y, tras intercambiar una sonrisa con su hija, se la dio a Zarco.

—Es muy parecida al fragmento metálico que John me envió por correo —dijo.

El profesor le echó un rápido vistazo y se la entregó a García alzando una ceja en un mudo gesto de interrogación. El químico examinó el cilindro con la lupa, intentó rayarlo con una uña y finalmente lo lamió con la punta de la lengua.

—Parece circonio —dijo, dubitativo—. Pero no estoy seguro...

—Muy bien —repuso Zarco—; ya tiene trabajo, García —lo agarró por un brazo y comenzó a empujarle hacia la salida—. Regrese al barco y póngase a analizar esas muestras —prosiguió—. Y en cuanto averigüe algo, dígamelo.

Tras expulsar al químico del templo de un último empujón, Zarco se volvió hacia el policromado muro que estaba a su izquierda y, con los brazos en jarras, dijo:

—Bueno, ahora vamos a echarle un tranquilo vistazo a esta maldita exposición pictórica.

* * *

Las pinturas que cubrían los muros eran esquemáticas y estilizadas, pero estaban dotadas de una notable expresividad, lo cual, unido a su sorprendente buen estado de conservación, permitía interpretarlas con cierta facilidad. En la parte superior del muro situado a la izquierda de la entrada había dos grupos de manchas negras: a un lado, dos grandes y tres más pequeñas; al otro, una miríada de manchitas. Entre ambos grupos se veían dos barcos de vela, uno en un sentido y otro en el contrario.

—Es un mapa —dijo Zarco, señalando con el dedo—. A la izquierda el archipiélago Svalbard y a la derecha la Tierra de Francisco José. ¿Ven la mancha pequeña que está junto a esas cuatro más grandes, la que tiene encima un ídolo de un solo ojo? Es Kvitoya, donde estamos.

—¿Y la manchita pequeña que está a la izquierda de la Tierra de Francisco José? —preguntó Katherine—. También tiene algo encima, pero desde aquí no se distingue qué es.

—Una araña, señorita Foggart —respondió Zarco con aire taciturno—; una condenada araña. Creo que ésa es la isla de Bowen, donde ahora está su padre.

—Y los barcos —intervino Lady Elisabeth— significan que quienes construyeron esta ciudad viajaban entre una isla y otra.

—Así es, señora Faraday —asintió Zarco sin apartar la mirada de las pinturas.

Debajo del mapa se veía una ciudad destruida y unos signos quebrados que quizá representasen olas o llamas. A la derecha muchos barcos cargados de gente. La siguiente fila de dibujos mostraba a personas construyendo una ciudad. Luego había una sucesión de extraños seres, hombres-pájaro, hombres-pez, hombres-oso y hombres-morsa que parecían danzar en torno a un fuego. El resto de las pinturas del muro representaba, aparentemente, la vida y hazañas de alguien, quizá un caudillo, o puede que un personaje mitológico. Entre las escenas representadas había imágenes de caza de focas y ballenas, y también de cosecha y recogida de frutos.

—¿Agricultura aquí? —dijo Lady Elisabeth—. ¿En el Ártico?

Zarco se encogió de hombros y se dirigió al muro situado enfrente para seguir examinando las pinturas. En la zona superior se veía al ídolo de un solo ojo y a gente postrada adorándolo; del fetiche brotaban algo así como rayos verdes. Luego aparecía un ser extraño atacando a unos guerreros que se defendían arrojándole flechas y lanzas. La siguiente imagen mostraba una araña gigante y a gente huyendo de ella; la araña tenía una especie de aguijón rojo con el que atravesaba a una de las personas que huían. Las pinturas que venían a continuación describían la construcción de un muro y una serie de ceremonias protagonizadas por chamanes disfrazados de animales. Los dibujos se interrumpían bruscamente a media altura del muro.

—Está inacabado —comentó Lady Elisabeth.

—Debieron de abandonar la ciudad antes de poder terminarlo —dijo Zarco, pensativo.

—¿Pero por qué se fueron? —terció Katherine—. ¿Y adónde? ¿A la isla de Bowen?

Zarco sacudió la cabeza.

—El códice dice que la isla estaba desierta, aunque había restos de construcciones primitivas. Pero, claro, esto —señaló las pinturas— es muchísimo más antiguo que el códice —hizo un gesto vago—. No tengo la menor idea de por qué ni adónde se fueron, señorita Foggart.

—¿Y esa araña? —insistió la joven—. ¿Qué significa?

—Supongo que era uno de sus dioses.

—¿Hay muchos dioses con forma de araña? Porque yo no sé de ninguno...

—Tzontémoc, el dios de la muerte de los aztecas —intervino Lady Elisabeth—. Cuando Tonatiuh, el Sol, se oculta por el occidente, se convierte en Tzontémoc y adopta la apariencia de araña.

—Así es —asintió Zarco, contemplando a la mujer con un punto de respeto—. Y también hay unos cuantos dioses-araña en las mitologías africanas.

—Entonces —Katherine señaló a su alrededor—, ¿esto lo han hecho los aztecas o los africanos?

—Por supuesto que no, señorita Foggart —replicó Zarco—. De hecho, probablemente los aztecas ni siquiera existían cuando se construyó este templo. La cuestión es que hay precedentes de dioses-araña.

—¿Y eso explica algo? —Katherine respiró profundamente, como si intentara calmarse—. Escuche, profesor, hasta ahora todo lo que decía Bowen en su manuscrito ha resultado ser cierto. Y Bowen aseguraba que había demonios en la isla adonde ha ido mi padre.

Zarco la contempló con ironía.

—He viajado mucho por el mundo, señorita Foggart —dijo—, y jamás he visto una araña más grande que mi mano. Y tampoco me he encontrado con ningún demonio que no pueda ser abatido disparándole con un buen rifle. El hecho de que algunas partes del códice coincidan con la realidad no impide que contenga también un montón de fantasías. ¿O es tan inocente que cree en arañas gigantes?

—No lo sé, profesor —replicó Katherine en tono irritado—. Me gustaría ser tan sabia como usted para estar siempre segura de todo, pero sólo soy una pobre e ignorante mujer. Lo único que sé con certeza es que mi padre se encuentra ahora en un lugar peligroso y que, entre tanto, nosotros estamos aquí, perdiendo el tiempo en esta estúpida cueva...

—Tu padre sabe cuidar de sí mismo, Kathy —terció Lady Elisabeth—. Aquí la atmósfera está muy cargada; ¿por qué no sales al exterior y tomas un poco el aire?

Katherine abrió la boca para protestar, pero, tras una breve vacilación, asintió levemente y dijo:

—Sí, mamá. Disculpen...

La muchacha abandonó el templo en silencio. Lady Elisabeth la siguió con la mirada y luego se volvió hacia Zarco.

—Es joven —dijo— y está soportando mucha tensión. De todas formas..., ¿cuándo reanudaremos la búsqueda de mi esposo?

Zarco se quitó el panamá y se pasó una mano por los cabellos.

—Lo antes posible, señora Faraday —respondió—. Dentro de doce horas, como muy tarde

La mujer le miró con sorpresa.

—Pensé que querría explorar con más detenimiento este lugar —dijo.

—Y quiero. Pero no podemos quedarnos —Dijo Zarco con resignación—. Ardán nos estará buscando por las costas de Spitsbergen, pero cuando no nos encuentre mandará toda su flota a explorar el resto del archipiélago en nuestra búsqueda. No creo que tarden ni veinticuatro horas en aparecer por Kvitoya, y cuando lo hagan será mejor que no estemos aquí.

\* \* \*

La expedición de Cairo regresó cinco horas y media después de haber partido. Según contaron, la caverna se extendía a lo largo de unos tres kilómetros y medio, para acabar desembocando en una galería que probablemente formaba parte de una red de cuevas; por desgracia no pudieron seguir, pues un derrumbe había bloqueado el paso.

—La ciudad ocupa aproximadamente un quinto de la superficie de la caverna —dijo Cairo—. Hay varias fuentes termales, manantiales de agua fresca y una laguna.

—¿Lo has fotografiado todo? —le preguntó Zarco a Samuel.

—He impreso casi cien placas —respondió el fotógrafo.

—Espero que sean suficientes. Ahora quiero que fotografíes ese templo de ahí, por fuera y por dentro, poniendo especial atención en las pinturas murales. ¿Está claro? —sin aguardar respuesta, se volvió hacia Cairo—. Cuando Durazno acabe —le dijo—, regresad al barco; pero deja aquí unos cuantos hombres para transportar el generador y los focos. Partiremos dentro de ocho horas.

Verne bajó a la caverna seis horas más tarde, cuando ya sólo quedaban allí media docena de marineros que dormitaban junto a la entrada mientras Zarco y Lady Elisabeth recorrían las ruinas iluminados por los focos, ahora orientados hacia el poblado. El capitán se encaminó hacia donde se encontraba Zarco.

—No quería irme sin ver esto —dijo cuando llegó a su altura y, mientras paseaba la mirada por las ruinas, añadió—: Una ciudad en el centro de la Tierra..., es increíble.

—Distamos mucho de estar en el centro de la Tierra, Gabriel —replicó el profesor sin dejar de tomar notas en un cuaderno.

—Sólo era una imagen poética. ¿Qué antigüedad cree que tiene este lugar, Ulises?

Zarco se encogió de hombros.

—No hay forma de saberlo, pero todos los utensilios que he encontrado son de piedra pulimentada, así que cabría pensar en el Neolítico.

Verne le miró con escepticismo.

—¿Navegantes del Neolítico llegando a Kvitoya? Parece imposible.

—También navegaron a Australia y Nueva Zelanda, que están en el quinto infierno —Zarco ahogó un bostezo con el dorso de la mano—. El caso es que llegaron aquí hace muchísimo tiempo y que me aspen si sé de dónde demonios venían.

Verne contempló de reojo el cansado rostro del profesor.

—¿Cuánto lleva sin dormir, Ulises? —preguntó.

—Ya dormiré cuando vayamos hacia la Tierra de Francisco José. Ahora hay que aprovechar el tiempo.

El capitán señaló hacia Lady Elisabeth, que se hallaba a unos treinta metros de distancia, examinando los muros de una cabaña.

—¿Y la señora Faraday? —preguntó.

—Le dije que regresara al barco, pero ha insistido en quedarse. Es terca como una mula.

—Es una gran mujer —replicó Verne.

Zarco frunció el ceño.

—Tiene sus momentos —aceptó al tiempo que consultaba su reloj—. ¡Por Júpiter! —exclamó—, sólo faltan dos horas para zarpar... —guardó el reloj, el cuaderno y la estilográfica, dio una palmada y, dirigiéndose a los marineros, gritó—: ¡Arriba, holgazanes, tenemos que recogerlo todo y largarnos de aquí cuanto antes!

\* \* \*

Nada más embarcar en el *Saint Michel*, sin esperar siquiera a que el navío zarpara, el profesor se dirigió a su camarote, se quitó el sombrero, el chaquetón, el jersey y las botas, y sin terminar de desvestirse se tumbó en la cama; se quedó instantáneamente dormido. Hasta que, sin que Zarco tuviese consciencia de que hubiera transcurrido el menor lapso de tiempo, unos golpes sonaron en la puerta y Cairo entró en el camarote.

—¿Qué hora es? —masculló Zarco, frotándose los ojos con el índice y el pulgar.

—Mediodía, profesor.

—¿Cuánto llevo durmiendo?

—Unas cinco horas.

—¿Cinco horas? ¿Y por qué demonios me despiertas?

—Por García, el químico. Lleva toda la mañana insistiendo en que tiene que hablar con usted urgentemente.

Zarco se sentó en la cama, apoyó los codos en las rodillas y profirió un ruidoso bostezo.

—De acuerdo —dijo—. Nos reuniremos dentro de media hora en el comedor de oficiales. Y dile a García que, si quiere conservar sus atributos viriles, más vale que sea importante.

Tras retirarse Cairo, el profesor se aseó rápidamente y se cambió de ropa. Luego, después de permanecer unos minutos observando a través de una escotilla el escarchado mar que surcaban, se encaminó al comedor de oficiales, donde, sentados alrededor de la mesa, le esperaban Verne, Cairo, Lady Elisabeth, Katherine y Bartolomé García. Al ver aparecer a Zarco, el químico se puso en pie y, visiblemente excitado, le dijo:

—Por fin, profesor; tengo extraordinarias novedades que comunicarle...

—Eso espero, García —gruñó Zarco, derrumbándose sobre una de las sillas—. Por su bien, eso espero.

El químico titubeó brevemente y, tras sentarse de nuevo, cogió la cartera de cuero que yacía a sus pies, sacó de ella los cuatro fragmentos que habían encontrado en el templo subterráneo y los depositó cuidadosamente sobre la mesa.

—Ante todo —dijo—, debo advertirles que el instrumental que he traído conmigo es forzosamente limitado y, por consiguiente, el margen de error resulta más amplio. Por ello, una vez regresemos a España, será necesario realizar un análisis más preciso para confirmar los...

—Al grano, García —le interrumpió Zarco con los ojos entrecerrados.

García parpadeó un par de veces y se aclaró la voz con un carraspeo:

—Bien, sí... Comencemos por esta muestra —tomó la pequeña cuña gris acero y la sostuvo entre los dedos—. Esto es, tal y como sospechaba, wolframio. Pero wolframio puro al cien por cien, lo que, al igual que ocurría con el titanio, resulta de lo más insólito.

Hubo un silencio.

—Apasionante —dijo el profesor reprimiendo un bostezo—. ¿Qué más?

García dejó la cuña sobre la mesa y cogió el fragmento de color rojizo.

—Bien, aquí tenemos la primera sorpresa —dijo—. Al principio pensé que era óxido de hierro, pero... En fin, la capa exterior está oxidada, en efecto, pero no es hierro, sino un lantánido. En concreto, cerio.

—¿Cerio? —repitió Zarco arqueando las cejas.

—Exacto, el elemento número 58 de la tabla periódica.

—¿Y qué tiene de sorprendente?

—Aparte de su absoluta pureza, el tamaño de la muestra. Se trata de un elemento muy escaso; de hecho, este fragmento es la mayor cantidad de cerio que he visto en mi vida —lo dejó en la mesa y tomó la negruzca ficha quebrada—. Esto, señoras y caballeros, es un nuevo imposible. Se trata de carbono, no cabe duda. Grafito, pensaba yo..., pero no lo es.

—Entonces, ¿qué es? —preguntó Lady Elisabeth.

El químico se encogió de hombros.
—No lo sé.
—¿Cómo que no lo sabe? —Zarco torció el gesto—. Se supone que usted es el experto.
—Verá, profesor, según cómo se estructuren sus moléculas, el carbono puede presentar dos formas alotrópicas distintas: el diamante y el grafito. Pues bien —García alzó la ficha quebrada para que todos la viesen—: este fragmento de carbono presenta una tercera forma alotrópica que hasta ahora jamás había visto nadie. Es... desconcertante.

Dejó la muestra sobre la mesa y se la quedó mirando con una expresión entre perpleja y soñadora.

—Supongo —dijo Cairo señalando la cuarta muestra— que se ha reservado para el final el plato fuerte.

—Así es —repuso García cogiendo el pequeño cilindro de color plomizo con reverencia, como si se tratara de un objeto sagrado—. Al principio pensé que era circonio y mientras lo analizaba comprobé que su estructura cristalina y sus propiedades químicas son, en efecto, muy semejantes a las del circonio. Pero no es circonio, sino el elemento número 72.[2]

—¿Y qué elemento es ése? —preguntó Zarco, comenzando a impacientarse—. ¿Cómo demonios se llama?

—No tiene nombre.

—¿Y eso por qué? —preguntó Cairo.

—Porque todavía no lo ha descubierto nadie —García miró a un lado y a otro para comprobar el efecto que había causado sus palabras. Como nadie dijo nada, aclaró—: Los elementos químicos se sitúan en la tabla periódica de Mendeleiev según su peso atómico, y se distribuyen y agrupan dependiendo de sus propiedades, como por ejemplo la valencia. Eso permite predecir la existencia de elementos químicos que todavía no han sido descubiertos. Hoy por hoy, conocemos la mayor parte de los elementos, pero aún hay varios huecos en la tabla. Y, hasta ahora, la casilla correspondiente al elemento 72 estaba vacía... —depositó el cilindro metálico sobre la mesa y sin dejar de mirarlo concluyó—: No obstante, ahí tenemos sesenta y tres gramos y medio totalmente puros de un elemento que todavía no ha sido descubierto[2].

—¿Es valioso? —preguntó el profesor tras meditar unos instantes.

—Desde un punto de vista científico, por supuesto. En cuanto a su valor económico... —García se encogió de hombros—. Quién sabe; aún desconocemos las propiedades de este nuevo elemento, y tampoco sabemos qué aleaciones puede producir.

Sobrevino un largo silencio.

—Permítanme, caballeros, hacer un breve resumen de la situación —dijo finalmente Lady Elisabeth—. Hasta el momento, hemos encontrado cinco elementos químicos distintos: titanio, wolframio, cerio, carbono y otro que aún no había sido descubierto, todos con un grado de pureza que la ciencia no puede explicar. El titanio apareció en una sepultura de hace casi mil años, aunque probablemente procedía del templo subterráneo, donde hemos encontrado el resto de los fragmentos. Un templo que, según el profesor, tiene más de cuatro mil años de antigüedad —paseó la mirada por los presentes y concluyó—: ¿Alguien le encuentra sentido?

—Yo no, desde luego —dijo Cairo—. Pero no me extraña que Ardán esté tan interesado.

—Quizá averigüemos la respuesta cuando lleguemos a la isla de Bowen —dijo Katherine en voz baja.

—Dudo mucho que esa isla exista, Kathy —repuso Verne.

—¿Por qué, capitán? Tanto el códice como el mapa del templo señalan su existencia.

—Y la sitúan al norte de la isla más occidental de la Tierra de Francisco José. Pero al norte de ese archipiélago está la banquisa, sólo hay hielo. Aun suponiendo que hubiera una isla, sería imposible llegar a ella en barco.

---

2 El elemento químico n.º 72, el hafnio, fue descubierto en 1923 por el químico húngaro Georg von Hevesy y el físico holandés Dirk Coster.

—El códice habla de un río de agua líquida que fluye hacia el norte entre el hielo —insistió la joven.

Súbitamente, Zarco descargó un manotazo sobre la mesa, sobresaltando a todos.

—Especulaciones —dijo—. No tiene sentido discutir sobre lo que todavía ignoramos —se volvió hacia Verne y le preguntó—: ¿Cuándo llegaremos a la Tierra de Francisco José?

El capitán consultó su reloj.

—Dentro de unas ocho horas.

—Muy bien; pues dígale a Manglano que apague la radio y que no envíe ni conteste ningún mensaje. A partir de ahora, silencio radial absoluto —Zarco se incorporó, caminó hacia la puerta y la abrió, pero antes de abandonar el comedor dijo—: Ahora voy a dormir otro rato y, salvo que se hunda el mundo, que a nadie se le pase por la cabeza despertarme.

* * *

Samuel había permanecido toda la mañana en la bodega donde estaba instalado su laboratorio, iluminado tan sólo por el tenue resplandor de una bombilla roja, revelando las fotografías tomadas en la caverna de Kvitoya. En total, había impreso ciento cuarenta y tres placas, de las que sólo estaban positivadas veintinueve, así que le quedaba mucho trabajo por delante.

Justo cuando estaba a punto de sacar una hoja de papel fotográfico sonaron unos golpes en la escotilla. Dejó la caja sobre la mesa, encendió la luz y abrió. Al otro lado de la entrada estaba Katherine.

—Hola, Sam —dijo la muchacha—. ¿Molesto?

—Claro que no, Kathy —repuso Samuel echándose a un lado—. Adelante.

Katherine entró en la bodega y contempló la mesa de trabajo.

—¿Qué estaba haciendo? —preguntó.

—Positivar las fotografías que tomé en la ciudad subterránea.

—Vaya, disculpe, le estoy interrumpiendo en su trabajo. Me iré.

Katherine dio un paso hacia la salida, pero Sam la contuvo.

—No, no se vaya. Llevo toda la mañana trabajando en la oscuridad y empiezo a sentirme como un topo. Me vendrá bien un descanso. Además, ya falta poco para la comida... —Samuel se interrumpió al advertir la seriedad que presidía el rostro de la muchacha—. ¿Le sucede algo, Kathy?

—No, estoy bien... —respiró hondo y exhaló el aire de golpe—. Sí, sí que me pasa algo: el profesor Zarco. No le soporto.

—¿Qué ha hecho?

—Nada. Es por él, por cómo es y cómo se comporta.

—Sí, es muy peculiar.

—¿Peculiar? Es arrogante, maleducado, brutal, pedante, descortés y..., y... —boqueó un par de veces, incapaz de encontrar adjetivos adecuados—. Es un gorila —concluyó.

Samuel esbozó una sonrisa.

—A mí me parece divertido.

Katherine puso cara de exagerado asombro.

—¿Cómo puede divertirle ese salvaje? —dijo—. Pero si le trata como si fuera su esclavo. Ni siquiera es capaz de recordar su apellido. ¡Le llama «durazno»!

El joven permitió que su sonrisa se ampliase.

—¿Sabe algo, Kathy? Creo que el profesor es pura fachada. Me recuerda a un erizo. Los erizos son animales débiles, así que se rodean de púas para defenderse.

—¿El profesor le parece débil? —replicó Katherine con escepticismo.

—Por fuera no, pero por dentro... No sé, creo que en algún momento alguien le hizo daño y desde entonces se protege bajo una coraza de brusquedad.

Katherine le miró a los ojos.

—A usted también le hicieron daño —dijo en voz baja— y no se comporta como un salvaje.

Samuel bajó la mirada y no respondió. Al advertir su incomodidad, Katherine se apartó un paso y, mirando a su alrededor, comentó:

—Nunca había estado aquí —aspiró por la nariz—. Huele raro, como a vinagre...

—Es ácido acético —dijo Samuel—. Lo uso para el baño de paro.

La joven se acercó a la mesa de trabajo y contempló con curiosidad el instrumental.

—¿Por qué no me enseña cómo revela las fotografías, Sam?

—Claro, Kathy; precisamente tenía un negativo listo para positivar. Lo primero que hay que hacer es revelar las placas, pero de eso ya me ocupé ayer —señaló el artefacto que, sujeto verticalmente a un tablero mediante una barra dentada, descansaba sobre la mesa—. Eso es la ampliadora. Dentro hay una placa; cuando la encienda, proyectará la imagen en negativo sobre esa superficie, que es donde pondremos el papel sensible, pero antes... —titubeó—, antes hay que apagar la luz...

—Muy bien —Katherine sonrió—. Apáguela.

Tras una vacilación, Samuel desconectó la iluminación general, dejando encendida únicamente la bombilla roja.

—¿Y ésa? —preguntó Katherine—. ¿No la apaga?

—No; es luz monocromática y afecta poco al material sensible. Así podemos ver lo que hacemos —oprimió un interruptor y un chorro de luz brotó de la ampliadora, proyectando una imagen sobre el tablero—. Eso es el negativo —prosiguió—. Ahora enfocamos la imagen con esta rueda... Apagamos la ampliadora... Y colocamos en el soporte una hoja de papel fotográfico... Así... —cogió un cronómetro y conectó de nuevo la ampliadora—. Ahora vamos a exponer la imagen durante veinticinco segundos...

Transcurrido ese tiempo, Samuel desconectó el aparato, cogió el papel y lo introdujo en el líquido que había en una de las tres cubetas que descansaban sobre la mesa.

—¿Qué es?

—El revelador. Una solución de sulfito de sodio, ácido pirogálico y..., en fin, un par de ingredientes más —Samuel sumergió el papel con ayuda de una varilla de cristal y dijo—: Acérquese, Kathy. Aunque he visto muchas veces lo que sucede ahora, sigue pareciéndome mágico.

Katherine se aproximó al fotógrafo y ambos se quedaron mirando en silencio el papel sumergido. Al cabo de un minuto, una imagen comenzó a formarse lentamente sobre la blanca superficie del papel. Era la puerta del templo subterráneo.

—¡Es increíble! —exclamó Katherine—. Tiene razón, Sam; parece magia.

Cuando la fotografía adquirió toda su nitidez, Samuel la sacó con unas pinzas y la introdujo en la cubeta que estaba a su derecha.

—Eso es el baño de paro —explicó—. Agua con ácido acético, para interrumpir la acción del revelador.

Al cabo de un par de minutos, sacó la fotografía y la introdujo en la tercera cubeta.

—El fijador —dijo—. Hiposulfito de sodio diluido en agua. Elimina las sales de plata que no se han impreso. La fotografía tiene que estar ahí unos minutos antes de encender la luz, o se ennegrecería.

—¿Y después?

—Después lavo la fotografía en ese barreño y la pongo a secar ahí.

Samuel señaló una cuerda que estaba tendida de un extremo a otro de la bodega y de la que pendían un par de docenas de fotos sujetas con pinzas.

—Es más fácil de lo que pensaba —comentó Katherine.

—Sólo hay que ser meticuloso con los tiempos y la temperatura de los líquidos. Lo demás es sencillo.

Sobrevino un silencio. Katherine se aproximó a las fotografías que colgaban de la cuerda e intentó examinarlas, pero la luz rojiza era demasiado débil, así que regresó al lado de Samuel.

—¿Por qué no nos tuteamos, Sam? —dijo de repente.
—Claro, Kathy. Como ust..., como quieras.
La joven le miró fijamente a los ojos.
—¿Puedo hacerte una pregunta personal?
—Por supuesto.
—¿Qué opinas de mí?
—¿Qué?...
—Que qué te parezco. Te simpatizo, no te simpatizo, hay algo en mí que te disguste...
—No, no, es ust..., eres una dama encantadora y claro que me simpatizas.
Katherine arqueó una ceja, decepcionada.
—¿Sólo eso?
—También eres inteligente, y amable, y culta...
—¿Y bonita? —le interrumpió—. ¿Te parezco bonita, Sam?
—Por supuesto; eres preciosa.
Durante unos segundos se contemplaron en silencio; luego, Samuel apartó la mirada, entreabrió los labios y, tras un titubeo, volvió a cerrarlos sin decir nada. Katherine arrugó la frente y se cruzó de brazos.
—¿Sabes algo, Sam? —dijo—: No sólo estoy enojada con el profesor; tú también me enfadas.
El joven la miró con sorpresa.
—¿Por qué? —preguntó—. ¿Qué he hecho?
—Nada —respondió Katherine—. Eso es lo que me enfada, que no has hecho nada. Vamos a ver, Sam, en este barco viajan un montón de hombres y dos mujeres, y de esas dos mujeres sólo una es soltera y tiene tu edad. Pero tú no dejas de tratarme como si fuéramos simples camaradas. ¿Qué sucede? ¿No te gusto?
Samuel parpadeó, nervioso.
—Claro que me gustas... —respondió con un hilo de voz.
—¿Y no te gustaría besarme?
—Eh..., sí...
—Entonces, ¿por qué no me besas?

Samuel intentó tragar saliva, pero tenía la boca seca. Quiso hablar, moverse, hacer o decir algo, pero estaba paralizado, tenía las piernas como espaguetis y mariposas en el estómago.

—No lo sé... —musitó.

Katherine exhaló una bocanada de aire y sacudió la cabeza.

—Sam —dijo—, eres el hombre más tonto del mundo —sonrió—. Pero encantador.

A continuación, se abrazó a él y le besó en los labios. Al principio, durante un segundo, Samuel se mostró torpe y envarado, con las manos alzadas sin saber qué hacer con ellas. Pero luego, como si de repente se evaporara la timidez, la abrazó con fuerza y concentró todos sus sentidos en aquel largo y excitante beso.

Al cabo de un lapso indeterminado de tiempo, Katherine se apartó de él y posó la mirada en el suelo. Su rostro se había ensombrecido.

—¿Qué sucede? —preguntó Samuel, desconcertado.

—Nada, Sam —respondió ella, regalándole una sonrisa—. Es que de pronto me he acordado de mi padre. Me preocupa mucho.

—Pero ahora ya sabes que está bien y que hace sólo tres semanas zarpó en busca de la isla de Bowen.

—Precisamente eso es lo que me preocupa —la joven hizo una pausa antes de proseguir—: Hace un rato ha habido una reunión en el comedor de oficiales para que el señor García nos contara los resultados del análisis de las muestras...

Katherine le relató los pormenores de la reunión. Cuando acabó, Samuel se la quedó mirando sin saber muy bien qué decir.

—Lo que me has contado es muy desconcertante, Kathy —comentó—, pero no sé qué tiene que ver con tu padre.

—Es esa isla —repuso ella—. El códice dice que hay demonios y, hasta ahora, todo lo que decía el códice ha demostrado ser cierto.

Samuel parpadeó, confundido.

—¿Crees en demonios, Kathy?

La muchacha suspiró.

—No tienen por qué ser literalmente demonios —dijo—. En los mapas antiguos, las zonas peligrosas se indicaban con el rótulo «Aquí hay tigres». Pero los cartógrafos no se referían necesariamente a tigres, sino a cualquier clase de peligro, desde tribus salvajes hasta selvas impenetrables. Yo creo que cuando Bowen hablaba de demonios pretendía decir que había algo muy peligroso en esa isla. Y ahora mi padre está allí.

Hubo un largo silencio.

—No sé, Kathy —dijo Samuel finalmente—. Puede que tengas razón, pero, en cualquier caso, lo que cuenta el códice ocurrió hace casi mil años, así que quizá el peligro ha desaparecido ya.

Katherine se encogió levemente de hombros.

—Ojalá sea así —repuso, y tras un nuevo suspiro, recuperó la sonrisa y agregó—: En fin, pronto lo sabremos. Ahora hablemos de cosas más alegres.

Pero ninguno de los dos dijo nada. Al cabo de unos segundos, Samuel cambió el peso del cuerpo de un pie a otro, tragó saliva y dijo:

—Kathy..., lo que ha pasado antes, eh..., entre nosotros, quiero decir... Yo... Tú...

Incapaz de continuar, Samuel se la quedó mirando, sintiéndose el más patético de los seres humanos. Katherine se echó a reír; luego, tras besarle de nuevo en los labios durante unos segundos, dijo:

—No digas nada, Sam —tomó su mano y concluyó—: Ahora será mejor que vayamos a comer, porque ya llegamos tarde.

***Diario personal de Samuel Durango.***
***Domingo, 27 de junio de 1920***

*Esta tarde, después de positivar las últimas fotografías del templo subterráneo, que eran las que más prisa le corrían al profesor, he salido a cubierta para tomar un poco el aire. Hacía mucho frío, pero me he quedado un buen rato acodado en la barandilla, contemplando el extraño mundo por el que navegamos. El mar tiene una apariencia lechosa porque su superficie está cuajada de cristales de hielo; sobre ella flotan numerosos bloques de agua helada y de vez en cuando se distingue la refulgente mole de algún iceberg. A mi izquierda, en la lejanía, se extiende la banquisa, una infinita planicie blanca en la que no hay absolutamente nada. Tampoco se ven aves surcando el cielo ni peces en el mar. Es la soledad absoluta, un desierto sin vida. Al menos, eso me parecía hasta que vi los blancos lomos de al menos una docena de ballenas emergiendo del agua entre resoplidos similares a surtidores. Le he preguntado más tarde al señor Castro, el piloto, y me ha contado que son ballenas beluga, el cetáceo más abundante en estas aguas.*

*Según nos ha explicado el capitán, navegamos por el Mar de Barents, que está limitado al sur por las costas de Escandinavia y Rusia, y al norte por los archipiélagos Svalbard (de donde procedemos) y la Tierra de Francisco José (adonde nos dirigimos). Al parecer, la Tierra de Francisco José fue descubierta en 1873 por dos exploradores austrohúngaros, que le dieron ese nombre en honor al emperador Francisco José I. Pero como la expedición estaba financiada con dinero privado, Austria no pudo tomar posesión del archipiélago y por lo visto ahora lo reclaman los noruegos y los rusos.*

*Resulta extraño que dos países rivalicen por quedarse con un lugar tan inhóspito. ¿Para qué lo querrán? ¿Por su belleza, quizá? Porque aunque desierto y aparentemente sin vida, este lugar es hermoso y desprende una gran pureza, pues apenas hay seres humanos y jamás ha habido guerras o matanzas; una pureza blanca, cristalina y estática, una pureza suspendida en el tiempo. Conforme nos adentramos más y más en el Ártico, noto un cambio en mi interior. Creo que es paz; por primera vez en mucho tiempo me siento tranquilo...*

*Aunque en eso también tiene mucho que ver Kathy. Después de lo que ha ocurrido hoy, me siento extraño. Y estúpido. Kathy me gusta, estoy bien a su lado, la quiero... pero no me atrevo a quererla. Por amor de Dios, pero si es millonaria y aristócrata, y yo no soy ni tengo nada. ¿Qué puedo ofrecerle? No tiene sentido hacerse ilusiones.*

*Pero no consigo dejar de pensar en ella.*

## 11. La isla de Bowen

El *Saint Michel* alcanzó las costas de Alexandra, la isla más occidental de la Tierra de Francisco José, a las siete y media de la tarde. Alexandra era menos montañosa que Kvitoya, pero aun así dos cumbres no demasiado altas, una al oeste y otra al noreste, se elevaban hasta rozar las nubes que habían comenzado a encapotar el cielo. La isla estaba casi totalmente cubierta de nieve, con ocasionales farallones de roca oscura; un terreno baldío sobre el que no crecía ni una brizna de hierba. No obstante, en su litoral abundaban las colonias de aves marinas.

Al noroeste de Alexandra se extendía la banquisa, el casquete de agua congelada que cubre las regiones oceánicas polares, de forma que era imposible rodear la isla por ese lado. Al llegar a la altura de la intersección entre la isla y el hielo, el capitán Verne ordenó detener el *Saint Michel*. Escasos minutos después, Zarco, que había pasado toda la tarde durmiendo en su camarote, entró como una tromba en el puente de mando y se aproximó al capitán.

—Por fin hemos llegado... —murmuró sin apartar la mirada de la isla.

—Sí, hemos llegado —asintió Verne—. Ésa es la Tierra de Alexandra, la isla más occidental del archipiélago —indicó la planicie de hielo—. Y ahí está la banquisa, que se extiende por todo el norte y abarca una superficie de siete millones de kilómetros cuadrados. Según su teoría, Ulises, la supuesta isla de Bowen se halla a unos quince grados hacia el norte —se encogió de hombros—. Pero en esa dirección está la banquisa.

—Tiene que haber un paso... —masculló Zarco, escrutando con la mirada el casquete de hielo.

Verne le tendió unos prismáticos.

—Pues si lo hay —dijo—, yo no lo veo.

Con ayuda de los binoculares, Zarco inspeccionó la banquisa durante unos minutos. Luego, se los devolvió al capitán e insistió:

—Estamos demasiado lejos para comprobarlo, pero estoy seguro de que hay un paso.

—¿Por qué, Ulises? ¿Porque lo afirma una leyenda medieval?

—¡No, maldita sea! —exclamó Zarco, comenzando a irritarse—. Tiene que haber un paso porque no hemos visto ni rastro del *Britannia*.

—¿Y qué? Cuando llegaron aquí y se dieron cuenta de que no hay ninguna isla al norte de Alexandra, o al menos ningún medio de llegar a ella navegando, puede que Foggart decidiera visitar el archipiélago. Hay casi doscientas islas en la Tierra de Francisco José.

—Doscientas islas que a John le importan un bledo. Él vino aquí en busca de una en concreto y no a hacer turismo.

—Pues entonces quizá se dio media vuelta y ahora está camino de Inglaterra. Podríamos intentar ponernos en contacto con él por radio.

—No, nada de radio —Zarco reflexionó durante unos segundos—. De acuerdo, Gabriel, puede que tenga razón —aceptó de mala gana—. Pero ya que estamos aquí no perdemos nada con comprobarlo. Cogeré uno de los botes y examinaré de cerca la banquisa.

Verne alzó las cejas con escepticismo.

—¿Y qué espera encontrar? —preguntó.

—¿No estamos buscando la isla de un santo? —repuso Zarco mientras se dirigía a la salida del puente—. Pues eso es lo que espero: un milagro.

* * *

Después de que los marineros botaran una de las lanchas salvavidas, Zarco y Cairo subieron a ella, pusieron en marcha el motor y partieron en dirección a la banquisa. Durante un buen rato recorrieron muy despacio el borde del hielo, hasta que, de repente, detuvieron el bote. El capitán Verne los observaba con unos prismáticos desde la cubierta del *Saint Michel,* pero se hallaban a demasiada distancia para ver lo que hacían. Treinta minutos después, la lancha dio media vuelta y regresó al barco.

—Yo tenía razón —le dijo Zarco al capitán nada más subir a cubierta—. Hay un canal de hielo fragmentado de unos quince metros de ancho.

Verne le contempló con suspicacia.

—¿Un canal de hielo fragmentado?

—Exacto —prosiguió Zarco—. Como si un barco hubiera pasado por ahí quebrando el hielo. La parte superficial ya se ha congelado y por eso desde aquí no se distingue, pero de cerca se ve con claridad.

Verne hizo un gesto de cansancio.

—El *Saint Michel* no es un rompehielos, Ulises —dijo.

—Ni falta que hace —Zarco sonrió triunfalmente—. Escuche, Gabriel: el agua, a un metro de profundidad, está a seis grados de temperatura. Hay una corriente cálida en ese punto, así que el hielo apenas tiene un centímetro de grosor. Hasta un bote de remos podría quebrarlo.

Tras quitarse la gorra, el capitán se pasó una mano por el pelo.

—¿Y adónde conduce ese supuesto canal? —preguntó.

—Yo qué sé, Gabriel. Al principio va en dirección noroeste, pero no se distingue bien a ras de agua.

—Y tampoco desde esta cubierta —replicó Verne, señalando hacia la banquisa—. Yo no veo más que una inmensa extensión de hielo, Ulises, de modo que si pretende que lleve allí al *Saint Michel* es que está usted más loco de lo que normalmente suele estar.

—¿Y por qué no intentarlo? —intervino Cairo, que hasta el momento se había mantenido al margen—. Si el canal no conduce a ninguna parte, damos marcha atrás y sólo habremos perdido el tiempo.

—Salvo si más adelante el hielo se engrosa, poniendo en peligro el casco del *Saint Michel* —replicó Verne—. Por eso existen rompehielos con la quilla y el casco reforzados, y por eso me niego en redondo a introducir mi navío en una trampa de hielo.

—¡Pero qué cabezota es usted, maldita sea! —masculló Zarco, apretando los puños.

—A lo que usted llama cabezonería yo lo denomino sensatez.

Zarco se dio la vuelta, malhumorado, contempló durante unos segundos la banquisa y luego volvió la mirada hacia la isla.

—De acuerdo —dijo de repente, encarándose con el capitán—. Comprobémoslo —señaló hacia Alexandra—. ¿Ve ese monte? Subamos a él; desde su cima tendremos una excelente panorámica de la banquisa.

El capitán miró alternativamente a Zarco y a la montaña.

—¿Subir ahí? —murmuró—. ¿Cuándo?

—Ahora mismo. Es bajo, no tardaremos ni media hora en escalarlo.

Verne consultó su reloj.

—Pero si son las once de la noche... —protestó.

—Y qué más da, Gabriel —replicó Zarco—. Aquí nunca es de noche.

—Llevo más de veinte horas en pie y, por mucho que brille el sol en el cielo, necesito descansar. Dentro de media hora pienso estar en mi camarote, no en esa montaña.

—Vamos, no sea blandengue —le azuzó el profesor.

—Es muy fácil decir eso después de pasar toda la tarde durmiendo, ¿no le parece, Ulises?

—*Touché* —aceptó Zarco con una inclinación de cabeza—. Entonces nos veremos aquí mañana a las seis y media preparados para escalar ese monte. Buenas noches, Gabriel.

Verne abrió la boca para protestar, pero el profesor, silbando entre dientes una vieja tonada, ya se había dado la vuelta camino de su camarote.

\* \* \*

La inclinación de la ladera por la que ascendían no era en sus primeros tramos demasiado pronunciada, pero toda su superficie estaba cubierta de hielo, de modo que los tres hombres que ascendían por ella avanzaban despacio, asegurándose de clavar bien los crampones que llevaban en las botas. En cabeza marchaba el profesor Zarco; le seguía Adrián Cairo, y en último lugar el capitán. Aunque la temperatura era de dos grados bajo cero, Verne tenía la frente perlada de sudor y a cada paso que daba el resuello se le entrecortaba más y más. Poco a poco se fue quedando rezagado.

—¡Vamos, Gabriel, que sólo es un montecillo de nada! —dijo Zarco alegremente—. A este paso tardaremos todo el día en llegar a la cima.

—Ya voy, ya voy... —resopló Verne, maldiciendo el momento en que había aceptado participar en aquella escalada.

—Eso le pasa por estar en tan mala forma —prosiguió Zarco, a quien el ejercicio físico siempre le ponía de buen humor—. Si en vez de quedarse en el barco calentando una silla nos acompañara en nuestras expediciones, seguro que ahora no estaría resoplando como una morsa. A decir verdad, Gabriel, tiene usted exactamente el aspecto de lo que es: un abuelete.

El profesor soltó una carcajada y Verne le dirigió una mirada asesina.

—Siga burlándose, Ulises —dijo entre jadeos—, y me doy media vuelta...

Justo en ese momento, Verne dio un traspiés y a punto estuvo de caer, pero afortunadamente logró clavar el piolet en el suelo y mantener el equilibrio.

—Cuidado, capitán —le advirtió Cairo—. Si resbala sobre este hielo no parará hasta llegar al mar.

Continuaron remontando la ladera en silencio hasta llegar a una zona más escarpada, donde se encontraron con un farallón casi vertical de unos quince metros de altura. Zarco fue el primero en escalarlo; luego, tendió una cuerda para que Verne, ayudado por Cairo, pudiera salvar la pared con mayor facilidad. El resto de la ascensión resultó más sencilla; no obstante, y pese a que el monte tenía poco más de trescientos metros de altura, tardaron casi una hora en coronar su cima. Por desgracia, la cumbre estaba cubierta de niebla.

—Fantástico —comentó Verne intentando recuperar el resuello—. Casi sufro un infarto por subir aquí y resulta que no podemos ver nada.

—Sólo es una nubecilla pasajera —repuso alegremente Zarco—. Pronto se irá.

Dicho esto, sacó de su mochila un puro, lo encendió con un fósforo y le dio un par de profundas caladas mientras comenzaba a caminar de un lado a otro. Hacía mucho frío, así que Verne y Cairo no tardaron en imitar al profesor y se pusieron a dar vueltas para entrar en calor. Hasta que, veinte minutos más tarde, una gélida brisa alejó la nube, permitiéndoles contemplar un amplio panorama de la banquisa.

—Dios santo... —musitó Verne, mirando con asombro la planicie de hielo.

Zarco soltó una carcajada.

—¡Por Júpiter! —exclamó—. ¡Yo tenía razón!

Desde la altura donde se encontraban podía verse con claridad el canal de hielo fracturado que se extendía a lo largo de aproximadamente un kilómetro hacia el noroeste. Pero lo sorprendente era que, a partir de ese punto, el hielo desaparecía, convirtiéndose en un canal de agua líquida que se perdía en el horizonte.

—Un río en el hielo, como afirma el códice —dijo Zarco al tiempo que señalaba con aire victorioso el canal de agua líquida—. Y si el resto es cierto, siguiendo ese río llegaremos a la isla de Bowen.

\* \* \*

Dos horas y media más tarde, una vez que regresaron al barco, Verne subió al puente de mando, se puso al timón y ordenó que encendieran el motor. Minutos después, el *Saint Michel* se puso en movimiento y enfiló muy lentamente hacia el canal. En medio de una profusión de crujidos, la quilla comenzó a quebrar la delgada lámina de hielo que lo cubría y el navío se adentró en la blanca llanura helada. Durante algo más de un kilómetro navegaron muy despacio, hasta que llegaron al punto en que el agua del canal era totalmente líquida. Entonces el capitán ordenó aumentar un cuarto la velocidad y le cedió el timón a Yago Castro, el piloto, para que condujera el *Saint Michel* a través de aquella brecha en la banquisa. Media hora más tarde, el profesor entró en el puente acompañado de Cairo.

—El agua en la superficie del canal está a ocho grados centígrados sobre cero —le informó al capitán—. Es una corriente de agua cálida que fluye hacia el norte.

—¿Y de dónde sale esta agua tan caliente? —preguntó Verne.

El profesor se encogió de hombros.

—Volcanes submarinos, supongo —respondió—. En esta zona hay gran actividad volcánica, así que en realidad no es un fenómeno tan extraño.

Se quedaron en silencio, contemplando el canal, que en aquel punto tenía una anchura de unos cincuenta metros. En ese momento entró en el puente Lady Elisabeth.

—Buenos días, caballeros —saludó con una sonrisa.

Cairo, Zarco y Castro devolvieron el saludo con una inclinación de cabeza.

—Buenos día, Lisa —respondió Verne—. ¿Y Kathy?

—Está en el camarote.

—¿Se encuentra indispuesta?

—No... Preocupada más bien. Hasta ahora, todo lo que dice

el códice ha sido cierto y teme que su padre corra peligro en esa isla.

—¿Aún le dan miedo las arañas gigantes? —ironizó Zarco.

—No, profesor —replicó Lady Elisabeth—. Le da miedo lo desconocido, y ahora John, ella, todos nosotros estamos embarcados en un viaje a lo desconocido —miró a través del portillo y murmuró—: Qué lugar más inhóspito y extraño...

Hubo un silencio mientras todas las miradas convergían en la planicie helada que se divisaba tras los portillos del puente, como si de repente se hubieran dado cuenta de que, en efecto, viajaban hacia un destino ignoto. Entonces se abrió la escotilla y Samuel entró en el puente con una gruesa carpeta bajo el brazo.

—Le estaba buscando, profesor —dijo tras saludar a los demás con un cabeceo—. Ya he positivado todas las fotografías.

Zarco cogió la carpeta que le tendía el joven, la abrió y, tras depositarla sobre la mesa de mapas, comenzó a examinar su contenido.

—¿Para qué quiere tantas fotos de la ciudad subterránea, profesor? —preguntó Lady Elisabeth.

—Para aplacar a su amiga del alma, doña Rosario de Peralada y Sotomayor —respondió Zarco—. Esa vieja bruja quería que le encontrase la Atlántida, ¿no es cierto? —señaló con un dedo las fotografías—. Pues bien, aquí está.

—¿Cree que esas ruinas son la Atlántida? —preguntó Lady Elisabeth con escepticismo.

—No tengo ningún motivo para creerlo —repuso Zarco, encogiendo los hombros—. Pero, en teoría, tampoco tengo ningún motivo para dudar de ello. ¿Recuerda las pinturas del templo, señora Faraday? —rebuscó entre las fotografías hasta encontrar la que quería y se la mostró—. Fíjese en las imágenes de la parte superior del muro: una ciudad destruida por algo que parecen olas, o llamas, o las dos cosas, y luego barcos llenos de gente, una migración. Lo que le voy a contar a doña Rosario es que, quizá, tras el hundimiento de la Atlántida, algunos de sus habitantes lograron llegar a Kvitoya y construyeron una ciudad bajo la tierra. Esa historia le gustará.

Lady Elisabeth sonrió.

—Y quién sabe —dijo—; incluso puede que sea cierta.

Zarco rió entre dientes.

—Sí —murmuró—; sería irónico, ¿verdad?

De nuevo el silencio se adueñó del puente.

—¿Ha dicho que ya ha terminado su trabajo, Sam? —preguntó al poco Verne.

—Sí, capitán.

—Entonces, ¿le apetece jugar una partida? Me cuesta resignarme a no conseguir ni una victoria.

—Claro, capitán —respondió Samuel, sacando del bolsillo de la chaqueta el tablero de ajedrez plegable.

—¿Les importa que juguemos? —les preguntó Verne a los demás.

—Por supuesto que no —respondió Lady Elisabeth—. Hace muchos años, cuando acabábamos de casarnos, John y yo también solíamos jugar.

—El ajedrez es absurdo —terció Zarco con desdén—. Como ciencia me parece poco y como juego demasiado. Una pérdida de tiempo, en cualquier caso.

—Eso lo dice porque Sam le ha ganado las dos veces que han jugado —se burló Verne.

—No me entregué a fondo —repuso Zarco fingiendo indiferencia.

—A mí me ganó en tres minutos —comentó Cairo—. He jurado no volver a jugar con él.

Verne y Samuel comenzaron a distribuir las piezas sobre el pequeño tablero, mientras Zarco reanudaba el examen de las fotografías. Lady Elisabeth y Cairo se aproximaron a los jugadores, dispuestos a contemplar la partida. Verne, que tenía las blancas, adelantó dos escaques el peón de rey. Samuel respondió con la misma jugada. El capitán dudó unos segundos y adelantó el peón de reina.

Justo entonces, Zarco se quedó mirando con los ojos dilatados de asombro la fotografía que acababa de coger.

Samuel tendió la mano para coger el caballo de rey y...

—¡Por los clavos de Cristo! —bramó de repente Zarco, blandiendo la fotografía—. ¡¿Dónde demonios fotografiaste esto, Durazno?!

Sobresaltado, Samuel hizo un aspaviento, derribando sobre el tablero parte de las piezas. Luego, contempló la foto que el profesor le había plantado delante de los ojos; era la imagen de una inscripción tallada en la roca formando líneas rectas horizontales y curvas verticales.

—Creo que estaba a unos veinte metros del templo —respondió Samuel—, a la derecha, grabada en la pared de la caverna.

—¿Y por qué no me avisaste, maldita sea? —gruñó Zarco, dirigiéndole una mirada asesina.

—¿Por una inscripción? —replicó Samuel sin rehuirle la mirada—. La caverna estaba llena de inscripciones, profesor; si le hubiese avisado cada vez que encontraba una, le habría vuelto loco.

—Ya sé que había muchas inscripciones —dijo Zarco en tono irritado—, pero ninguna como ésta. ¿No te das cuenta, botarate? ¡Es sánscrito! ¡Sánscrito!

El fotógrafo se encogió de hombros.

—No sabía ni sé reconocer el sánscrito —dijo en tono calmado—. Mi trabajo consiste en fotografiar lo que usted me diga, profesor, no en decirle lo que tiene que investigar. Vi esta inscripción aislada de las demás y por eso la fotografié. En realidad ha sido pura casualidad.

Zarco parpadeó un par de veces, gruñó algo por lo bajo y, finalmente, asintió medio a regañadientes.

—Está bien, tienes razón, Durazno —dijo—. Al menos la fotografiaste. Buen trabajo.

—¿Sánscrito? —intervino Lady Elisabeth—. ¿Quiere decir que quienes construyeron esa ciudad eran hindúes?

—No, señora Faraday. Esta inscripción es muy posterior —le tendió la fotografía—. Léala usted misma.

Lady Elisabeth le echó un vistazo y se la devolvió a Zarco.

—Lo siento, profesor —dijo—. No leo sánscrito. Pero si usted tuviera la amabilidad de ilustrarnos...

Zarco miró la foto, se aclaró la voz con un carraspeo y tradujo:

—«El capitán Nemo y la tripulación del *Nautilus* llegaron a este lugar el veintiséis de julio de 1864».

—¡Nemo! —exclamó Lady Elisabeth—. ¿Ese loco que tenía un submarino? Creía que era una leyenda.

—Yo también pensaba que era un cuento de viejos marinos —dijo Cairo.

—Nemo existió —terció Verne, muy serio—. Durante la década de los sesenta del siglo pasado se dedicó a hundir barcos ingleses con su sumergible, especialmente los de guerra. Mi padre me habló de él.

—¿Le conoció? —preguntó Cairo.

—No, pero aseguraba que durante el invierno de 1866 vio al *Nautilus* en las aguas del Canal de la Mancha. Poco después, Nemo y su sumergible desaparecieron y no volvió a saberse de ellos.

—En efecto, el capitán Nemo existió realmente —dijo Zarco, pensativo—. Aunque las autoridades inglesas hicieron todo lo posible por mantener su existencia en secreto. Supongo que les había humillado demasiado. En realidad era un hindú, el príncipe Dakkar, y fue el azote de la armada británica. Uno de los que naufragaron por culpa del *Nautilus,* un francés llamado Aronnax, escribió un libro sobre su encuentro con Nemo; se llamaba *20.000 leguas de viaje submarino,* o algo así, pero el gobierno inglés presionó para que la edición fuera secuestrada y censurada. No obstante, Gabriel se equivoca en algo: sí hubo posteriores noticias de Nemo y el *Nautilus.* A comienzos del 67, unos náufragos norteamericanos contaron que habían encontrado al capitán Nemo y su sumergible en una isla desconocida del

Atlántico. Por lo visto, murió allí a causa de la explosión de un volcán.

Esta vez el silencio fue más largo.

—¿Cree que Nemo tiene algo que ver con este asunto, profesor? —preguntó Cairo.

Zarco arqueó una ceja.

—Te recuerdo —respondió— que las reliquias de titanio aparecieron en una cripta de hace mil años, y Nemo vivió en el pasado siglo. Es imposible que haya la menor relación. Sin embargo, aunque parezca increíble, Nemo estuvo en la ciudad subterránea de Kvitoya y quién sabe si también en la isla de Bowen —perdió la mirada en el punto donde el canal se fundía con el horizonte y se preguntó en voz baja—: ¿Qué más sorpresas nos deparará este viaje?

*** 

Seis horas más tarde, Zarco y Cairo salieron a cubierta y se situaron en la zona de proa, oteando el horizonte. Conforme el *Saint Michel* avanzaba hacia el norte, el canal se había ido ensanchando, hasta alcanzar en el punto donde se encontraban unos trescientos metros de distancia entre las dos orillas de hielo. Además, la temperatura ambiente había aumentado hasta situarse en torno a los ocho o nueve grados sobre cero. Al poco, Lady Elisabeth y Katherine salieron a cubierta y, unos minutos después, se les unieron Samuel y García. Todos permanecían inmóviles y silenciosos, con la mirada fija en el horizonte, como si compartieran el presentimiento de que algo iba a suceder.

—Esa nube —dijo de pronto Zarco, señalando al frente.

Todos miraron hacia donde indicaba el profesor, pero en el cielo había infinidad de pequeñas nubes.

—¿Qué nube? —preguntó Cairo.

—La que está justo a ras del horizonte. No se mueve.

—¿Qué?...

—Que el resto de las nubes se mueven arrastradas por el

viento, pero ésa permanece inmóvil. ¿Estás sordo, Adrián? —Zarco miró a un lado y a otro con aire impaciente—. Necesito unos binoculares —dijo.

Cairo sacó de un bolsillo interior de su chaquetón un catalejo y se lo entregó; tras desplegarlo, Zarco examinó a través de él aquella nube. Al cabo de un largo minuto, le devolvió el catalejo a Cairo y dijo:

—No es una nube, sino el humo de un volcán —sus labios dibujaron una sonrisa—. Bowen decía que en la isla había una «montaña de fuego» —añadió—; pues bien, ahí está...

Katherine bajó la mirada y tomó la mano de su madre. Una ráfaga de viento roció a los pasajeros con gotas de agua salada. De pronto, un intenso resplandor verdoso destelló en el horizonte durante un par de segundos.

—¿Qué ha sido eso? —preguntó García, alarmado.

—Las luces del norte, supongo —respondió Zarco—. La aurora boreal.

Al poco rato, la isla se convirtió en un punto en el horizonte. A medida que el *Saint Michel* se aproximaba a ella, el canal crecía en anchura hasta acabar convirtiéndose en una especie de mar interior en medio de la banquisa. Finalmente, los pasajeros pudieron distinguir a simple vista los detalles de la isla.

Tenía forma de ocho, con altos acantilados verticales a lo largo de todo su litoral. Al norte se alzaba un inmenso volcán humeante y en el extremo sur había una playa de guijarros, justo al pie de un acantilado en cuyas paredes, tallado en la roca, había un enorme ídolo de un solo ojo.

—La isla de Bowen —murmuró Zarco—. Y ahí está el ídolo, idéntico al que hay en la fachada del templo subterráneo.

—Como dice el códice —susurró Katherine con expresión sombría.

El *Saint Michel* siguió aproximándose a la isla, pero cada vez más despacio. Frente al barco, a unos ochocientos metros de distancia, se alzaba un peñón de roca oscura rodeado por un archipiélago de escollos y rompientes que se extendía hasta la banquisa; al otro lado, el mar estaba igualmente lleno de escollos, de modo que para llegar a la isla había que atravesar un corredor de aguas libres, de unos cuarenta metros de anchura, situado a la izquierda del peñón. La velocidad del *Saint Michel* disminuyó aún más y, al poco, el motor enmudeció.

—Nos estamos parando —dijo Zarco con el ceño fruncido—. ¿Por qué demonios nos estamos parando?

El profesor se dio la vuelta para dirigirse a la escalerilla que conducía al puente de mando, pero advirtió que en ese momento Verne bajaba por ella.

—¿Qué sucede, Gabriel? —le preguntó Zarco—. ¿Por qué nos detenemos?

—Desde el puente he visto algo ahí delante —respondió el capitán cuando llegó a su altura—. Allí, detrás de ese peñón.

Todos volvieron la mirada hacia donde señalaba Verne. Al principio, insinuándose tras la gran roca, sólo distinguieron un saliente oscuro y rectilíneo; luego, a medida que el *Saint Michel* avanzaba impulsado por la inercia, la perspectiva cambió y los pasajeros descubrieron de qué se trataba. Era un naufragio, un viejo carguero que había encallado contra los rompientes y permanecía allí, solitario e inmóvil, inclinado cuarenta y cinco grados hacia el costado de estribor. Su nombre aparecía escrito con letras blancas en la popa: *Britannia*.

# LIBRO SEGUNDO
Aquí hay tigres

## 12. El vuelo del Dédalo

El *Saint Michel* echó el ancla a unos doscientos metros del muro de escollos que se interponía entre el barco y la isla. Poco después, Elizagaray y cuatro marineros subieron a uno de los botes y se dirigieron al Britannia con el objetivo de inspeccionarlo. Cuando, apenas una hora más tarde, regresaron al *Saint Michel,* Verne, Zarco, Cairo y el resto de los pasajeros les aguardaban impacientes en cubierta.

—El *Britannia* chocó lateralmente contra los escollos y tiene una brecha en la amura de estribor —les informó Elizagaray—. No hay nadie dentro y los botes salvavidas no están.

—Han desembarcado en la isla... —murmuró Lady Elisabeth.

—Tenemos que ir a buscarles —terció Katherine, visiblemente nerviosa—. Puede que mi padre esté herido.

—Lo haremos, Kathy, no se preocupe —repuso Verne—. Pero antes debemos tomar todas las precauciones posibles —volvió la mirada hacia los rompientes y añadió para sí—: ¿Por qué naufragó el *Britannia*?...

—Es inexplicable, señor —dijo Elizagaray—. Ese paso entre los escollos tiene una anchura de cuarenta o cincuenta metros, espacio suficiente para que cualquier buque pueda atravesarlo sin problemas.

—Quizá lo empujó una corriente lateral —sugirió Verne.

—Lo dudo, señor. Aquí la corriente no es demasiado intensa y fluye constantemente hacia el norte.

Pensativo, el capitán volvió la mirada hacia la isla, que se hallaba aproximadamente a un kilómetro más allá de los rompientes, y luego contempló fijamente el *Britannia*.

—¿Vamos a quedarnos aquí para siempre, Gabriel? —preguntó Zarco en tono impaciente.

Sin responderle, Verne se volvió hacia Lady Elisabeth y le preguntó:

—¿William Westropp sigue siendo el capitán del *Britannia?* —la mujer asintió y Verne frunció el ceño—. Westropp es un excelente marino —murmuró—; no entiendo cómo pudo encallar contra esos escollos...

—Lo que yo no entiendo es qué demonios hacemos aquí perdiendo el tiempo —gruñó Zarco.

—El profesor tiene razón —insistió Katherine—. Por favor, capitán, mi padre puede necesitar ayuda.

Verne desvió la mirada y contuvo el aliento durante unos segundos; luego lo exhaló de golpe y echó a andar hacia la escalerilla que conducía al puente.

—De acuerdo, vamos allá —dijo—. Lisa, Ulises, acompáñenme, por favor.

Cuando los dos hombres y la mujer entraron en el puente de mando, Yago Castro, que estaba acodado en la mesa de mapas, leyendo una novela popular, se incorporó y regresó a su puesto junto al timón.

—Levamos anclas, Castro —le ordenó el capitán, situándose a su lado.

El piloto hizo sonar dos veces la sirena y movió la palanca del telégrafo. Al poco, el ruido del motor se mezcló con el del cabestrante que recogía el ancla. Castro señaló con un ademán la bitácora y le dijo al capitán:

—La brújula no funciona, señor. El norte está al frente, pero la aguja se desvía cuarenta y cinco grados hacia el este. Creo que se ha atorado.

Verne golpeó un par de veces con los nudillos sobre el cristal que protegía la brújula, pero la aguja permaneció inmóvil.

—Bueno, ya nos ocuparemos de eso más tarde —dijo—. Vamos en dirección a la isla, Castro. Quiero que cruce ese paso entre los escollos lo más ceñido a babor que pueda. Y despacio, muy despacio.

El piloto empuñó el timón, tocó una vez la sirena y desplazó hacia delante la palanca del telégrafo. La hélice hizo borbotear el agua a popa y lentamente el *Saint Michel* comenzó a moverse; tan despacio, que tardó casi cinco minutos en llegar al paso entre los escollos. Zarco volvió la mirada hacia la derecha, contempló el negro peñón que emergía del agua hasta alcanzar unos veinte metros de altura y luego miró el casco del *Britannia,* varado y solitario al pie de la roca.

—Nos estamos desviando a estribor —observó el capitán.

—Lo sé, señor —respondió el piloto, girando la rueda del timón en sentido contrario a las agujas del reloj—. Intento corregir el rumbo...

Pero el *Saint Michel* siguió desplazándose poco a poco en dirección a los escollos que surgían del mar a su costado derecho, en torno al peñón.

—No obedece, señor —dijo Castro, frunciendo el ceño—. Algo nos empuja a babor, pero no es la corriente.

—Aumente un cuarto —ordenó Verne con el rostro tenso.

Castro desplazó la palanca hacia delante y el sonido del motor se aceleró. Entonces, cada vez más deprisa, la parte trasera del buque comenzó a desviarse hacia la derecha, directa a los rompientes.

—¡Derrotamos de popa! —exclamó Verne.

—Intento enderezarlo, capitán —repuso el piloto, girando la rueda hacia la derecha—, pero el timón no obedece.

Lady Elisabeth, con la mirada fija en los cada vez más próximos rompientes, se llevó una mano a la boca. Zarco dio un paso atrás y se apoyó en la mesa de mapas; de pronto, advirtió que el compás metálico que descansaba sobre el tablero estaba deslizándose lentamente hacia la derecha, mientras que el resto de los objetos situados sobre la mesa permanecían inmóviles. El profesor se inclinó adelante y le echó un vistazo a la brújula; la aguja, ahora desviada noventa grados con relación al norte, apuntaba directamente hacia el peñón. Entonces comprendió lo que pasaba.

—¡Magnetita! —exclamó—. ¡Esa roca es magnetita!

Verne le miró, desconcertado.
—¿Qué?...
—¡Un imán! ¡El peñón atrae el casco hacia los escollos!
Tras una brevísima vacilación, Verne ordenó al piloto:
—A toda máquina y todo a estribor.
Castro empujó la palanca del telégrafo hasta el fondo al tiempo que giraba la rueda hacia la derecha. La popa del *Saint Michel* se hallaba a dos metros de los escollos, a metro y medio..., a un metro... y de pronto el barco comenzó a enderezarse. El motor aullaba y gemía como si fuera a hacerse pedazos en cualquier momento.
—Todo al frente —ordenó Verne cuando la proa enfiló al norte.
El piloto corrigió el rumbo y poco a poco el navío se fue alejando del peñón.
—Reduzca a un cuarto —ordenó el capitán cuando se hallaron a una distancia prudencial. Luego, volvió la vista hacia la roca y murmuró—: ¿Pero qué demonios es eso?...
—Óxido ferroso-diférrico —respondió Zarco—. Magnetita. Un imán natural, aunque jamás había visto uno tan grande. Seguro que García estará encantado de darles más detalles.
—Bowen podría haber tenido la delicadeza de mencionarlo en su códice —comentó el capitán.
—El barco de los escandinavos era de madera —repuso Zarco—, de modo que ni se enteraron. Pero el casco del *Saint Michel* es de acero.
—Como el del *Britannia* —murmuró Lady Elisabeth.
—Exactamente, señora Faraday —asintió el profesor—. Por desgracia, el motor de vapor del *Britannia* no pudo proporcionarle la suficiente potencia para escapar de esa trampa magnética. Demos gracias al señor Diesel por su invento.
Sobrevino un silencio. Verne dejó escapar un largo suspiro y preguntó:
—¿Y ahora qué, Ulises?
Zarco contempló la cada vez más cercana isla.

—Vamos a echar un vistazo a esas costas —respondió—. A ver con qué sorpresita nos encontramos esta vez.

\* \* \*

La isla medía doce kilómetros y medio de largo por nueve en su parte más ancha. Tenía forma de ocho tumbado, como dos atolones —uno más pequeño que el otro— unidos por un istmo, con el volcán situado en el extremo norte y la zona más extensa de la isla al sur. Toda ella estaba encaramada sobre elevados acantilados, de forma que era imposible distinguir su interior desde el mar. Las aguas que rodeaban la isla por el este se hallaban erizadas de escollos que impedían la navegación, de modo que el *Saint Michel* sólo pudo recorrer la costa occidental y después tuvo que dar la vuelta, para acabar fondeando frente a la playa situada al sur. Una vez echada el ancla, el capitán y los pasajeros se reunieron en cubierta. El termómetro marcaba diecinueve agradables grados por encima de cero.

—Es curioso —observó Zarco mientras contemplaba los pájaros que estaban posados sobre las rocas—. Sólo hay colonias de aves en el lado sur de la isla. El norte está desierto.

—Quizá sea por el volcán —sugirió Cairo—. Puede que no les guste.

—Sí, es muy interesante —intervino Katherine en tono impaciente—. Pero ¿cuándo vamos a desembarcar?

Sin apartar la mirada de las aves, Zarco demoró unos segundos la respuesta.

—Desembarcaremos después de explorar la isla por el aire —repuso.

Las dos inglesas le miraron con sorpresa.

—Me parece que no le entiendo... —dijo Lady Elisabeth.

Zarco se apartó de la barandilla en la que estaba apoyado y señaló hacia el interior del barco.

—En las bodegas del *Saint Michel* —declaró—, convenientemente desmontado y empaquetado, viaja el *Dédalo,* un pequeño dirigible. Pensaba utilizarlo para explorar las cumbres de los *tepuyes* de Venezuela, pero también puede servirnos para echarle un vistazo a esta isla desde las alturas.

Lady Elisabeth arqueó las cejas.

—¿Pretende armar un dirigible y sobrevolar la isla con él? —preguntó.

—Exacto —asintió Zarco.

—¿Y cuánto tiempo tardará en construir ese... artefacto?

—No estoy seguro... Ocho o nueve horas, más o menos.

—¡Nueve horas! —exclamó Katherine—. ¿Pero es que no entiende que mi padre puede necesitar ayuda? ¡Tenemos que desembarcar inmediatamente!

—Kathy tiene razón —dijo Lady Elisabeth—. No le veo sentido a quedarnos esperando mientras usted construye su juguete.

Zarco encajó la mandíbula al tiempo que su rostro adquiría un tono progresivamente escarlata.

—¿Mi juguete? —dijo en tono ofendido—. ¿Le llama juguete a un prodigio de la aeronáutica? —un profundo gruñido surgió del interior de su garganta—. Así que ninguna de las dos sabe por qué pretendo explorar primero la isla con el *Dédalo,* ¿eh? Pues se lo voy a decir: porque aquí sucede algo raro —se volvió hacia Cairo—. Vamos a ver, Adrián, si hubieras naufragado en esa isla, ¿cuáles serían las primeras medidas que habrías tomado?

—Poner señales y destacar vigías —respondió Cairo.

—Exacto —prosiguió Zarco—. Y no hemos visto ni señales ni vigías, lo cual significa que algo no marcha bien.

—Razón de más para desembarcar lo antes posible —insistió Katherine.

—No, señorita Foggart —respondió Zarco en tono malhumorado—; razón de más para ser precavidos. Primero inspeccionaremos la isla por el aire y luego, si todo va bien, desembarcaremos. Y no hay más que hablar.

Dicho esto, se dio la vuelta y desapareció en el interior del barco. Katherine dio una patadita en el suelo y, visiblemente enfadada, se dirigió a su camarote. Lady Elisabeth dejó escapar un largo suspiro.

—Es imposible razonar con ese hombre... —murmuró.

—El profesor es un cabezota —dijo Cairo—, pero esta vez tiene razón, Lisa. Es evidente que Sir Foggart y la tripulación del *Britannia* desembarcaron en la isla después del naufragio; lo que ya no resulta tan normal es que no veamos ni rastro de ellos.

—Precisamente por eso deberíamos averiguar cuanto antes qué les ha sucedido —objetó la mujer—. No logro entender cómo es que un hombre tan impetuoso como el profesor se muestra ahora tan repentinamente prudente.

Cairo le dedicó una mirada amistosa.

—El profesor no le teme al peligro —dijo—, pero eso no significa que se lance a ciegas a la aventura. También es precavido y estudia concienzudamente la situación antes de actuar; supongo que por eso sus colaboradores seguimos vivos y más o menos íntegros —sonrió con ironía—. Además, como usted muy bien ha observado, el *Dédalo* es el juguete del profesor, y nada en el mundo le impedirá jugar con él.

\* \* \*

Al final no se tardaron nueve horas en construir el *Dédalo*, sino casi veinticuatro. En primer lugar, sacaron de la bodega los cajones donde estaba embalado el artilugio; los abrieron, extendieron las piezas por la cubierta y, bajo la supervisión de Zarco, que sostenía los planos en una mano, comenzaron a ensamblar el fuselaje.

—Es enteramente de duraluminio —dijo el profesor, contento como un niño con un tren eléctrico nuevo—, una aleación de aluminio, cobre y magnesio. Extremadamente ligero y resistente. Y caro. A Ramos, el director del banco, casi le dio un síncope cuando se enteró de lo que costaba.

Construir el fuselaje fue lo que más tiempo llevó. Después lo cubrieron con una piel de seda roja barnizada y sellaron las junturas. Por último, fijaron debajo una barquilla, destinada a los pasajeros, e instalaron el motor y el timón. Una vez terminado, el *Dédalo* medía diez metros de largo por seis de alto. En un costado exhibía el emblema de SIGMA inscrito en un círculo blanco.

—Ahora sólo falta inyectar el gas —dijo Verne—. Helio, también muy caro. Pero, al contrario del hidrógeno, no es combustible.

Todos los tripulantes y pasajeros del *Saint Michel* se habían congregado en la cubierta para contemplar aquel ingenio volador, que ocupaba casi toda la sección de popa. Lady Elisabeth se aproximó al profesor y le preguntó:

—¿Cuántos pasajeros puede transportar el *Dédalo?*

—Su carga máxima es de trescientos kilos —respondió Zarco, contemplando con orgullo casi paternal el dirigible—, aunque cuanto menor sea el peso más podrá ascender, como es lógico.

—¿Y quiénes irán en él para explorar la isla?

—Yo manejaré los mandos. Durazno vendrá para tomar fotografías, y también nos acompañará Chang Jintao.

—¿Para qué?

—Llevará un rifle. Para cubrirnos las espaldas, por si acaso.

Lady Elisabeth reflexionó durante unos segundos.

—¿Cuánto pesa el señor Chang? —preguntó.

—De todos los hombres del *Saint Michel* es el de menor talla, pero no lo sé a ciencia cierta —Zarco se volvió hacia Chang y le preguntó—: ¿Cuánto pesas, Jin? —el oriental se encogió de hombros y Zarco, tras mirarle de arriba abajo, concluyó—: Unos sesenta y cinco kilos, más o menos.

Lady Elisabeth sonrió.

—Yo peso ciento catorce libras, que son... —hizo unos rápidos cálculos mentales— cincuenta y un kilos. Catorce menos que el señor Chang.

Zarco alzó las cejas, incrédulo, y soltó una carcajada.

—¿Se está ofreciendo para ir en el *Dédalo* en lugar de Jin, señora Faraday? —preguntó en tono burlón.

—Exacto, profesor —respondió ella con una sonrisa—. Usted mismo ha dicho que cuanto menos peso mejor y creo que, aparte de mi hija, yo soy en este barco la que menos pesa.

—Pero... —Zarco sacudió la cabeza, como si lo que iba a decir fuera evidente—, pero usted es una mujer —concluyó.

—Me alegro de que se haya dado cuenta. ¿Y qué?

—Pues que esto no es un alegre paseo en globo por Hyde Park, señora mía, sino la exploración de un territorio potencialmente hostil, de modo que lo que necesito es alguien que sepa manejar un rifle, no más lastre.

—Sé manejar un rifle —replicó Lady Elisabeth sin perder la sonrisa.

—Por favor... —resopló Zarco—. ¿Una mujer con un arma de fuego? Estaría toda la ascensión temiendo que me pegara un tiro en el trasero.

—Comprendo —dijo ella, pensativa—. Permítame una pregunta, profesor: ¿quién es el mejor tirador del barco?

—Adrián.

—Pero Adrián debe de pesar unos ochenta kilos. Demasiado. Entonces, ¿quién es el mejor tirador después de él?

—Yo —respondió automáticamente Zarco—. Pero no puedo ocuparme de los mandos y del rifle al mismo tiempo.

—Muy bien, usted es el segundo mejor tirador del *Saint Michel*. En tal caso, le voy a hacer una propuesta: compitamos. Un concurso de tiro, usted contra mí. Si gana, le doy mi palabra de que no volveré a abrir la boca en lo que queda de viaje. Si gano yo, iré en el *Dédalo* en lugar del señor Chang. ¿Qué me dice?

—Que no tengo tiempo para perderlo en tonterías —replicó Zarco, displicente.

—¿Cuánto tardará en llenarse de helio el *Dédalo*?

—Eh..., media hora o así.

—Pues de ese tiempo disponemos para dirimir la apuesta.
Zarco hizo un gesto desdeñoso y se dio la vuelta.
—Es absurdo, señora Faraday —dijo mientras comenzaba a alejarse—. No voy a competir con una mujer.
Lady Elisabeth puso los brazos en jarras y le espetó:
—¿Sabe lo que creo, profesor? Que es usted como uno de esos perritos falderos que ladran mucho pero nunca muerden. Y también creo que su virilidad es tan frágil que la mera posibilidad de que una mujer pueda ganarle hace que se muera de miedo.
Zarco se detuvo en seco. Con el rostro tenso de ira, se giró hacia la mujer y, asesinándola con la mirada, masculló:
—Si fuera usted un hombre, le haría tragar esas palabras de un puñetazo.
Cuantos estaban en cubierta permanecían inmóviles, expectantes, contemplando en silencio aquel duelo de voluntades.
—Pero como ya ha quedado claro —repuso Lady Elisabeth—, no soy un hombre. Sin embargo, aparte de darme una paliza, hay otras maneras (más civilizadas, por cierto) de dejarme en ridículo y demostrar claramente la superioridad de su sexo sobre el mío. Le basta con aceptar el reto y ganarme. Seguro que será fácil para un hombretón tan grande y fuerte como usted.
Zarco apretó los puños y encajó la mandíbula; sus ojos estaban fijos en los de la mujer mientras resoplaba por los orificios nasales, como un toro a punto de embestir.
—De acuerdo, señora Faraday —dijo con voz gélida—: Compitamos.

\* \* \*

Cairo subió al puente de mando y, con ayuda de un compás, dibujó dos dianas idénticas; luego, se dirigió a cubierta y fijó las dianas en un par de tablones que habían colocado en la proa. Acto seguido, trazó una raya en el suelo, a treinta metros de distancia de los blancos, y les entregó sendos fusiles Mauser a Lady Elisabeth y a Zarco.

—Cada uno efectuará siete disparos —dijo—. En caso de empate, proseguirán con tandas de tres disparos hasta que alguien gane.

—¿No crees que lo del empate sobraba, Adrián? —comentó Zarco en tono burlón.

Todos los tripulantes y pasajeros se habían congregado en cubierta para presenciar la competición. Algunos marineros intentaban hacer apuestas, pero nadie estaba dispuesto a jugarse su dinero a favor de Lady Elisabeth. Nadie, salvo Katherine.

—Si aceptan libras —dijo sonriente—, ofrezco tres a uno a favor de mi madre. Cubriré cualquier apuesta.

Al principio, los marineros se mostraron remisos a cruzar apuestas con una muchacha, pero la tentación del dinero fácil no tardó en hacerles apostar por el profesor todo el dinero que llevaban encima. Tras examinar el arma que le había dado Cairo, Lady Elisabeth preguntó:

—¿Tiene inconveniente en que realice un disparo de prueba, profesor?

—Ninguno, señora Faraday. Pero procure no apuntarme a mí.

Lady Elisabeth sonrió, afirmó la culata del Mauser en el hombro, apuntó hacia su diana y disparó. El proyectil impactó fuera del blanco, en una esquina del madero. Zarco soltó una carcajada. Con aire indiferente, Lady Elisabeth corrigió la mira, introdujo una bala en el cargador y señaló con un elegante ademán a Zarco.

—Comience usted, profesor. Estoy deseando verle en acción.

Con aire altanero, Zarco apuntó con el fusil hacia su diana, llevó atrás el pie derecho, contuvo el aliento y, tras una pausa, apretó siete veces el gatillo, con un intervalo de dos o tres segundos entre disparo y disparo. El eco de los estampidos reverberó en los acantilados mientras las aves marinas que sesteaban sobre las rocas alzaban el vuelo en medio de un coro de asustados graznidos. Cairo se aproximó a la diana y, tras comprobar los impactos, dijo en voz alta:

—Seis dieces y un nueve.

—Una ráfaga de viento me desestabilizó cuando hice el último disparo —comentó Zarco en tono displicente—. Por eso el nueve.

—Dispara bien, profesor —dijo Lady Elisabeth con un cabeceo de reconocimiento.

—Ya lo sé —respondió Zarco—. Su turno, señora Faraday.

Lady Elisabeth aguardó a que Cairo regresara junto a ellos; luego, se inclinó, apoyando una rodilla en el suelo, encajó la culata en el hombro, afinó la puntería y, tras una larga pausa, disparó siete veces consecutivas, tan rápidamente que las detonaciones se sumaron en un único estruendo. Cairo se aproximó al blanco y lo examinó detenidamente.

—Hay seis dieces —dijo—. Pero no veo ni rastro del séptimo disparo.

Zarco parpadeó un par de veces.

—Entonces he ganado —proclamó—. Uno de sus disparos ni siquiera ha dado en el blanco.

—Lo dudo mucho, profesor —Lady Elisabeth se volvió hacia Cairo y dijo—: Probablemente una de las balas ha pasado por el orificio que había dejado otra. ¿Le importaría comprobar cuántos proyectiles hay en la madera?

—Vamos, señora Faraday —dijo Zarco—. Sea deportiva y reconozca su derrota.

Lady Elisabeth le respondió con una sonrisa y volvió la mirada hacia Cairo. Éste había sacado una navaja del bolsillo y estaba hurgando en la madera con la punta de la hoja. Al cabo de unos minutos, Cairo alzó la cabeza y, sosteniendo en una mano los proyectiles que había extraído del tablón, dijo:

—En efecto, dos balas están incrustadas la una contra la otra. La señora Faraday ha conseguido siete dieces y es la ganadora.

Durante unos segundos, un abatido silencio se extendió por

la cubierta. A fin de cuentas, la mayor parte de los presentes había perdido su dinero en las apuestas; pero al poco se dieron cuenta de que el profesor, el altanero, malhumorado y feroz Ulises Zarco, había sido humillado y, además, por una mujer. Entonces todos prorrumpieron en una estruendosa ovación.

—Quizá no lo sepa, profesor —dijo Katherine—, pero mi madre ha sido campeona de tiro de Inglaterra durante tres años consecutivos.

—Eran competiciones femeninas, Kathy —terció Lady Elisabeth en tono irónico—. Tonterías de mujeres que al profesor nada le importan.

Zarco tenía la mirada perdida, las mejillas granates, las manos convertidas en puños y la mandíbula apretada como un cepo; estaba tan tenso que parecía a punto de soltar vapor por las orejas. Entonces, cuando todo el mundo esperaba un estallido de furia, el profesor miró a Lady Elisabeth, volvió la mirada hacia las dianas y, de repente, soltó una estruendosa carcajada. Y siguió riéndose durante un buen rato, doblado sobre sí mismo y dándose palmadas en los muslos, hasta que, finalmente, cuando logró contener la hilaridad, se encaró con Lady Elisabeth y le dijo:

—Felicidades, señora Faraday. A veces parece usted un hombre.

—Viniendo de usted —replicó ella—, supongo que eso es un halago.

—Lo es, señora Faraday, lo es. Me ha dado una lección y se ha ganado un pasaje en el *Dédalo*...

Zarco enmudeció, pues justo en ese momento un destello luminoso relampagueó sobre sus cabezas. Todos alzaron la mirada y vieron, asombrados, que una sucesión de ondas verdosas se expandía por el cielo en forma de anillos concéntricos. El fenómeno duró un par de segundos antes de extinguirse.

Tripulantes y pasajeros intercambiaron miradas de desconcierto. Desde luego, no se trataba de una aurora boreal; entre otras cosas porque aquella misteriosa luminosidad parecía proceder del interior de la isla.

\* \* \*

Cuando el *Dédalo* estuvo lleno de helio, Zarco, Lady Elisabeth y Samuel subieron a la barquilla. Apenas había espacio para los tres; el profesor se puso a los mandos, Samuel se situó en el centro con una cámara fotográfica y una caja de placas, y Lady Elisabeth, armada con un fusil Mauser, ocupó la parte posterior.

—Arranca el motor, Adrián —dijo Zarco tras comprobar unos manómetros.

Cairo hizo girar una manivela en la parte frontal de la barquilla y, al poco, el motor del *Dédalo* se puso en marcha. Zarco volvió a examinar la hilera de manómetros que tenía delante y ordenó:

—Soltad amarras.

Cuatro marineros desataron los cabos que sujetaban el dirigible y lentamente el *Dédalo* comenzó a elevarse sobre la cubierta del *Saint Michel*. Cuantos contemplaban la maniobra prorrumpieron en un cerrado aplauso.

—Ten cuidado, mamá —gritó Katherine—. Y tú también, Sam.

—Y a mí que me zurzan —gruñó Zarco. Luego, volvió la cabeza hacia atrás y preguntó—: ¿Todos bien?

Lady Elisabeth asintió, sonriente, pero Samuel, pálido como un cirio, sólo pudo tragar saliva.

—Si vas a vomitar, Durazno —le advirtió Zarco—, hazlo por fuera de la barquilla.

Durante unos minutos, el *Dédalo* flotó a la deriva, elevándose hasta alcanzar unos cuatrocientos metros de altura. Entonces, Zarco empujó una palanca hacia delante y la hélice trasera comenzó a girar, impulsando al dirigible en dirección a la isla. Al poco, una gaviota ártica se aproximó al *Dédalo* y se puso a volar a su lado, quizá intentando averiguar qué clase de ave era aquel enorme ovoide rojo. Zarco le guiñó un ojo al pájaro y comenzó a silbar entre dientes una tonada tabernaria. Los acantilados cada vez estaban más cerca.

—Si no ganamos altura nos vamos a estrellar —comentó Lady Elisabeth.
—Tranquila, señora Faraday. Conozco bien las técnicas de navegación aérea.

Zarco tiró de una palanca y el dirigible se elevó hasta alcanzar la cima de los farallones. Y entonces, súbitamente, una intensa ráfaga de viento empujó al *Dédalo* contra las rocas. Zarco movió la palanca de dirección hacia la izquierda todo lo que pudo y el dirigible giró sobre sí mismo, esquivando el peligro por muy escaso margen.

—Una térmica —dijo Zarco tras recuperar el control del aparato—. Sólo ha sido una corriente térmica, no hay por qué preocuparse.

Samuel estaba lívido. Lady Elisabeth se inclinó hacia el profesor y le preguntó:

—¿Cuántas horas ha practicado con este artefacto?
—Dos.
—¿Doscientas?
—No, señora Faraday. Lo piloté durante más o menos dos horas en el aeródromo de Cuatro Vientos. Tiempo de sobra, dominando como domino la teoría del vuelo.

Lady Elisabeth dejó escapar un resignado suspiro. Zarco hizo girar ciento ochenta grados el *Dédalo* y enfiló de nuevo hacia la isla, sólo que esta vez a más altura. Al poco, sobrevolaron los acantilados y ante ellos se desplegó un panorama inesperado: el interior de la isla de Bowen estaba cubierto de árboles y vegetación.

—¡Dios mío! —exclamó Lady Elisabeth—. ¿Cómo es posible que haya un bosque tan cerca del Polo Norte?

—Las aguas que rodean la isla están a veintisiete grados centígrados de temperatura —repuso Zarco—. Eso se debe, sin duda, a la existencia de chimeneas volcánicas en el fondo del océano. El caso es que tanto calor genera un microclima que permite el crecimiento de las plantas. No obstante, me gustaría saber cómo demonios llegaron aquí las semillas...

Guardaron silencio mientras el *Dédalo* volaba hacia el interior de la isla. Al cabo de unos minutos, Lady Elisabeth señaló hacia abajo y dijo:

—Allí hay casas.

En efecto, justo en el centro de la parte más extensa de la isla se alzaban unas cuarenta chozas de madera.

—También hay huertos —observó Zarco—. Y sembrados...

El profesor tiró de una clavija, deteniendo el giro de la hélice, cogió unos prismáticos y se los llevó a los ojos.

—No se ve a nadie —dijo—. Parece un poblado fantasma, pero las cabañas y las huertas están en perfecto estado... Durazno, fotografía todo lo que veas.

La orden era innecesaria; Samuel tenía la cámara entre las manos y no dejaba de impresionar placa tras placa. Zarco volvió la mirada hacia el norte; en esa dirección la isla se estrechaba hasta transformarse en un desfiladero encajado entre peñascos. Más allá se divisaban el volcán y..., y algo más.

—¿Qué demonios es eso? —murmuró Zarco entrecerrando los ojos.

Conectó de nuevo la hélice y dirigió el *Dédalo* hacia el norte, al tiempo que tiraba a fondo de una palanca. Poco a poco, el dirigible comenzó a ganar altura, ofreciendo a sus pasajeros una mejor perspectiva de lo que había más allá del desfiladero.

El extremo norte de la isla era un páramo rocoso dominado por la mole del volcán. Sin embargo, había algo más: al pie del cráter se alzaba una cúpula semiesférica de color negro, y por delante una serie de estructuras que la distancia impedía distinguir con claridad. Zarco las escudriñó con los prismáticos durante unos segundos.

—Por los cuernos del Minotauro... —murmuró—. Qué cosa más rara...

—¿Qué es? —preguntó Lady Elisabeth.

—Exactamente lo que describía Bowen en su códice —respondió el profesor, entregándole los prismáticos.

Diez minutos más tarde, cuando el *Dédalo* estaba a punto

de sobrevolar el desfiladero, el panorama del extremo norte de la isla se abrió ante los viajeros con total nitidez. La cúpula situada al pie del volcán era inmensa y tan oscura que mareaba mirarla. Delante de ella había una especie de ciudadela, un conjunto de extrañas estructuras presididas por una torre en cuya cúspide relucía un óvalo de cristal.

—Como el ídolo de un solo ojo... —observó Zarco, señalando la torre.

—Miren —intervino Samuel—. Abajo hay un muro.

En efecto, la entrada del desfiladero estaba bloqueada por una muralla de piedra. Entonces, Lady Elisabeth, señaló al frente y dijo:

—¿Qué es eso? ¿Un pájaro?

Zarco y Samuel volvieron las miradas hacia el norte y comprobaron que algo, un objeto volador que brillaba al reflejar los rayos de sol, se dirigía hacia el *Dédalo* a gran velocidad.

—Demasiado rápido para un pájaro —dijo Zarco—. Y viene directo hacia nosotros. Yo en su lugar, señora Faraday, usaría el rifle.

Lady Elisabeth apuntó con el Mauser y comenzó a disparar, pero aquel misterioso objeto volaba demasiado rápido. De hecho, sólo pudieron echarle un fugaz vistazo cuando llegó a su altura. Era una especie de artefacto metálico romboidal, como una cometa, sólo que en vez de cola tenía un largo y acerado flagelo. El objeto, veloz como una centella, pasó de largo y giró hacia el norte; pero antes, su flagelo se abatió contra la panza del dirigible, rasgándola de un extremo a otro.

Instantáneamente, el helio que sustentaba a la aeronave comenzó a escaparse y el *Dédalo* y sus ocupantes se precipitaron hacia la isla en una vertiginosa caída.

## 13. Los peregrinos

Verne y Cairo se encontraban en el puente de mando del *Saint Michel*, observando las maniobras del *Dédalo*, cuando lo vieron caer.
—¡Dios santo! —exclamó el capitán—. ¿Qué ha sido eso?
—Algo ha impactado contra el dirigible —dijo Cairo, sin apartar la mirada de la isla.
—Pero... ¿qué era?
—Ni idea —Cairo se volvió hacia el capitán y dijo—: Voy a desembarcar. Me llevaré a Elizagaray, a Sintra y a diez marineros. ¿Da su permiso?
—Claro, Adrián. Dese prisa.
El capitán hizo sonar tres veces la sirena para convocar a la tripulación. Cairo bajó a cubierta y comenzó a impartir órdenes, pero Katherine, muy nerviosa, le interrumpió agarrándole de un brazo.
—¿Qué ha ocurrido, Adrián? —preguntó.
—El dirigible ha caído.
—Ya lo he visto, pero ¿por qué, qué ha pasado?
—No lo sé, pero lo averiguaremos. Vamos a desembarcar.
—Iré con usted.
—No, Kathy; puede ser peligroso.
—¡Mi madre iba en ese artefacto! —gritó la muchacha—. ¡Y todo por culpa del maldito Zarco y sus chifladuras!...
—Cálmese —ordenó Cairo, cogiéndola por los hombros—. Ahora no es momento de perder los nervios. Escuche, Kathy, el profesor será lo que sea, pero le garantizo algo: tiene suerte. Por eso, estoy seguro de que tanto él como Lisa y Sam han sobrevivido a la caída. Ahora iré con doce hombres a la isla y le doy mi palabra de que los rescataremos, y entre tanto usted se quedará en el *Saint Michel*, esperando. ¿De acuerdo?

Katherine se mordió el labio inferior y asintió con la cabeza. Cairo le dedicó una sonrisa, se dio la vuelta y ordenó a los hombres que arriaran los botes; luego fue con los dos oficiales a la armería para proveerse de rifles y munición.

*  *  *

Afortunadamente, tras caer en picado unos sesenta metros, el fuselaje del *Dédalo* se enredó con las copas de unos árboles, impidiendo así que la barquilla se estrellara contra el suelo. No obstante, la caída derribó a los pasajeros, zarandeándolos unos contra otros.

—Tengo un pie tuyo en mi cara, Durazno —gruñó Zarco—. Si estás vivo, quítalo de ahí.

—Disculpe, profesor... —repuso el joven, apartando la pierna.

Cuando Samuel y Zarco lograron ponerse en pie, la estructura del *Dédalo* se agitó y gimió como si estuviera a punto de derrumbarse. Lady Elisabeth permaneció tirada sobre el suelo de la barquilla, inmóvil y con los ojos cerrados. Zarco se inclinó sobre ella y la examinó rápidamente.

—¿Está...? —dijo Samuel, sin atreverse a completar la pregunta.

—Desmayada —respondió Zarco, incorporándose—. Se ha dado un golpe en la cabeza, pero esta mujer la tiene tan dura que no creo que haya motivo de preocupación...

En ese momento, el fuselaje del *Dédalo* resbaló unos centímetros por entre las ramas, sacudiéndolos.

—Más vale que salgamos de aquí antes de que este cacharro se nos caiga encima.

La barquilla estaba más o menos a un metro y medio del suelo; Zarco saltó el primero y, ayudado por Samuel, tomó entre sus brazos el exánime cuerpo de Lady Elisabeth.

—Coge el fusil, Durazno —dijo el profesor mientras dejaba a la mujer tendida sobre la hierba que alfombraba el suelo de la isla.

Cargando con el fusil, la cámara fotográfica y la caja de placas, Samuel bajó de la barquilla y le entregó a Zarco el arma. Con los ojos fijos en los restos del *Dédalo,* que pendían de las ramas de un roble como una inmensa cometa rota, el profesor se colgó de un hombro el Mauser y dijo:

—Cuando Ramos, el banquero, se entere de cómo ha acabado lo que, según él, era una «tan innecesaria como insultantemente cara inversión», le va a dar un síncope.

—¿Qué era ese..., esa cosa voladora que nos ha atacado? —preguntó Samuel mientras comprobaba si la cámara fotográfica aún funcionaba.

—Ni idea, Durazno. Un pájaro no, desde luego.

Zarco miró en derredor; estaban en medio de un bosque, cerca de un sendero.

—¿Qué vamos a hacer, profesor? —preguntó Samuel.

—Cairo vendrá con unos cuantos hombres a buscarnos —respondió Zarco, pensativo—. Desembarcarán en la playa que hay al sur, así que hacia allí nos dirigiremos.

—¿Esperamos a que se recupere la señora Faraday?

—No. Debemos de estar a unos siete kilómetros de la playa, así que más vale que nos demos prisa.

Zarco se inclinó sobre Lady Elisabeth, la levantó con facilidad, se la cargó sobre un hombro y echó a andar por el sendero en dirección al sur. Tras una breve vacilación, Samuel le siguió en silencio. Al poco, un pequeño animal blanco cruzó el sendero por delante de ellos.

—¡Conejos! —exclamó Zarco, sorprendido—. ¿Cómo demonios hay conejos aquí?

—No lo sé, profesor.

—Era una pregunta retórica, Durazno —gruñó Zarco sin dejar de caminar—. No esperaba respuesta.

Durante los siguientes veinte minutos, nadie dijo nada. De cuando en cuando, Lady Elisabeth gemía quedamente y se removía sobre el hombro del profesor, pero en ningún momento recuperó la consciencia. El bosque estaba en completo silencio.

—Sólo hay aves en la costa —comentó Zarco en voz baja—. Pero no en el interior. Qué raro...

—Había un poblado —dijo Samuel al cabo de unos minutos.

—Sí, debe de estar unos dos kilómetros más adelante.

—Parecía abandonado.

Zarco soltó una risita sarcástica.

—De eso nada, Durazno. La isla está habitada.

—Pero no vimos a nadie...

—Supongo que se esconderían. Vamos a ver, hombre, ¿estamos siguiendo un sendero?

—Sí...

—Pues que yo sepa los senderos no se abren ni se mantienen abiertos ellos solitos. Además, antes he visto pisadas en el barro. Huellas frescas.

Samuel miró a su alrededor, alarmado.

—¿Y quiénes son? —preguntó.

—No me hagas malgastar saliva contestando preguntas idiotas, Durazno. Y yo qué sé quiénes son.

Tras gruñir algo por lo bajo, Zarco comenzó a silbar una tonada, pero, apenas un minuto después, enmudeció y se paró en seco. Samuel se detuvo a su lado.

—¿Qué sucede, profesor? —preguntó.

—¿Que qué sucede? —murmuró Zarco con la mirada fija al frente—. Pues que nos acabamos de tropezar con los habitantes de la isla deshabitada...

Entonces, surgiendo de detrás de los árboles y los arbustos, aparecieron una veintena de hombres. Eran altos, de ojos y cabellos claros, la mayoría con barba, y se cubrían con vestimentas de piel de foca. Todos, sin excepción, iban armados con lanzas, arpones y arcos.

Y no parecían nada amistosos.

\* \* \*

En cuanto los dos botes del *Saint Michel* vararon en la playa, los hombres que iban en ellos, todos armados con fusiles, desembarcaron rápidamente y se reunieron en torno a Cairo. Éste contempló el inmenso ídolo tallado en la pared del acantilado y advirtió que, a su derecha, una tosca escalera de roca conducía a la cima del farallón.

—Debemos de estar a unos siete u ocho kilómetros de donde cayó el *Dédalo* —dijo—. Si vamos a buen paso, podremos llegar allí en hora y media. Pero no sabemos lo que hay en la isla, de modo que vamos a estar todos muy atentos.

Sin más preámbulos, Cairo, seguido por los tripulantes, comenzó a remontar la escalinata de piedra.

Entre tanto, en lo alto del acantilado, alguien oculto tras unas rocas los espiaba. Era rubio, con los cabellos muy largos recogidos en una trenza, llevaba barba y tenía los ojos azules. Vestía chaqueta y pantalones de piel de foca y se tocaba la cabeza con un gorro de conejo. Se llamaba Alf y, pese a no ser cobarde, sintió que el corazón le daba un vuelco cuando vio llegar a los extranjeros. Sólo eran trece, pero todos llevaban armas de fuego.

Inquieto, Alf abandonó sigilosamente su escondite y echó a correr hacia el interior de la isla. Tenía que dar la voz de alarma.

\* \* \*

Lady Elisabeth recuperó el conocimiento sintiendo una intensa jaqueca. Abrió los ojos y vio todo borroso, así que volvió a cerrarlos y se llevó una mano a la cabeza. Profirió un débil gemido; tenía un chichón en la nuca.

—¿Se encuentra bien, señora Faraday? —dijo una voz.

Lady Elisabeth abrió de nuevo los ojos, pero veía doble. Parpadeó hasta enfocar la mirada y vio a Samuel contemplándola con preocupación. Giró la cabeza y comprobó que se hallaba dentro de una cabaña de madera, tumbada sobre un camastro; Samuel estaba a su lado y Zarco de pie, mirando al exterior a través de un ventanuco. La mujer se apoyó en una mano para sentarse; al hacerlo, la cabeza le dio vueltas.

—¿Dónde estamos? —preguntó.

—En el poblado que vimos desde el *Dédalo* —respondió Samuel.

—¿Cómo hemos llegado aquí? Lo último que recuerdo es el dirigible cayendo...

—Se enredó en unos árboles; eso nos salvó. Pero usted se golpeó la cabeza y se desmayó. El profesor la ha traído en brazos.

—Vaya..., gracias, profesor.

—No hay por qué darlas —respondió Zarco sin apartar la mirada del ventanuco—. He cargado con mochilas más pesadas que usted.

—Nunca me habían comparado con una mochila, pero se lo agradezco de todos modos. ¿Y qué hacemos aquí?

—La isla está habitada, señora Faraday —respondió Samuel—. Cuando íbamos hacia la playa, nos salió al paso un grupo de hombres y nos obligaron a venir a su poblado. Me temo que nos han hecho prisioneros.

Lady Elisabeth entrecerró los ojos, desconcertada.

—¿Quiénes son? —preguntó.

—Parecen escandinavos —respondió Zarco—. Ahí tenemos a dos de ellos vigilando la puerta.

Lady Elisabeth se incorporó, pero tuvo que apoyarse en Samuel, pues aún estaba un poco mareada. Tras una pausa para recuperar el equilibrio, se aproximó a Zarco y miró a través del ventanuco a los dos hombres que montaban guardia frente a la cabaña. Uno de ellos comentó algo en un idioma extraño y el otro le contestó.

—Son daneses —dijo Lady Elisabeth.

—¿Cómo lo sabe? —preguntó Zarco.

Sin responderle, Lady Elisabeth se dirigió a los guardianes en su idioma. Éstos pusieron cara de sorpresa, dijeron algo, ella les contestó y, tras una breve vacilación, uno de ellos se alejó en dirección al interior del poblado. Zarco contempló a la mujer con estupor.

—¿Qué les ha dicho?

—Que queremos hablar con su jefe —como el profesor parecía haberse quedado petrificado en un gesto de sorpresa, Lady Elisabeth agregó—: No me miré así; ya le dije que tenía nociones de danés.

Tuvieron que esperar más de media hora hasta que el jefe de los isleños hizo acto de presencia. Era un anciano de cabellos y barba blancos; vestía ropas de piel de foca, como los demás, pero el collar de dientes de oso que pendía de su cuello y la vara labrada que portaba en una mano revelaban su superior estatus. Entró en la cabaña escoltado por seis hombres armados con arcos y arpones, y tras una pausa soltó una larga parrafada. Lady Elisabeth le respondió en su idioma y el jefe volvió a enredarse en otra extensa perorata que la mujer interrumpía de cuando en cuando para solicitar alguna aclaración.

—¿Qué ha dicho? —preguntó Zarco cuando se hizo el silencio.

—Se llama Gulbrand —respondió Lady Elisabeth— y es el caudillo de los *pilgrimme,* que es como se denomina a sí misma esta gente.

—¿Significa algo? —preguntó Samuel.

—Sí: «peregrinos». Según dice, no pretenden causarnos el menor daño.

—Entonces, ¿por qué nos han hecho prisioneros? —refunfuñó Zarco.

—Porque hemos violado su territorio. Pero asegura que pensaban liberarnos en cuanto yo me recuperase. Le he preguntado por el *Britannia* y por la expedición de John y me ha prometido que me lo contará todo si les ayudamos.

El profesor frunció el ceño.

—¿A qué? —preguntó.

—Los hombres del *Saint Michel* han desembarcado en la isla y vienen hacia aquí. Gulbrand y su gente conocen las armas de fuego y las temen, así que nos suplica que intercedamos ante nuestros amigos para que nadie salga herido. Dice que todo lo que desean es vivir en paz y que, si les ayudamos, estarán en deuda con nosotros.

Zarco se rascó la cabeza y le dirigió una torva sonrisa al caudillo de los daneses.

—De modo que ese monigote está muerto de miedo y por eso ahora se muestra tan amable —dijo en tono sarcástico; se encogió de hombros y añadió—: De acuerdo, sigámosle el juego.

* * *

Cairo y los tripulantes del *Saint Michel* avistaron el poblado varios cientos de metros antes de llegar a él. De hecho, ya se habían encontrado con huertos y sembrados, así que sabían que la isla estaba habitada. Al divisar las chozas, Cairo ordenó a los hombres que se desplegaran en abanico y que estuvieran preparados para disparar en cuanto surgiera el menor problema. Luego, se aproximaron sigilosamente al poblado, hasta que, cuando apenas faltaban treinta metros para llegar, un hombre surgió de detrás de una choza. Era Zarco.

—Hola, Adrián —le saludó en tono relajado, como si acabaran de encontrarse por la calle—. Habéis tardado una eternidad en llegar.

—¡Profesor! —exclamó Cairo—. ¿Está usted bien?

—Como una rosa.

—¿Y Lisa y Sam?

—De perlas. Venga, acercaos. Que nadie dispare, pero no soltéis las armas.

Cairo y sus hombres se aproximaron al profesor y, al rodear la primera cabaña, descubrieron con sorpresa que todos los habitantes del poblado, cerca de tres centenares de hombres, mujeres y niños, se habían reunido en el claro situado en el centro del pueblo. Los hombres iban armados, pero no empuñaban las armas. Lady Elisabeth y Samuel estaban junto al jefe Gulbrand.

—¿Quién es esa gente? —preguntó Cairo.

—Daneses —respondió Zarco—. Y no me preguntes más, porque no tengo ni idea de qué hacen aquí. Escucha, Adrián, se supone que estos desarrapados son pacíficos, pero no me fío ni un pelo de ellos. Sonreíd mucho y tened los fusiles listos para disparar, por si acaso —se volvió hacia Lady Elisabeth y dijo en voz alta—: Señora Faraday, ¿tendría la amabilidad de decirle a Gulbrand que estos hombres vienen en son de paz y que, si todos nos portamos como niños buenos, nadie saldrá herido? Y de paso recuérdele que iba a hablarnos acerca del *Britannia*.

Lady Elisabeth le tradujo al jefe de los daneses las palabras del profesor. Gulbrand asintió con la cabeza y le dijo algo en voz baja a uno de sus hombres, que se apartó del grupo, se aproximó a una de las cabañas y apartó la tranca que bloqueaba la entrada. Luego, abrió la puerta y, mediante gestos, le indicó a quienquiera que estuviese dentro que saliese. Al poco, cinco hombres abandonaron la cabaña; uno llevaba un brazo en cabestrillo y otro cojeaba apoyado en una rama. Todos eran tripulantes del *Britannia*.

\* \* \*

Mientras los hombres del *Saint Michel* montaban guardia, Zarco, Cairo, Samuel y Lady Elisabeth se reunieron en el interior de una choza con los cinco marinos del *Britannia*. Eran Edward Harding, el segundo oficial, Charles Ellery, el jefe de máquinas, y tres marineros: Gamaliel Couch, Richard Helpman y Joseph Potts. Lady Elisabeth conocía a Harding, de modo que, tras saludarle e interesarse por su estado y el de sus compañeros, le preguntó:

—¿Y mi esposo? ¿Dónde está? ¿Le ha sucedido algo?

El segundo oficial, un cuarentón con el rostro picado de viruela, se pasó una mano por la nuca.

—No sabemos nada de Sir Foggart, señora —respondió—. Se fue con unos cuantos hombres a explorar el norte de la isla y no hemos vuelto a tener noticias suyas.

—¿Cuándo? —preguntó Lady Elisabeth—. ¿Cuánto hace que se fue?

Harding se rascó la cabeza, confuso.

—No lo sé a ciencia cierta —dijo—. Aquí no anochece y no tenemos reloj, así que ha sido difícil llevar el cómputo del tiempo —se volvió hacia sus compañeros y aventuró—: ¿Un par de semanas?

Los cuatro hombres asintieron a la vez con no mucha seguridad.

—¡Dos semanas! —exclamó Lady Elisabeth llevándose una mano a la cara—. Dios mío...

Zarco carraspeó un par de veces.

—Bueno, bueno, ya llegaremos a eso —dijo—. Ahora, Harding, por qué no nos cuenta la historia desde el principio. En junio del año pasado, el *Britannia* partió de Portsmouth con destino a Trondheim, ¿no es cierto?

—Así es, señor Zarco —asintió el segundo oficial.

—Bien, ¿y qué sucedió?

—Estuvimos una semana fondeados en Trondheim; luego nos dirigimos hacia el Cabo Norte y nos aprovisionamos de combustible y vituallas en Havoysund.

—Y después se dirigieron a Svalbard —le apremió Zarco—. A Kvitoya, donde Foggart descubrió la ciudad subterránea.

—Sí. Aunque tardamos mucho en encontrarla. El patrón estaba encantado con el hallazgo, así que nos instalamos en la cueva para poder explorarla mejor. Al principio teníamos previsto estar allí sólo una semana, pero la cosa se alargó y alargó, hasta que se nos echó el otoño encima.

—Y ya no era posible navegar hacia la Tierra de Francisco José —terció Cairo.

Harding movió afirmativamente la cabeza.

—Entonces —prosiguió—, el patrón decidió que pasáramos el invierno en la caverna. Quería explorarla a fondo, pero la verdad es que fue un maldito aburrimiento —miró de reojo a Lady Elisabeth y añadió—: Disculpe mi lenguaje, señora.

Lady Elisabeth hizo un gesto, quitándole importancia, y dijo:

—El *Britannia* regresó a Havoysund el pasado mayo.

—Sí, señora. Para repostar combustible y provisiones. Luego regresó a Kvitoya y cosa de un mes después, cuando la banquisa se fundió lo suficiente, partimos hacia la Tierra de Francisco José.

—Un momento —le interrumpió Zarco—. ¿Cuánta gente viajaba en el *Britannia?*

Harding reflexionó durante unos segundos.

—Perkins desembarcó en Havoysund —dijo—. Había resbalado en la cueva y tenía un brazo roto, de modo que decidió regresar a Inglaterra. Así que, aparte de Sir Foggart y del señor Wallace, éramos veinticuatro tripulantes.

—¿Quién es ese tal Wallace? —preguntó Zarco.

—Radford Wallace, un químico que contrató Sir Foggart para que nos acompañase en la expedición.

—Un químico, es lógico. Bien, después de invernar en Kvitoya, el pasado día cuatro partieron hacia la Tierra de Francisco José. ¿Tardaron mucho en encontrar el paso en la banquisa?

—Un par de días. Luego, seguimos el canal en el hielo y..., y entonces llegó el desastre.

—El peñón que está frente a la isla —terció Cairo.

Harding asintió.

—Sir Foggart dijo que estaba hecho de un mineral magnético.

—Magnetita —apuntó Zarco.

—Sí, eso... El caso es que atrajo al *Britannia* contra los escollos y naufragamos.

—¿Hubo alguna desgracia personal? —se interesó Lady Elisabeth.

El segundo oficial señaló con un gesto a dos de los hombres que estaban a su lado.

—Ellery se rompió un brazo y Couch un tobillo —dijo—. Nadie más resultó herido. Rescatamos lo que pudimos del *Britannia* y desembarcamos en la isla. Al poco, nos encontramos con los nativos, que nos acogieron con amabilidad. Sir Foggart pasó unos días hablando con ellos e investigando unas ruinas cercanas al poblado, hasta que decidió explorar el resto de la isla, aunque los escandinavos le advirtieron que estaba prohibido adentrarse en el territorio que se extiende al norte.

—¿Por qué? —preguntó Zarco.

—Por lo visto, creen que allí viven sus dioses, o algo así.

—Pero Foggart no hizo caso...

—No. Formó un grupo compuesto por Duncan, el primer oficial, Wallace, el químico, y otros nueve hombres, y se dirigieron al norte. Pero pasó un día entero sin tener noticias de ellos, así que el capitán Westropp reunió al resto de los tripulantes, salvo a nosotros, y fueron en busca de Sir Foggart... —el rostro de Harding se ensombreció—. Como les he dicho, eso ocurrió hace unas dos semanas, y desde entonces no hemos vuelto a saber de ellos.

—¿No intentaron averiguar qué les había ocurrido? —preguntó Cairo.

—Claro que sí —intervino por primera vez Ellery, el jefe de máquinas del *Britannia*—. Couch y yo estamos demasiado maltrechos, pero Ed, Richard y Joseph decidieron ir en su busca.

—¿Y por qué no fueron?

—Porque los indígenas nos lo impidieron —respondió Harding—. Hasta entonces habían sido de lo más pacíficos, pero en cuanto se enteraron de que también nosotros pensábamos ir al norte, nos quitaron las armas y nos encerraron en esta cabaña. Y así hemos permanecido hasta hoy.

—¿Les han tratado mal? —preguntó Cairo.

—No, sólo nos han tenido recluidos. Creo que en realidad no sabían qué hacer con nosotros.

Tras concluir la conversación, todos salieron al exterior. Los escandinavos se habían dispersado por el poblado, retornando a sus quehaceres, y en el claro central sólo permanecían el jefe Gulbrand y seis de sus hombres, así como los tripulantes del *Saint Michel*. Tras abandonar la cabaña, Lady Elisabeth se apoyó en un poste y dejó caer la cabeza. Estaba pálida.

—¿Se encuentra bien, Lisa? —preguntó Cairo.

La mujer asintió.

—Sólo estoy un poco mareada —dijo; y en voz baja, añadió—: John ha muerto...

—Eso aún no lo sabemos —protestó Cairo.

—¿Dos semanas sin dar señales de vida? —replicó la mujer con tristeza—. ¿En una isla que tiene poco más de doce kilómetros de largo?

—Quizá no puedan volver por algún motivo —terció Zarco—. No tiene sentido caer en el pesimismo mientras ignoremos lo que ha sucedido. Pero lo averiguaremos, descuide. Ahora me gustaría charlar un rato con Gulbrand, de modo que, si se encuentra bien, señora Faraday, le agradecería que me prestara sus inestimables servicios como intérprete.

—En el *Saint Michel* deben de estar preocupados por nosotros —intervino Samuel—. Deberíamos informarles de que nos encontramos a salvo.

—Es cierto, lo había olvidado —dijo Lady Elisabeth—. Kathy lo estará pasando fatal.

—Yo me ocuparé de eso —se ofreció Cairo—. Enviaré a alguien a la costa para que haga señales al barco.

* * *

Katherine abandonó el puente de mando y recorrió la cubierta con el ceño fruncido. Estaba enfadada. Y también aliviada; pero sobre todo enfadada. El capitán Verne acababa de comunicarle que Elizagaray había hecho señales luminosas desde la isla, informando de que Lady Elisabeth, Zarco y Samuel estaban sanos y salvos. Eso la había aliviado. Sin embargo, seguían sin noticias de su padre, y eso la había enfadado. Así que Katherine le dijo a Verne que quería desembarcar, pero el capitán le respondió que era imposible.

—Se han llevado los botes, Kathy —dijo—. Están en la isla.

Y eso la enfadó aún más. Se sentía inútil e impotente encerrada en aquel barco y la angustiaba no saber nada de su padre, ahora que tan cerca estaba de él. Así que, sumida en fúnebres pensamientos, salió del puente dando un portazo, atravesó la cubierta con paso rápido, bajó la escalerilla que conducía al interior del buque y comenzó a recorrer un solitario pasillo en dirección a su camarote. Pero, cuando estaba a medio camino, algo llamó su atención. Un sonido. Se detuvo y escuchó atentamente... Eran los pitidos de un pulsador eléctrico y procedían de la cabina del radiotelegrafista.

Se aproximó con sigilo y pegó el oído contra la puerta. En efecto, alguien estaba enviando un mensaje en Morse. Pero... ¿no había ordenado el profesor Zarco silencio radial absoluto? Contuvo la respiración y permaneció atenta a los pitidos. Fuera quien fuese, emitía el mismo mensaje una y otra vez.

Procurando no hacer ruido, Katherine sacó del bolso un lápiz y una libreta y copió el mensaje. Entonces, de repente, los pitidos se interrumpieron y escuchó el ruido de alguien levantándose de una silla. A toda prisa, la muchacha se dirigió al fondo del pasillo y se ocultó tras un mamparo. Justo en ese momento, la puerta de la cabina de radio se abrió y un hombre la abandonó en dirección a la cubierta.

Katherine asomó fugazmente la cabeza y comprobó que era Román Manglano, el radiotelegrafista. Cuando el hombre desapareció escalerilla arriba, la joven salió de su escondite y se quedó pensativa en medio del pasillo. Si Zarco había prohibido usar la radio, ¿por qué Manglano le había desobedecido? Aunque quizá no hubiese enviado ningún mensaje y sólo estaba comprobando el equipo. O puede que se hubiera levantado la prohibición sin que ella lo supiese. Durante unos segundos se preguntó si no debía informar de aquello al capitán, pero estaba enfadada y, además, aquel mensaje que tantas veces había repetido el radiotelegrafista no tenía sentido.

Antes de darse la vuelta para ir a su camarote, Katherine le echó un vistazo a lo que había escrito en la libreta: «813464444549».

No, no tenía ningún sentido, pensó mientras se alejaba.

\* \* \*

Cuando Gulbrand supo que los forasteros querían hablar con él de nuevo, decidió convocar al consejo de la villa, compuesto por siete ancianos y tres adultos jóvenes. Zarco, Cairo y Lady Elisabeth se reunieron con ellos en la choza más grande del poblado —que debía de ser algo así como el ayuntamiento— y se sentaron en círculo sobre pieles de oso blanco. Zarco comenzó el interrogatorio preguntándole al jefe, a través de Lady Elisabeth, de dónde procedía su pueblo y cómo había llegado a la isla.

Gulbrand respondió que todo lo que sabían al respecto eran las historias de sus antepasados, y que según esas historias los *pilgrimme* procedían de un lugar llamado Vastervik, en el lejano reino de Danmark. Al parecer, tras la muerte del rey Christian, Danmark entró en guerra con el vecino reino de Sverige, y los *pilgrimme* decidieron abandonar el país para emigrar al nuevo mundo de más allá del océano. Pero al comienzo del viaje fueron sorprendidos por una serie de tormentas que condujeron su nave al lejano norte. Cuando estaban perdidos en medio del mar, el capitán del barco en que viajaban les dijo que había oído hablar de una isla situada muy al norte, en un archipiélago, un lugar cálido y fértil donde, según decían, habitaban los dioses. Finalmente, los *pilgrimme* buscaron ese lugar y así fue como llegaron a *Gudernes ø,* que es como llamaban a la isla.

—Sverige es Suecia —comentó Zarco una vez que Lady

Elisabeth le hubo traducido las palabras de Gulbrand—. Y ese rey debe de ser Christian IV, tras cuya muerte, a mediados del siglo XVII, hubo una guerra entre Dinamarca y Suecia.

—Entonces —dijo Cairo—, ¿esta comunidad lleva aquí dos siglo y medio?

—Eso parece —repuso Zarco—. Bowen no mencionaba que la isla estuviese habitada, ni por daneses ni por nadie, de modo que tuvieron que llegar aquí después del siglo X —se volvió hacia Lady Elisabeth—. Pregúntele qué hay al norte de la isla.

La mujer le transmitió la pregunta a Gulbrand y éste respondió al tiempo que hacía un gesto con la mano izquierda (el pulgar entre el índice y el corazón) para espantar la mala suerte.

—Dice que al norte —tradujo Lady Elisabeth—, más allá del muro de los antiguos, al pie de la montaña de fuego, está el recinto de los dioses, Asgard, donde Odín se sienta en su trono Hliðskjálf.

Zarco hizo un gesto de perplejidad.

—¿Pero esta gente no es cristiana? —dijo—. Si descienden de emigrantes del siglo XVII forzosamente tienen que serlo.

Lady Elisabeth se lo preguntó al jefe y tradujo la respuesta:

—Gulbrand asegura que veneran a Cristo, pero también a los viejos dioses de su pueblo, porque aquí se encuentra Asgard, su morada. Dice que cada día ven en el cielo los rayos de Odín, a quien llaman *Øjet*, El Ojo.

—¿El Ojo? —Zarco frunció el ceño, extrañado. De pronto, se dio una palmada en la frente y exclamó—: ¡Claro, el Ojo! Según la mitología nórdica, Odín, el máximo dios, era tuerto, pues perdió el ojo izquierdo cuando quiso beber en el Pozo de la Sabiduría del gigante Mim. Y, por otra parte, el ídolo que vimos en el templo subterráneo y que está esculpido en el acantilado de la playa es un cíclope, un ser de un solo ojo. ¡Todo encaja!

Cairo le miró con una ceja alzada.

—No parece que eso vaya a sernos de mucha ayuda, profesor —dijo.

—No —aceptó Zarco—. Pero es interesante. Bueno, sigamos. Señora Faraday, pregúntele si él o alguno de esos patanes ha estado alguna vez en el norte de la isla.

Lady Elisabeth hizo lo que le pedía el profesor y le transmitió la respuesta del jefe.

—Dice que no, que Asgard es un territorio prohibido para los humanos y que ninguno de sus hombres lo ha profanado jamás. No obstante, añade que en el pasado algunos *pilgrimme* se propusieron cruzar el muro, pero todos los que lo intentaron fueron eliminados por la furia del Edderkoppe Gud.

—¿Y eso qué es? —preguntó Cairo.

—Traducido literalmente, *Edderkoppe Gud* significa 'Dios-Araña'.

—Otra vez con las dichosas arañas —gruñó Zarco—. Qué manía...

Tras un breve silencio, varios miembros del consejo se pusieron a hablar a la vez. Gulbrand les interrumpió con aire digno y luego le dijo algo a Lady Elisabeth.

—El jefe pregunta si pensamos quedarnos mucho tiempo en la isla —tradujo ella con expresión sombría—. Nos advierte que no debemos ir en busca de los hombres del *Britannia,* pues ya están muertos, y todo lo que conseguiríamos sería morir nosotros también.

Zarco y Cairo intercambiaron una mirada.

—Naturalmente que iremos en su busca, señora Faraday —dijo el profesor—, pero será mejor que no se lo cuente a esos tipos. Dígales que, por supuesto, respetaremos a sus dioses y que nos quedaremos unos días en la isla disfrutando de su hospitalidad.

Lady Elisabeth les transmitió las palabras de Zarco a los daneses y el jefe dijo algo en tono lastimero.

—Gulbrand nos suplica que abandonemos la isla cuanto antes, pues de lo contrario traeremos la desgracia sobre ellos.

—¿Y eso por qué?

Lady Elisabeth y el jefe hablaron durante unos minutos. Luego, la mujer tradujo la conversación.

—Gulbrand dice que hace unos sesenta años, cuando era niño, llegó a la isla un poderoso mago a bordo de un barco que navegaba por debajo del agua.

—¡Nemo! —exclamó Cairo.

—Exacto —asintió ella—. El capitán Nemo llegó aquí a bordo del *Nautilus* y, tras explorar la isla, le advirtió a los daneses que el día que llegaran hombres en barcos de hierro, su pequeño paraíso se desmoronaría. Les dijo que cuando eso ocurriese, debían abandonar la isla y buscar otro refugio, pues sus vidas correrían peligro.

—Caray con Nemo —comentó Cairo—. Parece que no tenía muy buena opinión de los occidentales.

—Odiaba a todo el mundo —dijo Zarco—. Señora Faraday, pregúntele por qué hicieron prisioneros a los cinco tripulantes del *Britannia*. Y ya que vamos a eso, por qué nos apresaron a usted, a Durazno a y a mí.

Cuando Lady Elisabeth le transmitió la pregunta, Gulbrand desvió la mirada, visiblemente incómodo, y tras una larga pausa respondió en voz baja.

—Dice que al retener a los cinco hombres del *Britannia* les salvó la vida —tradujo la mujer—, pues si hubieran ido en busca de sus amigos, el Edderkoppe Gud habría acabado con ellos. En cuanto a nosotros, dice que ignoraban quiénes éramos y cuáles eran nuestras intenciones, pero que no pensaban hacernos ningún daño. Asegura que son gente de paz y que todo lo que quieren es vivir tranquilos.

—Lo que no dice ese fantoche es que si ahora son tan amables es por el miedo que les tienen a las armas de fuego —comentó Zarco—. Pregúntele si ha visto alguna vez a ese Dios-Araña de las narices.

Al oír la pregunta, Gulbrand volvió a hacer un gesto contra la mala suerte y sacudió enérgicamente la cabeza al tiempo que respondía.

—Nunca ha visto al Edderkoppe Gud —tradujo Lady Elisabeth—. Pero dice que, según los antepasados, es grande como una montaña y vomita fuego por las fauces.

Zarco se incorporó y, tras desperezarse, dijo:

—Me parece que no vamos a sacar mucho más de esta gente, así que se acabó la charla. Dígales que les molestaremos lo menos posible y que sigan a lo suyo, como si no estuviéramos aquí.

Tras concluir la reunión, Zarco, Cairo y Lady Elisabeth salieron al exterior y se detuvieron al lado de un corral en cuyo interior balaban tranquilamente varias cabras. A la derecha había una jaula de madera con conejos. El profesor les echó una mirada a los animales y comentó:

—Además de conejos hay cabras. ¿De dónde diablos habrán salido?... —ahogó un bostezo con el dorso de la mano y preguntó—: ¿Qué hora es?

—Las siete y media —respondió Cairo tras consultar su reloj.

—¿De la tarde o de la mañana?

—Las siete y media de la tarde del jueves 1 de julio, si no me equivoco.

—Con este día eterno se pierde el sentido del tiempo —comentó Zarco.

—¿Y ahora qué vamos a hacer? —preguntó Lady Elisabeth.

—En lo que a mí respecta —respondió Zarco—, irme a dormir. Estoy hecho polvo. Pero mañana iremos al norte en busca de John y de la tripulación del *Britannia*. Ahora, reunamos a los hombres y volvamos al *Saint Michel*.

* * *

Katherine, como es natural, se había alegrado muchísimo al reencontrarse de nuevo con su madre en el barco, pero cuando le dijeron que seguían sin noticias acerca del paradero de su padre, sintió que el mundo se hundía bajo sus pies. Luego, su madre dijo que quería asearse y cambiarse de ropa y se dirigió al cuarto de duchas, y Katherine se quedó en el camarote, dando vueltas de un lado a otro, como una fiera enjaulada.

Media hora más tarde, Lady Elisabeth regresó envuelta en una bata de felpa, con una toalla enrollada en torno a la cabeza. Katherine se la quedó mirando con un punto de censura en los ojos.

—¿Cómo puedes estar tan tranquila, mamá? —preguntó.

Lady Elisabeth dejó escapar un suspiro.

—No estoy tranquila, Kathy —dijo—; estoy cansada.

—Así que vas a descansar, como según parece piensa hacer todo el mundo. Y mientras tanto, papá sigue perdido.

—Ha sido un día agotador, Kathy. Y tu padre lleva quince días perdido, así que no creo que importen mucho doce horas más.

—¿Y eso cómo lo sabes? Quizá esté herido y necesite ayuda urgente... —la joven se cruzó de brazos y comenzó a deambular de nuevo de un lado a otro—. La culpa de todo la tiene el maldito Zarco... —murmuró.

—Eso es injusto, Kathy. Zarco no es responsable de los líos en que pueda haberse metido tu padre. Al contrario: nos está ayudando.

Katherine se detuvo y puso los brazos en jarras.

—Si no se hubiese empeñado en ir a Penryn —dijo—, quizá habríamos llegado a tiempo.

—Si no hubiéramos ido a Penryn, habríamos ganado tres o cuatro días, a lo sumo, y tu padre desapareció hace dos semanas.

Katherine abrió mucho los ojos y sacudió la cabeza con incredulidad.

—¿Por qué le defiendes?

—Porque el profesor no ha hecho nada reprochable —Lady Elisabeth respiró hondo, armándose de paciencia—. Escucha, Kathy, es terrible lo que está pasando y comprendo que estés angustiada, pero no tiene sentido buscar un culpable. Ya sabes la clase de vida que llevaba tu padre; siempre ha corrido riesgos, y de eso no tiene la culpa Zarco.

Katherine encajó la mandíbula; tenía los ojos vidriosos.

—Pero de que estemos aquí, sin hacer nada, en vez de ir en su busca, sí que tiene la culpa. Y tú también.

Lady Elisabeth se aproximó a su hija y le puso una mano en un hombro.

—Kathy, esta isla es muy pequeña —dijo—. Entre el extremo norte y el poblado no habrá más de cuatro millas. Tu padre fue allí con once hombres y no regresó. Al día siguiente fueron en su busca otros nueve hombres y tampoco regresaron. E, insisto, hay menos de cuatro millas entre el norte de la isla y el poblado; una distancia que cualquiera podría recorrer en unas horas, aun estando herido.

—Quizá cayeron en una trampa, o puede que estén retenidos...

—Quizá —asintió Lady Katherine con tristeza—. Pero Kathy, querida, creo que deberíamos ir preparándonos para lo peor...

Katherine miró a su madre con incredulidad, como si no la reconociese. Se apartó de su mano y dio un paso atrás.

—No —dijo con voz temblorosa—. Papá está vivo.

—Ojalá, Kathy, pero...

—¡No quiero oírte! —gritó la muchacha—. ¡Papá vive! ¿Entiendes? ¡Vive!

Acto seguido, se arrojó sobre la cama, ocultó la cara en la almohada y rompió a llorar.

*Diario personal de Samuel Durango.*
*Jueves, 1 de julio de 1920*

*Hoy, cuando hemos regresado al barco, he intentado hablar con Kathy, pero apenas me ha hecho caso; se ha limitado a preguntarme acerca de su padre y de lo que hemos averiguado en la isla, y se ha ido al camarote con su madre. Es lógico; está muy preocupada.*
    *Pese al cansancio, he bajado a la bodega para revelar algunas de las fotografías que tomé desde el* Dédalo*. En concreto las que hice a la ciudadela que divisamos al pie del volcán. Es un lugar muy extraño; aunque en las imágenes no se distinguen los detalles, la sensación que produce el conjunto es de..., no sé, de locura. Las construcciones están distribuidas de manera aleatoria y se inclinan formando ángulos torcidos. El profesor lo llama «la ciudadela», pero a mí no me parece que eso sean casas ni una ciudad. Además, la cúpula negra que se alza al fondo tiene algo de sobrenatural; no sólo por su tamaño, sino también por su color. O, mejor dicho, por su falta de color. Aunque estaba muy lejos, jamás he visto nada tan oscuro, tan negro. Parece más un agujero en la nada que algo material.*
    *¿Qué es ese lugar? ¿Quién lo construyó y para qué? Puede que mañana encuentre respuestas a esas preguntas, porque el profesor va a organizar una expedición de rescate al norte de la isla y ha ordenado que me sume a ella.*
    *Es raro; sé que más de veinte hombres han ido allí y no han vuelto, pero no siento temor, sino sólo curiosidad.*

## 14. *El Edderkoppe Gud*

Al día siguiente, el desayuno se sirvió a las seis de la mañana en el comedor de oficiales. Se reunieron en torno a la mesa el capitán Verne, Elizagaray, Sintra, Zarco, Cairo, las dos inglesas, García y Samuel, y durante unos minutos todos comieron en silencio los huevos revueltos que había servido Ramón, el ayudante de cocina. Zarco, Cairo, Elizagaray y Verne comenzaron a discutir los preparativos de la expedición mientras tomaban café. Cuando acabaron y estaban a punto de levantarse de la mesa, Lady Elisabeth dijo:

—Me gustaría acompañarles, profesor. Pero si considera que voy a ser un estorbo, aceptaré su decisión sin protestar.

Zarco frunció el ceño, miró de reojo a Cairo, luego a Verne, gruñó algo por lo bajo y dijo:

—No se trata de que sea un estorbo, señora Faraday. De hecho, ha demostrado usted bastante competencia en el trabajo de campo, no voy a negarlo. Pero sin duda existe alguna clase de peligro en esta expedición y me sentiría incómodo arriesgando su vida. No obstante, es una adulta, así que decídalo usted misma.

Verne y Cairo se quedaron estupefactos. ¿El profesor Zarco siendo amable? Increíble.

—En tal caso —respondió Lady Elisabeth—, les acompañaré.

—Y yo también —dijo Katherine, muy seria.

—No, Kathy —replicó su madre—. Te quedarás en el barco.

La muchacha puso cara de desolación.

—¿Por qué? —preguntó.

—Porque, como bien ha dicho el profesor, es demasiado arriesgado.

—Tengo veintiún años, también soy una adulta. Si tú puedes ir, ¿por qué yo no?

—Porque John es mi marido.
—Y mi padre.
—Exacto, tu padre. Y es ley natural que los hijos sobrevivan a sus padres, no al revés. La tarea de buscarle me corresponde ahora a mí, no a ti.
—Si su hija ha venido hasta aquí —intervino Zarco—, no le veo mucho sentido a impedir que llegue hasta el final.
Lady Elisabeth le dirigió una gélida mirada.
—Agradezco su opinión, profesor —dijo—; pero es mi hija. La traje conmigo porque, teniendo en cuenta lo que había ocurrido, pensé que estaría más segura a mi lado que sola en Londres. Ahora, sin embargo, correrá menos riesgos en el *Saint Michel,* así que Kathy se quedará en el barco.
—Eso es injusto, mamá —protestó la muchacha.
—Puede ser, Kathy. En cualquier caso, la decisión está tomada.
Katherine contuvo el aliento durante unos segundos y lo exhaló lentamente. Muy seria, sin rozar con la espalda el respaldo de la silla, volvió la mirada hacia Zarco y dijo:
—Gracias por apoyarme, profesor. No lo esperaba —hizo una pausa y agregó—: Por cierto, creo recordar que usted ordenó que no se utilizase la radio.
—Así es —repuso Zarco—. No queremos que nadie sepa dónde estamos.
—Pues ayer, por la tarde, pasé por delante de la cabina de radio y oí cómo el señor Manglano enviaba un mensaje.
—¿Un mensaje? —Zarco frunció el ceño—. ¿Cómo sabe que era un mensaje?
—Porque, como le he dicho, lo escuché a través de la puerta, y porque mi padre me enseñó el alfabeto Morse. Era una cifra y la repitió varias veces.
Zarco cerró los ojos, respiró pesadamente y los volvió a abrir.
—Y, por casualidad —dijo en voz baja—, ¿no recordará esa cifra, señorita Foggart?

—No, no la recuerdo —respondió Katherine—. Pero la anoté.

Abrió el bolso, sacó de su interior una libreta, arrancó la hoja con el número y la depositó en la mesa, frente al profesor: 813464444549.

Tras contemplarla durante unos instantes con perplejidad, Zarco abrió mucho los ojos al tiempo que sus mejillas adquirían el color de las cerezas.

—¡Maldito traidor! —aulló—. ¡Ese hijo de una cabra y un camello nos ha vendido! —se incorporó bruscamente y añadió a voz en grito—: ¡Le voy a matar!

Acto seguido, abandonó el comedor a toda prisa. Cairo se puso en pie y se excusó diciendo:

—Voy con el profesor, no vaya a ser que haga una locura.

Cuando Cairo salió del comedor, y tras un estupefacto silencio, García le preguntó a Verne:

—¿Qué sucede?

—Sí, eso —dijo Katherine—. ¿Qué significa esa cifra?

El capitán movió la cabeza de un lado a otro con tristeza.

—No es una cifra —respondió—, sino seis —señaló el número y recitó en voz alta—: 81 grados, 34 minutos, 64 segundos latitud Norte, y 44 grados, 45 minutos, 49 segundos longitud Oeste. Son las coordenadas geográficas de la isla de Bowen. Manglano ha revelado nuestro paradero.

\* \* \*

Román Manglano estaba sentado a la mesa del comedor que se hallaba al lado de la cocina, junto al resto de la tripulación. Acababa de darle el último sorbo a su café, cuando Zarco irrumpió en la estancia, se aproximó a él con grandes zancadas y, antes de que pudiera reaccionar, le agarró por las solapas y lo levantó en vilo como si fuera un pelele.

—¡Rata de cloaca! —le espetó a la cara—: ¡Eres escoria!

Tras unos instantes de aterrorizada inmovilidad, el radiotelegrafista comenzó a protestar, pero Zarco, sin hacerle el menor caso, lo sacó del comedor arrastrándole, primero por el suelo y luego por la escalerilla. A medio camino se cruzaron con Cairo, que iba en su busca, pero Zarco lo apartó de un manotazo.

—Tranquilícese, profesor —le dijo Cairo.

—Y una mierda me voy a tranquilizar —masculló Zarco sin dejar de remontar la escalerilla tirando del despavorido Manglano—. Voy a matarle.

Salieron a la cubierta y Zarco arrastró al radiotelegrafista hacia la sección de popa. La tripulación había salido del comedor y los seguía desde unos cuantos metros de distancia. Al poco, se les unieron el capitán, García y las dos inglesas. Zarco se detuvo al pie de un mástil, cogió una cuerda, sujetó a Manglano contra el suelo y le ató las manos a la espalda. Luego, le puso en pie y le dedicó la clase de mirada que un tigre destinaría a un cervatillo. El radiotelegrafista temblaba como una hoja en un vendaval mientras aullaba pidiendo auxilio.

—¡Cállate, Judas! —bramó Zarco.

Manglano enmudeció y se le quedó mirando con patético terror.

—Nos has traicionado, maldito bastardo —prosiguió Zarco en tono cavernoso—. Debería arrancarte las tripas y estrangularte con ellas.

—Se equivoca, profesor... —protestó Manglano, mirando a un lado y a otro en busca de ayuda—. Yo no he hecho nada...

—¿No has hecho nada, gusano? Pues ayer te oyeron enviar un mensaje y, si mal no recuerdo, tenías orden de mantener la radio en silencio.

Manglano parpadeó varias veces, muy rápido.

—No enviaba ningún mensaje —dijo con voz trémula—. Estaba probando el equipo para mantenerlo en buen estado, pero había desconectado la antena...

Zarco le dedicó la sonrisa menos amistosa del mundo.

—Y para probar el equipo —repuso—, no se te ocurrió nada mejor que pulsar las coordenadas de la isla, ¿verdad?

Aunque Manglano ya estaba pálido, palideció aún más.

—¡Eso es mentira! —aulló—. ¡Juro que no le he traicionado!...

Ignorando las protestas del radiotelegrafista, Zarco cogió un cabo de cuerda, lo lanzó hacia arriba, haciéndolo pasar por encima de una cruceta del mástil, y se aproximó a Manglano. Éste, cada vez más aterrorizado, intentó huir, pero Zarco le agarró por un brazo, le rodeó el cuello con la cuerda dando un par de vueltas y tiró vigorosamente del otro extremo, alzándole del suelo y, al tiempo, estrangulándole.

Durante unos segundos, nadie dijo ni hizo nada. Todo el mundo se quedó mirando como hipnotizado al radiotelegrafista, que pataleaba en el aire pendiendo de la cuerda mientras sus pulmones se quedaban sin aire. Cuando su rostro comenzó a amoratarse, Lady Elisabeth avanzó unos pasos y gritó:

—¡Basta ya, le va a matar!

—Ya está bien, Ulises —terció el capitán—. Suéltelo.

Zarco permaneció inmóvil durante unos instantes; a regañadientes, soltó la cuerda y Manglano cayó al suelo como un títere desmadejado mientras aspiraba aire con fruición. El profesor se acuclilló a su lado y le dijo en tono siniestro:

—Presta atención, escoria: desde el momento en que me traicionaste para mí has dejado de ser una persona y te has convertido en una babosa, un bicho repugnante que no tendría el menor reparo en aplastar con mi bota. Así que más vale que no vuelvas a mentirme, porque si lo haces te colgaré de ese palo y nadie en este maldito barco podrá impedir que te quedes ahí hasta que la lengua te llegue a los pies. ¿Me he explicado con claridad?

Manglano tosió al tiempo que asentía con la cabeza. Zarco lo puso en pie y preguntó:

—¿Quién te ha comprado? Ardán, ¿no es cierto?

El radiotelegrafista bajó la mirada.

—Sí... —musitó.

—¿Dónde?
—En Havoysund, mientras repostábamos...
—¿Cuánto te pagó?
Manglano intentó tragar saliva, pero tenía la boca seca.
—Cincuenta mil libras... —dijo con voz temblorosa—. Y me prometió otras cincuenta mil cuando todo acabara.
—Miserable rata... —Zarco respiró pesadamente, intentando contener la furia—. ¿Dónde escondes el dinero?
—En... en mi petate...
Zarco se volvió hacia Cairo.
—Ocúpate de requisarlo, Adrián —ordenó y, encarándose de nuevo con Manglano, dijo—: Ahora la pregunta más importante. Aparte del de ayer, ¿cuántos mensajes has enviado?
—Ninguno más. Ha sido el único...
Zarco entrecerró los ojos y aproximó su rostro al del radiotelegrafista.
—No me mientas —gruñó.
—¡No le miento! —aulló Manglano—. El trato era que facilitase las coordenadas cuando llegáramos a nuestro destino. El mensaje de ayer fue el primero y el último, se lo juro por mi madre...
Zarco permaneció unos segundos mirándole fijamente. Luego, se apartó de él y dijo en tono despectivo.
—Esta serpiente tiene demasiado miedo para mentir. Lleváoslo y encerradlo en una bodega antes de que me arrepienta y le estrangule con mis propias manos.
Un par de marineros sujetaron al tembloroso radiotelegrafista por los brazos y, acompañados por Sintra, le condujeron al interior del barco. Entre tanto, Verne, Cairo y Lady Elisabeth se aproximaron a Zarco, que permanecía inmóvil y pensativo en medio de la cubierta.
—¿Y ahora qué, Ulises? —preguntó el capitán.
—Ahora cruzaremos los dedos para que el *Charybdis* no haya captado el mensaje de esa hiena —respondió Zarco—. Pero no deberíamos confiar mucho en eso. Vamos a ver, han pa-

sado doce horas desde el mensaje... —reflexionó brevemente—. Como mucho, tardarán un par de días en llegar aquí, tres a lo sumo; es decir, que disponemos de un máximo de setenta y dos horas para hacer lo que tenemos que hacer. Así que vámonos de una vez por todas a esa maldita isla.

\* \* \*

Los dos botes del *Saint Michel* surcaban el mar en dirección a la playa. En uno viajaban diez hombres, y en el otro diez hombres y una mujer; todos iban armados y pertrechados para la expedición. El plan era sencillo: tras desembarcar, se dirigirían al poblado de los daneses y, una vez allí, se dividirían en dos grupos; uno montaría un campamento cerca de la aldea y el otro iría al norte, hacia la ciudadela.

De pronto, cuando estaban a medio camino de la isla, la ya familiar luminosidad verde reverberó en el cielo.

—Definitivamente —comentó Zarco—, ese resplandor procede de la ciudadela.

—¿Y qué cree que es? —preguntó Cairo.

Zarco se encogió de hombros.

—Anillos luminosos concéntricos —dijo—. ¿Qué clase de fenómeno o artefacto puede provocar eso? Ni idea.

Durante unos segundos no se escuchó más sonido que el ruido del motor y el chapoteo de la barca cortando el agua.

—No estoy seguro de estar haciendo lo correcto —dijo de pronto García.

—¿A qué se refiere? —preguntó Zarco.

—A haberme embarcado en esta empresa. No soy un hombre de acción, profesor. Mi lugar son los laboratorios, no la naturaleza salvaje.

Zarco soltó una carcajada.

—Creo, amigo García, que lo último que debería preocuparle es la naturaleza. Le garantizo que la ciudadela que divisamos al pie del volcán no tiene nada de natural.

—En cualquier caso, es un lugar peligroso...
El profesor volvió a encogerse de hombros.
—La vida es peligrosa —sentenció.
—Sí, pero hay vidas y vidas, y la mía ha sido de lo más sosegada hasta ahora. Lamento confesar que no me siento nada tranquilo participando en esta expedición.

Zarco adoptó una expresión filosófica y respondió:
—Correr peligros sin razón para hacerlo es una insensatez, pero cuando se tiene un noble objetivo..., ah, amigo mío, las cosas cambian. Por ejemplo, el titanio y todos esos fragmentos de metal que hemos encontrado y que a usted tanto le fascinan. ¿De dónde proceden? No lo sabemos, pero me jugaría el bigote a que su origen está en esa ciudadela. ¿No le parece un buen motivo para ir allí a echar un vistazo?

El químico dejó la mirada perdida y exhaló un largo suspiro de resignación. Minutos después, las lanchas alcanzaron la playa; tras desembarcar, y sin perder un instante, los componentes de la expedición comenzaron a subir por la escalera que remontaba el acantilado en paralelo al enorme y antiquísimo ídolo tallado en la roca. Zarco marchaba en cabeza, seguido por Cairo, Elizagaray, Lady Elisabeth y el resto de los expedicionarios. Como Samuel se detenía con frecuencia para hacer fotografías, era él quien cerraba la marcha.

Coronado el farallón, el camino hacia el norte seguía una suave pendiente en descenso, alfombrada de hierba y salpicada de matorrales, hasta desembocar en el bosque que cubría la mayor parte de la isla. A izquierda y derecha se veían ruinas extremadamente viejas, apenas los basamentos de edificios que, a juzgar por su dilatada extensión, debieron de haber sido palacios o templos.

—Supongo que los construyeron los mismos que edificaron la ciudad subterránea —comentó Zarco.

—Estas ruinas parecen más antiguas —apuntó Elizagaray.

—Porque las de Kvitoya están protegidas en una caverna —respondió el profesor—, mientras que éstas se encuentran al aire libre y, por tanto, han sufrido más deterioro.

El sendero que cruzaba el bosque hacia el norte era llano y cómodo de recorrer. De cuando en cuando cruzaban claros con sembrados y huertos; Zarco cogió una manzana de uno de ellos y se la comió de tres bocados. No vieron a nadie durante el camino, hasta que, al cabo de poco más de una hora, llegaron al poblado.

Los daneses debían de haber sido avisados con antelación de su llegada, pues a la entrada de la aldea les aguardaban Gulbrand y el consejo de la comunidad en pleno. Todos parecían estar profundamente deprimidos. Gulbrand se adelantó y soltó una breve parrafada.

—El jefe lamenta que hayamos decidido volver —tradujo Lady Elisabeth—, y nos pregunta si nos proponemos ir a Asgard.

—Dígale —repuso Zarco— que sólo vamos a dar una vuelta por el norte de su bonita isla, y que no pensamos molestar para nada a sus dioses.

Lady Elisabeth le transmitió la respuesta a Gulbrand y éste contestó con una parrafada más larga y exaltada que la anterior.

—Dice que estamos locos si vamos al norte, que moriremos igual que han muerto nuestros amigos y que traeremos la desgracia sobre el poblado al despertar la ira del Edderkoppe Gud. Dice también que deberíamos regresar a nuestro barco y olvidarnos de esta isla, y que...

—Bueno, bueno, bueno —la interrumpió Zarco—. Ya he captado la idea. Dígale que agradecemos mucho su opinión y que la tendremos en cuenta, pero que ahora pueden irse a tocar el tambor, a tallar huesos de foca o a lo que sea que hagan aquí para pasar el rato, porque no podemos perder el tiempo con charlas intrascendentes.

Ignorando las lamentaciones y protestas de los daneses, Zarco y los demás cruzaron el poblado hacia el norte y se detuvieron en un claro situado a unos cien metros de distancia de las primeras cabañas.

—Instalaremos el campamento aquí —dijo Zarco.

Automáticamente, el grupo se dividió en dos. Sintra y otros siete hombres se quitaron las mochilas y comenzaron a instalar las tiendas de campaña, mientras el resto de los expedicionarios se preparaba para proseguir la travesía. Este segundo grupo lo formaban Zarco, Cairo, Elizagaray, Lady Elisabeth, García, Samuel, los marineros Ciénaga, López, Hakme y Palacios, y los tripulantes del *Britannia* Harding, Helpman y Potts, que habían insistido en sumarse a la expedición alegando que se trataba de rescatar a sus compañeros.

—Vosotros os quedáis aquí para cubrirnos las espaldas —le dijo Zarco a Sintra—; por si a esos vikingos de pacotilla les da por buscar problemas. Llevamos una pistola de señales; si necesitamos ayuda lanzaremos una bengala, así que estad atentos. Ahora bien, si dentro de doce horas no tenéis noticias nuestras, eso querrá decir que estamos muertos. Si eso ocurre, regresad al barco y volved a casa.

Sin añadir nada más, Zarco, seguido por los restantes doce expedicionarios, reanudó la marcha. Durante un buen rato, nadie dijo nada. El profesor y Samuel ya conocían ese tramo del sendero, pues lo habían recorrido a la inversa tras la caída del *Dédalo;* no había nada allí, salvo vegetación y los innumerables conejos que saltaban a un lado y a otro a su paso. Mientras caminaban, Lady Elisabeth advirtió que Cairo no llevaba un fusil Mauser, como los demás, sino una escopeta de dos cañones.

—¿Cómo es que ha cambiado de arma, Adrián? —le preguntó.

—Es una escopeta francesa —respondió Cairo, enseñándosela—. La Saint-Etienne Colossal del calibre 21,2. Dispara balas blindadas de setenta gramos con una potencia de más de mil kilográmetros. Es el arma de caza más potente que existe.

—Pero sólo dispone de dos disparos —objetó la mujer.

Cairo sonrió.

—Basta un solo disparo de esta escopeta para abatir a un elefante de ocho toneladas. Es decir, que puede matar a cualquier animal terrestre conocido.

Al cabo de unos minutos, Samuel, que había escuchado las palabras de Cairo, se aproximó a él y le preguntó:

—¿Qué espera cazar con esa escopeta, Adrián?

Cairo demoró unos segundos la respuesta.

—Ni idea, Sam —dijo en voz baja—. Pero tengo un mal presentimiento, así que me siento más seguro con ella.

Tres cuartos de hora más tarde llegaron al lugar donde se encontraban los restos del *Dédalo*. Zarco se detuvo y contempló con melancolía el quebrado fuselaje del dirigible. Lady Elisabeth se aproximó a él y preguntó:

—¿Recuerda el accidente, profesor?

—Es difícil olvidar algo así.

—¿Llegó a ver con claridad lo que nos atacó?

Zarco negó con la cabeza.

—Era muy rápido —dijo.

—Brillaba reflejando el sol. Parecía metálico.

Zarco asintió.

—Un artefacto, en efecto. Nos atacó una máquina voladora.

—Pero era demasiado pequeña para llevar a alguien en su interior —objetó la mujer.

—Lo sé, señora Faraday, lo sé...

Reanudaron la marcha y, apenas quince minutos después, llegaron a un punto donde la isla se estrechaba hasta dejar sólo un paso de unos sesenta metros de ancho entre los farallones que se alzaban a ambos lados. Pero el paso, tal y como decía el Códice Bowen, estaba obstruido por un antiquísimo muro de piedra de aproximadamente ocho metros de altura. En el centro había una abertura rectangular que en algún remoto pasado debió de ser el marco de una puerta. A izquierda y derecha se distinguían dos figuras talladas: un ídolo de un solo ojo y una gigantesca araña.

En ese momento, mientras contemplaban el muro, una sucesión de aros luminosos se expandió por el cielo ártico, iluminando la superficie de la isla con un tenue resplandor verdoso. Los hombres intercambiaron nerviosas miradas. Indiferente, Zarco se aproximó al muro y lo examinó con atención.

—Tiene más de un metro de grosor —comentó.

—¿Y a qué se supone que debía detener este muro? —preguntó Cairo.

—A los dioses —respondió Zarco—, o a los demonios —echó a andar hacia la puerta—. Averigüémoslo.

*  *  *

Cuando los expedicionarios cruzaron el muro se encontraron en un entorno radicalmente distinto. Ya no había bosque, ni apenas vegetación; tan sólo roca desnuda y algún que otro pequeño matojo de hierba. Se hallaban en un cañón de elevadas paredes cuya anchura no sobrepasaba los veintitantos metros. Delante de ellos, en el lado norte del desfiladero, se alzaban tres columnas de unos cuatro metros de altura por cuarenta centímetros de diámetro, dos en los extremos y la tercera en el centro. Eran de color púrpura, rematadas por discos negros en la parte superior. Zarco, seguido por los demás, recorrió los escasos ciento cincuenta metros que le separaban de las columnas y se detuvo ante ellas.

—Que nadie dé un paso más —ordenó—. Bowen advertía de este lugar en su códice.

Tras decir esto, se agachó, cogió un guijarro del suelo y lo arrojó hacia delante. Al pasar entre las columnas, la piedra destelló con un pequeño resplandor eléctrico. Un murmullo de asombro recorrió las filas de los expedicionarios.

—¡¿Qué demonios...?! —comenzó a decir Cairo.

Zarco le acalló con un ademán; se inclinó de nuevo, cogió un puñado de tierra y lo arrojó hacia la salida del desfiladero. Al instante, el aire entre las columnas se llenó de relámpagos azulados.

—¿Qué es eso?... —murmuró Lady Elisabeth.

—El muro de fuego invisible que mencionaba Bowen —respondió el profesor.

—Parece un campo eléctrico —terció García.

—Sea lo que sea, según Bowen mata —Zarco se echó hacia atrás el panamá y se frotó el mentón, pensativo—. Pero Bowen también explicaba cómo sortearlo.

Se aproximó a la pared oeste del desfiladero, buscó otro guijarro y lo lanzó hacia el espacio que se abría a la izquierda de la columna. La piedrecita cruzó el aire limpiamente sin que nada sucediese.

—Cada vez me cae mejor ese santo —dijo Zarco—. El campo eléctrico, o lo que demonios sea, sólo se extiende entre las columnas, así que pasaremos por los lados.

Trepando por las rocas que se alzaban a ambos costados, sortearon las columnas y prosiguieron la marcha. A partir de ese punto, el desfiladero se volvía más ancho y giraba a la derecha, y luego a la izquierda, para acabar desembocando, tras un prolongado descenso, en un amplio circo de unos quinientos metros de diámetro salpicado de artefactos con forma de seta. Al llegar allí, se detuvieron; más allá del extremo norte del circo se divisaban las retorcidas construcciones de la ciudadela, pero no fue eso lo que atrajo la atención de los expedicionarios, sino los cuerpos humanos que yacían en el centro de aquel anfiteatro natural. Lady Elisabeth ahogó un grito e hizo amago de dirigirse hacia ellos, pero Zarco la contuvo.

—Todos quietos —ordenó.

—John... —musitó la mujer, señalando con un vacilante gesto hacia los cuerpos.

—No sabemos si su marido está ahí —replicó el profesor—. Y, sobre todo, ignoramos qué le ha sucedido a esa gente, así que de momento no nos vamos a mover de aquí.

Zarco y Cairo sacaron de sus mochilas sendos prismáticos y examinaron a través de ellos los cadáveres, que se encontraban a unos doscientos metros de distancia.

—Cuento veintiún cuerpos —dijo Cairo al cabo de un minuto.

—Yo también —asintió Zarco.

—En la primera expedición —dijo Lady Elisabeth en voz baja—, mi marido iba acompañado por once hombres, y en la segunda fueron el capitán Westropp y ocho más. En total, veintiuno...

Hubo un silencio. Harding cogió los prismáticos de Cairo y escudriñó durante unos segundos los cadáveres.

—Creo que ahí está MacKendrick, el segundo oficial de máquinas del *Britannia* —dijo en tono sombrío—. Siempre llevaba unos horribles pantalones a cuadros... Iba en el grupo de Sir Foggart.

Tras reflexionar durante unos instantes, Zarco se subió a un saliente de roca y volvió a examinar los cadáveres con los prismáticos. Al regresar junto al resto de los expedicionarios informó:

—No hay señales de violencia, los cuerpos están agrupados y nadie empuña ningún arma. Y eso no tiene sentido, porque si algo o alguien los atacó, lo lógico es que se defendieran o huyeran, no que se quedaran ahí sin hacer nada.

—Debió de ser una muerte muy rápida —dijo Cairo.

—Rapidísima, porque nadie tuvo tiempo de reaccionar. Fíjense: los cuerpos están distribuidos en tres grupos; el más alejado lo forman doce cadáveres, así que cabe suponer que son los miembros de la expedición de John. Luego hay otros dos grupos: seis cuerpos en el más cercano a nosotros y tres algo más adelante, entre medias. Supongo que ésa es la expedición del capitán Westropp; se detuvieron al ver los cadáveres de sus amigos y tres de ellos fueron a investigar.

—Y algo los mató —dijo Cairo—. Pero ¿qué puede acabar con tantas personas instantáneamente?

Con la mirada fija en los cadáveres, Zarco se frotó el mentón, pensativo.

—¿Te has fijado en esas cosas con forma de seta? —preguntó.

En efecto, distribuidos a lo largo y ancho del circo había una serie de artefactos con forma de champiñón. Medían un metro de altura, parecían de acero o algún metal similar y la parte externa del sombrerete era de cristal.

—Sí —respondió Cairo—, pero no sé qué son.

—Los he contado. Hay treinta y tres con una separación de unos cuarenta metros entre unos y otros. Están dispuestos en tres filas de once, formando una malla.

—Ya, pero ¿qué demonios son?

Zarco frunció el ceño, sacó un cigarro del bolsillo, lo encendió, y, sin molestarse en responder, comenzó a dar vueltas de un lado a otro sumido en sus pensamientos. Cairo suspiró y miró a su alrededor; entonces advirtió que Lady Elisabeth estaba apoyada contra una roca, con la mirada clavada en el suelo y la tez pálida.

—¿Se encuentra bien, Lisa? —preguntó, acercándose a ella.

—Sí —respondió la mujer—. Me he mareado un poco, pero ya estoy mejor.

—Aún no sabemos si su marido está entre esos cuerpos...

Lady Elisabeth alzó la mirada y contempló fijamente a Cairo.

—Gracias, Adrián —dijo—, pero no tiene sentido engañarse. John está ahí, entre los cadáveres. Nada más pisar la isla supe que había muerto.

Cairo vaciló, sin saber qué decir. Entonces se dio cuenta de que, aunque los ojos de la mujer reflejaban un gran dolor, estaban secos. Lady Elisabeth no había derramado ni una lágrima.

—De acuerdo, vamos a hacer algo —dijo de pronto Zarco al tiempo que daba una vigorosa calada a su habano—. Necesito conejos.

Cairo le miró con las cejas alzadas.

—¿Conejos?... —preguntó, desconcertado.

—Sí, Adrián, esos animalitos tan monos que mueven las orejitas y el rabito y dan saltitos. *Oryctolagus cuniculus,* si prefieres que te lo diga en latín.

—¿Quiere...? —Cairo parpadeó—. ¿Quiere que vayamos a cazar conejos?

Zarco respiró hondo, armándose de paciencia.

—En primer lugar —dijo, alzando el índice—, quiero conejos vivos. Y en segundo lugar —alzó el dedo corazón—, no hace falta cazarlos. En el poblado los tienen a montones en jaulas. Id allí y haceos con un par de docenas.

—Pero... —Cairo hizo un gesto de perplejidad—. ¿Para qué demonios quiere conejos?

—Para comérmelos al ajillo, Adrián —replicó Zarco, malhumorado—. En vez de perder el tiempo con preguntas, ¿por qué no te limitas a hacer lo que te pido?

Cairo se encogió de hombros y, tras elegir a cuatro hombres, partió con ellos en dirección al poblado. Estaba acostumbrado a las extravagancias del profesor, pero... ¿conejos?

\* \* \*

Mientras aguardaban el regreso de Cairo, el profesor y Samuel treparon hasta la cima de los riscos que se alzaban a su derecha para observar y fotografiar la ciudadela desde lo alto. Entre tanto, el resto de los expedicionarios se había dispersado por la entrada al circo; algunos charlaban, otros fumaban y la mayor parte dormitaba en el suelo. Lady Elisabeth permaneció todo el tiempo en pie, recostada contra una roca, con la mirada perdida; mientras, García pasaba el rato examinando los minerales que encontraba por los alrededores.

Cairo y los cuatro hombres que le acompañaban regresaron hora y media más tarde con dos jaulas de madera llenas de conejos. Zarco, que acababa de regresar con Samuel de su escalada, se aproximó a ellos con aire satisfecho.

—Veinticuatro conejos, profesor —dijo Cairo—. Se los he cambiado a los daneses por mi cuchillo de caza.

—Mal trato —comentó Zarco, contemplando con satisfacción las jaulas—. Con unas cuentas de cristal habría bastado.

—Pero no tenía cuentas de cristal a mano. Bueno, profesor, ¿y ahora qué?

—Ahora vamos a soltarlos.

Cairo arqueó una ceja.

—¿Qué?

—Que vamos a soltar los conejos —repitió el profesor—. Hacia el circo; que se diseminen por ahí, a ver qué pasa.

Al comprender las intenciones del profesor, Cairo esbozó una sonrisa. Cogió una jaula, Zarco otra, se dirigieron a la entrada del circo y abrieron las portezuelas. Los veinticuatro conejos abandonaron su encierro dando brincos, pero la mayor parte se detuvo a los pocos metros, así que Zarco, Cairo y después los demás comenzaron a dar gritos para ahuyentarlos.

Espantados por el bullicio, los animales se dispersaron por el circo; algunos fueron hacia los costados, pero la mayor parte se dirigió al centro del anfiteatro. No obstante, transcurrieron casi diez minutos hasta que el primer conejo llegó a la altura de las setas metálicas.

Y no sucedió nada.

Poco a poco, más conejos fueron sumándose al primero. Dos..., cuatro..., ocho..., catorce..., diecisiete..., veinte...

Y de pronto, tan rápido que un parpadeo habría impedido verlo, veinte rayos de luz roja surgieron de las setas, incidiendo sobre los conejos. Una fracción de segundo después, los rayos habían desaparecido y veinte conejos yacían muertos sobre el suelo.

Un murmullo de asombro brotó de las gargantas de los expedicionarios.

—Por amor de Dios —musitó García—. ¿Qué ha sido eso?

—Lo mismo que mató a los tripulantes del *Britannia* —respondió Zarco con aire sombrío.

El químico parpadeó, perplejo.

—¿Lo que los mató...? Pero si sólo era luz roja. ¿Cómo puede matar la luz?

—Arquímedes defendió Siracusa construyendo grandes espejos y concentrando la luz solar sobre la flota romana que sitiaba la ciudad —replicó Zarco, pensativo—. La luz hizo que los barcos se incendiaran.

—Pero aquí no hay ningún espejo —objetó el químico.

—Ya lo sé, García, sólo era un ejemplo —gruñó Zarco—. La cuestión es que la luz concentrada sí puede matar, de modo que esas malditas setas deben de concentrar la luz de alguna forma...

Corroborando sus palabras, los conejos restantes, que habían acabado dirigiéndose al centro del circo en busca de comida, cayeron abatidos por los rayos rojos surgidos de cuatro setas.

Un fúnebre silencio se extendió entre los expedicionarios.

—La única forma de alcanzar la ciudadela es cruzando ese anfiteatro —observó Cairo al cabo de unos segundos—. Salvo que se pueda llegar por arriba, siguiendo las crestas de esos farallones.

—Durazno y yo lo hemos intentado —dijo Zarco, negando con la cabeza—, pero hay una cortada de más de cien metros en vertical. Imposible pasar por allí sin equipo de escalada.

Cairo hizo un gesto de impotencia.

—Entonces —dijo—, ¿qué hacemos?

Zarco miró a Cairo; volvió la vista hacia el anfiteatro, miró de nuevo a Cairo y dijo:

—Regresar al barco.

—¿Tira la toalla, profesor? —preguntó Cairo, extrañado.

—No digas sandeces, Adrián. Lo que voy a hacer es acabar con esas malditas setas del demonio —recogió su mochila y su fusil, se dio la vuelta y echó a andar por el camino de regreso—. Venga, todos en marcha —ordenó—. Tenemos que ir al *Saint Michel* para recoger una ametralladora.

\* \* \*

Los hombres que fueron al *Saint Michel* en busca del arma que Cairo había adquirido en Noruega tenían orden expresa de no decir nada acerca de lo que habían visto. En parte para no dar pábulo a rumores y alarmas innecesarias, pero sobre todo porque Lady Elisabeth no quería que su hija se enterase de que habían encontrado veintiún cadáveres. Eso debía comunicárselo ella en persona. Por otro lado, muy pocos conocían el contenido de aquel cajón con rótulos en ruso y en finlandés, así que la operación se llevó a cabo con discreción y celeridad.

Aun así, tardaron casi seis horas en llevar la Maschinengewehr 08 desde el barco hasta el extremo norte de la isla. La ametralladora pesaba más de sesenta kilos, a los que había que añadir la munición y el trípode, así que fue necesario instalar un cabestrante en lo alto del acantilado para poder desplazar tanto peso. Transportaron el arma en parihuelas entre cuatro hombres, hasta el campamento situado junto al poblado, donde los esperaba el resto de los expedicionarios. Acto seguido, se dirigieron al norte. Lo más complicado de todo fue sortear el campo eléctrico de las columnas púrpura, pero, si bien con ciertas dificultades, lograron hacerlo sin incidentes, y finalmente llegaron al circo natural que franqueaba el paso a la ciudadela. Una vez allí, mientras unos marineros instalaban la ametralladora sobre su trípode, Zarco se aproximó a Cairo y le dijo:

—Cada seta está separada de la siguiente unos cuarenta metros, de modo que cabe suponer que el alcance de esos rayos de luz letal es de veinte metros. Por tanto, guardaremos siempre al menos el doble de esa distancia de seguridad.

—No hay problema, profesor —repuso Cairo, señalando la ametralladora—. La MG-08 tiene un alcance efectivo de dos kilómetros. Esto va a ser un juego de niños.

Zarco arrugó el entrecejo, pensativo.

—No estés tan seguro, Adrián —dijo—. Le he dado vueltas y... bueno, Bowen no menciona esas setas de metal.

—Quizá lo olvidó.

—Sí, claro —ironizó Zarco—; un rayo de luz mortal es la típica cosa que uno pasa por alto —soltó un gruñido—. No digas bobadas, Adrián. Además, Bowen y los escandinavos llegaron hasta la ciudadela, de modo que si entonces hubieran estado esas setas, habrían acabado con ellos. Bowen no las menciona porque no estaban.

Cairo se encogió de hombros.

—Las pondrían después —dijo.

—Exacto. La pregunta es: ¿quién las puso? Y hay algo más... ¿Te fijaste en cómo actuaron las setas con los conejos? No abatieron al primer animal que se puso a tiro; esperaron a tener al alcance el suficiente número de conejos y entonces los frieron a todos a la vez. Igual ocurrió con la expedición de John: acabaron con ellos cuando estaban rodeados por todas partes. Es decir, que esas trampas con forma de seta no reaccionan automáticamente, así que tiene que haber algún tipo de inteligencia tras ellas.

—¿Cree que hay alguien ahí? —dijo Cairo, señalando las torres de la ciudadela—. ¿Desde hace mil años?

Zarco negó con la cabeza, pensativo.

—Mil no —repuso—. Recuerda que antes de Bowen estuvieron aquí los constructores de la ciudad subterránea. Gente del Neolítico, así que estamos hablando de cinco o seis mil años —respiró hondo y soltó el aire de golpe—. Lo que pretendo decirte, Adrián, es que no debemos confiarnos pensando que nos enfrentamos sólo a unas cuantas trampas ingeniosas. Aquí hay algo más. Algo inteligente.

—¿Entonces? —preguntó Cairo—. ¿No nos cargamos las setas?

—Yo no he dicho eso. Acaba con ellas, por supuesto. Pero no bajes la guardia.

La ametralladora estaba montada justo en la entrada del circo, a unos cien metros de la primera línea de setas metálicas. Cairo se sentó en el suelo, tras el arma, introdujo el extremo de una cinta de munición en la boca del cargador, afinó la puntería y pulsó el gatillo. El estruendo de los disparos se multiplicó en una miríada de ecos mientras la seta metálica más cercana saltaba hecha pedazos bajo el impacto de las balas.

Un minuto y cuatrocientos disparos más tarde, las ocho primeras setas estaban convertidas en amasijos de cristales rotos y metal perforado. Acto seguido, desplazaron la ametralladora cincuenta metros hacia delante y Cairo reinició su labor destructiva, hasta que, al cabo de media hora, después de repetir varias veces la misma operación, no quedó en pie ni una sola seta metálica. Entonces, Cairo se incorporó y aguardó unos minutos inmóvil; como no sucedió nada, le hizo un gesto al resto de los expedicionarios indicándoles que podían adentrarse en el circo.

La primera en reaccionar fue Lady Elisabeth; echó a correr hacia el primer grupo de cadáveres y, tras examinarlos rápidamente, se aproximó a los siguientes tres cuerpos, y finalmente al grupo de doce. Entonces, al ver el cadáver situado en cabeza, se llevó las manos a la cara y se dejó caer de rodillas. Zarco, seguido por Cairo, caminó hacia ella y contempló el cuerpo que la mujer estaba mirando: era el cadáver de Sir John Thomas Foggart.

—Lo siento mucho, Lisa —dijo Cairo.

—Eh..., sí, es terrible —musitó Zarco. Y repitió—: Terrible...

Sin mirarlos, con los ojos clavados en el cuerpo de su marido, Lady Elisabeth susurró:

—¿Pueden dejarme sola un momento?

Zarco y Cairo se alejaron de ella unos pasos.

—¿Te has fijado en los cadáveres? —preguntó Zarco en voz baja.

—Están en demasiado buen estado para llevar tanto tiempo muertos —respondió Cairo.

—Exacto. Es como si el proceso de putrefacción no se hubiera iniciado.

Zarco se aproximó a dos de los cuerpos, que yacían en el suelo boca arriba, y señaló sus cabezas; en ambas, justo en mitad de la frente, había un pequeño orificio negro.

—Esas malditas setas sabían adónde apuntar —dijo—. Al cerebro: muerte instantánea.

Harding, Helpman y Potts, los tripulantes del *Britannia* que los habían acompañado, se hallaban frente a los cadáveres, mirándolos con desolación. Zarco se aproximó a ellos y preguntó:

—¿Están todos sus compañeros?
—Sí —respondió Harding—. Todos muertos.
—Ya. Lo siento.
—Esas setas del demonio los mataron como si fueran animales. ¿Por qué, señor Zarco?
—No lo sé, Harding. Para proteger la ciudadela, supongo.
Elizagaray se aproximó a Zarco y le preguntó:
—¿Qué vamos a hacer, profesor? Deberíamos enterrar a estos desgraciados...
—¿En este suelo rocoso? No, tendremos que llevarlos al interior de la isla, y transportar veintiún cadáveres llevará mucho tiempo. Nos ocuparemos de eso más tarde —Zarco se volvió hacia los expedicionarios y dijo en voz alta—: Vamos a echar un vistazo. Que nadie se aleje mucho y estad atentos por si hay más sorpresas.
Acto seguido, le preguntó a Samuel:
—¿Has fotografiado los cadáveres?
—Eh..., no.
—¿Pues a qué demonios esperas? ¿O es que crees que te hemos traído aquí de vacaciones? Vamos, Durazno, fotografíalo todo, que para eso te pagamos.
Mientras Samuel comenzaba a tomar fotografías, Zarco se aproximó a García, que estaba en cuclillas, examinando algo que había recogido del suelo.
—¿Alguna novedad? —le preguntó.
—He encontrado un trocito de titanio —respondió el químico. Le mostró otros dos pequeños fragmentos metálicos y añadió—: Y también una esquirla de oro y otra de litio, creo. Aunque habrá que analizarlas, claro.
—¿Dónde estaban?
—Tiradas por el suelo.
—Serán fragmentos de las setas.
García negó con la cabeza.
—He examinado los restos de uno de esos artefactos —dijo—, y están hechos de acero, aluminio, cobre, cristal y una

materia plástica que no puedo identificar. Pero nada de titanio, oro o litio...

Sucedió entonces. Uno de los marineros, López, se había alejado del grupo en dirección a la ciudadela. De repente, se escuchó un sonido extraño, como engranajes deslizándose con rapidez, y algo apareció en el circo. Era metálico, de metro y medio de altura, con forma de huso y, en la parte posterior, un largo flagelo articulado rematado por un aguijón de acero. Se desplazaba sobre dos ruedas, a toda velocidad.

Los gritos de alarma de sus compañeros alertaron a López. Giró la cabeza, vio al engendro que se dirigía hacia él e hizo amago de empuñar el fusil, pero cambió de idea y echó a correr, huyendo de aquella aberración. Demasiado tarde. El artefacto llegó en un instante a su altura, le atravesó de lado a lado con el aguijón y luego, desentendiéndose del cadáver, giró en dirección al grupo.

La mayoría había empuñado ya las armas y disparaba contra el engendro, pero las escasas balas que le alcanzaban rebotaban inofensivamente contra su piel de metal. Sin moverse de donde estaba, Cairo encajó la culata de su escopeta contra el hombro, cerró el ojo izquierdo, afinó la puntería y, cuando el artefacto se hallaba a escasos veinte metros de distancia, disparó.

Un boquete del tamaño de un puño apareció en la panza del monstruo, que trastabilló y se tambaleó durante un instante, para reanudar acto seguido su acometida. Entonces, Cairo disparó otra vez y abrió un nuevo agujero en la coraza metálica. Como abatido por un rayo, el engendro se desplomó sobre el suelo y comenzó a girar sobre sí mismo al tiempo que sacudía el flagelo de un lado a otro, como un látigo. Cairo recargó la escopeta y volvió a disparar. Tuvo que repetir tres veces la operación antes de que el monstruo yaciera inmóvil.

Un profundo silencio se extendió por el circo. Durante unos instantes, nadie se movió; luego, Elizagaray, Ciénaga y Palacios echaron a correr hacia donde se encontraba el cuerpo de López. Tras examinarle, el primer oficial se incorporó y movió la cabeza en sentido negativo. Entonces, Zarco, Cairo y Samuel se aproximaron cautelosamente al engendro metálico.

—Es un autómata... —musitó el profesor, asombrado.

De pronto resonó un bronco estruendo y los expedicionarios contemplaron, estupefactos, cómo la pared noroeste del circo se abría de lado a lado, descubriendo la oscura boca de una inmensa caverna. Apenas un segundo después, algo, un ser inverosímil, surgió de su interior.

Medía unos siete metros de altura por diez de ancho. Era metálico, con forma ovoidal, como dos platos colocados uno contra el otro, y de sus costados surgían ocho inmensas patas articuladas.

Era Aracné, el Edderkoppe Gud.

El Dios-Araña.

Tras un instante de estupor, los hombres echaron a correr en desbandada hacia la salida sur del circo, al tiempo que el Edderkoppe Gud comenzaba a avanzar hacia ellos haciendo temblar el suelo a su paso. Pese a su descomunal tamaño, se desplazaba a gran velocidad.

Zarco advirtió entonces que Lady Elisabeth estaba de pie junto al cadáver de su marido, con la vista clavada en aquel monstruo, paralizada. El profesor corrió hacia la mujer, la cogió de un brazo y tiró de ella.

—¡Tenemos que salir de aquí, señora Faraday! —gritó.

Como si su cerebro se reactivara de repente, Lady Elisabeth parpadeó y echó a correr junto a él. De soslayo, Zarco vio que un rayo rojo surgía del Edderkoppe Gud y abatía a uno de los hombres que huían.

Lady Elisabeth soltó un grito y cayó al suelo. Zarco se detuvo y la ayudó a incorporarse, pero la mujer profirió un gemido al apoyar el pie derecho.

—Me he torcido el tobillo...

Sin pensarlo dos veces, Zarco levantó en vilo a la mujer, se la cargó sobre un hombro y reinició la huida.

Y corrió, corrió, corrió como nunca antes había corrido.

\* \* \*

Los fugitivos se adentraron en tropel en el desfiladero. Dado que cargaba con el peso de Lady Elisabeth, Zarco no tardó en quedar rezagado. De hecho, jadeaba ruidosamente y sentía que el pecho le ardía, pero el batir de las pisadas de aquel monstruo, que resonaban a su espalda como mazazos, le impelió a seguir corriendo sin desfallecer. Hasta que, de pronto, advirtió que ya no oía las pisadas. Volvió la cabeza hacia atrás y comprobó que, en efecto, nada ni nadie le seguía, así que disminuyó el ritmo de la carrera.

Al poco, llegaron al punto del desfiladero donde se alzaban las columnas púrpura. El resto de los expedicionarios estaba allí, empujándose unos a otros para pasar por los costados mientras Cairo intentaba poner orden para evitar que alguien cayese en el letal campo eléctrico. Zarco se detuvo, contempló durante unos segundos el barullo, sacó una pistola del bolsillo y efectuó un disparo al aire. Al instante, los hombres dejaron de pugnar por abrirse paso y volvieron las miradas hacia el profesor.

—Esa cosa ya no nos persigue —dijo Zarco—, así que un poco de serenidad, demonios.

Los hombres permanecieron inmóviles, titubeantes, como si no acabaran de creérselo.

—¿Le importaría bajarme? —dijo Lady Elisabeth, que seguía colgada boca abajo sobre el hombro del profesor.

Zarco la depositó en el suelo, junto a unas rocas, y luego se volvió hacia el resto de los expedicionarios.

—Cuento diez personas —dijo—, y éramos trece.

—Aparte de López —intervino Elizagaray—, faltan Hakme y Helpman.

—Esa bestia mató a Hakme con un rayo —terció Palacios—. Yo lo vi.

—Y yo vi caer a Helpman —añadió Potts.

Sobrevino un silencio.

—¿Qué es ese monstruo, profesor? —preguntó Samuel en voz baja.

—¿Que qué es? —Zarco arrugó el entrecejo—. Una maldita araña metálica gigante, está claro. Y puedo añadir algo más: si pretendía asustarnos, lo ha conseguido. Ahora, caballeros, salgamos de aquí lo más ordenadamente posible y regresemos al campamento.

## ○‡  En el interior de la ciudadela

La mente había permanecido inactiva durante mucho tiempo. Aunque, en realidad, no del todo inactiva, pues parte de sus capacidades se ocupaban constantemente de que todo funcionara bien en la ciudadela. No obstante, la arquitectura más elevada de su inteligencia se había mantenido congelada, en suspenso, como debía ser mientras no fuera necesaria su activación. En cierto modo era algo semejante al sueño; mientras dormimos, la parte consciente de nuestro cerebro descansa, pero entre tanto otra parte continua ocupándose de que el corazón lata, los pulmones respiren y todos los automatismos del cuerpo funcionen. En ese sentido, podríamos decir que la mente llevaba siglos dormida.

Y ahora acababa de despertar.

Los animales bípedos, ésa era la causa. ¿Constituían una anomalía? Y en tal caso, ¿hasta qué punto?

La primera vez que tuvo contacto con ellos fue 4.623 ciclos solares atrás. Llegaron por el mar en estructuras flotantes y se instalaron en la isla, pero sólo eran animales, así que no les prestó particular atención. Hasta que se extendieron demasiado y fue necesario expulsarlos. El siguiente contacto se produjo 3.624 ciclos más tarde y, aunque breve, resultó sorprendente, pues uno de los animales logró abatir un dispositivo de contención, algo muy inusual. Así que la mente añadió una nueva línea de defensa estática frente a la ciudadela. Las setas metálicas. Después, al cabo de 659 ciclos, nuevos bípedos se establecieron en la isla, pero eran pocos y no causaban molestias. Sin embargo, los bípedos que, en dos oleadas, acababan de llegar parecían distintos.

La mente ya había advertido que esos animales fabricaban y usaban herramientas, pero muchas bestias lo hacen y, además, se trataba de instrumentos muy toscos. Sin embargo, los bípedos recién llegados llevaban con ellos herramientas más sofisticadas. Armas. Proyectiles impulsados por reacciones químicas explosivas. Lo cual, en sí mismo, tampoco significaba nada, pues otros animales, en lugares muy lejanos, habían desarrollado similares estrategias de defensa y ataque, sin por ello dejar de ser animales.

Pero había más. Como cabía esperar tratándose de simples bestias, cuando los bípedos de la primera oleada intentaron acceder a la ciudadela, fueron eliminados con facilidad por las líneas de defensa estática. Sin embargo, los de la segunda oleada actuaron con inesperada cautela y astucia.

Soltaron otros animales, pequeños cuadrúpedos, como señuelos para las unidades defensivas. Durante una fracción de segundo, la mente estuvo a punto de desconectar las defensas para no revelar lo que podían hacer, pero acto seguido se preguntó cómo reaccionarían los bípedos al ver las defensas en acción, así que permitió que éstas eliminaran a los pequeños cuadrúpedos.

Entonces, los bípedos se marcharon, pero regresaron al poco y, armados con uno de sus propulsores químicos, destruyeron las defensas estáticas. Y luego abatieron a una unidad móvil. Así que la mente tuvo que recurrir a su dispositivo defensivo más poderoso, el Edderkoppe Gud. Y, dada la evidente capacidad destructiva de los bípedos, consideró la idea de eliminarlos. De hecho, era lo que debía hacer si se trataba de animales. Pero ¿y si eran algo más que animales?

Porque aún había otro dato que considerar. Desde hacía veintiún ciclos solares, la mente captaba en el planeta emisiones de radiofrecuencia no naturales. Esas emisiones fueron creciendo en número y potencia conforme pasaba el tiempo y, hacía muy poco, la mente había descubierto que una señal de radio codificada procedía de la última estructura flotante en llegar a la isla.

Por supuesto, de nuevo eso no significaba nada, pues en otros lugares había animales que usaban las ondas radiales como sistema de comunicación y detección. No, no contaba con ninguna prueba irrefutable; pero había indicios.

Por eso, la mente decidió aguardar y no hacer nada. Tenía que recopilar más datos acerca de aquellos curiosos bípedos antes de exterminarlos.

## 15. *Un faro en las costas del infinito*

El camino de regreso al campamento estuvo presidido por un fúnebre silencio. El tobillo derecho de Lady Elisabeth estaba hinchado y amoratado; tras inspeccionarlo, Cairo dijo que sólo era un esguince, pero la mujer apenas podía caminar, así que se turnaron para llevarla en angarillas.

Llegaron al campamento poco antes de las once de la noche, aunque en aquella tierra extraña la noche sólo era un larguísimo atardecer. Nada más llegar, los tripulantes que habían participado en la expedición se reunieron con sus compañeros, formando corrillos, para ponerles al corriente de los inusitados y dramáticos acontecimientos que habían protagonizado. Entre tanto, Lady Elisabeth se introdujo en su tienda de campaña, mientras que Cairo, Elizagaray y García rodeaban al profesor para intentar hablar con él, pero éste no les hizo el menor caso.

—Caballeros —dijo—, no tengo ninguna explicación para lo que hemos visto hoy, así que no malgastemos saliva con elucubraciones sin fundamento. Es tarde y estamos cansados; mañana, con la mente más despejada, decidiremos qué hacer.

—Perdone, profesor —intervino García—, pero me sentiría muchísimo más tranquilo sí regresáramos al barco.

—¿Y eso por qué?

—¿Que por qué? —el químico señaló hacia el norte—. Por ese monstruo. ¿Y si viene aquí?

Zarco desechó la posibilidad con un ademán.

—No vendrá —dijo.

—¿Y eso cómo lo sabe?

—Porque si quisiera acabar con nosotros lo habría hecho en el desfiladero. Ese artefacto se limita a proteger el paso a la ciudadela. Se comporta territorialmente; sólo es agresivo si alguien invade su terreno. Tranquilícese, García; mientras nos quedemos aquí no nos pasará nada.

No del todo convencido, el químico titubeó durante unos instantes y, a regañadientes, se introdujo en su tienda de campaña. Siguiendo órdenes del profesor, Cairo dispuso una guardia de cuatro hombres, dos al norte del campamento y dos al sur, y poco a poco los expedicionarios fueron retirándose a descansar. Zarco, por su parte, sacó de su mochila una botella de whisky, cogió dos tazas de latón, se dirigió a la tienda de Lady Elisabeth y se detuvo frente a la entrada.

—¿Está despierta, señora Faraday? —preguntó.

—Sí, profesor —respondió la mujer—. Pase.

Zarco apartó la lona que protegía la entrada y penetró en la tienda de campaña doblado sobre sí mismo, pues el techo era demasiado bajo para su estatura. Lady Elisabeth estaba sentada en el suelo, medio recostada contra un saco de dormir.

—¿Qué tal su tobillo? —preguntó Zarco.

—Sólo me duele cuando apoyo el pie. Gracias por su interés, profesor.

Zarco asintió un par de veces y, mostrando la bebida, dijo:

—Cuando estuvimos en Londres compré varias botellas de Macallan. Es un excelente escocés de malta y se me ha pasado por la cabeza que quizá le apetezca un traguito para conciliar el sueño.

—Gracias; creo que me vendrá bien. Siéntese, por favor.

Zarco se acomodó sobre unas mantas, descorchó la botella de whisky, sirvió un chorrito en una taza y se la ofreció a Lady Elisabeth. La mujer contempló el recipiente medio vacío y dijo:

—Mi abuela Maggie era irlandesa y solía comentar que, como la generosidad es una virtud bendecida por los cielos, no tiene sentido dejarla de lado a la hora de servir un licor. No sea tacaño, profesor.

Zarco llenó la taza hasta el borde. Lady Elisabeth la cogió, dejo escapar un breve suspiro y dio un largo trago. Luego, tras chasquear la lengua, dijo:

—Aún no le he dado las gracias por salvarme la vida.

—No tiene importancia, señora Faraday —repuso Zarco mientras llenaba su taza.

—Claro que la tiene. Se puso en peligro por mí y tuvo que cargar conmigo. Además, es la segunda vez que se ve obligado a hacerlo —esbozó una apagada sonrisa—. No me extraña que esté harto de mí, profesor; para usted no soy más que una molestia, un bulto con el que hay que cargar.

—No estoy harto de usted, señora Faraday —replicó Zarco. Luego, tras un titubeo, apuró su taza de un trago y agregó—: De hecho, considero que su contribución a esta empresa ha sido y es de vital importancia.

—Me alegro de que lo vea así.

Zarco sirvió otra ronda de whisky y prosiguió:

—También quería comentarle que... Bueno, John y yo no éramos exactamente amigos, pero le respetaba, así que lamento profundamente su muerte.

—Gracias, profesor; lo sé. Supongo que lo que ahora debemos preguntarnos es qué mató a John y a la tripulación del *Britannia* —sacudió la cabeza—. ¿Quién instaló allí esas setas metálicas? ¿Qué son esos seres, la araña gigante y el escorpión?

—Autómatas —respondió Zarco—. Igual que el artefacto volador que derribó al *Dédalo*.

—¿Autómatas? Por amor de Dios, la tecnología actual es incapaz de producir máquinas tan sofisticadas.

—Es que no se trata de tecnología actual, señora Faraday, sino de tecnología de hace miles de años. Recuerde que Bowen habla de ella en el códice medieval y que los constructores de la ciudad subterránea la dibujaron en las paredes del templo neolítico. No nos enfrentamos a algo nuevo, sino a algo inusitadamente viejo.

—¿Y a qué nos enfrentamos? —susurró Lady Elisabeth.

Zarco sacudió la cabeza.

—No lo sé, señora Faraday —respondió—. Le juro que jamás me he encontrado con nada tan extraño.

Hubo un silencio. Ambos apuraron sus bebidas con taciturnos sorbos y Zarco llenó de nuevo las tazas.

—¿Sabe algo, profesor? —dijo Lady Elisabeth—. Desde que descubrimos el cadáver de mi esposo no he derramado ni una lágrima.

—Es natural. Está impactada y todavía no ha encontrado el modo de reaccionar.

—Al contrario; desde que llegamos a la isla me hice a la idea de que John había muerto. Además...

Lady Elisabeth dejó en suspenso la frase y perdió la mirada.

—¿Además? —la animó a seguir Zarco.

La mujer dio un nuevo sorbo de whisky.

—Desde hace siete años, John y yo dormíamos en habitaciones separadas —dijo—. No hacíamos ningún tipo de vida matrimonial. De hecho, teníamos previsto iniciar el proceso de divorcio a su regreso.

Zarco se agitó con incomodidad y, sin pronunciar palabra, vació su taza de un largo trago.

—¿No me pregunta por qué? —dijo Lady Elisabeth.

—Se trata de su vida privada, señora Faraday. No quiero ser indiscreto.

La mujer sonrió.

—Aquí, en esta isla perdida en el fin del mundo —dijo—, todos esos asuntos, la vida privada, los problemas matrimoniales, parecen cosa del pasado. Es como si fueran los recuerdos de otra persona en otra vida —se encogió de hombros—. John me era infiel. Hace siete años descubrí que mantenía relaciones íntimas con Margaret Waldegrave-Tane, la esposa de uno de nuestros mejores amigos. Contraté a un detective privado y... —sonrió con tristeza—. No sólo se trataba de Margaret; en el historial de mi marido había bailarinas de *music hall,* actrices, camareras, prostitutas... John me traicionaba sistemáticamente.

Zarco se frotó el mentón, cada vez más incómodo.

—Lo ignoraba —dijo.

—Ya lo sé. John era promiscuo, pero discreto.

Sobrevino un silencio. Zarco llenó las tazas y preguntó:

—¿Por qué no se divorciaron entonces?

—Por Kathy. Decidimos mantener la apariencia de un matrimonio bien avenido hasta que fuera mayor de edad. A fin de cuentas, John pasaba la mayor parte del tiempo fuera de Inglaterra, así que la convivencia era fácil.

—Entonces, ¿su hija no sabe nada?

Lady Elisabeth negó con la cabeza.

—Supongo que sospechaba que las cosas no iban bien entre nosotros, pero no hasta qué punto ni por qué —suspiró—. Aunque eso ahora ya no tiene importancia... No sé cómo voy a decirle que su padre ha muerto. Le adoraba...

Un nuevo silencio se adueñó de la tienda de campaña. Ambos bebieron con aire pensativo.

—Disculpe, señora Faraday —dijo de pronto Zarco—, pero hay algo que no entiendo. Si estaban a punto de divorciarse, ¿cómo es que lo dejó todo para ir en su búsqueda?

La mujer le dio un largo sorbo a su bebida y respondió:

—Que se acabe el amor no quiere decir que ocurra lo mismo con la lealtad. Fuera cual fuese su comportamiento, John seguía siendo el padre de mi hija. Además, él habría hecho lo mismo por mí.

Zarco asintió con un gesto de aprobación y volvió a llenar las tazas. Durante unos minutos ambos permanecieron absortos en sus pensamientos, dando distraídos sorbos a sus bebidas. De pronto, Lady Elisabeth preguntó:

—Y a usted, profesor, ¿quién le rompió el corazón?

Zarco contempló a la mujer con grave seriedad.

—¿Quién le ha dicho que tengo roto el corazón? —preguntó.

—Nadie. Pero no tendría tan mala opinión sobre las personas de mi sexo si, en algún momento, una mujer no le hubiera hecho mucho daño. ¿Quién fue?

Zarco frunció el ceño y abrió la boca para protestar, pero volvió a cerrarla, suspiró ruidosamente, dio un trago de whisky y, mirando al vacío, respondió:

—Mercedes Blanco de Espinosa.
—¿Era bonita?
—Mucho. Ella tenía veinte años y yo veinticinco. Llevábamos dos de relaciones e íbamos a casarnos cuando consiguiese la plaza de catedrático. La obtuve en el 99 y lo primero que hice fue comprar un anillo de pedida, ir en busca de Mercedes y solicitarle matrimonio. Entonces ella me confesó que había conocido a otro hombre, el dueño de una fábrica de embutidos. Y me dejó tirado como una colilla. Seis meses más tarde contrajo matrimonio con aquel tipo. Estaba embarazada de él.
—¿Usted la quería?
—Con toda mi alma —Zarco hizo una pausa para rellenar las tazas y prosiguió—. ¿Sabe lo que más me dolió? La profesión de aquel tipo. Mercedes me dejó por un fabricante de chorizos... ¿Hay algo más vulgar y aburrido que fabricar chorizos? Y, sin embargo, ella le escogió a él en vez de a mí. Creo que si se hubiera casado con un mandril me habría sentido menos humillado.
—¿Volvió a verla?
—Sí, muchos años después, nos encontramos por casualidad en el Parque del Retiro. Tenía ocho hijos, estaba gorda como un tonel y no cesaba de parlotear.
Lady Elisabeth arqueó las cejas.
—Entonces, profesor —dijo—, le debe un favor a ese fabricante de chorizos.
—¿Eh?...
—Bueno, si se hubiese casado usted con Mercedes...
De pronto, Lady Elisabeth soltó una carcajada y siguió riéndose durante un largo minuto, doblada sobre sí misma, sin poder parar. Zarco la contempló con una ceja alzada y luego comprobó que la botella de Macallan estaba casi vacía.
—Me parece que hemos bebido demasiado... —murmuró.
Cuando la mujer logró contener el ataque de risa, se enjugó las lágrimas con un pañuelo y dijo:

—Lo siento, profesor, pero es que me lo he imaginado viajando en el *Saint Michel* con una mujer gorda y ocho hijos y me ha parecido... de lo más gracioso.

Zarco puso cara de dignidad ofendida.

—Le advierto, señora Faraday —repuso con gravedad—, que estamos hablando del amor de mi vida, de la mujer que me rompió el corazón... —sus labios se fruncieron, intentando contener una carcajada—. ¡Y de la bruja que le arruinó la vida al charcutero!

Acto seguido, estalló en un acceso de risotadas al que no tardó en sumarse Lady Elisabeth. Finalmente, cuando las risas cesaron, Zarco murmuró:

—¿Sabe algo, señora Faraday?...

—¿Por qué no se deja de tanto «señora» por aquí, «señora» por allá, y me llama Lisa?

—Como quiera.

—Y yo le llamaré a usted Ulises.

—No.

—¿Qué?...

—Que no me llame Ulises. No es por falta de confianza, entiéndame; es que no me gusta ese nombre.

—Pues a mí me parece bonito. Muy romántico.

—Es el nombre de un idiota que se perdió. Prefiero «profesor».

—De acuerdo, profesor. ¿Qué iba a decirme?

Zarco ladeó la cabeza y parpadeó, confuso.

—No me acuerdo... —reconoció.

Lady Elisabeth le miró con fijeza.

—¿Sabe lo que pienso, profesor? —dijo en voz baja—. Que Mercedes eligió mal. Es usted un hombre excepcional.

Zarco cabeceó ligeramente.

—Y yo pienso que John era imbécil. Disculpe, ya sé que ha muerto, pero es que hace falta ser muy tonto para buscar fuera lo que tenía de sobra en casa.

Lady Elisabeth sonrió. De pronto, Zarco se dio cuenta de

que estaba tan cerca de la mujer que podía sentir su aliento en el rostro; entonces, dio un respingo y dijo:

—Ya recuerdo lo que iba a decirle: que hemos bebido demasiado —comenzó a incorporarse—. Además es tarde; será mejor que me vaya.

Zarco se puso en pie y se dirigió, agachado, hacia la salida de la tienda.

—Profesor —le contuvo Lady Elisabeth—. ¿Qué vamos a hacer a partir de ahora?

Zarco hizo un gesto vago.

—Hemos encontrado algo que no tiene explicación —dijo—, así que vamos a intentar explicarlo.

—¿Cómo?

—Mediante el método científico; es decir, observando y recopilando datos.

—De acuerdo, profesor. Buenas noches.

—Buenas noches, seño..., eh..., buenas noches, Lisa.

\* \* \*

Al día siguiente, cuando se despertaron, los expedicionarios descubrieron que el poblado danés estaba desierto. Gulbrand, su consejo de ancianos y el resto de los *pilgrimme* habían desaparecido, llevándose con ellos sus animales y sus escasas pertenencias.

—¡Por Judas! —exclamó Zarco al enterarse—. ¿Cómo demonios pueden desaparecer trescientos palurdos de la noche a la mañana? Tienen que estar en algún lugar de la isla.

—Quizá se han ido en los barcos —sugirió Harding, el oficial del *Britannia*.

—¿Qué barcos?

—En la costa este hay una gruta que da al mar. Los daneses tenían allí diez u once barcos de madera.

Zarco arrugó el entrecejo.

—¿Cómo lo sabe?

—Sir Foggart lo descubrió al poco de llegar.
—¿Y por qué demonios no me lo ha contado antes?
Harding se encogió de hombros.
—No me lo preguntó y..., bueno, tampoco me pareció importante.
Zarco gruñó algo incomprensible y se cruzó de brazos.
—¿Al menos sabe dónde está esa maldita gruta? —preguntó.
—Claro.
—Pues haga algo útil y llévenos allí.

Harding, Zarco y Cairo iniciaron la marcha mientras los demás desayunaban. Caminaron tres kilómetros hacia el este; cuando estaban cerca de los acantilados, Harding se desvió hacia unas peñas. Allí, oculta tras unos matorrales, se abría la entrada a un pasadizo subterráneo. Mientras descendían por él, Zarco advirtió que las paredes del túnel estaban plagadas de grabados similares a los que encontraron en la ciudad subterránea.

El pasadizo acababa desembocando, quinientos metros más abajo, en una enorme caverna que se abría al mar. Desde ella se divisaba el piélago de escollos que rodeaba a la isla por el este. En el interior de la gruta no había nada, salvo los restos medio podridos de un navío de madera.

—Lo que yo decía —comentó Harding—. Se han ido con los barcos.

Zarco contempló la caverna, iluminada por la claridad del día polar que se colaba por la salida al océano.

—¿Y cómo demonios se han largado sin que nadie se dé cuenta? Les deberían haber visto desde el *Saint Michel*.

—No necesariamente, profesor —dijo Cairo, señalando hacia el mar—. Las aguas que se extienden al este de la isla están plagadas de escollos. El *Saint Michel* no puede navegar por ellas, pero unas barcazas ligeras sí. Lo más probable es que los daneses hayan ido hacia el este y luego hacia el sur, dando un rodeo y manteniéndose siempre a distancia del *Saint Michel*. La única cuestión es adónde han ido.

Zarco se encogió de hombros.

—Quién sabe. Han decidido hacer caso a Nemo y puede que no les falte razón. Cuando Ardán llegue, no será tan amable como nosotros —dio una palmada y echó a andar hacia el pasadizo—. Aquí ya no tenemos nada que hacer —dijo—. Vámonos.

\* \* \*

Los tres hombres volvieron al campamento poco más de una hora después de su partida, cuando Lady Elisabeth y García se disponían a regresar al *Saint Michel*.

—No pienso quedarme en esta isla ni un minuto más —dijo el químico—. Así que, se ponga como se ponga, profesor, voy a irme al barco.

—Haga lo que le venga en gana, García —respondió Zarco sin prestarle atención. Luego, se aproximó a Lady Elisabeth y preguntó—: ¿Qué tal su tobillo, Lisa?

—Mucho mejor, profesor. El señor Elizagaray me ha fabricado un bastón y creo que podré caminar sin excesivas dificultades.

—¿No sería mejor que descansara un poco más para recuperarse?

—Gracias por su interés, pero tengo que hablar con mi hija antes de que alguien le cuente lo que ha ocurrido con su padre.

—Bueno, en tal caso, ¿por qué no la llevamos en angarillas?

—Gracias de nuevo, pero no —respondió la mujer con una sonrisa—. Si siguen llevándome a cuestas de un lado a otro voy a acabar creyéndome Cleopatra. Puedo caminar; no se preocupe.

—También yo quisiera ir al barco, profesor —intervino Samuel—. Tengo que revelar las placas que tomé en la ciudadela.

—De acuerdo, Durazno. Pero regresa en cuanto acabes; voy a necesitarte.

Lady Elisabeth, García y Samuel partieron hacia el sur

acompañados por dos marineros del *Saint Michel*. Mientras Zarco los observaba alejarse, Cairo se aproximó a él y dijo con una sonrisa burlona:

—Le noto muy cambiado, profesor.

—¿A qué te refieres?

—Tanta amabilidad con la señora Faraday... Ah, no, perdón; ahora es Lisa.

Zarco le dedicó una mirada asesina.

—¿Por qué no te vas al infierno, Adrián? —replicó mientras se alejaba con aire digno—. O, mejor aún; ya que los daneses se han largado, y en vez de estar ahí haciendo el imbécil, ¿por qué no te ocupas de que los hombres trasladen el campamento al poblado?

Mientras Cairo cumplía su orden, Zarco se fue a dar una vuelta por los alrededores. Según los tripulantes del *Britannia*, había unas viejas ruinas cerca de la villa; estaban unos doscientos cincuenta metros hacia el oeste y eran los restos de un templo similar al de la ciudad subterránea, sólo que en mucho peor estado de conservación. Únicamente quedaban en pie parte del muro trasero y el altar, presidido por un grabado del Edderkoppe Gud y rodeado por pequeñas hornacinas que en algún momento debieron de contener fragmentos de metal. Zarco pasó la siguiente hora y media examinando las ruinas, hasta que, al cabo de ese tiempo, Cairo fue a buscarle.

—Ya hemos trasladado el campamento, profesor —dijo—. ¿Ha descubierto algo?

—Nada que no supiéramos ya —respondió el profesor—. Esta isla debía de ser sagrada para el pueblo de la ciudad subterránea. Sólo he encontrado restos de templos, pero no de viviendas; supongo que venían aquí para adorar a sus dioses y para cultivar y cosechar. A fin de cuentas, es el único lugar donde crecen vegetales en cientos de millas a la redonda —contempló los restos del templo y se rascó la cabeza, pensativo—. Pero hay algo extraño...

—¿Qué?

—Estas ruinas y todas las que hemos encontrado en la isla están... hechas polvo.
—Bueno, eso es lo que se espera de las ruinas, ¿no?
—Están demasiado deterioradas —gruñó Zarco—. No parece cosa de la erosión normal por el paso del tiempo; más bien es como si algo hubiera destruido antes el edificio.
—¿La araña gigante? —sugirió Cairo.
Zarco se encogió de hombros.
—Quizá.
Hubo un silencio.
—¿Qué vamos a hacer ahora, profesor?
Zarco demoró unos segundos la respuesta.
—Vosotros quedaos en el campamento —dijo—. Yo voy a echar otro vistazo a la ciudadela.
Cairo le miró con preocupación.
—Es una locura volver allí, profesor —dijo.
—Tranquilo, Adrián. No iré por el desfiladero, sino por las crestas de los acantilados. Venga, regresemos al campamento.

\* \* \*

Katherine contempló el rostro de su madre mientras las lágrimas se le agolpaban en la frontera de los párpados. Ambas se encontraban en su camarote del *Saint Michel,* frente a frente; Lady Elisabeth sentada en una silla y su hija en el borde de la litera.
—¿Sufrió? —preguntó la muchacha con un hilo de voz.
—No lo creo, Kathy. Debió de ser muy rápido; probablemente ni siquiera se dio cuenta.
Sobrevino un silencio. Katherine se secó las lágrimas con el dorso de la mano, parpadeó varias veces, respiró hondo y dijo:
—¿Cuándo recuperaremos sus restos?
—Me parece que eso no será posible, Kathy —respondió Lady Elisabeth—. Es demasiado peligroso; sería una locura intentar rescatar los cuerpos.

—Entonces, ¿vas a consentir que el cadáver de mi padre se quede allí, pudriéndose a la intemperie?

Lady Elisabeth suspiró.

—Ayer vi morir a tres hombres —dijo—. No puedo ni quiero pedirles a los demás que arriesguen sus vidas con el único objeto de rescatar el cuerpo de mi marido —suspiró otra vez—. Ha muerto, Kathy, y nada de lo que hagamos podrá remediarlo.

—Pero sí podemos respetarle como se merece —replicó la muchacha con los ojos, de nuevo, vidriosos—. Darle sepultura y poner una lápida que honre su memoria.

—No a costa de arriesgar vidas ajenas, Kathy. Te aseguro que tu padre no querría eso.

Katherine bajó la mirada y tragó saliva.

—De acuerdo —dijo, contemplando de nuevo a su madre—. Pero quiero verle.

—¿Qué?

—Quiero ver a mi padre por última vez, mamá. Quiero despedirme de él.

—No, Kathy, de ninguna manera. Tú no te imaginas... Escucha, ¿recuerdas lo que dice el códice sobre los diablos de la isla? Pues Bowen se quedó muy corto, créeme. Ese monstruo, ese autómata con forma de araña, es..., es aterrador. Es letal.

—No me acercaré mucho —insistió Katherine—. Me limitaré a verle desde la distancia, lejos del alcance de ese ser...

—¿Y cuál es su alcance? —la interrumpió su madre—. Lo ignoramos. No sabemos nada de ese lugar. Salvo una cosa: que es muy peligroso. Sea lo que sea que haya allí, ha matado a veinticuatro hombres, entre ellos a tu padre, y no voy a consentir que tú te arriesgues a correr la misma suerte. No bajarás del barco, Kathy; no pisarás esa isla.

Katherine frunció el ceño y encajó la mandíbula.

—Tengo derecho a despedirme de mi padre —dijo con voz trémula.

—Quizá. Pero yo también tengo derecho a proteger a mi hija, aunque sea de ella misma. No desembarcarás —respiró hondo y se inclinó hacia Katherine; la tomó de una mano y añadió—: Lo siento, Kathy, ya sé lo terrible que es esto para ti, pero es por tu bien...

La muchacha se incorporó bruscamente, apartando su mano de la de su madre.

—Voy a la cubierta para tomar el aire —dijo en tono helado.

—Iré contigo —repuso Lady Elisabeth haciendo amago de incorporarse.

—Prefiero estar sola, si no tienes inconveniente —la contuvo Katherine.

Y abandonó el camarote dando un portazo.

\* \* \*

Samuel contempló con satisfacción las treinta y seis fotografías que se secaban colgando de una cuerda tendida. Llevaba media mañana y parte de la tarde encerrado en la bodega, revelando las placas que había tomado el día anterior, y por fin el trabajo estaba concluido. Lentamente, repasó las imágenes impresas en sales de plata: las mortales setas metálicas, los cadáveres de la tripulación del *Britannia,* las extrañas construcciones de la ciudadela, las agujas retorcidas, la torre que los daneses denominaban Hliðskjálf, el trono de Odín, con aquella especie de ojo de cristal en su cúspide...

Se detuvo frente a la última fotografía y la contempló durante un largo minuto; aunque estaba desenfocada y movida, era de la que más orgulloso se sentía. Mostraba la imagen del Edderkoppe Gud, el Dios-Araña, la única que había logrado capturar de él antes de echar a correr. A decir verdad, de no ser por esa fotografía Samuel habría empezado a creer que todo era fruto de su imaginación, una especie de alucinación colectiva, porque ¿cómo podía existir un ser semejante?

Pero ahí estaba su imagen en blanco y negro; una descomunal araña metálica dotada de un rayo mortal. Un autómata, según el profesor; aunque, en tal caso, ¿quién lo había construido? Un escalofrío recorrió la espalda de Samuel mientras contemplaba la imagen del monstruo. Se apartó de las fotografías y comenzó a ordenar el material de laboratorio. Tenía que regresar a la isla y, además, el capitán Verne le había pedido que, en cuanto estuviese listo para partir, le avisara, pues quería acompañarle para conocer aquel extraño lugar.

Una vez organizado el laboratorio, Samuel recogió sus cosas, apagó las luces y abandonó la bodega camino del puente de mando, pero al salir al exterior advirtió que Katherine se encontraba en la cubierta, sola, contemplando la isla con las manos apoyadas en la barandilla, de modo que se aproximó a ella y la saludó.

—Buenas tardes, Kathy.

—Hola, Sam —respondió la muchacha, muy seria.

—Quería decirte que lamento mucho lo que le ha ocurrido a tu padre...

—¿Le viste? —le interrumpió Katherine—. ¿Viste su cadáver?

—Sí.

La joven esbozó una sonrisa amarga.

—Y ni siquiera le conocías —murmuró—. Sin embargo, yo soy su hija y no puedo despedirme de él —su mirada se tiñó de amargura—. Mi madre me ha prohibido desembarcar.

—Es un lugar peligroso, Kathy.

—Pues si tan peligroso es, ¿por qué se han quedado allí Zarco, Adrián y la mitad de la tripulación?

—El profesor cree que mientras nos mantengamos alejados de la ciudadela no habrá problemas. Pero el cuerpo de tu padre está en el extremo norte y... Vi los monstruos metálicos, Kathy; son terribles, sobre todo el grande, la araña. Tu madre tiene razón; es mejor que te quedes en el barco.

Katherine desvió la mirada y guardó un prolongado silencio.

—Ya que no voy a verla con mis propios ojos —dijo al fin—, ¿por qué no me describes la isla, Sam?

A Samuel se le pasó por la cabeza invitarla a ver las fotografías que había tomado el día anterior, pero recordó que entre ellas estaban las de los cadáveres y cambió de idea.

—A la isla se accede por el acantilado del sur —explicó—; hay una escalinata tallada en la roca. Una vez arriba, se desciende hacia un bosque...

Samuel le habló del poblado de los daneses, del muro de piedra, del desfiladero, de las columnas púrpura, del circo natural y de la ciudadela. Cuando acabó, la muchacha permaneció unos instantes abstraída en sus pensamientos y luego dijo en tono neutro:

—Gracias, Sam. Ahora, si no te importa, preferiría estar sola.

Un poco desconcertado por la frialdad de Katherine, Samuel se despidió de ella y echó a andar hacia el puente. Después de los momentos de intimidad que habían compartido, aquel distanciamiento le hacía sentirse inseguro. No obstante, se dijo, la muchacha acababa de perder a su padre; era lógico que estuviese trastornada. Aun así, si necesitaba consuelo, ¿por qué no recurría a él? Al llegar a la escalinata que conducía al puente, Samuel sacudió la cabeza. No podía hacer nada al respecto, de modo que decidió concentrarse en su deber.

Y ahora su deber consistía en buscar al capitán y regresar a la isla.

\* \* \*

Zarco se encontraba en lo alto de los acantilados de la costa noreste, sentado en una cresta rocosa desde donde se divisaba la ciudadela y el circo que la precedía. Llevaba allí desde el mediodía, examinando las extrañas construcciones que se alzaban frente al volcán y tomando apuntes en un cuaderno.

Poco después de las siete y media de la tarde, escuchó unos ruidos a su espalda y, al volver la cabeza, vio que Verne, Cairo y Samuel se aproximaban a él siguiendo la línea de los acantilados. Cuando llegaron a su altura se incorporó, estiró los brazos desperezándose y saludó al capitán.

—Buenas tardes, Gabriel. Veo que por fin se ha decidido a abandonar esa lata de sardinas y estirar un poco las piernas.

—No podía perdérmelo —dijo Verne, contemplando boquiabierto la ciudadela—. Dios bendito, ¿qué es eso?...

—Llevo todo el día intentando responder a esa pregunta, amigo mío —comentó Zarco con un encogimiento de hombros.

El capitán se encaramó a una roca para contemplar mejor la ciudadela. A izquierda y derecha, surgiendo de entre construcciones geométricas, sendos haces de enormes agujas torcidas apuntaban hacia el cielo. Las agujas eran blancas, rojas, doradas y plateadas. Unos cien metros más allá, entre varios armazones irregulares, se alzaba la inmensa torre coronada por un gran óvalo de cristal, el trono de Odín. Al fondo, elevándose sobre la roca desnuda, la gran cúpula semiesférica negra, y en último término el volcán.

—Son enormes... —murmuró Verne contemplando con asombro las construcciones de la ciudadela.

—He traído un teodolito —dijo Zarco, señalando su mochila—, así que he podido medirlas con cierta precisión —consultó su cuaderno—. Fíjese en las agujas; hay diecisiete a la izquierda y diecinueve a la derecha. Las más largas miden setenta y nueve metros y las más cortas veintitrés. Fíjese ahora en la torre central, lo que los daneses llaman el trono de Odín: tiene ochenta y tres metros de altura. En cuanto al domo negro, alcanza noventa y siete metros en su punto más alto. Y, por cierto, el volcán se eleva mil cuatrocientos cincuenta y dos metros sobre el nivel del mar.

Verne paseó la mirada hasta detenerla en el circo que precedía a la ciudadela.

—¿Esos bultos que hay ahí abajo son... la tripulación del *Britannia*?

—Así es, capitán —respondió Cairo.

—Pobres desgraciados... ¿Y la araña gigante?

—Tras las paredes del circo hay una especie de gruta

—respondió Zarco—. Ese artefacto salió de allí, así que supongo que allí habrá vuelto.

Con la mirada fija en la ciudadela, Verne se quitó la gorra y se frotó la nuca, perplejo.

—¿Pero quién puede haber construido algo así? —murmuró.

—De momento —dijo el profesor—, la pregunta que debe importarnos no es ésa, sino cuándo lo construyeron y para qué. Venga, Gabriel, deje de comportarse como una cabra y baje de ahí. Tenemos que hablar —mientras el capitán bajaba de la roca adonde se había subido, Zarco se volvió hacia Samuel y le preguntó—: ¿Has traído esa lente de aproximación o como demonios se llame?

—Teleobjetivo, profesor. Sí, lo he traído. Tiene una distancia focal de trescientos milímetros y un ángulo...

—Muy interesante, Durazno —le interrumpió Zarco—, salvo por el hecho de que esos detalles técnicos me importan un bledo. Coge tu cámara, ponle ese tele lo que sea y fotografía cada rincón de la ciudadela.

Al tiempo que Samuel preparaba su equipo y comenzaba a tomar fotografías, Zarco, Cairo y Verne se sentaron en unas piedras.

—Bien, caballeros —dijo el profesor—; he descubierto algunas cosas muy interesantes que me han conducido a conclusiones..., digamos que poco ortodoxas. Comencemos por el principio. Hoy, a eso de las trece treinta, una bandada de gaviotas tridáctilas sobrevolaba los acantilados de la costa oeste. Cuando se aproximaron a la ciudadela, un objeto metálico despegó de esa cresta, abatió a un par de pájaros y espantó a los demás. Estoy convencido de que era el mismo artilugio que derribó al *Dédalo*.

—Bueno —comentó Cairo—; ahora ya sabemos por qué no hay colonias de aves en el norte de la isla.

—En efecto —prosiguió Zarco—, más allá de las columnas púrpura no hay ni aves, ni insectos, ni una brizna de hierba. Nada. Todas las trampas que hemos encontrado están concebidas para mantener alejada la vida de la ciudadela. Pero analicemos esas trampas. Las columnas, por ejemplo; esa especie de campo eléctrico mortal evidencia, sin duda, una tecnología que no podemos ni imaginar. Pero como trampa es una birria, porque una vez que ves cómo funciona es fácil eludirla, y lo mismo puede decirse de las setas metálicas y sus rayos de la muerte. Incluso esa especie de escorpión metálico que mató a López, o la mismísima araña gigante de los demonios: no son más que fuerza bruta. Tremendamente sofisticada, pero fuerza bruta.

—No veo adónde quiere llegar, Ulises —dijo el capitán.

—Es sencillo, Gabriel. Esas trampas no fueron concebidas para personas, sino para animales.

Cairo se encogió de hombros.

—¿Y? —preguntó.

Zarco resopló, como si le exasperara la lentitud mental de los demás (que era exactamente lo que le ocurría).

—De acuerdo, vayamos pasito a pasito —gruñó—. ¿Qué antigüedad tiene este lugar? Sabemos que la ciudadela ya existía hace cuatro o cinco mil años, cuando llegó a la isla el pueblo de la ciudad subterránea. Pero ¿cuánto tiempo llevaba la ciudadela aquí? Me parece que mucho. Es más, creo que se construyó cuando en nuestro planeta no había seres humanos; o, al menos, cuando los humanos no eran distinguibles de los animales.

Verne y Cairo le contemplaron con incredulidad.

—Pero eso es imposible —protestó el capitán—. Si no había seres humanos, ¿quién construyó la ciudadela?

—Ahora llegaremos a eso. Como dije antes, he hecho algunas averiguaciones. Esas ondas luminosas verdes que todos hemos visto proceden del trono de Odín. Se originan por encima del óvalo de cristal y se extienden hacia el espacio exterior formando círculos concéntricos. Mientras he estado aquí, el fenómeno se ha producido tres veces. La primera a las doce y treinta y siete, la segunda a las catorce y diez, y la tercera a las dieciséis veintidós. Desde entonces no ha vuelto a suceder. Sin embargo, lo más interesante de todo son esas enormes agujas.

Se mueven, aunque tan despacio que no puede percibirse a simple vista; y se mueven para corregir el desplazamiento provocado por el giro de la Tierra, porque siempre están orientadas hacia las mismas zonas del cielo.

—¿Qué zonas? —preguntó Verne.

—Lo he consultado en un almanaque astronómico. Las agujas de la izquierda apuntan a la constelación de Cisne, y las de la derecha hacia un punto situado entre Casiopea y Perseo.

Sobrevino un silencio.

—Lo siento, Ulises —dijo finalmente el capitán—, pero sigo sin saber adónde quiere ir a parar.

Pensativo, Zarco se atusó el bigote.

—Cuando vi a esa araña metálica gigante y su rayo calórico —dijo sin mirar a nadie—, recordé una novela de Herbert Wells: *La guerra de los mundos*. ¿La han leído?

—¿Esa historia en la que los marcianos invaden la Tierra? —preguntó Cairo.

—Exacto.

Verne le contempló con las cejas arqueadas.

—¿Está sugiriendo que la ciudadela fue construida por marcianos?

Zarco desechó la idea con un ademán.

—Marcianos no —dijo—. Dudo mucho que Marte, o cualquier otro planeta del Sistema Solar, aparte de la Tierra, esté habitado. Pero en las estrellas, en otros sistemas solares, quién sabe...

—Un momento, profesor —le interrumpió Cairo—. ¿Quiere decir que la ciudadela es una especie de cabeza de playa para una invasión de seres del espacio exterior?

Zarco soltó una carcajada.

—Sería la invasión más lenta del mundo, ¿no te parece, Adrián? No, no es una invasión. ¿Saben a qué me recuerda este lugar? A un faro. Un faro cósmico —el profesor entrecerró los ojos y bajó el tono de voz—. Imagínense una civilización extraterrestre muy antigua, y tan avanzada que puede viajar entre las estrellas. Pero para esos viajes quizá necesiten maquinarias que les guíen en sus desplazamientos estelares, algo así como faros en las costas del infinito. De modo que los instalan en planetas deshabitados, como era la Tierra hace muchos miles de años.

Todas las miradas, incluso la de Samuel, que había suspendido su labor, convergían en Zarco.

—Si eso es un faro —dijo el fotógrafo—, ¿quién es el farero, profesor?

—Buena pregunta, Durazno. Y la respuesta es sencilla: quizá no haya ningún farero. Fíjense bien en la ciudadela; sabemos con certeza que al menos tiene cuatro mil años de antigüedad y sin embargo parece nueva, recién construida. Eso significa que cuenta con mecanismos para repararse a sí misma. Además, lo único que hemos encontrado aquí son autómatas. En conclusión: puede que la ciudadela funcione de forma automática, sin necesidad de que seres vivos la controlen.

—Pero usted mismo dijo ayer que aquí había algún tipo de inteligencia —objetó Cairo.

—Y lo sigo pensando, pero no una inteligencia humana. Y tampoco inhumana —Zarco carraspeó antes de proseguir—. Hace seis años, el ingeniero Torres Quevedo presentó en la Feria Mundial de París una máquina capaz de jugar al ajedrez. No partidas completas; tan sólo la final rey-torre contra rey. Pero siempre ganaba. Torres Quevedo sostiene que, en el futuro, se construirán máquinas capaces de pensar. Pues bien, quizá la ciudadela esté controlada por una mente sintética. ¿Hasta qué punto posee capacidad de raciocinio esa mente? No tengo ni idea.

Durante varios segundos todos le contemplaron en silencio, como si les costara digerir sus palabras.

—¿No le parece que ha llegado a conclusiones demasiado fantasiosas a partir de datos demasiado escasos? —repuso Verne con escepticismo.

—Tiene razón, Gabriel —asintió Zarco—. Reconozco que ignoro si eso es un faro o una fábrica de tuercas. Sencillamente, no sabemos qué es ni qué hace la ciudadela. Ahora bien, si excluimos la hipótesis extraterrestre, ¿cómo justifica la existencia de una tecnología semejante hace al menos cuatro mil años? De hecho, siendo evidente que la ciencia que hay detrás de la ciudadela está mucho más avanzada que la nuestra, ¿cómo la justifica ahora mismo?

Cairo se rascó la cabeza y sugirió:

—¿Los atlantes?

—Nunca hubo atlantes, demonios —gruñó el profesor—. La Atlántida es un mito y esa ciudadela es muy real —dio un palmetazo—. ¡Por Júpiter, pero si todo encaja! Si alguien quisiera situar en este planeta una estación que controlase constantemente unas zonas determinadas del firmamento, ¿dónde la colocaría? Cerca de uno de los Polos, como ocurre aquí. ¿Y de dónde sacaría la energía necesaria para que todo funcione durante milenios? De un volcán. Y del volcán, del magma, podría obtener también todos los materiales que necesitase. Es más, creo que la ciudadela ha modificado su entorno para crear este microclima que envuelve a la isla y la protege de los hielos.

Un pesado silencio siguió a sus palabras. De pronto, en la lejanía, el aire crepitó por encima del trono de Odín y el cielo se llenó de ondas verdosas. Zarco apuntó algo en su libreta. Verne respiró hondo y dijo:

—De acuerdo, supongamos que tiene razón, Ulises. En tal caso, ¿qué vamos a hacer?

—Regresar —respondió Zarco con un encogimiento de hombros.

—¿A Europa?

—Sí.

—¿Cuándo?

—Partiremos mañana a última hora de la tarde.

Cairo se quedó mirándolo con la boca abierta.

—¿Abandona? —dijo—. ¿No va a seguir investigando?

—¿Y qué narices voy a investigar, Adrián, si ni siquiera podemos acercarnos a la ciudadela? —Zarco masculló algo entre dientes y prosiguió—: Si realmente se trata de una instalación de origen extraterrestre, será el mayor acontecimiento de la historia. Es un asunto que nos viene grande, algo demasiado importante para una expedición privada. Demasiado incluso para cualquier país en solitario. Mi propósito es reunir todas las pruebas que hemos conseguido, dirigirnos a Ginebra y exponer nuestro descubrimiento en la recientemente creada Sociedad de Naciones. Se trata de algo que concierne a todo el mundo, así que ha de ser el mundo quien lo investigue.

—Se olvida de Ardán —advirtió Cairo—. Tarde o temprano llegará aquí.

—Pues que llegue —replicó Zarco con una sádica sonrisa—. Me encantaría ver la cara que pone cuando se encuentre con esa maldita araña gigante del demonio.

## ○‡  En el interior de la ciudadela

La mente había decidido tomar la iniciativa. Su objetivo fundamental consistía en mantener en funcionamiento la ciudadela y protegerla, pero había misiones adicionales que también debía atender. Todo dependía de si los bípedos eran animales o algo más que animales. Así que la mente elaboró un plan.

En primer lugar, decidió no reparar los sistemas de defensa estática; eso tranquilizaría a los bípedos y haría que se confiasen. A continuación, fabricó nuevas unidades móviles. En concreto, una distinta a todas las demás cuyo objetivo no era matar. Luego construyó un habitáculo dentro de la ciudadela y se dispuso a esperar. Tenía todo el tiempo del mundo.

***Diario personal de Samuel Durango.***
***Domingo, 3 de julio de 1920***

*En contra de lo que cabría esperar, cuando el profesor dijo que mañana iniciaríamos el regreso me he sentido decepcionado. Por un lado, me inspira gran curiosidad la ciudadela. Autómatas, faros estelares, seres de otros mundos, máquinas pensantes..., qué ideas más extrañas y perturbadoras. Tengo tantas preguntas que me entristece irme de aquí sin ninguna respuesta.*

*Por otro lado, soy consciente de que, cuando esta expedición concluya, Kathy y yo nos separaremos. No volveré a verla y sólo pensar en ello basta para que se me rompa el corazón. Además, últimamente está tan fría, tan distante... Es por su padre, lo sé, está triste y desmoralizada; pero ¿por qué me aleja de su lado ahora que más consuelo necesita? Quizá no signifíco para ella lo mismo que ella significa para mí; puede que lo único que en algún momento nos ha unido hayan sido las circunstancias, así que no debería extrañarme que sean las circunstancias quienes nos separen.*

*No me apetece pensar en eso. Ahora no.*

*El profesor quiere que mañana, antes de irnos, fotografíe la ciudadela desde el oeste. Escribo esto en una de las casas abandonadas del poblado danés, bajo la luz de un quinqué de queroseno, aunque el sol se filtra a través de los ventanucos. Mi reloj dice que faltan siete minutos para la medianoche, pero este día eterno hace que mi sentido del tiempo se confunda. Me cuesta conciliar el sueño.*

*Esta tierra es demasiado extraña.*

## 16. En la sala de las paredes blancas

Cuando el capitán regresó al *Saint Michel,* Katherine fue a verle y le solicitó trasladarse a un camarote privado. Verne, consciente del mal trago que estaba pasando la muchacha, le asignó uno sin formular preguntas. Lady Elisabeth tampoco preguntó nada cuando Katherine le dijo, mientras recogía su equipaje, que prefería dormir sola; le dolía la actitud de su hija, pero comprendía sus razones y aceptaba que estuviese enfadada con ella.

Sin embargo, Katherine no había solicitado el cambio de camarote por estar enojada, sino para impedir que su madre supiese lo que hacía. Aquella tarde, a última hora, seis tripulantes habían regresado al *Saint Michel* para asearse y descansar, y Katherine les había oído quedar a las seis de la madrugada para volver a la isla. Ella, decidió entonces, iría con ellos.

Katherine se acostó temprano, pero ni siquiera se cambió de ropa. Puso la alarma del despertador a las cinco de la madrugada y se tumbó vestida en la cama. Horas más tarde, cuando la alarma la despertó, se aseó rápidamente, desayunó un poco de pan con queso que había guardado de la cena y salió a la cubierta principal. Aún era temprano, así que tuvo que esperar veinte minutos a que llegaran los marineros.

—Buenos días —les saludó cuando los seis hombres aparecieron en cubierta—. Voy a desembarcar con ustedes.

Napoleón Ciénaga, el enorme marinero negro, frunció el ceño.

—Buenos días, señorita Foggart —dijo—. Disculpe, pero ¿sabe el capitán que va a venir con nosotros?

—Claro —respondió Katherine—. ¿No se lo ha dicho?

—No...

—Qué raro. Ayer le comenté que quería visitar la isla antes

de irnos y me dio permiso. Si dudan de mí, pueden despertarle y preguntárselo.

Ciénaga intercambió una mirada con sus compañeros y sacudió la cabeza.

—No hace falta, señorita —dijo—. Venga, la ayudaremos a bajar al bote.

* * *

Después de terminar su desayuno, Samuel comenzó a preparar el equipo fotográfico. Eran las siete y media de la mañana y apenas había dormido; pero, antes de ir a los acantilados del oeste, el profesor quería que fotografiara algo que había encontrado la tarde anterior. A punto estaba de reunirse con Zarco, cuando vio llegar al poblado a seis marineros del *Saint Michel*. Y a Katherine con ellos. Sorprendido, Samuel se aproximó a la muchacha.

—Hola, Kathy —la saludó cuando llegó a su altura—. Creía que tu madre te había prohibido desembarcar.

—Al final la convencí —respondió Katherine—. Ya estaba harta del barco; me moría de ganas de pisar tierra firme.

—Qué bien, me alegro...

—¡Durazno! —le interrumpió Zarco, gritando desde lejos—. ¿Vas a seguir charlando todo el día o me haces el honor de trabajar un poco?

—Lo siento —le dijo Samuel a Katherine—. Tengo que irme.

—No te preocupes —respondió ella—; daré una vuelta por los alrededores. Luego nos veremos.

El fotógrafo se despidió con un tímido ademán y echó a andar hacia donde le aguardaba Zarco. Éste, tras recibirle con un gruñido, le indicó con un gesto que le siguiera y ambos se dirigieron hacia el suroeste. Más adelante, a unos quinientos metros del poblado, tres hombres provistos de picos y palas estaban cavando una fosa al pie de unas rocas. Zarco se aproximó a ellos, examinó su trabajo y luego les dijo que regresaran al campamento. Entre tanto, Samuel le echó un vistazo al lugar. Había algo raro en las rocas; de ellas sobresalían siete cubos metálicos, de unos sesenta centímetros de lado, dispuestos en círculo, con una esfera roja en el centro. Era como si una extraña y loca maquinaria se hubiera fundido con la piedra. La zona excavada, una zanja de seis metros de largo por dos de ancho y treinta centímetros de profundidad, ponía al descubierto un conjunto de tubos de distintos tamaños que, partiendo de las rocas, parecían extenderse en todas direcciones bajo tierra.

—¿Qué es eso? —preguntó Samuel, perplejo.

—No tengo ni la más remota idea, Durazno. Lo descubrí ayer y no parece que haga nada. Supongo que forma parte de la ciudadela.

—Pero si estamos a cuatro kilómetros de distancia —objetó el fotógrafo.

—Yo diría que la ciudadela sólo es la punta del iceberg —repuso Zarco, contemplando pensativo el extraño artefacto—. Fíjate en las tuberías de la zanja; ¿hacia dónde van?

—En todas direcciones.

—Exacto. Creo que la ciudadela se extiende bajo tierra por toda la isla. Probablemente, incluso más allá de la isla.

Samuel miró a su alrededor, preguntándose, alarmado, qué habría debajo de sus pies.

—Es asombroso... —murmuró.

—Sí, sí, descacharrante —repuso Zarco, torciendo el gesto—. Ahora, Durazno, cierra la boca y fotografíalo todo.

Samuel empuñó su cámara Voigtländer y comenzó a fotografiar las rocas, el artefacto y la zanja desde todos los ángulos. Veinte minutos y once placas después, tras acabar su tarea, Samuel y el profesor regresaron al poblado. Una vez allí, Zarco le dijo:

—Voy a recoger mi mochila, Durazno. Dentro de diez minutos saldremos hacia los acantilados del noroeste. Ni se te ocurra hacerme esperar.

El profesor se dirigió a una de las cabañas y Samuel fue a

la suya. Dejó la cámara y el maletín con su equipo fotográfico en la entrada y volvió la mirada hacia el poblado, buscando a Katherine, pero no la vio. Cairo se encontraba a unos veinte metros de distancia, sentado sobre un tronco, limpiando su escopeta de caza; Samuel se aproximó y le preguntó:

—¿Ha visto a Kathy, Adrián?

—Estaba por aquí —respondió Cairo, sin dejar de limpiar el cañón del arma—, pero hace rato que no la veo. Puede que haya ido a dar una vuelta por las ruinas del templo.

Samuel abandonó el poblado y se dirigió a las cercanas ruinas, pero encontró el lugar desierto. Se detuvo frente al grabado de la araña gigante y permaneció unos segundos inmóvil, desconcertado. Entonces, de repente, recordó su encuentro con la muchacha el día anterior, en la cubierta del *Saint Michel*. Katherine había insistido mucho en que le contase con detalle cómo era el camino para llegar a la ciudadela...

Súbitamente, Samuel se dio la vuelta y echó a correr hacia el poblado. Al llegar, giró a la derecha y se dirigió al norte; allí había un hombre de guardia vigilando el camino que conducía a la ciudadela. Era Evelio Ramírez, uno de los marineros. Samuel se detuvo a su lado, jadeante, y le preguntó:

—¿Ha visto a Katherine Foggart?

—Sí —respondió el hombre—. Pasó por aquí hace un rato.

—¿Cuánto rato?

—No sé... Unos veinte minutos, o así.

—¿Hacia dónde fue?

—Hacia allí —respondió Ramírez, señalando al norte—. Dijo que iba a dar un paseo.

—¿Y por qué se lo permitió?

—¿Y por qué se lo iba a impedir? —replicó el marinero con un encogimiento de hombros.

Samuel respiró hondo.

—Escuche —dijo—: Busque a Adrián Cairo y dígale que Katherine Foggart ha ido a la ciudadela. Dígale también que voy en su busca. Es urgente; dese prisa.

Acto seguido, Samuel echó a correr siguiendo el sendero hacia el norte.

\* \* \*

Al llegar al muro que dividía en dos la isla por su parte más estrecha, Katherine se detuvo y contempló aquella antiquísima construcción de piedra. Paseó la mirada por el ídolo de un solo ojo que estaba tallado a la izquierda y examinó el grabado de la araña gigante situado a la derecha. El demonio Aracné según Bowen, el Edderkoppe Gud según los daneses.

Un escalofrío le recorrió la espalda. Quizá lo que estaba haciendo no fuera tan buena idea, pensó. Se dirigía a un lugar donde había muerto mucha gente, un lugar que, al parecer, era la morada de un monstruo. Pero ella sólo quería ver por última vez a su padre, se dijo, despedirse de él. Ni siquiera se acercaría mucho; le diría adiós desde la distancia y regresaría inmediatamente. Sólo unos minutos, nada más. ¿Qué podía sucederle?

Respiró hondo y cruzó el muro por la puerta central.

\* \* \*

Cuando Katherine no se presentó en el comedor de oficiales para desayunar, Lady Elisabeth fue a buscarla a su camarote. Encontró la cama sin deshacer y ni rastro de su hija, de modo que la buscó en la cubierta, en el puente, en los camarotes, incluso en las bodegas; pero no estaba en ninguna parte, nadie la había visto. Finalmente, con un mal presentimiento clavado en el corazón, Lady Elisabeth regresó apresuradamente al comedor y se dirigió a Verne, que en aquel momento charlaba con García, el químico, mientras apuraba una taza de café.

—¿Ha desembarcado alguien hoy, capitán? —le preguntó.

—Así es, Lisa —respondió Verne—. Seis hombres, esta madrugada. Han llevado vituallas a los que están en tierra y luego ayudarán a recoger el campamento. ¿Por qué lo pregunta?

—Kathy no está en el barco —repuso ella, palideciendo—. Creo que ha ido a la isla.

Verne la miró con desconcierto.

—Disculpe, Lisa, pero no lo entiendo. ¿Cuál es el problema?

—Se lo había prohibido, capitán. Kathy estaba empeñada en ver el cadáver de su padre y yo se lo impedí. Por eso se cambió de camarote, para que yo no pudiera enterarme de lo que hacía.

—¿Quiere decir que Kathy va a ir sola a la ciudadela?

—Eso me temo, capitán. Debemos impedírselo.

Verne se incorporó y consultó su reloj.

—Se fueron hace más de dos horas... —murmuró. Luego, miró a la mujer y añadió—: No se preocupe, Lisa; le diré inmediatamente a Manrique que la acompañe a tierra con un par de hombres.

\* \* \*

Jadeando ruidosamente, Samuel se detuvo junto al muro, apoyó una mano en la piedra e, inclinado hacia delante, intentó recuperar el resuello. Había recorrido a la carrera más de dos kilómetros y estaba a punto de reventar.

Prestó atención. Antes, a su espalda, había oído voces en la lejanía, lo cual quería decir que Ramírez había dado la voz de alerta y le estaban siguiendo; pero ahora no oía nada. En cualquier caso, tenía que alcanzar a Katherine antes de que llegase a la ciudadela.

Se incorporó, inspiró profundamente un par de veces y echó a correr de nuevo.

\* \* \*

La proa del bote encalló en la playa de guijarros. Manrique, el segundo oficial de máquinas, bajó de un salto, junto con los marineros Frías y Robles, y le tendió una mano a la mujer para ayudarla a desembarcar. Lady Elisabeth cruzó la playa cojeando ligeramente; aún le dolía el tobillo. Mientras contemplaba la empinada escalinata que remontaba el acantilado, dijo:

—Si voy con ustedes les retrasaré. Sigan sin mí, por favor.

Manrique asintió con un cabeceo y, al tiempo que amarraba el bote, ordenó a los marineros:

—Id al poblado lo más rápido que podáis. Hay que impedir que la señorita Foggart vaya a la ciudadela; decídselo al profesor y a Cairo —a continuación, dirigiéndose a la mujer, añadió—: Yo iré con usted, señora Faraday.

\* \* \*

Katherine había perdido unos minutos arrojando guijarros entre las columnas púrpura, fascinada por los destellos eléctricos que éstos causaban al cruzar aquel invisible y letal escudo. Hasta entonces no había pensado en ello, pero ahora que se enfrentaba por primera vez a la extraña tecnología de la ciudadela no podía evitar preguntarse, maravillada, de dónde había salido algo así. Luego se dijo que esas columnas eran en realidad una trampa mortal, y ese pensamiento le hizo recordar la suerte final de su padre.

Conteniendo las lágrimas, sorteó las columnas y siguió adelante. No se oía nada, ningún sonido salvo el leve eco que despertaban sus pasos, ni se distinguía el menor rastro de vida. La sensación de soledad era abrumadora. Conforme avanzaba, el cañón se iba ensanchando; al cabo de unos trescientos metros trazaba una amplia curva a la derecha y luego giraba bruscamente a la izquierda. Al llegar allí, Katherine se detuvo; desde ese lugar, al final de unos cien metros de camino cuesta abajo, se distinguía parte del circo, y al fondo las agujas de la ciudadela, el trono de Odín, el domo negro y, por encima de todo, el inmenso volcán.

Era la primera vez que veía la ciudadela, así que se detuvo a contemplarla con la boca abierta. ¿Qué era aquello?, se preguntó con un nudo en el estómago; ¿quién había construido un sitio tan extraño? Comenzó a bajar la cuesta; a medida que avanzaba, su ángulo de visión se iba ampliando. Primero vio las destrozadas setas, luego la ametralladora, abandonada en mitad de aquel anfiteatro de piedra; finalmente, cuando llegó a la entrada del circo, vio los cadáveres. El corazón le dio un vuelco. Se detuvo y dirigió la mirada hacia el grupo de cuerpos más alejado. Uno de ellos era su padre, pero desde donde estaba no podía distinguir cuál era. Entonces oyó un grito a su espalda.

—¡Kathy!

Sobresaltada, se dio la vuelta. Era Samuel; estaba en lo alto de la cuesta, haciéndole señas con los brazos.

\* \* \*

Samuel sentía fuego en los pulmones y agujas clavándose en un costado; pese a ello, también experimentaba un inmenso alivio: ahí estaba Katherine, sana y salva. La había encontrado a tiempo. Se llevó las manos a la boca y, haciendo bocina, gritó:

—¡Aléjate de ahí, Kathy! ¡Ese lugar es peligroso!

—¡Vete, Sam! —respondió la muchacha—. ¡Quiero estar sola unos minutos!

Sin hacerle caso, Samuel comenzó a bajar la cuesta. De pronto escuchó unos gritos detrás de él; giró la cabeza y vio aparecer, a lo lejos, a Cairo, Zarco y Elizagaray. Volvió la mirada hacia delante; Katherine contemplaba a los recién llegados con los brazos en jarras y expresión de enojo.

De repente, a unos ciento cincuenta metros de donde se encontraba la muchacha, una de las paredes del circo se abrió mostrando un oscuro túnel del que surgió un autómata semejante al «escorpión» que había matado al marinero López, pero algo más grande y sin aguijón. Desplazándose sobre una rueda, el autómata se dirigió a toda velocidad hacia la muchacha.

—¡Cuidado, Kathy! —gritó Samuel, echando a correr hacia ella—. ¡Está detrás de ti!

Katherine volvió la cabeza y, al ver lo que se le venía encima, comenzó a remontar la cuesta a la carrera. Pero el autómata era mucho más rápido y tardó escasos segundos en alcanzarla. Entonces, cuando llegó a su altura, seis tentáculos metálicos surgieron de sus costados, tres de cada lado, rodearon a la muchacha y la alzaron en vilo. Acto seguido, el artefacto giró sobre sí mismo y, cargando con Katherine, que se debatía en vano intentando liberarse, viró ciento ochenta grados hacia el túnel de donde había surgido.

Al realizar esa maniobra, el autómata disminuyó su velocidad, lo cual permitió que Samuel se aproximara mucho; pero la máquina, una vez hubo cambiado de dirección, salió disparada hacia el túnel. Samuel corrió tras ella todo lo rápido que sus piernas le permitían, pero eso no bastaba; la máquina se alejaba de él centímetro a centímetro. Katherine, firmemente sujeta por los tentáculos, gritaba aterrorizada.

Al ver que se estaba quedando atrás, Samuel reunió las últimas fuerzas que le quedaban y saltó hacia el autómata. Falló por más de medio metro; sin embargo, en el último momento logró agarrarse a uno de los tentáculos. Sin prestarle atención, el artefacto siguió rodando en dirección al túnel, arrastrando tras él al fotógrafo.

Las piedras le golpeaban, el roce contra el suelo le rasgaba la ropa y le laceraba la piel, la mano que agarraba el tentáculo le dolía, pero Samuel no se soltó. Entraron en el túnel a toda velocidad y la abertura se cerró a sus espaldas, sumiéndolos en la oscuridad. De pronto, el autómata giró bruscamente, proyectando el cuerpo de Samuel contra un muro. El joven se soltó del artefacto, rodó por el suelo y quedó inmóvil, semiinconsciente.

Lo último que percibió fueron los gritos de Katherine perdiéndose en la distancia.

\* \* \*

Mientras descendían hacia el circo a la carrera, Zarco, Cairo y Elizagaray contemplaron, horrorizados, la aparición del autómata y el secuestro de Katherine, así como la intervención de Samuel. Luego vieron, impotentes, cómo la máquina y los dos jóvenes desaparecían en el interior del túnel, pero no dejaron de correr ni siquiera cuando la entrada se cerró, bloqueando el paso. Al llegar a la altura de la pared de piedra se detuvieron, jadeantes, y examinaron la superficie donde había estado el pasadizo.

—¿Cómo puede haber una puerta aquí? —masculló Cairo, tanteando la piedra con los dedos—. No se distingue la menor rendija...

Entonces, un estruendo de engranajes reverberó contra los riscos mientras en la pared noroeste del circo se abría la entrada de una enorme caverna. La tierra tembló cuando el Edderkoppe Gud, el inmenso autómata con forma de araña, salió al exterior.

—¡Por Judas, otra vez! —gritó el profesor—. ¡Vámonos de aquí!

Como almas que lleva el diablo, los tres hombres echaron a correr hacia el sur.

\* \* \*

Samuel recobró el conocimiento en medio de una oscuridad absoluta. Durante unos instantes sintió una profunda desorientación, hasta que recordó lo que había pasado y se puso en pie reprimiendo un gemido. Le dolían la cabeza y las costillas, y tenía todo el cuerpo magullado.

—¡Katty! —gritó.

No obtuvo respuesta; de hecho, no se escuchaba el menor sonido, salvo un zumbido profundo y constante que se percibía más en los huesos y el estómago que en los oídos. No sabía cuánto tiempo había permanecido inconsciente ni tenía forma de averiguarlo; tampoco llevaba encima cerillas ni nada que le permitiera alumbrarse. Tendió los brazos hacia delante y avanzó a tientas hasta tropezar con un muro. No era de roca; su superficie, igual que la del suelo, tenía un tacto similar al de la baquelita.

Tragó saliva e intentó ordenar las ideas. Debía encontrar a Katherine, pero ni siquiera sabía en qué dirección se la habían llevado... Entonces escuchó un ruido deslizante que se aproximaba a él desde su izquierda. Con una mano pegada a la pared empezó a retroceder, pero el sonido se percibía cada vez más cercano, así que echó a correr, aunque hacerlo en la oscuridad se le antojaba aterrador.

Apenas había dado cuatro zancadas cuando unos fríos tentáculos le rodearon, alzándole del suelo. Samuel reprimió un grito e intentó liberarse, pero cuanto más se debatía, más fuertemente le aferraban aquellos zarcillos de metal. El autómata que le había capturado giró sobre sí mismo y se lanzó a toda velocidad por los oscuros corredores del interior de la ciudadela. Samuel sólo fue consciente de una sucesión de súbitos cambios de sentido y bruscos acelerones.

Por fin, el autómata se detuvo y le dejó caer al suelo. Acto seguido, la máquina comenzó a alejarse y se escuchó el ruido de algo que se cerraba deslizándose sobre rieles. Samuel se incorporó y contuvo el aliento; oía el sonido de una respiración. Había alguien o algo cerca de él.

—¿Kathy? —susurró el joven.

—¡Sam! —exclamó Katherine.

Apresuradamente, se buscaron en la oscuridad y se abrazaron.

\* \* \*

Cuando Lady Elisabeth y Manrique llegaron al poblado se encontraron a los marineros Frías y Robles esperándolos.

—El señor Durango ha ido en busca de su hija, señora Faraday —dijo Frías—. Y les han seguido el señor Cairo, el señor Elizagaray y el profesor. Cuando llegamos hacía un buen rato que se habían ido.

—¿Cuánto hace que se marcharon? —preguntó la mujer.

—Según nos han contado, la señorita Foggart fue hacia la

ciudadela hará cosa de tres horas y media. Los demás partieron hace unas tres horas.

—Tiempo de sobra para ir y volver —musitó la mujer, apoyándose en una valla de madera.

—Pueden haberse entretenido por cualquier motivo, señora Faraday —terció Manrique—. No se preocupe; si dentro de quince minutos no han vuelto iremos a buscarlos.

Lady Elisabeth cerró los ojos y se frotó el puente de la nariz. Le dolía el tobillo, y el corazón le palpitaba acelerado.

\* \* \*

Samuel y Katherine estaban sentados en el suelo, silenciosos, abrazados en la oscuridad. Unos minutos antes, el joven había explorado a tientas el lugar donde estaban encerrados y descubrió que se trataba de un habitáculo rectangular de unos seis metros de largo por cuatro de ancho. El techo estaba demasiado alto para poder alcanzarlo. No se oía nada, salvo el sempiterno zumbido de fondo.

—¿Qué nos van a hacer? —preguntó Katherine en voz baja.

—No lo sé, Kathy —respondió Samuel—. Pero estoy seguro de que el profesor y Adrián harán todo lo posible por rescatarnos.

—¿Y cómo se van a enfrentar a este lugar?

Samuel demoró unos segundos la respuesta. Katherine tenía razón, aunque no podía reconocerlo.

—El profesor es muy tenaz —dijo finalmente, como si esa afirmación significara algo.

De pronto, el habitáculo se iluminó. La luz no brotaba de ningún lugar en concreto, sino de todas partes; del suelo, del techo y de las paredes. Katherine y Samuel se incorporaron, parpadeando para acostumbrarse al súbito resplandor.

—¡Tienes sangre en la cara y la ropa! —exclamó la muchacha—. ¿Estás herido?

Samuel sacudió la cabeza.

—Sólo son arañazos —dijo—. De cuando el autómata me arrastró por el suelo. No te preocupes; estoy bien.

Miró a su alrededor: el habitáculo era totalmente blanco, con las paredes lisas y refulgentes, y estaba completamente vacío. El techo se encontraba a unos tres metros de altura y, aunque evidentemente debía de haber una puerta, no se advertía el menor rastro de ella. De pronto, un panel se descorrió en una de las paredes, mostrando un caño del que brotaba un chorro de agua que caía sobre una pila circular con un desagüe. Todo blanco. Acto seguido, un cajón igualmente blanco se descorrió por debajo de la pila. En su interior había seis manzanas, un manojo de hierba, raíces y un conejo muerto.

—¿Qué es eso?... —musitó Katherine, arrugando la nariz.

—Creo que quieren alimentarnos —respondió Samuel—. Pero no saben lo que nos gusta.

Se inclinó hacia delante, cogió las manzanas y las dejó en el suelo. Al cabo de unos segundos, el cajón volvió a cerrarse. Simultáneamente, otro panel se descorrió en el extremo opuesto de la pared, franqueando el paso a un habitáculo más pequeño con un agujero de unos veinte centímetros de diámetro en el suelo.

—Me parece que eso es nuestro *reservado* —dijo Katherine—. Una letrina... ¿Cuánto tiempo piensan tenernos encerrados?

Era una pregunta retórica, así que Samuel no respondió nada y se dirigió a la fuente de agua para lavarse la cara y las manos. Katherine le ayudó a asearse y después ambos volvieron a sentarse en el suelo, el uno junto al otro, apoyados contra la pared.

—¿Quiénes crees que son, Sam? —preguntó la muchacha al cabo de unos minutos—. Los que nos han secuestrado, quiero decir.

—El profesor piensa que la ciudadela fue construida por seres de otro mundo —respondió Samuel.

—¿Extraterrestres?

—Sí.

Katherine soltó una risa muy poco alegre.

—Así que hemos sido raptados por marcianos —dijo—. Lo que faltaba...

—El profesor no cree que sean marcianos, sino seres procedentes de otra estrella, de otro sistema solar. Aunque también cree que no están aquí.

—¿Cómo? No te entiendo...

—Este lugar tiene miles de años de antigüedad. El profesor sostiene que no lo controlan seres vivos, sino autómatas, como ese artefacto que te raptó.

Katherine sacudió la cabeza y ocultó la cara entre las manos.

—Extraterrestres, autómatas... —murmuró—. Por Dios, qué locura...

Samuel le pasó un brazo por los hombros.

—Si quisieran matarnos, ya lo habrían hecho —dijo en tono calmado—. Es más, tanto el agua como la comida demuestran que nos quieren vivos.

—¿Y para qué nos quieren vivos? —replicó ella—. ¿Qué van a hacer con nosotros?

Samuel intentó encontrar una respuesta tranquilizadora, pero antes que pudiera dar con ella ocurrió algo. La iluminación del habitáculo disminuyó en intensidad y, de repente, la pared situada frente a ellos se llenó de imágenes en movimiento. Era una vista amplia del anfiteatro natural que precedía a la ciudadela; había un grupo de hombres —entre cuarenta y cincuenta— vestidos con atuendos de piel de reno y con los rostros tatuados. Todos portaban hachas y lanzas de piedra. Delante de ellos, un anciano barbudo cubierto con una piel de oso blanco agitaba los brazos enarbolando una vara, y hacía genuflexiones y reverencias al tiempo que recitaba una letanía en un idioma incomprensible. Los dos jóvenes se aproximaron a las imágenes de la pared.

—Es como un cinematógrafo en color y con sonido... —murmuró Katherine, asombrada—. Pero, ¿quién es esa gente?

—Parecen muy primitivos —repuso Samuel en voz baja—. Quizá sean los habitantes de la ciudad subterránea.

—¿Quieres decir que esas imágenes tienen miles de años de antigüedad?

Samuel se encogió de hombros. Entonces, de repente, las imágenes cambiaron, mostrando el mismo lugar, pero desde otro ángulo y con otras personas. Era un grupo de unos veinte hombres vestidos a la usanza medieval; tenían aspecto nórdico, salvo uno, menudo, calvo y con barba, que llevaba al cuello un crucifijo.

—¡Debe de ser Bowen! —exclamó Katherine—. Es increíble...

La imagen cambió de nuevo. Cuatro hombres vestidos con atuendos de piel de foca se asomaban por la entrada del anfiteatro, que ahora estaba lleno de setas metálicas, y luego huían a toda prisa.

—Los daneses —dijo Samuel.

Un nuevo cambio. En el borde del circo había un hombre alto, moreno, de tez olivácea y el rostro enmarcado por una bien recortada barba. Vestía un uniforme negro con galones en los hombros y llevaba una gorra de plato. Parecía mirar hacia la ciudadela.

—¿El capitán Nemo? —musitó Katherine, asombrada.

Las imágenes cambiaron otra vez. Un grupo de doce hombres se internaba en el circo, por entre las setas. Uno de ellos era Sir John Thomas Foggart. Katherine dejó escapar un gemido y Samuel la cogió de la mano.

Otro cambio. Nueve hombres adentrándose en el anfiteatro en dirección a los cadáveres de sus compañeros. La expedición del capitán Westropp.

Una nueva transición y en la pared apareció Cairo disparando la ametralladora contra las setas. Al fondo se distinguía a los restantes expedicionarios del *Saint Michel*.

De pronto, las imágenes desaparecieron y la pared volvió a quedar en blanco. Katherine y Samuel intercambiaron una mirada de desconcierto.

—¿Qué significan esas imágenes? —murmuró el joven.

Katherine bajó la mirada y reflexionó durante largo rato.

—De acuerdo —dijo al fin—. Supongamos que el profesor tiene razón y este lugar ha sido construido por una inteligencia extraterrestre. Una inteligencia que quizá quiere comunicarse con nosotros.

—¿Con imágenes?

—Ése es un idioma que todo ser vivo dotado de visión puede entender.

—Entonces, si es así..., ¿qué ha dicho?

—Creo que nos ha mostrado los distintos grupos humanos con los que ha tenido contacto hasta ahora.

—¿Para qué?

—No lo sé...

Súbitamente, un sonido profundo como el de una tuba reverberó en el habitáculo y nuevas imágenes llenaron la pared. Eran ellos, Katherine y Samuel, en aquel mismo momento, como si se contemplaran en un espejo, sólo que desde distinta perspectiva. Samuel alzó una mano y su imagen en la pared hizo lo mismo.

—Es como... —tragó saliva—. Es como si nos filmaran con una película que se revelara y proyectara instantáneamente.

—He oído hablar de algo así —dijo ella sin apartar la mirada—. Un ingeniero escocés llamado Baird está trabajando en un sistema para captar imágenes con una cámara y transmitirlas mediante un cable eléctrico a una pantalla. Lo leí en un artículo del *Times*.

—No creo que ese tal Baird tenga nada que ver con esto —dijo Samuel.

—Yo tampoco...

De repente, un primer plano del rostro de Katherine ocupó toda la pared. La muchacha lo contempló, desconcertada.

—¿Qué quieres decirnos? —musitó.

Tendió un brazo y rozó la pared con la yema de los dedos. Al retirar la mano, sus huellas quedaron grabadas en forma de cinco puntos rojos.

La pared volvió a quedar en blanco. De pronto, una fila vertical de signos apareció a la izquierda: un punto, una línea quebrada, otro punto, un triángulo con el vértice apuntando hacia abajo y finalmente dos puntos. Al cabo de unos segundos apareció otra columna: un punto, una línea quebrada, dos puntos, un triángulo y tres puntos. Instantes después, una nueva columna: punto, línea quebrada, tres puntos, triángulo y cuatro puntos. Finalmente, otra columna: punto, línea quebrada, cuatro puntos y triángulo. Nada debajo. No aparecieron más signos.

—¿Qué es eso?... —dijo Samuel.

Katherine tardó mucho en contestar.

—¡Sumas! —exclamó de repente—. ¡Son sumas!

—¿Qué?

—La línea quebrada equivale al signo «más» y el triángulo a «igual». Fíjate en la primera columna de la izquierda: un punto más un punto igual a dos puntos. A continuación uno más dos igual a tres y uno más tres igual a cuatro. Por tanto, en la columna incompleta, uno más cuatro es igual a...

Tendió una mano, extendió el índice y tocó cinco veces debajo del triángulo, dejando en la pared cinco puntos rojos. Al instante, la imagen volvió a blanco y comenzaron a aparecer nuevos signos.

\* \* \*

Cuando Lady Elisabeth vio llegar al poblado a Zarco, Cairo y Elizagaray, pero no a Katherine, sintió que el corazón se le encogía. Sus malos presentimientos, pensó, se habían cumplido. Como un zombi, se aproximó a los recién llegados y escuchó las explicaciones del cariacontecido Adrián, aunque al final le resultó difícil centrarse en sus palabras. Sólo podía pensar en una cosa: un autómata había raptado a su hija y se la había llevado al interior de la ciudadela.

La cabeza comenzó a darle vueltas y las piernas le fallaron. De no ser por Manrique y Cairo, que la sujetaron, habría caído al suelo. Los dos hombres la ayudaron a sentarse en un tronco y un marinero le dio una cantimplora para que se refrescase. Al cabo de unos minutos, cuando se recobró un poco, sus ojos se llenaron de lágrimas y ocultó la cara entre las manos.

—Kathy ha muerto... —susurró.

Zarco, que hasta entonces se había mantenido silencioso y distante, se aproximó a la mujer y bramó:

—¡No, maldita sea!

La mujer alzó la cabeza, sobresaltada.

—¿Qué?... —musitó.

—Que Kathy no ha muerto. No es eso lo que vimos. Escuche, Lisa, el autómata que acabó con López estaba diseñado para matar, igual que lo está esa araña del demonio. Pero el autómata que ha raptado a su hija está diseñado para atrapar piezas vivas; así que de algo podemos estar seguros: la ciudadela quiere a su hija viva.

—¿Para qué? —preguntó Lady Elisabeth con una expresión desolada en el rostro—. ¿Qué le harán?

—Durazno está con ella y seguro que la protegerá. Ese joven parece poca cosa, lo sé, pero es duro como una roca, y valiente, muy valiente. Igual que Kathy —se acuclilló frente a la mujer y le cogió una mano—. Y ahora, Lisa, aquí, delante de testigos, voy a hacerle un juramento: le prometo por mi honor que me dejaré la piel, incluso la maldita vida, para rescatar a su hija y a Durazno.

Lady Elisabeth contempló a Zarco con desolación y una pizca de esperanza.

—¿Cómo? —preguntó con un hilo de voz.

Zarco se puso en pie y le dedicó una tranquilizadora sonrisa.

—Confíe en mí —dijo.

A continuación, el profesor tomó a Cairo por un brazo y se lo llevó a un aparte.

—¿Sigue en el barco la dinamita con la que Ardán pretendía mandarnos al infierno? —preguntó.

—Sí.

—¿Tenemos más explosivos?

—Un par de barriles de pólvora.

—Perfecto. Envía un grupo de hombres al *Saint Michel* y que traigan al poblado toda la dinamita y la pólvora que encuentren. Ah, también necesitaré que traigan la Twin.

—Pesa mucho; va a ser condenadamente difícil subirla por el acantilado.

—Pues más vale que nos demos prisa, porque el tiempo juega en nuestra contra. Yo voy a ir ahora a los acantilados del este, para espiar lo que está pasando en la ciudadela. Avísame cuando la Twin y los explosivos lleguen al poblado.

Se dio la vuelta, recogió su mochila y, sin molestarse en despedirse, echó a andar hacia el norte.

* * *

Katherine estaba mentalmente agotada. Desde hacía más de cuatro horas, la ciudadela le había estado enseñando un nuevo sistema de lenguaje básico matemático y, al mismo tiempo, planteándole una serie de problemas. Al principio eran fáciles —sumas, restas, multiplicaciones, divisiones—, pero luego comenzaron a aparecer en la pared series numéricas incompletas y, tras cinco aciertos, la muchacha no pudo proseguir. 1, 4, 1, 4, 2, 1, 3, 5, 6... Katherine había sido incapaz de descubrir qué numero completaba la serie, y lo mismo sucedió con los siguientes cuatro problemas.

Entonces, la ciudadela comenzó a proponerle problemas de lógica con figuras geométricas, colores o ángulos. Los primeros siempre eran fáciles de resolver, pero luego se iban complicando hasta llegar a un punto en que Katherine se quedaba bloqueada. De hecho, en la última tanda de problemas, la muchacha ni siquiera había logrado averiguar qué le estaban preguntando. Samuel intentó ayudar, pero carecía de formación matemática, de modo que su contribución fue muy escasa. Finalmente, tras una larga sucesión de respuestas inexactas, la pared quedó en blanco y la intensidad de la luz se incrementó.

—Es como si nos estuvieran examinando —dijo Katherine, sentándose en el suelo.

—Pues creo que yo he suspendido —comentó Samuel mientras se acomodaba a su lado.

—Tampoco yo he llegado muy lejos. Al final no entendía nada.

Sobrevino un largo silencio.

—Si están intentando hablar con nosotros —dijo Samuel—, ¿qué pretenden decirnos?

Katherine demoró casi un minuto la respuesta.

—Me parece que en realidad no quieren hablarnos —repuso, pensativa.

—¿Entonces?

—¿Sabes qué es la psicometría?

—No.

—Un sistema para medir la inteligencia de las personas. A principios de siglo, un psicólogo francés llamado Alfred Binet desarrolló una serie de pruebas para evaluar el cociente intelectual, y desde entonces se han desarrollado muchos otros test.

—¿Eso también lo has leído en el periódico? —preguntó Samuel.

Katherine se echó a reír. Era la primera vez que lo hacía desde que había conocido la muerte de su padre.

—Debes saber algo acerca de los ingleses, Sam —dijo—; en particular, de los londinenses. Para nosotros, la realidad es lo que se publica en el *Times*.

—¿Y qué decía el *Times* sobre esas pruebas de inteligencia?

—No lo recuerdo bien, pero algunos de los ejemplos que mencionaba el artículo se parecían un poco a... —señaló la blanca pared—, a eso.

Samuel la miró con perplejidad.

—¿Crees que están evaluando nuestra inteligencia?

—Yo diría que sí.

—¿Para qué?

Katherine se encogió de hombros.
—Sea para lo que sea —dijo—, me parece que no estamos dando la talla.

\* \* \*

Zarco se encontraba en lo alto de los acantilados de la costa noreste, vigilando con unos prismáticos lo que sucedía en el anfiteatro previo a la ciudadela. Cuando fue a buscarle, Cairo descubrió que en el circo de piedra se habían producido algunos cambios. El Edderkoppe Gud seguía allí, inmóvil sobre sus enormes patas metálicas, pero los cadáveres y la ametralladora habían desaparecido. Además, las setas metálicas no sólo estaban reparadas: había muchas más.

—¿Y los cuerpos? —preguntó Cairo.

—Cuando regresé ya no estaban —respondió Zarco, sin apartar la mirada del lejano anfiteatro—. ¿Te has fijado en las setas?

—Están arregladas y hay más.

—El doble. He visto cómo las instalaban —apartó la mirada del circo y se frotó la nuca—. Es fascinante. De una cueva del anfiteatro surgieron varios autómatas. Dos eran muy grandes; uno transportaba un montón de varillas de distintos materiales y las introducía en el otro por una portilla. Luego, el segundo expulsaba por una abertura delantera las carcasas de las setas. Era como una fábrica ambulante. A continuación, los autómatas más pequeños instalaban las setas y sus componentes. Por cierto, durante el proceso arrojaban material sobrante al suelo, así que ya sabemos de dónde proceden los misteriosos fragmentos de metal.

—Una tecnología asombrosa —comentó Cairo.

—Sí.

—Obtienen las materias primas del magma terrestre y las refinan al cien por cien. Luego construyen autómatas que, a su vez, construyen extraños artefactos. ¿Es así?

—Eso parece.

—¿Cómo vamos a rescatar a Kathy y a Sam, profesor? ¿Cómo nos enfrentaremos a una ciencia tan avanzada?

Zarco esbozó una cansada sonrisa.

—No lo conseguiremos —respondió.

—¿Qué?

—Que no tenemos nada que hacer, Adrián. Somos como hormigas intentando abatir a un tigre. Si algo nos enseña la historia es que, cuando una civilización avanzada encuentra a otra tecnológicamente inferior, esta última sucumbe. Y como tú bien has señalado, la tecnología de la ciudadela está muchos siglos por delante de la nuestra.

—Pero usted le dijo a Lisa...

—Que intentaría rescatar a su hija y a Durazno, no que lo fuera a conseguir —volvió la mirada hacia la araña de metal—. Quien sea o lo que sea que gobierne la ciudadela podría acabar fácilmente con nosotros. Lo que me sorprende es que no lo haya hecho ya.

—Entonces —replicó Cairo—, si no tenemos ninguna posibilidad, ¿por qué ha pedido los explosivos?

—Porque, aunque sea inútil, debemos intentarlo —Zarco se incorporó y estiró los brazos, desperezándose—. ¿Qué hora es?

—Faltan unos minutos para las cuatro y media de la tarde.

—¿Ya ha llegado al poblado lo que pedí?

—Estará allí cuando regresemos.

—De acuerdo, pues vámonos —repuso Zarco, echando a andar hacia el sur—. Un honorable fracaso nos espera, amigo mío.

\* \* \*

Zarco y Cairo regresaron al poblado justo cuando Elizagaray llegaba del sur montado en una ruidosa motocicleta verde. El primer oficial se detuvo en la explanada central, desconectó el motor y bajó del vehículo. Zarco, seguido por Cairo, se aproximó con el ceño fruncido y rodeó la moto, examinándola.

—Espero que no tenga ni un arañazo —gruñó en tono desconfiado.

Alarmada por el ruido de la motocicleta, Lady Elisabeth salió de una cabaña y se aproximó al grupo.

—¿Alguna novedad, profesor? —preguntó.

—No, Lisa. Pero, como dicen en su tierra, *no news, good news*.

La mujer asintió, muy seria, y, señalando la motocicleta, preguntó:

—¿Qué es eso?

—Una Harley-Davidson modelo *W Sport Twin* —respondió Zarco con un deje de orgullo—. Seiscientos centímetros cúbicos, dos cilindros y nueve caballos de potencia que le permiten alcanzar las cincuenta millas por hora. La compré en Estados Unidos el año pasado.

—¿Y para qué la quiere?

—Para rescatar a su hija —Zarco se volvió hacia Elizagaray y le preguntó—: ¿Los explosivos?

—Los traen Sintra y cinco hombres más —respondió el primer oficial—. Llegarán aquí en media hora o así.

—Muy bien —Zarco dio una palmada y prosiguió—: Lisa, caballeros, permítanme exponerles mi plan...

Acto seguido, el profesor les explicó lo que se proponía hacer. Cuando concluyó su exposición, en los ojos de Lady Elisabeth había un brillo de esperanza.

—¿Cree que funcionará? —preguntó.

—Con un poco de suerte, es posible.

—Y si todo sale bien, después ¿qué?

—Después utilizaremos parte de la dinamita para abrir la entrada del túnel y luego... Bueno, luego habrá que improvisar. Ahora, si me disculpan, tengo que ultimar los detalles con Adrián.

Cogió a Cairo de un brazo y se alejó con él unos metros.

—Voy a necesitar tu escopeta —le dijo—. Ese trabuco gabacho para matar elefantes.

—Está en mi cabaña.

—¿Tienes balas explosivas?

—Con núcleo de mercurio —asintió Cairo.

—Espero que sirvan. Otra cosa: ¿recuerdas a qué distancia de Hakme estaba la araña cuando le abatió?

—Cincuenta o sesenta metros. Quizá setenta.

—Eso calculo yo. De modo que supondremos que ése es el alcance máximo de su rayo mortal —Zarco se atusó el bigote, pensativo—. Otra cosa más, Adrián: quiero que convenzas a Li..., a la señora Faraday para que regrese al barco. A mí nunca me hace caso.

—Dudo que acepte. ¿Cree que si se queda correrá peligro?

—Todos correremos peligro, Adrián. Vamos a hurgar en un avispero y aquí las avispas son gigantes y de metal.

Cairo se encogió de hombros.

—Usted conoce a Lisa, profesor. ¿De verdad cree que, estando en peligro la vida de su hija, va a aceptar ir a esconderse al barco? Bastante nos costará impedir que venga con nosotros al desfiladero.

Zarco suspiró ruidosamente y asintió con un cabeceo.

—Tienes razón —aceptó—. Olvida lo que he dicho. ¿Alguna pregunta sobre el plan?

—Sí, hay un pequeño problema: ¿cómo pasaremos la motocicleta por las columnas púrpura? Ya nos costó cargar con la ametralladora, y la Twin debe de pesar el triple.

—Las dinamitaremos —respondió Zarco.

—¿Qué?

—Colocaremos cargas explosivas en las malditas columnas y las haremos pedazos. Así podremos cruzar el paso tranquilamente.

Cairo arqueó una ceja.

—¿Y si los autómatas se enfadan? —preguntó.

Zarco se cruzó de brazos con aire desafiante.

—De eso se trata, ¿no? —dijo—. Vamos a tocarle las narices a la ciudadela y a ver qué demonios sucede.

## ○☥  En el interior de la ciudadela

La mente no razonaba en términos humanos; de hecho, no había nada en ella que se aproximara siquiera a la humanidad. Su pensamiento era abstracto y exótico, plagado de conceptos que nadie, ninguna persona, podría llegar a comprender jamás. Era una inteligencia forjada en un lugar muy lejano y diferente, en un tiempo muy distante, una inteligencia diseñada por formas de vida que nada tenían que ver con el tercer planeta del Sistema Solar.

No obstante, en aquel momento la mente experimentaba algo muy parecido a la perplejidad. Estaba claro que los bípedos poseían cierto grado de inteligencia y una innegable destreza para fabricar herramientas, aunque ¿hasta qué punto? Tenían un idioma, eso también era evidente, pero otros animales poseían lenguaje y seguían siendo animales.

Las pruebas que había realizado con los dos especímenes capturados no eran concluyentes. Los bípedos respondían en cierta medida a problemas lógicos abstractos, pero no lo suficiente. En cualquier caso, aquel macho y aquella hembra sólo constituían una parte del experimento. La mente había comprobado que los bípedos eran gregarios y se protegían los unos a los otros, así que aún quedaban por analizar las reacciones de los demás bípedos, si es que había alguna reacción.

La mente carecía de emociones, es cierto, pero ahora sentía algo muy similar a la curiosidad.

## 17. El ajedrecista dorado

Nada se movía en el circo de piedra. Cerca de la pared oeste del anfiteatro, allí donde se ocultaba la entrada a una enorme gruta, el Edderkoppe Gud permanecía estático, como una descomunal escultura metálica, como un hierático cancerbero protegiendo su dominio. No se percibía ningún sonido, ni siquiera el susurro del viento; tan sólo el leve y amortiguado fragor del volcán. Eran las diez y media de la noche. La luz del sol trazaba largas sombras sobre la isla.

De pronto, una explosión sonó en la lejanía, hacia el sur. Una alarma insonora se activó en el interior de la ciudadela, pero en el exterior todo siguió inmóvil. Al poco se escuchó un sonido aproximándose, el petardeo de un motor. Unos minutos después, Zarco descendió por la cuesta que conducía al anfiteatro montado en la Harley-Davidson y se detuvo a unos metros de la entrada al circo. El Edderkoppe Gud permaneció estático.

Zarco llevaba a la espalda la Saint-Etienne Colossal, la potente escopeta de caza de Adrián Cairo; la empuñó, apuntó hacia la seta metálica más cercana y disparó dos veces. El aro de cristal que rodeaba al sombrerete saltó hecho pedazos. Instantáneamente, el Edderkoppe Gud se puso en movimiento hacia Zarco. La tierra retumbó bajo el batir de sus patas.

El profesor arrancó la motocicleta y partió a toda velocidad en dirección al desfiladero. El gigantesco autómata se detuvo en el acceso al circo, justo al pie de la cuesta. Zarco paró la motocicleta unos cien metros más arriba.

—No quieres pelea, ¿eh, montón de chatarra? —murmuró mientras recargaba la escopeta.

Encajó la culata del arma en el hombro y disparó dos veces contra el autómata. Éste ni se inmutó.

—Tienes la piel dura, monstruo... —masculló Zarco.

Sacó del bolsillo un catalejo, lo desplegó y examinó con él al autómata. Su superficie era totalmente lisa, sin protuberancias, salvo en la parte frontal, donde había una especie de claraboya de vidrio, una lente convexa de unos cuarenta centímetros de diámetro. De ahí brotaba el rayo mortal.

Zarco guardó el catalejo, recargó la escopeta, apuntó hacia el círculo de cristal y volvió a efectuar dos disparos consecutivos. El Edderkoppe Gud se activó de nuevo al instante. Zarco arrancó la motocicleta y enfiló a todo gas hacia el desfiladero.

Esta vez, el autómata no interrumpió la persecución. De hecho, pese a su descomunal tamaño, avanzaba a gran velocidad, tan rápido como la Harley-Davidson. Sus enormes patas articuladas se movían vertiginosamente, adaptándose a las irregularidades del terreno en medio de un estruendo semejante al batir de un inmenso tambor.

Al girar la curva que desembocaba en el desfiladero, la motocicleta derrapó y Zarco tuvo que poner un pie en tierra para no caer. Eso permitió que el autómata se aproximara peligrosamente hasta casi alcanzar el radio de acción de su rayo mortal, así que Zarco giró a tope el acelerador y la motocicleta salió lanzada hacia delante. Pero las pisadas del Edderkoppe Gud cada vez sonaban más próximas...

Entonces, cuando se habían adentrado unos doscientos metros en el desfiladero, el suelo explotó bajo el autómata, proyectándolo hacia un lado. Zarco volvió la cabeza y, bajo una lluvia de tierra y guijarros, detuvo la motocicleta. El Edderkoppe Gud se había parado y estaba semioculto por una nube de polvo. Zarco permaneció sentado en la motocicleta, con el motor en marcha, expectante. Al poco, cuando el polvo se asentó, pudo ver que tres de las patas del costado izquierdo del autómata estaban destrozadas, impidiéndole desplazarse. También tenía muy dañada la parte inferior, aunque al estar volcado sobre ella no podían distinguirse los daños con claridad. Aun así, la máquina seguía moviéndose, intentando arrastrarse con ayuda de las patas intactas.

De pronto, un nuevo estallido resonó en lo alto del acantilado, provocando que una enorme roca se desprendiera de la pared, cayera sobre el autómata y aplastara su dura piel de metal.

El Edderkoppe Gud dejó de moverse.

Cuando los ecos del estampido se disiparon, Zarco apretó los puños y lanzó un grito de triunfo. Por increíble que fuese, lo habían conseguido, habían acabado con el monstruo. Entonces escuchó en la lejanía, hacia el norte, un creciente rumor que le recordó a una estampida de búfalos.

Contuvo el aliento. Conforme el estruendo se aproximaba, la tierra vibraba bajo sus pies.

De repente, los vio aparecer por el fondo del cañón; eran decenas, cientos de autómatas, un ejército de engendros metálicos que avanzaba hacia él sobre ruedas, orugas y patas, enarbolando letales aguijones de titanio, tentáculos de acero, zarpas de ferrovanadio, cristalinos proyectores de rayos mortales. Parecían las huestes del Armagedón.

—¡La madre que…! —exclamó Zarco con los ojos como platos.

Acto seguido, giró el acelerador y se alejó de allí tan rápido como el motor de su motocicleta le permitía.

\* \* \*

De haber tenido la capacidad de asombrarse, la mente estaría atónita. Los bípedos habían logrado acabar con su unidad móvil más poderosa tendiéndole una trampa. Sin duda, poseían una astucia muy superior a lo que cabía esperar de un animal. No obstante, la astucia y las habilidades que demostraban parecían orientadas fundamentalmente hacia la violencia y la destrucción, lo cual no encajaba con la inteligencia.

¿O se limitaban a defenderse ante lo que consideraban una agresión?

La mente no podía decidirse; aún no había recopilado suficientes datos. Además, se trataba de una grave decisión, el problema más importante que había tenido que afrontar desde hacía miles de años; en realidad, desde el momento mismo de su activación.

Si quisiera, la mente podría esterilizar instantáneamente la isla, eliminando de ella todo rastro de vida. De hecho, la mente podía provocar erupciones volcánicas, desatar terremotos e inundaciones, envenenar la atmósfera del planeta, sacudir la Tierra hasta que no quedara en ella ni uno solo de aquellos bípedos. El poder de la mente era inmenso.

Pero había límites, fronteras que no podía traspasar.

Mientras una parte de la mente se ocupaba de reparar los destrozos causados por los bípedos, otra parte observaba a los dos ejemplares que mantenía encerrados. Eran seres absolutamente exóticos, primitivos, criaturas incomprensibles. No obstante, quizá debiera interactuar con ellos, pensó; intentar comunicarse de alguna manera. Pero ¿cómo?

\* \* \*

Katherine y Samuel estaban sentados en el suelo, en silencio, apoyados contra una de las blancas paredes del habitáculo, con las miradas perdidas en el vacío. Poco antes habían comido unas manzanas y luego cada uno se había sumido en sus pensamientos. La ciudadela no había vuelto a manifestarse y aquella larga espera resultaba cada vez más angustiosa. Samuel escuchó un sollozo y, al volver la cabeza, descubrió que Katherine tenía los ojos llenos de lágrimas.

—¿Qué sucede, Kathy? —preguntó, rodeándole los hombros con un brazo.

—Pensaba en mi padre —la muchacha sorbió por la nariz y se enjugó las lágrimas con el dorso de una mano—. Este lugar le mató.

—Déjalo; no pienses en eso ahora.

—¿Cómo no voy a pensar en él? Era mi padre... ¿Sabes?, mis abuelos habían muerto antes de que yo naciera, o fallecieron cuando era muy pequeña. Es la primera vez que pierdo a alguien tan próximo a mí y me siento... Bueno, supongo que tú te sentiste igual cuando murió tu tutor, el señor Charbonneau.

Samuel desvió la mirada y no dijo nada. Katherine le miró con curiosidad.

—Cada vez que alguien menciona a tu tutor se te cambia la cara —dijo en voz baja—. Te pones muy triste. ¿Es por su..., por la forma en que murió?

—En parte —respondió él tras un prolongado silencio—. Pero...

—¿Qué?

Samuel demoró mucho la respuesta.

—¿Recuerdas cuando me preguntaron qué era lo más extraño que había hecho en mi vida? —dijo en tono neutro—. Respondí que fotografiarme de uniforme con padres que habían perdido a sus hijos en la guerra, para que luego, en el laboratorio, el señor Charbonneau sustituyera mi rostro por los de los soldados fallecidos.

—Sí, lo recuerdo.

—Unas semanas después de la muerte de François, su hijo, el señor Charbonneau me entregó un uniforme de teniente. Me pidió que me lo pusiera y me hizo posar a su lado frente a la cámara —Samuel respiró hondo y concluyó—: En el laboratorio, eliminó mi cara y puso en su lugar la de François...

Hubo un largo silencio.

—¿Crees que no te quería? —preguntó Katherine.

—No lo suficiente para seguir viviendo por mí, desde luego. Ni para decírmelo. Ni siquiera para darme un beso. No lo hizo jamás, ¿sabes?

—Te nombró su heredero —protestó la muchacha—. Te legó todo lo que tenía.

—Pero yo no deseaba eso. ¿No lo entiendes?

—¿Y qué deseabas?

Samuel exhaló una bocanada de aire y dejó caer la cabeza. Katherine se inclinó hacia él y le besó en la mejilla.

—Te quiero —susurró.

—Y yo a ti...

—Lamento haberte metido en este lío, Sam —dijo ella, abrazándose a él—. Si no me hubiera empeñado en venir aquí...

—Da igual, eso ya no importa —Samuel hizo una pausa y preguntó—: ¿Qué hora será?

—Tarde, supongo.

—Deberíamos intentar dormir.

La muchacha suspiró.

—No tengo sueño —dijo.

Samuel cambió de postura; algo se le estaba clavando en un costado. Metió una mano en el bolsillo de su chaqueta, sacó de su interior el pequeño tablero plegable de ajedrez y se quedó mirándolo.

—¿Sabes lo que suelo hacer cuando no puedo dormir? —preguntó.

—No. ¿Qué?

—Juego mentalmente al ajedrez contra mí mismo, o repaso partidas famosas. Eso me relaja y enseguida me quedo dormido.

—Yo no sé jugar al ajedrez —dijo ella—. Ni siquiera recuerdo cómo se mueven las fichas.

—Las piezas —le corrigió Samuel—. No importa, yo te enseñaré —distribuyó las pequeñas figuras por el tablero y señaló una de ellas—. Ésta es la reina, la pieza más poderosa de todas. Se mueve en cualquier sentido, diagonal, vertical u horizontal. Ése es el alfil de reina y sólo puede moverse por los escaques negros siguiendo las diagonales...

\* \* \*

Un lúgubre estado de ánimo reinaba en el poblado danés. Los marineros que habían ayudado a colocar los explosivos en el desfiladero estaban sentados en grupo delante de una de las cabañas; nadie hablaba, todos estaban nerviosos y no dejaban de echar intranquilas miradas hacia el norte. Aquellos hombres habían presenciado la aparición del ejército de autómatas, y no podían evitar preguntarse qué pasaría si aquella horda de máquinas no se quedara junto al maltrecho Edderkoppe Gud, como había ocurrido, y decidiera seguir adelante. Nadie expuso esos temores en voz alta, pero lo cierto era que todos estaban muertos de miedo.

En el interior de la cabaña, Lady Elisabeth llevaba un rato reunida con Zarco, Cairo y Elizagaray, escuchando el relato del profesor acerca de lo que había sucedido en el desfiladero. Cuando concluyó todos guardaron silencio.

—Iré a la ciudadela —dijo finalmente Lady Elisabeth con serenidad—, e intentaré parlamentar con sea quien sea que ha secuestrado a Kathy y a Sam.

—Yo también he pensado en eso, Lisa —terció Zarco en tono cansado—; pero no es tan sencillo. Si tengo razón, si el origen de la ciudadela es extraterrestre, las posibilidades de comunicarnos son muy limitadas. De nada nos valdría ir allí agitando una bandera blanca, porque para la inteligencia que se oculta en la ciudadela una bandera blanca no significa nada. Por otro lado, es evidente que la ciudadela no tiene el menor interés en comunicarse, pues en caso contrario ya lo habría hecho. Pero lo cierto es que hasta ahora se ha limitado a eliminar a cualquiera que se acercase demasiado.

—A Kathy y a Sam no los mataron —replicó ella—. Los querían vivos, usted mismo lo dijo.

—Es cierto. Y eso demuestra un cambio en los procedimientos de la ciudadela, pero desconocemos la razón.

Lady Elisabeth suspiró y posó la mirada en el suelo.

—No importa, debo intentarlo —dijo—. Iré a la ciudadela.

—Ahora ni siquiera podría acercarse, Lisa —intervino Cairo—. El desfiladero está abarrotado de autómatas y en el circo hay más setas metálicas que antes. Es imposible acceder a la ciudadela.

—Entonces, ¿qué voy a hacer? —preguntó ella con el rostro tenso de preocupación—. Es mi hija...

—No abandonaremos a Kathy y a Durazno, se lo juro —dijo Zarco—. Pero... en los últimos días apenas he dormido y estoy agotado. Ahora no puedo pensar correctamente —se incorporó—. Necesito descansar un poco, así que, si me disculpan, me retiraré a mi cabaña. Despiértenme dentro de un par de horas.

Echó a andar hacia la salida, pero Lady Elisabeth le contuvo:
—Profesor...

Zarco se detuvo junto a la puerta.
—¿Sí, Lisa?
—Gracias por arriesgar su vida para salvar a mi hija.
—No tiene importancia. Me apetecía dar una vuelta en motocicleta.

Tras despedirse con un cabeceo, Zarco abandonó la cabaña. Y, mientras se alejaba, Cairo pensó que jamás le había visto tan abatido y derrotado.

\* \* \*

Estaban sentados en el suelo, frente a frente, con el tablero de ajedrez entre medias. Era la tercera partida que jugaban; para prolongarla, Samuel aconsejaba a Katherine y enmendaba sus errores, pero aun así, dada la inexperiencia de la muchacha, le costaba mucho no ganar con un mate rápido. La verdad es que a Samuel le resultaba aburrido jugar de aquella forma tan simple, pero lo hacía por Katherine, para distraerla.

Entre tanto, la mente contemplaba la escena con sumo interés. Aquel artefacto primitivo, el tablero y las piezas, era fascinante. Por supuesto, la mente no sabía qué era ni para qué servía —de hecho, el concepto «juego» no formaba parte de su vocabulario—, pero no había tenido ningún problema en averiguar cómo funcionaba y a qué reglas obedecía. Y el resultado era asombroso. En primer lugar, el número de partidas posibles ascendía a diez elevado a 18.900, una cantidad que sobrepasaba con mucho su capacidad de cálculo. Además, la geometría y las matemáticas implicadas en las distintas posiciones de las piezas resultaban muy sofisticadas. Pese a su aparente tosquedad, el tablero y las treinta y dos piezas configuraban un objeto extremadamente complejo.

No obstante, la mente experimentaba algo parecido a la decepción, pues ambos bípedos lo manejaban con lamentable torpeza. Aun así, la mente siguió observando. Al poco, cuando acabó la partida, la hembra se tumbó en el suelo y se quedó dormida. Entonces, el macho colocó las piezas en su posición inicial y comenzó a jugar solo.

Unos minutos más tarde, el interés de la mente se había despertado. El macho era mucho más diestro de lo que aparentaba. Pero ¿lo suficientemente diestro?

De repente, la mente supo qué hacer. Instantáneamente, o, mejor dicho, a la velocidad de la luz, ordenó a las fábricas del interior de la ciudadela que crearan una nueva clase de autómata, uno muy especial.

Por fin la mente había averiguado el modo de comunicarse con los bípedos.

*\*\*\**

Al ejército de autómatas que había ocupado el desfiladero le siguió una brigada de máquinas reparadoras que, sin perder un instante, comenzaron a trabajar en el Edderkoppe Gud. Un enorme artefacto ovoidal, que se desplazaba sobre orugas, devoraba barras de metales puros, los fundía, los aleaba y, finalmente, forjaba las piezas necesarias. Entre tanto, una cuadrilla de pequeños autómatas dotados de tentáculos, rayos cortantes, soldadores y pinzas articuladas pululaban alrededor y por encima de la enorme araña, eliminando las partes dañadas y sustituyéndolas por otras nuevas. Pero no se limitaban a repararla; en realidad, estaban cambiando su diseño, la mejoraban, la reforzaban, aumentaban su capacidad ofensiva. Hasta aquel momento, la ciudadela se había enfrentado a animales inofensivos contra los que no eran necesarias grandes medidas de protección. Pero los bípedos eran de todo menos inofensivos.

Mientras, en lo más profundo de la ciudadela, una fábrica automática construía un autómata diferente a todos los demás.

\* \* \*

Al final, nadie le despertó al cabo de dos horas, como Zarco había pedido; parecía tan agotado que le dejaron dormir toda la noche, así que se levantó poco después de las seis de la mañana, cuando todo el mundo, salvo los centinelas, seguía dormido. Al contrario de lo que usualmente habría hecho, no montó en cólera porque hubieran desobedecido sus órdenes; en realidad, agradecía esas horas extra de sueño, pues ahora se encontraba descansado y con la mente despejada. Se aseó con ayuda de un barreño, desayunó rápidamente, cogió su mochila y una cantimplora y, sin decirle a nadie adonde iba, se dirigió a las crestas de los acantilados del este para espiar lo que ocurría en el desfiladero.

Lo que vio al llegar le alarmó. La horda de autómatas permanecía estática en el mismo lugar que el día anterior, pero el Edderkoppe Gud ya no estaba destrozado por la explosión; en vez de ello, se hallaba en el centro del desfiladero, inmóvil sobre sus ocho patas, ahora reforzadas con una aleación de níquel, cromo y hierro. La araña había cambiado: su armadura era más gruesa y, en vez de un solo emisor de rayos mortales, ahora tenía once distribuidos a su alrededor.

Los autómatas habían aumentado enormemente la resistencia y la potencia del Edderkoppe Gud. La pregunta era: ¿para defenderse o para atacar?

Con expresión sombría, Zarco inició el camino de regreso al poblado.

\* \* \*

Un profundo sonido similar a una tuba reverberó en el interior del habitáculo, despertándolos bruscamente. Katherine y Samuel se pusieron en pie e intercambiaron una mirada de extrañeza, pero no sucedió nada, salvo que el cajón situado bajo la fuente se abrió con doce manzanas en su interior. Aunque habían sobrado dos del día anterior, Samuel las sacó y las dejó en el suelo, junto al tablero de ajedrez; luego, le ofreció una a Katherine.

—No podemos vivir sólo de manzanas —dijo la muchacha, contemplando la fruta con desánimo.

Samuel no respondió nada y ambos comieron en silencio.

—¿Cuánto habremos dormido? —preguntó Katherine cuando acabó su pieza de fruta.

—No lo sé —respondió Samuel—; pero me siento descansado, así que deben de haber sido varias horas.

Katherine suspiró y se pasó una mano por el pelo.

—Estoy sucia —dijo—. Debo de tener un aspecto horrible.

—Estás preciosa, como siempre.

La muchacha esbozó una triste sonrisa y se frotó los ojos.

—¿Por qué nos tienen encerrados? —murmuró—. ¿Qué van a hacer con...?

De repente, una puerta se formó en la pared del fondo y un autómata cruzó el umbral, adentrándose en el habitáculo. Era un androide, tenía forma humana, pero su piel, toda la superficie de su cuerpo, era de oro. También tenía rostro: el de Samuel. Los dos jóvenes retrocedieron, asustados. La puerta se cerró.

—Es igual que tú... —susurró Katherine.

Samuel se interpuso entre el autómata y la muchacha.

—¿Quién eres? —preguntó con voz más insegura de lo que a él le habría gustado—. ¿Qué quieres?

Ignorándole, el autómata se inclinó, recogió el ajedrez y se incorporó con el juego entre sus doradas manos. De pronto, frente a él, una columna blanca de unos cuarenta centímetros de diámetro brotó del suelo hasta alcanzar el metro y medio de altura. El autómata depositó el tablero sobre ella y distribuyó las piezas en sus posiciones de salida. Luego, extendió un brazo y señaló alternativamente a Samuel y al tablero.

—Quiere jugar contigo... —murmuró Katherine.

Samuel parpadeó, confundido.

—¿A qué viene esto? —le espetó a la máquina—. ¿Por qué nos habéis encerrado?

Por toda respuesta, el autómata volvió a señalar a Samuel y al tablero.

—¿Qué hacemos? —preguntó el joven.

—No sé... —murmuró Katherine.

Súbitamente, la tuba sonó de nuevo, pero esta vez de forma tan estruendosa que tuvieron que taparse los oídos. El autómata señaló de nuevo a Samuel y al tablero.

—¡De acuerdo, de acuerdo! —gritó el joven, aproximándose al autómata—. ¡Jugaré!

Al instante, el estruendo cesó. Samuel se apartó las manos de los oídos y contempló al androide; era desconcertante ver sus propios rasgos en el impasible rostro de aquella máquina. Luego, miró el tablero; las blancas estaban de su lado, así que le correspondía el movimiento inicial. Tendió la mano y avanzó dos escaques el peón de rey. El autómata respondió desplazando un escaque el peón de reina.

Treinta y dos movimientos más tarde, Samuel tiró el rey sobre el tablero.

—Muy bien —dijo—; me has ganado, felicidades.

Imperturbable, el autómata volvió a poner las piezas en las posiciones de salida y señaló a Samuel.

—¿Otra vez? —murmuró éste.

Tras un suspiro, volvió a avanzar el peón de rey.

Jugaron cinco partidas consecutivas y Samuel las perdió todas. Al concluir el quinto juego, el autómata distribuyó de nuevo las piezas, pero el joven sacudió la cabeza y se apartó de él.

—Basta —dijo—. Juegas mejor que yo, me rindo.

Inmutable, el autómata señaló al tablero y al joven.

—No —replicó Samuel, sacudiendo la cabeza—. Estoy harto, no voy a jugar más al ajedrez; quiero que nos dejéis libres, ¿entiendes?

Hubo un silencio. Y, de pronto, el sonido de tuba comenzó a retumbar ensordecedoramente. Los dos jóvenes se taparon los oídos. Una vez más, el autómata señaló al tablero y a Samuel, pero éste negó con la cabeza y se aproximó a Katherine dándole la espalda a la máquina.

El estruendo duró unos minutos; luego, se interrumpió bruscamente. Acto seguido, la puerta se abrió, el autómata salió del habitáculo y la puerta volvió a cerrarse. Los dos jóvenes se miraron, desconcertados; les pitaban los oídos a causa del estrépito. Katherine tragó saliva y murmuró:

—Nos han secuestrado... ¿para jugar al ajedrez?

\* \* \*

La mente estaba casi segura, casi convencida. Casi. El bípedo macho era muy diestro manejando las piezas y el tablero, pero ¿suficientemente diestro? En la primera partida, la mente había empleado todo su potencial y había ganado con facilidad. Pero eso era previsible; muy pocas entidades biológicas poseían una capacidad de cálculo similar a la suya. Luego, a medida que se sucedían las siguientes partidas, la mente fue reduciendo progresivamente su potencia; y siempre había ganado, es cierto, pero cada vez con más dificultad. En la última partida, por ejemplo, había necesitado sesenta y cuatro movimientos para llegar a una situación de jaque mate inevitable.

Sin duda, los bípedos poseían una inteligencia más elevada de lo que en principio cabía suponer. Pero, y ése era el problema, siempre orientada en el mismo sentido, la violencia. A fin de cuentas, el tablero y las treinta y dos piezas reproducían un combate, eran una lucha. Intelectual, pero lucha al fin y al cabo. ¿Podían unos seres tan violentos albergar auténtica inteligencia?

No obstante, el tablero y las piezas también eran una asombrosa abstracción. La mente no podía concebir el concepto de «juego», pero sí el de pensamiento abstracto, y los bípedos poseían esa clase de raciocinio. ¿Hasta qué punto? La mente aún no había podido determinarlo, pues el bípedo macho se negaba a seguir colaborando. Dada su naturaleza gregaria, no sería difícil obligarle a hacerlo, pero el problema era otro. Los dos bípedos, el macho y la hembra, habían sido arrancados de su entorno natural, apartados de sus semejantes y encerrados contra su voluntad. La mente sabía que, en tales circunstancias, las entidades biológicas similares a los bípedos experimentaban un intenso estrés, lo que podría perturbar sus capacidades intelectuales. Quizá ocurría eso con el bípedo macho. Así que la mente decidió suministrarle un poderoso incentivo para obligarle a colaborar y dar lo mejor de sí mismo.

Pero no en aquel momento. En la isla se habían producidos inesperados acontecimientos a los que debía prestar atención.

\* \* \*

Llegaron al mediodía, por sorpresa. Cairo había situado centinelas al norte del poblado, previendo una posible invasión de los autómatas, pero no al sur. Fue un error; el peligro vino por el sur.

Tras regresar al poblado después de su visita al desfiladero, Zarco reunió en la explanada central a Lady Elisabeth, a Cairo, a Elizagaray y a todos los marineros, salvo a los dos que estaban de guardia, y les habló del siguiente modo:

—Lisa, caballeros... Supongo que no hace falta que haga hincapié en la gravedad de la situación. La señorita Foggart y Durazno han sido capturados y están retenidos en el interior de la ciudadela. El camino que conduce allí se encuentra protegido por un ejército de autómatas. Hay centenares de ellos, yo mismo los he visto; es imposible pasar. Y esta mañana he descubierto otra cosa. Todos saben que ayer logramos acabar con ese autómata gigante, lo que los daneses llamaban el Edderkoppe Gud. Pues bien, no sólo lo han reconstruido, sino que ahora es más poderoso que antes.

Un murmullo de consternación se extendió por entre los marineros.

—Nos enfrentamos a una tecnología inimaginablemente avanzada —prosiguió Zarco—. Y, reconozcámoslo, nosotros solos no podemos hacer nada frente a ella. Necesitamos ayuda, pero ayuda a lo grande, la clase de ayuda que sólo puede prestarnos una nación soberana. Los países más cercanos a esta isla son Rusia y Noruega; dado que en Rusia siguen muy atareados matándose los unos a los otros, sólo nos queda Noruega. No conozco a nadie en el gobierno de esa nación, pero sí a uno de sus hijos más ilustres: el explorador y marino Roald Amundsen. Como saben, hace ocho años la expedición del señor Amundsen fue la primera en alcanzar el Polo Sur, lo cual le ha granjeado fama mundial y un gran prestigio en su país. Roald es buen amigo mío y nos ayudará; ignoro si en estos momentos se encuentra en Noruega, pero en cualquier caso iremos allí a buscarle y, una vez que demos con él, le expondré lo que ha ocurrido. Sé perfectamente que la historia que voy a contarle es increíble, pero, con ayuda de las fotografías de Durazno y los fragmentos de metal, espero poder convencerle. Entonces, mediante su influencia, intentaremos persuadir al gobierno noruego para que nos preste la ayuda militar que precisamos. Así pues, dentro de una hora iniciaremos el regreso al *Saint Michel* y, una vez a bordo, zarparemos lo antes posible con rumbo a Oslo. Eso es todo.

Concluido el discurso, los hombres se disgregaron por el poblado para recoger el material que habían traído con ellos y prepararse para el regreso. Con expresión preocupada, Lady Elisabeth se aproximó a Zarco y le dijo:

—Su plan puede tardar semanas en dar algún resultado, profesor. Probablemente meses.

—Es cierto —asintió Zarco—. Pero no se me ocurre qué otra cosa podemos hacer.

—¿Y qué pasará entre tanto con Kathy y Sam? ¿Qué harán si logran liberarse y no nos encuentran?

—Les dejaremos una nota y provisiones, aquí, en el poblado. Y volveremos a buscarlos, se lo prometo.

La mujer se cruzó de brazos y encajó la mandíbula.

—Yo no voy a irme, profesor —dijo—. Me quedaré aquí.

Zarco respiró hondo.

—Sea razonable, Lisa... —comenzó a decir.

Pero un repentino alboroto le interrumpió. Los hombres habían abandonado sus ocupaciones y miraban hacia el sur con alarma. Zarco giró la cabeza y vio que un grupo de unos cuarenta hombres armados entraba en el pueblo. Traían como prisioneros a los tripulantes que se habían quedado en el *Saint Michel,* a García y a Verne. Uno de los desconocidos encañonaba al capitán con una pistola. El grupo se detuvo a unos veinte metros de distancia y un hombre alto y robusto avanzó unos pasos. Era Aleksander Ardán.

—Si no quieren que a su capitán le suceda algo desagradable —advirtió—, será mejor que tiren sus armas al suelo.

Cairo, que al ver llegar a los extraños había cogido su escopeta de caza, le dirigió una interrogadora mirada a Zarco. Éste sonrió con ironía y dio un paso adelante.

—Mira quién está aquí... —dijo en tono displicente—. Me había olvidado de usted, Ardán.

—¿Le sorprende verme, Zarco?

—No. Lo que me sorprende es que haya tardado tanto en encontrar esta isla. Es usted aún más inútil de lo que yo pensaba; y, créame, le consideraba muy inútil.

El rostro de Ardán se endureció.

—Estando en tan franca desventaja, Zarco, yo no me andaría con bravatas. Ordene a sus hombres que tiren las armas.

—Claro, ¿por qué no? Sé que esto le sorprenderá, Ardán, pero me alegro de verle —Zarco se volvió hacia sus hombres y ordenó—: Soltad la artillería y que nadie oponga resistencia.

Cairo y los tripulantes del *Saint Michel* obedecieron al profesor. Los hombres de Ardán recogieron las armas y agruparon a los prisioneros en el centro de la explanada. Verne y García se aproximaron a Zarco.

—Lo siento, Ulises —dio el capitán—. Nos cogieron por sorpresa.

—No importa, Gabriel —repuso Zarco con aire despreocupado—. Ya conoce el dicho: no hay mal que por bien no venga.

—Y yo que pensaba que iba a estar más seguro en el barco... —terció el químico con aire abatido.

Zarco soltó una carcajada.

—La única seguridad que tenemos es que vamos a morir —dijo—. Pero no hoy, García, no hoy. Al menos, eso espero.

Cairo frunció el ceño. El profesor parecía feliz; ¿por qué? En ese momento, Ardán se aproximó a ellos y, dirigiéndose a Lady Elisabeth, dijo:

—Encantado de conocerla, señora Faraday. ¿Y su esposo?

—Ha muerto —contestó la mujer en tono helado.

—Ah, lo lamento... Le doy mi más sentido pésame, señora. He visto el pecio del *Britannia;* ¿Sir Foggart falleció en el naufragio?

Lady Elisabeth negó con la cabeza.

—¿No tuvieron problemas al cruzar por entre los escollos? —le preguntó Zarco a Ardán.

—¿Lo dice por el peñasco magnético? Una sorprendente curiosidad natural, ¿no le parece? Por fortuna, el *Charybdis* es demasiado grande y potente para verse afectado por ese fenómeno.

—Sí, su barco es una maravilla —dijo Zarco—. Un magnífico buque pirata, no cabe duda. Y dígame, Ardán, ¿lleva en el *Charybdis* armamento pesado? ¿Explosivos, quizá?

El potentado le miró con desconcierto. Aunque estaba indefenso y rodeado de hombres armados, el profesor se comportaba como si fuese él quien tenía la sartén por el mango.

—Me parece que no acaba de entender la situación, Zarco

—repuso Ardán en tono amenazador—. Soy yo quien formula las preguntas, y usted quien las responde.

Zarco suspiró con cansancio.

—El problema —dijo— es que no tiene ni idea de qué preguntas formular. Pero no se preocupe, se lo voy a contar todo. Aunque será una historia larga, así que más vale que nos sentemos...

\* \* \*

Nuevos bípedos habían llegado a la isla a bordo de otro artefacto flotante. La mente ya no tenía tiempo que perder; debía tomar una decisión lo antes posible. Así que activó su plan.

Al instante, el ejército de autómatas se puso en marcha hacia el sur, en silencio, como un desfile de espectros, con el Edderkoppe Gud avanzando pesadamente en último lugar. Al llegar al muro, rayos de pura energía, proyectores de plasma, emisores de infrasonidos, zarpas y aguijones quebraron las viejas piedras abriendo una brecha que permitiera el paso de los autómatas.

Y el ejército mecánico prosiguió su silencioso avance.

\* \* \*

Sentado sobre un tronco, frente a lo que había sido la cabaña del jefe de los daneses, Aleksander Ardán escuchaba en silencio el relato de Zarco. Tras él, dos de sus guardaespaldas vigilaban atentamente al profesor y, un poco más allá, en el centro de la explanada, el resto de los hombres del *Charybdis* custodiaba a los prisioneros del *Saint Michel,* incluyendo a los dos marineros que debían estar de guardia. Lady Elisabeth, Cairo, Verne y García permanecían sentados en el suelo, con las espaldas apoyadas contra el cercado de un corral.

Cuando Zarco concluyó su historia, Ardán permaneció unos instantes pensativo y luego dijo:

—Vamos a ver si lo he entendido. Al norte de la isla hay una base extraterrestre protegida por autómatas. Una especie de ciudadela que lleva aquí miles de años...

Zarco hizo un gesto vago.

—No puedo asegurar que sea extraterrestre —dijo—; pero, teniéndolo todo en cuenta, es la alternativa más lógica.

—Y esa ciudadela mató a Sir Foggart y a la tripulación del *Britannia* —prosiguió Ardán, inexpresivo—. Y luego un autómata secuestró a Katherine Foggart y al fotógrafo de la expedición. ¿Es eso?

El profesor asintió con un cabeceo. Ardán sacudió la cabeza y soltó una carcajada sarcástica.

—¿Me toma por imbécil, Zarco? —masculló con el ceño fruncido—. Está agotando mi paciencia, así que déjese de estupideces.

Zarco suspiró con aire aburrido.

—Usted ha venido aquí por los fragmentos de metal —dijo—. Titanio puro, y un elemento desconocido, el 72 de la tabla periódica, también milagrosamente puro. ¿De dónde cree que han salido?

—Eso es lo que intento averiguar —gruñó Ardán.

—¡Por los cuernos de Belcebú! ¿Es que no se da cuenta de que ya lo ha averiguado? Esos metales son producto de una tecnología extraterrestre. ¿No me cree? Pues dese un paseo hacia el norte y compruébelo, maldita sea.

—El profesor Zarco está diciendo la verdad —intervino Lady Elisabeth—. La ciudadela existe, mató a mi esposo y ahora retiene a mi hija y a Samuel Durango.

—Por eso le necesitamos, Ardán —agregó Zarco—. ¿Quiere esta isla y sus secretos? Pues para usted, se la regalamos. Pero, si tiene armas y explosivos, ayúdenos a rescatar a nuestros amigos.

Perplejo, Ardán miró alternativamente a la mujer y a Zarco, y luego abrió la boca para decir algo, pero no llegó a emitir ningún sonido. Porque en ese preciso momento se desató el infierno.

Habían llegado desde el norte, en completo silencio. Si los centinelas hubieran seguido en sus puestos, habrían dado la voz de alarma; pero no estaban allí, así que los autómatas pudieron rodear el poblado sin que nadie advirtiese su presencia.

Irrumpieron de repente, sin molestarse en esquivar las chozas, sino atravesándolas. Eso fue lo primero que vieron las tripulaciones del *Saint Michel* y del *Charybdis:* una cabaña saltando por los aires convertida en astillas, y luego otra, y otra, y otra más... Un instante después, cuando a través del polvo vieron las garras y los tentáculos de metal, sonaron los primeros gritos de alarma y terror. Los hombres de Ardán volvieron sus armas contra los autómatas, pero era inútil, pues las balas rebotaban inofensivamente contra las corazas de cromo-vanadio.

Aun así, no dejaron de disparar hasta que se les acabó la munición. Para entonces, los humanos formaban un apretado grupo en el centro de la explanada, mientras una horda de autómatas los rodeaba por todas partes, impidiéndoles escapar.

Durante unos segundos, las máquinas permanecieron inmóviles, encajadas las unas contra las otras, formando un inexpugnable muro de contención. Hasta que, de pronto, un pesado retumbe hizo vibrar el suelo. Al instante los autómatas situados en el extremo norte del círculo se apartaron hacia los lados, y el Edderkoppe Gud avanzó hasta detenerse frente a los humanos, que retrocedieron, asustados.

—Dios mío... —dijo Lady Elisabeth con la mirada fija en el monstruo.

—Sí, el Dios-Araña... —murmuró Zarco. Luego, volviéndose hacia el demudado Ardán, le espetó—: Y ahora, maldito imbécil, ¿ya me cree?

\* \* \*

El sonido de la tuba retumbó en el interior del habitáculo. Un instante después, la puerta se abrió y el autómata de oro entró en la estancia. Katherine y Samuel retrocedieron hasta topar con la pared del fondo. El tablero de ajedrez seguía sobre la columna blanca, con las piezas dispuestas para iniciar una nueva partida; el androide lo señaló con un dedo y luego señaló a Samuel.

—No —dijo éste—. Ya te he dicho que no voy a jugar.

De pronto, la pared de la izquierda se llenó de imágenes. Era la vista general de un grupo de personas rodeado por autómatas, con el Edderkoppe Gud frente a ellos.

—¡Ahí está mi madre! —exclamó Katherine, llevándose una mano a la boca.

—Y el profesor —murmuró Samuel—. Y Adrián, y García, y el capitán Verne... Están todos...

—¿Qué vais a hacer, monstruos? —gritó Katherine, encarándose con el autómata dorado—. ¡Soltadles y dejadnos en paz!

—¿Quién es esa gente? —dijo Samuel, abstraído en las imágenes—. Fíjate, está Ardán... Así que esos otros deben de ser sus hombres...

De repente, en la pared de la derecha apareció la imagen en plano medio de uno de los hombres del grupo, un tipo grande con un enorme mostacho, uno de los tripulantes del *Charybdis*. El autómata lo señaló, luego señaló al tablero y finalmente a Samuel.

—¿Qué quieres? —musitó el fotógrafo—. No te entiendo...

El estruendo de la tuba le sobresaltó. Una vez más, el autómata dorado señaló al tablero y a Samuel.

—¡No voy a jugar! —gritó éste.

Entonces, el autómata señaló la imagen del marinero del bigote. Y, un instante después, los dos jóvenes contemplaron horrorizados cómo un rayo rojo surgía del Edderkoppe Gud y alcanzaba de lleno al tripulante del *Charybdis,* matándolo al instante. Katherine profirió un gemido de horror. Sin solución de continuidad, la pared de la derecha mostró la imagen de Frías, uno de los tripulantes del *Saint Michel*. El autómata la señaló, señaló al tablero y señaló a Samuel. Katherine tragó saliva.

—Creo que si no juegas, Sam —dijo con un hilo de voz—, los matará uno a uno...

La tuba resonó.

—¡De acuerdo, de acuerdo! —exclamó Samuel, aproximándose al tablero—. Tú ganas, jugaré...

Tendió la mano y avanzó dos escaques el peón de rey.

Cuarenta y seis movimientos más tarde, Samuel derribó el rey blanco sobre el tablero.

—Ya está, he perdido... —musitó.

Un rayo rojo brotó del Edderkoppe Gud y atravesó a Frías de lado a lado.

Katherine gritó y ocultó la cara entre las manos.

Samuel retrocedió un paso y movió la cabeza de un lado a otro, incrédulo. Ahora todo estaba claro: si no jugaba, el Dios-Araña mataría; y si jugaba y perdía, el Dios-Araña volvería a matar.

Una nueva imagen apareció en la pared derecha. Era un hombre calvo con una cicatriz en la mejilla, otro de los tripulantes del *Charybdis*. El autómata colocó las piezas en el tablero y señaló a Samuel con un dedo.

## 18. La variante Battambang

Los hombres estaban aterrorizados. El autómata con forma de araña ya había matado a dos de ellos y todo parecía indicar que el resto seguiría pronto la misma suerte. Lo que no entendían era por qué el monstruo no acababa con todos de una vez, por qué dilataba tanto cada asesinato. La espera les crispaba los nervios. Algunos, resignados, se habían sentado en el suelo y aguardaban en silencio su fin; otros se agitaban, inquietos, y caminaban de un lado a otro con el rostro crispado. Cuando el Edderkoppe Gud mató al marinero Frías, uno de los tripulantes del *Charybdis* intentó escapar pasando por debajo de la araña gigante, pero una infinidad de tentáculos de acero se lo impidió violentamente y ahora yace en el suelo con un par de costillas rotas.

García, el químico, se había sentado junto a Verne y era de los que permanecía silencioso, con la mirada clavada en el suelo y aire de resignada fatalidad. Zarco estaba en primer término, frente al Edderkoppe Gud, mirándolo con curiosidad. Cairo se aproximó a él y le preguntó:

—¿Alguna sugerencia para salir de esta encerrona, profesor?

—Rezar. El problema es que no soy muy creyente que digamos... —sin apartar la mirada del enorme autómata, Zarco se frotó la nuca—. No entiendo nada, Adrián. Nos atacan, nos rodean y, al cabo de unos minutos, el Edderkoppe Gud se carga a un tipo. Y luego, tres cuartos de hora después, acaba con el pobre Frías. ¿Por qué hace eso? Si quiere matarnos, ¿por qué no nos fríe a todos a la vez?

—¿Ha visto alguna vez a un gato jugando con un ratón, profesor? Porque eso es lo que parece.

Zarco sacudió la cabeza.

—Esos artefactos no tienen pinta de jugar a nada —dijo—.

No, no es eso; se comportan así por algún motivo que se nos escapa...

En ese momento, Ardán se aproximó a ellos.

—Le debo una disculpa, Zarco —dijo—. Tenía usted razón: estos seres no pueden proceder de nuestro planeta —paseó la mirada por el muro de autómatas—. Es increíble; ¿se imagina lo que podríamos hacer con esa tecnología?

Zarco soltó una risa sarcástica.

—No, Ardán —replicó—. Me imagino lo que esa tecnología puede hacer con nosotros.

El magnate le miró con displicencia.

—Siempre tan corto de miras, amigo mío —dijo—. Quienes han construido esos autómatas tienen forzosamente que ser inteligentes, muy inteligentes, y, por tanto, razonables. ¿Han intentado comunicarse con ellos?

—No parece que hablen mucho —comentó Cairo.

—Así que no lo han intentado —Ardán sonrió con confianza y, encarándose con el Edderkoppe Gud, dijo en voz alta—: Me llamo Aleksander Ardán y quiero parlamentar con vosotros. Os respeto y sólo pretendo negociar una solución para nuestras diferencias. Decidme qué queréis y yo os lo daré.

El Edderkoppe Gud permaneció inmóvil y silencioso, impertérrito. Zarco rió entre dientes.

—Háblele en armenio, Ardán —dijo, burlón—. Quizá así le entienda.

Entonces, sin previo aviso, un rayo rojo brotó del autómata gigante y alcanzó en el pecho a uno de los marineros del *Charybdis,* un tipo calvo, con una cicatriz cruzándole el rostro, que se derrumbó instantáneamente muerto. Sonaron unos gritos y los hombres se apartaron instintivamente del cadáver, como si fuese contagioso. El aire se impregnó de un nauseabundo olor a carne asada. Zarco advirtió que Lady Elisabeth estaba de pie, inmóvil, con la mirada perdida.

—¿Se encuentra bien, Lisa? —preguntó, aproximándose a ella.

La mujer parpadeó, como si saliera de un trance, y asintió con la cabeza.

—Pensaba en Kathy —dijo—, y en Sam, solos en manos de esos seres. Supongo que ya habrán muerto...

—Eso no lo sabemos.

—Pero lo que sí sabemos es que vamos a morir ahora.

—No, tampoco lo sabemos, Lisa.

Lady Elisabeth señaló el cadáver del tripulante del *Charybdis*.

—Acaba de morir un hombre —dijo—. Y otros dos antes. Nos están matando poco a poco.

—Ésa es la cuestión: ¿por qué poco a poco? No tiene sentido. Creo que está pasando algo, pero ignoramos qué. Aún hay esperanzas, Lisa; no pierda el ánimo.

La mujer le miró a los ojos e, inesperadamente, sonrió.

—¿Sabe, profesor?, debajo de ese disfraz de fiera que siempre lleva puesto se esconde un verdadero ser humano.

—Vaya, me ha descubierto...

—¿Sabe algo más? Desde que nos conocemos le he considerado grosero, brutal, ególatra, sexista, déspotico, engreído y fanfarrón. Pero ahora sé que también es inteligente, valeroso hasta la temeridad y absolutamente honesto. Por mucho que se empeñe en ocultarlo, tiene usted un corazón de oro.

Zarco arqueó las cejas; sus mejillas se sonrojaron levemente.

—Pues la verdad —murmuró—, no sé si darle las gracias o enfadarme.

—Ni lo uno ni lo otro. Sólo quería que supiese que me alegro de haberle conocido y que lamento que no dispongamos de mucho más tiempo para poder seguir conociéndole.

—No hable así, Lisa.

Lady Elisabeth cerró los ojos y se estremeció.

—Tengo miedo —dijo en voz baja—. Ulises..., ¿te importaría abrazarme?

Tras un breve titubeo, Zarco la rodeó con sus brazos. Ella respondió al abrazo, primero débilmente, luego con fuerza;

después, alzó la cabeza y buscó los labios del hombre con los suyos. Cogido por sorpresa, Zarco tardó un instante en reaccionar. Al fin, decidió no hacer ni decir nada y abandonarse a aquel cálido beso.

\* \* \*

Samuel estaba desmoralizado. Había vuelto a perder y otro ser humano yacía muerto. Por su culpa. Aquello era una pesadilla; intentaba concentrarse al máximo, jugar lo mejor que sabía, pero no bastaba; el autómata dorado parecía capaz de prever sus jugadas con increíble antelación, jugaba mucho mejor que él. Además, no se tomaba tiempo para pensar; en cuanto el fotógrafo hacía un movimiento, la máquina movía instantáneamente sus piezas. Era descorazonador. Samuel, por su parte, intentaba dilatar lo más posible sus jugadas, dedicar el máximo tiempo a reflexionarlas; pero no podía: al cabo de un par de minutos, el autómata le señalaba a él y al tablero y la tuba sonaba, apremiándole a mover pieza. Y Samuel no se atrevía a desobedecer.

—¿Por qué hacéis esto?... —musitó el joven, contemplando con desánimo sus propias facciones en el dorado e inmutable rostro del autómata.

La máquina comenzó a distribuir las piezas sobre el tablero.

Unos pasos más allá, Katherine contemplaba con la boca abierta las imágenes que aparecían en la pared de la izquierda. Acababa de ver a su madre besando al profesor Zarco, y esa imagen le había provocado tal sorpresa y, todo hay que decirlo, consternación, que tardó unos segundos en comprender el auténtico alcance de lo que estaba viendo. En esa pared aparecían las imágenes de las siguientes víctimas, y ahora mostraba la de su madre.

—¡Va a matarla! —exclamó con un rictus de angustia—. ¡Matará a mi madre!

Samuel volvió la mirada a la izquierda y contempló desalentado el rostro de Elisabeth Faraday. El autómata dorado acabó de distribuir las piezas y señaló al fotógrafo, urgiéndole a realizar la primera jugada de la siguiente partida. Samuel tragó saliva; necesitaba tiempo para pensar, tenía que ordenar las ideas. Alzó las manos, mostrando las palmas, señaló la fuente de agua y se aproximó a ella. El autómata permaneció inmóvil y la tuba no sonó; le concedían un receso. Se inclinó hacia delante y dio un sorbo de agua.

—La va a matar —repitió Katherine con voz temblorosa—. Si pierdes, mi madre morirá...

—Vas a conseguir ponerme más nervioso de lo que ya estoy, Kathy —replicó Samuel en voz baja—. Por favor, cállate.

La muchacha se mordió el labio inferior y comenzó a caminar de un lado a otro. Samuel se refrescó la cara y se apoyó contra la pared, con la mirada perdida, reflexionando. El autómata no jugaba como juegan los seres humanos, no intentaba engañarle, no buscaba estrategias para sorprenderle; sencillamente, reforzaba con cada movimiento su posición hasta asfixiarle y conducirle al jaque mate final. En realidad, el juego del autómata era monótono y aburrido, sin pizca de creatividad. Pero demoledoramente eficaz. No practicaba esgrima mental; era una apisonadora.

Samuel se preguntó cómo era posible que aquel autómata jugase tan bien. En la ciudadela, sin duda, no habían visto un tablero de ajedrez jamás, así que forzosamente tenía que haber aprendido viéndoles jugar a Katherine y a él. Exhaló una bocanada de aire, abrumado por la inteligencia de aquellos seres; ¿cómo ganar a alguien o algo que, con sólo ver jugar un par de partidas, se convierte en un gran maestro de ajedrez?

No obstante, pensó, si el autómata había aprendido viéndoles jugar y seguía aprendiendo mientras jugaba con él, eso quería decir que estaba acostumbrado a estrategias normales, a aperturas de peón de rey o peón de reina; pero ¿qué pasaría si jugaba de forma diferente, si dejaba de seguir los esquemas ortodoxos?

El sonido de la tuba le sobresaltó. El autómata le señaló con un dedo y Samuel se aproximó al tablero. Contempló las piezas blancas, dispuestas en la doble fila inicial. ¿Cómo podía sorprender a aquella máquina?, se preguntó. Entonces recordó un movimiento que le había enseñado su tutor, el señor Charbonneau: la apertura Dunst. «En realidad no sirve para nada, pero desconcierta al contrario», le dijo. Justo lo que necesitaba. Tendió la mano para efectuar el primer movimiento...

—Gánale, Sam —le interrumpió Katherine mirándole angustiada—. Te lo suplico, es mi madre...

Samuel abrió la boca para decirle a la muchacha que se callase, pero cambió de idea y, tras un suspiro, desplazó el caballo de reina a alfil 3. El autómata tardó una décima de segundo más de lo habitual en responder, adelantando dos escaques su peón de rey. Samuel contempló el tablero convencido de que había hecho una locura; con aquel movimiento inicial del caballo debilitaba la posición de las blancas y perdía el control del centro. No obstante, aún había un movimiento más absurdo: la variante Battambang. Así que, ya puestos a hacer locuras, adelantó un escaque el peón de torre de dama.

Katherine asistía a la partida sin entender nada. Ni siquiera intentaba seguir la lógica de los movimientos; se limitaba a aguardar el desenlace del juego y parpadeaba repetidamente para contener las lágrimas mientras contemplaba la imagen de su madre en la pared.

Una hora y cuarenta y seis movimientos más tarde, Samuel, con los ojos entrecerrados, mantuvo la mirada fija en el tablero durante los escasos dos minutos que le concedía la máquina. Le quedaban muy pocas piezas y su posición era cada vez más débil, pero igual le ocurría al androide; de hecho, sus fuerzas estaban muy equilibradas. ¿Podría ser que...?

Desplazó el alfil, amenazando al caballo negro. El autómata respondió protegiendo su pieza con un peón.

Entonces, Samuel cogió su reina y mató con ella a la reina negra, forzando un intercambio.

El autómata no respondió. Se quedó inmóvil, con los dorados brazos caídos a lo largo del cuerpo.

Y, de pronto, las imágenes de las paredes se esfumaron.

El tiempo pareció congelarse durante un instante.

—¿Qué pasa? —preguntó Katherine, desconcertada—. ¿Has ganado?

Samuel tenía los ojos clavados en el tablero. Poco a poco, su rostro se iluminó con una sonrisa.

—No —dijo—, no he ganado. Creo que hemos hecho tablas...

—¿Cómo que tablas? ¿Qué es eso?

—Fíjate —Samuel señaló el tablero con un dedo—. Acabo de matar a su reina y él matará a la mía con el peón. Luego yo me comeré su caballo con mi alfil y él me comerá el alfil con ese otro peón. Después intercambiaremos peones y la posición que resulta no conduce a ninguna parte. Ni él ni yo podemos ganar; hemos empatado. Tablas.

En ese preciso momento se apagaron las luces.

\* \* \*

Por fin la mente había encontrado la respuesta que estaba buscando. Pero no dedicó ni un instante a reflexionar sobre su descubrimiento. Una importante directriz se había activado en su interior y ahora tenía muchas decisiones que tomar, muchos detalles que ajustar, mucho trabajo por delante.

\* \* \*

Una hora y ocho minutos después de que el rayo rojo matara por última vez, el Edderkoppe Gud se derrumbó, como si le vencieran las patas. Simultáneamente, los innumerables autómatas que rodeaban al grupo de humanos cayeron al suelo y allí se quedaron, inertes, desmadejados como enormes juguetes de latón a los que se les hubiese agotado la cuerda.

Los hombres intercambiaron miradas de sorpresa.

—Por todos los demonios... —murmuró Zarco—. ¿Qué ha pasado?

La primera en reaccionar fue Lady Elisabeth. Avanzó hacia el caído Edderkoppe Gud y lo tocó con una mano. No sucedió nada. Verne, Zarco, Cairo y Ardán se aproximaron a los autómatas más cercanos al Dios-Araña y comprobaron que estaban completamente inactivos.

—Para salir de aquí habrá que pasar por encima de ellos —observó el capitán.

Tras un breve silencio, Zarco dio un paso adelante.

—Iré yo primero —dijo—. Adrián, si llego sano y salvo al otro lado, ayuda a Lisa a cruzar.

Acto seguido, comenzó a sortear los autómatas. Algunas máquinas eran tan grandes, y estaban todas tan juntas, que se veía obligado a trepar por los cuerpos de metal, pero nada ocurrió, ningún tentáculo de titanio se alzó, ninguna garra se abatió sobre él, ningún rayo le fulminó. Cuando salió del círculo de autómatas, alzó los brazos y gritó:

—Adelante. No hay peligro.

Tras un breve intervalo de indecisión, los humanos comenzaron a salir del reducido espacio donde habían permanecido cautivos de los autómatas, en silencio, desconcertados, como si estuvieran sorprendidos de seguir vivos.

\* \* \*

—¿Y ahora qué? —preguntó Katherine.

Estaban en el habitáculo, completamente a oscuras, cogidos de la mano.

—No lo sé, Kathy... —respondió Samuel—: Ya no vibra. ¿Lo notas?

—¿El qué?

—El suelo, las paredes; antes todo vibraba un poco, ahora ya no.

—Es verdad. ¿Qué crees que...?

De repente, las luces se encendieron, aunque más tenuemente que antes. El autómata dorado abandonó súbitamente su estatismo y avanzó hacia ellos. Katherine retrocedió un paso; Samuel se interpuso entre ella y la máquina, pero el androide se detuvo y señaló la pared de su derecha.

En ella apareció la imagen de la Tierra vista desde el espacio. No había nubes, así que se distinguían con claridad los continentes. En primer término África y Europa, y al norte, cerca del Polo, marcada con un puntito rojo, la isla de Bowen. De pronto, la Tierra giró ciento ochenta grados sobre su eje y se detuvo.

La imagen cambió bruscamente: ahora mostraba una vista general de la isla de Bowen. El volcán estaba en erupción y expulsaba ríos de lava mientras una enorme nube de humo brotaba de su caldera. De pronto, la isla estalló, convirtiéndose en una descomunal bola de fuego y cenizas.

La pared quedó en blanco.

Samuel y Katherine intercambiaron una mirada de desconcierto.

—¿Qué ha sido eso? —murmuró el fotógrafo, extrañado—. La isla no ha explotado; seguimos vivos y no hemos notado nada...

Katherine tardó unos segundos en responder.

—Creo que lo que hemos visto era una advertencia, Sam —dijo con los ojos entrecerrados—. La Tierra tarda veinticuatro horas en dar una vuelta completa sobre su eje. Las imágenes mostraban el planeta dando media vuelta; eso son doce horas. Luego hemos visto el volcán en erupción y la isla explotando. Me parece que quiere decirnos que la isla se va a destruir dentro de doce horas.

Samuel alzó las cejas y abrió la boca para decir algo, pero entonces el autómata dorado señaló alternativamente a ambos jóvenes al tiempo que la puerta del habitáculo se abría a su espalda. El androide giró sobre sí mismo, caminó hacia la salida y se detuvo nada más traspasar el umbral. Alzó un brazo y volvió a señalarles.

—Quiere que le sigamos —dijo Katherine.

Los dos se dirigieron a la puerta, pero, antes de cruzarla, Samuel se detuvo.

—¿Qué pasa? —preguntó la muchacha.

—Olvidaba algo.

Samuel se dio la vuelta, recogió las piezas y el tablero, y lo guardó todo en un bolsillo.

—Me lo regaló el señor Charbonneau —se excusó, regresando al lado de Katherine—. No quería perderlo.

Fuera del habitáculo reinaba la oscuridad. Inesperadamente, un doble haz de luz brotó de los ojos del autómata, iluminando el camino. Estaban en un largo túnel de lisas paredes de color gris; guiados por el androide, lo siguieron a lo largo de unos doscientos metros, hasta llegar a un muro.

Una abertura se abrió en la pared y la luz del sol incidiendo sobre el circo de piedra los deslumbró. Una ráfaga de aire fresco acarició sus rostros. Avanzaron unos pasos y salieron al exterior. El autómata dorado se detuvo en el umbral, señaló al volcán y luego hacia el sur. Acto seguido, volvió a entrar en el túnel y la entrada se cerró. Katherine y Samuel contemplaron los artefactos que se distribuían a todo lo largo y ancho del circo.

—Esas setas de metal mataron a mi padre y a sus compañeros, ¿no es cierto? —dijo ella.

—Sí.

—Pues ahora tenemos que pasar entre ellas.

Samuel tragó saliva, recordando lo que aquellas setas habían hecho con los conejos.

—Si nos han permitido salir —aventuró, no todo lo convencido que le hubiera gustado—, supongo que no habrá sido para matarnos aquí.

Katherine asintió y agarró con fuerza a Samuel de la mano.

—De acuerdo —dijo—. ¿Andando o corriendo?

Samuel se encogió de hombros.

—Dará igual, pero me sentiría un poco más seguro si corremos.

—Pues adelante.

Los dos jóvenes echaron a correr simultáneamente y atravesaron el circo de piedra todo lo rápido que podían, de la mano, intentando mantenerse lo más alejados posible de las letales setas metálicas; pero nada sucedió, ningún rayo rojo perforó sus cabezas, así que lograron alcanzar sanos y salvos el extremo sur del anfiteatro. Una vez allí, se detuvieron para recuperar el resuello.

Entonces, un sordo estruendo sonó más allá de la ciudadela. Provenía del domo; la inmensa cúpula negra se estremecía y agitaba mientras enormes arcos voltaicos brotaban a su alrededor, retorciéndose en el aire igual que serpientes de fuego. La tierra tembló. De pronto, la cúpula comenzó a elevarse, arrastrando tras de sí grandes fragmentos de roca. Porque no era una cúpula, sino una descomunal esfera cuya mitad inferior había permanecido oculta bajo tierra.

La esfera de casi doscientos metros de diámetro se alzó lentamente por los aires; conforme lo hacía, en medio de un atronador zumbido, el color de su superficie fluctuó del negro a un gris metálico oscuro salpicado de vetas ocres, anaranjadas y rojizas. Una ráfaga de viento azotó a los dos jóvenes, que contemplaban asombrados lo que estaba ocurriendo. La atmósfera se impregnó de olor a ozono.

Como atrapados por un intensísimo campo magnético, enormes bloques de roca y una infinidad de cascotes levitaban en torno a la esfera conforme ésta se elevaba. Al alcanzar unos quinientos metros de altura, la esfera se detuvo y las rocas y los cascotes se precipitaron al suelo, impactando contra él con gran estruendo. Entonces, la esfera aceleró bruscamente y, en apenas un par de segundos, desapareció de vista. El estampido sónico restalló en lo alto como un descomunal trueno.

Los dos jóvenes intercambiaron una mirada de asombro.

—Se han ido... —murmuró Samuel.

Katherine asintió.

—Y la isla explotará dentro de menos de doce horas —añadió el joven—. Tenemos que avisar a los demás.

Tras dedicar una última mirada a la ciudadela, echaron a correr hacia el sur.

* * *

Después de abandonar el círculo de autómatas, los tripulantes del *Charybdis* buscaron entre las ruinas del poblado los pertrechos que habían traído consigo y recargaron sus armas. Simultáneamente, la tripulación del *Saint Michel* recuperó su armamento sin que nadie se lo impidiese, pues la inesperada aparición del ejército de autómatas había roto, al menos por el momento, su anterior condición de prisioneros. De hecho, Ardán, concentrado en examinar las diferentes clases de autómatas que yacían en el suelo, no les prestaba la menor atención.

Lady Elisabeth se aproximó a Zarco y, señalando con un ademán las inmóviles máquinas, preguntó:

—¿Qué ha pasado, Ulises? ¿Por qué se han desactivado?

—No lo sé, Lisa; es tan absurdo como el anterior comportamiento del Edderkoppe Gud —Zarco entrecerró los ojos—. A no ser que...

—¿Qué?

El profesor se encogió de hombros.

—A no ser que su hija y Durazno tengan algo que ver con esto —concluyó.

Entonces, un penetrante zumbido resonó en la distancia y la tierra tembló. Todas las miradas se volvieron hacia el norte, el lugar de donde provenía el sonido. Y, en la lejanía, vieron alzarse una descomunal esfera iridiscente, y vieron cómo se detenía un instante en lo alto para luego alejarse velozmente hasta desvanecerse en el cielo. El ensordecedor estampido sónico les azotó como una bofetada celestial. Durante unos segundos todos contuvieron el aliento.

—¿Qué demonios era eso, Zarco? —bramó Ardán, aproximándose.

—Y yo qué sé —respondió el profesor con el ceño fruncido y, volviéndose hacia Cairo, comentó en voz baja—: Teniendo en cuenta la distancia a la que la hemos visto, esa cosa ha debido de despegar desde la ciudadela. ¿Qué opinas?

—Que deberíamos ir a echar un vistazo.

—Basta de cuchicheos —ordenó Ardán, llegando a su altura—. ¿De qué hablaban?

Zarco le contempló con una ceja alzada.

—Comentábamos que, sea lo que sea que esté sucediendo —dijo—, sucede en la ciudadela. ¿No quiere que se la enseñe, Ardán?

El magnate le miró con recelo. Advirtió que Cairo llevaba entre las manos su escopeta de caza y que la mitad de los tripulantes del *Saint Michel* iban armados, pero no hizo ningún comentario al respecto.

—De acuerdo, Zarco —dijo—; lléveme a esa base extraterrestre. Pero vamos a ir todos juntos y no olvide que mis hombres duplican en número a los suyos.

\* \* \*

Katherine y Samuel recorrían el camino hacia el sur tan rápido como podían, a veces corriendo, a veces con un trote ligero y constante. Era una carrera contra el tiempo. Atravesaron el desfiladero, dejaron atrás los restos de las columnas púrpura, preguntándose interiormente qué las había destruido, y siguieron sin pausa hasta que, veinticinco minutos después de haber abandonado el circo, llegaron al muro de piedra. Sólo entonces, tras cruzarlo, se detuvieron unos instantes para descansar.

Samuel, con el torso inclinado hacia delante y las manos apoyadas en los muslos, intercambió una mirada con Katherine, que jadeaba recostada contra el muro. La muchacha le sonrió y él le devolvió la sonrisa. Mientras recuperaban el resuello, contemplaron la enorme brecha que se había abierto en el muro.

—Supongo que es obra de los autómatas —observó Samuel entre jadeos—. Para llegar al poblado tuvieron que pasar por aquí…

Entonces, a sus oídos llegó un rumor lejano, ruido de pasos y voces apagadas. Un par de conejos corrieron a esconderse entre las frondas. Los dos jóvenes se incorporaron y, tras cruzar una mirada de sorpresa, volvieron los ojos hacia el sur, expectantes. Al cabo de unos minutos los vieron aparecer, un grupo de hombres que avanzaban siguiendo el sendero. Al poco, distinguieron a los tripulantes del *Saint Michel* con Zarco, Cairo y Verne a la cabeza; detrás, Ardán y los tripulantes del *Charybdis*. Entonces, una figura femenina surgió del grupo y echó a correr hacia ellos.

—¡Kathy! —gritó Lady Elisabeth.

—¡Mamá!

Madre e hija corrieron la una hacia la otra y se fundieron en un estrecho abrazo, llorando y riendo las dos al mismo tiempo. Samuel se aproximó a su vez al grupo mientras Zarco, Cairo y Verne se adelantaban para recibirle.

—¡Durazno, muchacho! —exclamó Zarco, palmeándole la espalda—. ¿Qué hacéis aquí? ¿Cómo demonios habéis...?

—No hay tiempo para explicaciones, profesor —le interrumpió Samuel—. Tenemos que irnos lo antes posible. La isla va a explotar.

Zarco arqueó las cejas y parpadeó.

—¿Quiénes son éstos? —terció Ardán con el ceño fruncido.

—Sam, nuestro fotógrafo —respondió Cairo—. Y Kathy, la hija de la señora Faraday.

—Pero... ¿no estaban retenidos en esa ciudadela?

—¿Cómo que la isla va a explotar? —exclamó Zarco poniendo los brazos en jarras.

—El volcán entrará en erupción —dijo Samuel— y la isla estallará en pedazos.

Ardán miró hacia el norte, por encima del muro.

—No veo nada —observó.

—Porque sucederá dentro de más o menos once horas...

—¿Eres adivino? —preguntó el magnate, burlón.

—Sam está diciendo la verdad —intervino Katherine, aproximándose del brazo de su madre—. La isla va a estallar; nos lo dijeron ellos.

—¿Ellos? —Ardán alzó una ceja—. ¿Quiénes son «ellos», muchacha, y qué demonios os dijeron?

Ignorándole, Katherine le dijo a Zarco:

—Es verdad, profesor; créanos. Debemos irnos.

Zarco miró a la muchacha, luego a Samuel y se encogió de hombros.

—De acuerdo, os creo —dijo—, porque desde que he pisado esta isla estoy dispuesto a creerme cualquier cosa. Pero me parece que, para convencer a todo el mundo, deberíais dar alguna explicación. Seguro que podéis hacer un resumen.

Samuel suspiró y asintió con la cabeza, así que con ayuda de Katherine, relató a toda prisa lo que había ocurrido desde que los capturaron hasta que los dejaron en libertad. Habló de la sala blanca, de las imágenes en las paredes, de las pruebas a las que les habían sometido, del autómata dorado, de las mortales partidas de ajedrez y de la advertencia final. Cuando acabó, hubo un largo silencio.

—Bueno, ¿y qué? —dijo finalmente Ardán.

—¿Cómo que y qué? —replicó Katherine, encarándose con el magnate—. La isla va a explotar. ¿Qué es lo que no entiende?

—Lo que no entiendo, niña, es por qué estáis tan seguros. Esas imágenes, el planeta girando y una simulación del volcán, pueden significar cualquier cosa.

—Por ejemplo, ¿qué? —preguntó Samuel.

Ardán se encogió de hombros.

—No lo sé; yo no estaba allí —entrecerró los ojos—. Por otro lado, también es posible que os lo hayáis inventado todo para que mis hombres y yo nos vayamos y os podáis quedar con la tecnología de esta isla.

—¡Si ni siquiera sabíamos que usted estaba aquí! —protestó Katherine.

Zarco, que llevaba unos minutos en silencio y pensativo, alzó la cabeza y declaró:

—Yo les creo.

—¿Qué? —dijo Ardán.

—Lo que nos han contado Durazno y Katherine explica lo que ha pasado. Todo encaja: el comportamiento de los autómatas, los asesinatos del Edderkoppe Gud, la posterior desconexión de las máquinas... Así que me lo creo. Por otro lado, no sé cómo se las arreglan en Armenia a la hora de razonar, pero a mí sólo se me ocurre una forma de interpretar las imágenes de la Tierra girando y el volcán explotando. Así que usted puede hacer lo que quiera, pero nosotros nos vamos de aquí.

—De eso nada —replicó Ardán, mirándole con dureza—. Nadie va a abandonar la isla hasta que yo lo diga.

Zarco dejó escapar un cansado suspiro. Lady Elisabeth avanzó unos pasos y se encaró con el magnate.

—Sam y mi hija aseguran que la isla va a destruirse, y yo también les creo. Debemos irnos, señor Ardán; y no sólo nosotros, sino también usted y esos hombres de los que es responsable.

El millonario sonrió con ironía.

—Es que no me lo trago, señora —dijo—. Esta isla lleva aquí millones de años y ahora, de repente, va a saltar por los aires. Qué casualidad, ¿no le parece? Y qué conveniente para sus intereses.

—¡Por Júpiter, qué intereses ni qué narices! —bramó Zarco, exasperado—. Vinimos en busca de John Foggart y le encontramos, por desgracia muerto. Misión cumplida, ya no tenemos nada más que hacer aquí.

—Claro, y la tecnología de este lugar le resulta indiferente —repuso Ardán en tono sarcástico.

—No, esta isla, la ciudadela, los autómatas, todo me parece fascinante; tanto que, incluso pese a su desagradable presencia,

Ardán, estaría dispuesto a quedarme aquí para averiguar más sobre todas esas maravillas. Pero, al parecer, la isla va a irse al infierno y, qué quiere que le diga, mi curiosidad no llega tan lejos como para morir por ella. Además, ¿qué demonios pretende sacar en claro de aquí?

Ardán soltó una carcajada.

—El futuro —dijo—, eso es lo que voy a sacar en claro de aquí. Autómatas, rayos calóricos, aleaciones imposibles, la capacidad de viajar por el espacio... ¿Le parece poco?

—¿Y cree que podrá dominar esa tecnología? —preguntó Lady Elisabeth.

—Por supuesto, mediante ingeniería inversa —contestó el magnate—. Con sólo estudiar y analizar la maquinaria que encontremos en esta isla, el conocimiento humano avanzará siglos.

—Y de paso se hará aún más rico y poderoso de lo que ya es —terció Zarco, burlón.

Ardán se encogió de hombros.

—Así es el sistema en que vivimos —respondió—. Además, he invertido mucho tiempo, dinero y esfuerzo en esta búsqueda, así que creo merecer una recompensa.

—Pues muy bien, felicidades —replicó Zarco—; ya tiene lo que buscaba. Pero nosotros nos vamos.

—¿Para revelarle al mundo la existencia de la isla? Ni hablar; se quedarán aquí hasta que yo decida lo contrario.

Zarco le miró fijamente durante unos segundos; luego, apartó la mirada y cabeceó un par de veces. Y, de pronto, su mano derecha voló al interior de la chaqueta y reapareció empuñando una pistola que apuntaba directamente a la cabeza de Ardán. Al instante, los tripulantes del *Charybdis* volvieron sus armas contra el profesor, mientras Cairo y los hombres del *Saint Michel* que estaban armados los encañonaban a ellos. En apenas un segundo, todo el mundo apuntaba a todo el mundo. Ardán contempló el negro cañón de la pistola que empuñaba Zarco y esbozó una sonrisa.

—Si me dispara —advirtió—, mis hombres le matarán; a usted y a sus amigos.

—Y si nos quedamos aquí moriremos de todas formas —repuso Zarco, devolviéndole la sonrisa sin dejar de encañonarle—. Así que, puestos a elegir la forma de irme al otro barrio, prefiero la que me permita llevármelo a usted conmigo. Sin embargo, hay otra opción, Ardán: deje que nos vayamos y le garantizo que no contaremos a nadie lo que ha ocurrido en esta isla. ¿Y sabe por qué? Porque no nos creerían. Además, aunque faltase a mi palabra y decidiéramos revelar la historia, ¿cuánto tardaríamos en convencer a quien sea para que venga aquí a echar un vistazo? Meses, así que dispondrá usted de mucho tiempo para explorar la isla y llevarse lo que le venga en gana antes de que llegue el otoño y tenga que irse de todas formas. Bien, Ardán, se trata de eso o de un balazo; usted elige.

Tenso como un resorte, el magnate indagó en los ojos de Zarco y vio en ellos algo que le hizo vacilar. Aquel hombre no se estaba tirando un farol. Tras unos segundos de silencio, Ardán tragó saliva y asintió.

—De acuerdo, váyanse —dijo—. Pero no se llevarán nada de la isla. Dos de mis hombres los acompañarán hasta la playa para asegurarse.

—Me parece muy bien —repuso Zarco sin bajar el arma.

Ardán se volvió hacia sus hombres y ordenó:

—Nuttall, Colby: acompañad a esta gente a la playa y aguardad allí hasta que el *Saint Michel* leve anclas. Luego, reuníos con nosotros en el norte de la isla. Si intentan llevarse cualquier cosa o hacen algo extraño, avisadnos con un disparo.

Siempre apuntando al armenio, Zarco retrocedió hasta donde se encontraba la tripulación del *Saint Michel*. Entonces advirtió que Manglano, el radiotelegrafista, estaba medio oculto tras los hombres de Ardán.

—Eh, tú, traidor —le espetó—. Ven con nosotros si no quieres morir.

Asustado, Manglano negó con la cabeza y se alejó unos pasos.

—Pues muérete, imbécil —masculló Zarco, y, dirigiéndose a los demás, dijo—: Nos vamos, pero no perdáis de vista a esos hijos de mala madre.

Los pasajeros y tripulantes del *Saint Michel,* acompañados por los dos hombres del *Charybdis,* comenzaron a alejarse. Al poco, Samuel se detuvo y gritó:

—La isla va a explotar, señor Ardán, se lo prometo. Deben irse.

El magnate soltó una carcajada y respondió:

—No te creo, hijo. Pero buen intento.

Samuel se encogió de hombros y echó a correr para reunirse con los demás.

* * *

Tardaron dos horas y media en llegar al sur de la isla. Caminaban deprisa, en silencio, como si no quisieran malgastar el aliento en palabras. En cabeza marchaban Cairo y el capitán Verne; detrás Zarco, Lady Elisabeth, su hija, Samuel y García; después el resto de la tripulación y, en último término, Nuttall y Colby, los hombres de Ardán.

Tras cruzar el poblado, nada más dejar atrás el lugar donde yacía la horda de autómatas, la tierra se agitó con un breve temblor. Nadie dijo nada. Poco después, cuando ya tenían a la vista las crestas de los acantilados del sur, un nuevo seísmo, mucho más intenso y duradero que el anterior, los zarandeó. De nuevo nadie dijo nada, pero todos avivaron el paso.

Finalmente, y aunque la isla no dejaba de agitarse con leves temblores, lograron descender sanos y salvos por la escalinata de piedra y alcanzar la playa. Una vez allí, sin perder un segundo, comenzaron a subir a los botes del *Saint Michel* que estaban amarrados junto a los del *Charybdis.* Nuttall y Colby intercambiaron unas palabras por lo bajo y se aproximaron al profesor.

—Señor Zarco —dijo Colby—, ¿está seguro de que la isla va a explotar?

La tierra volvió a temblar. Zarco alzó una ceja.

—¿Tú qué crees? —repuso con ironía.

Los dos tripulantes del *Charybdis* cruzaron una mirada.

—¿Podríamos irnos con ustedes? —preguntó Nuttall.

—Ah, muy bonito —gruñó Zarco—. Primero nos secuestran y ahora nos piden ayuda.

—Sólo cumplíamos órdenes... —se excusó Colby.

—Hemos perdido a varios tripulantes, Ulises —terció Verne—. Nos vendría bien contar con esos hombres a bordo.

Zarco arrugó el entrecejo y masculló algo por lo bajo.

—Debería dejaros aquí para que os pudrierais en el infierno —dijo—; pero adelante, subid a los botes.

Nuttall y Colby musitaron un torpe agradecimiento y se unieron a la tripulación del *Saint Michel*. Al poco, las dos embarcaciones partieron hacia el carguero. Zarco volvió la mirada hacia el *Charybdis,* que estaba fondeado a unos trescientos metros de distancia, y le preguntó a Colby:

—¿Cuántos hombres se han quedado en vuestro barco?

—Catorce, señor Zarco.

—¿Lleváis en el *Charybdis* armamento pesado?

—No, señor Zarco.

El profesor asintió, satisfecho.

—Entonces —dijo para sí—, no podrán impedir que nos vayamos.

Al cabo de unos minutos, los botes llegaron al *Saint Michel* y los pasajeros fueron subiendo poco a poco a bordo. Sin pausa, los tripulantes se dirigieron a sus puestos para preparar la partida, mientras los demás se afanaban en subir los botes a toda prisa. El resto del pasaje permaneció en cubierta, expectante. Poco más de media hora después, el *Saint Michel* levó anclas y se puso lentamente en movimiento. Al cabo de unos minutos, Verne se reunió con los pasajeros en cubierta. Desde el *Charybdis,* un foco les lanzaba señales intermitentes.

—Nos ordenan que paremos las máquinas —comentó el capitán, señalando hacia el yate.

—Ni caso —dijo Zarco—. No pueden hacernos nada.

García, el químico, que llevaba horas sin abrir la boca, se recostó contra la barandilla y se pasó una mano por la frente.

—Por fin ha pasado el peligro... —musitó, aliviado.

—Me temo que aún no, señor García —replicó Verne. Se volvió hacia Samuel y Katherine, y les preguntó—: ¿Cuánto tiempo falta para que la isla explote?

El fotógrafo hizo un gesto vago.

—No estoy seguro —respondió—. Unas siete horas, creo.

—Sí, más o menos —asintió Katherine.

Verne bajó la mirada y reflexionó en silencio.

—¿Qué sucede, capitán? —preguntó Lady Elisabeth.

—El tsunami... —intervino Zarco.

—Exacto —asintió Verne.

Lady Elisabeth miró alternativamente a uno y a otro.

—Me temo que no les entiendo —dijo.

—Cuando la isla explote —repuso Verne—, provocará un maremoto, y una inmensa ola se extenderá en todas direcciones a gran velocidad. Los japoneses lo llaman tsunami.

—¿Có-cómo de inmensa será esa ola? —tartamudeó García.

—En 1883 —respondió el capitán—, la isla Krakatoa, situada entre Java y Sumatra, explotó a causa de una erupción volcánica. Provocó olas de más de cuarenta metros de altura que asolaron las costas cercanas y hundieron infinidad de embarcaciones.

García parpadeó con expresión desvalida.

—Entonces —murmuró—, ¿vamos a morir?

Verne sacudió la cabeza.

—No hay que ponerse en lo peor —dijo—. Supongo que la banquisa y las islas de la Tierra de Francisco José actuarán como escudo, mitigando la potencia del tsunami. En cualquier caso, todo dependerá del calado de estas aguas. Si son muy profundas, la ola no romperá y sólo notaremos una súbita e inofensiva elevación del mar; pero si el tsunami tropieza con una zona de poco calado, la ola se elevará y comenzará a romper —sonrió, intentando transmitir confianza—. De todas formas —añadió—, las olas de un tsunami se desplazan a unos seiscientos kilómetros por hora, así que mejor será que cuando la isla explote estemos lo más lejos posible.

## 19. Tsunami

Dado que ya estaba al tanto del peligro que suponía el peñón de magnetita, Castro, el piloto, dirigió el *Saint Michel* con la orientación y la velocidad adecuadas para cruzar el paso entre los escollos sin que la atracción magnética les afectase. Una vez atravesado el estrecho sanos y salvos, los tripulantes prorrumpieron en una ovación. Entonces, Cairo señaló hacia la isla y dijo:
—El volcán está entrando en erupción.

En efecto, una nube de humo brotaba del cráter y se elevaba hacia el cielo formando un negro penacho. Nadie dijo nada, pero todos permanecieron en cubierta contemplando el fenómeno hasta que la isla se perdió en la distancia. Entonces, siempre en silencio, los pasajeros se encaminaron a sus respectivos camarotes, salvo Zarco y Cairo, que se dirigieron al puente de mando.

El *Saint Michel* navegó a toda máquina hacia el sur hasta que el lago de agua líquida situado en medio de la banquisa se convirtió en un canal, el «río en el hielo» que habían recorrido para llegar a la isla de Bowen. Por supuesto se vieron obligados a reducir la velocidad; pese a ello, el barco se desplazaba por el canal el doble de rápido que la vez anterior. Conforme se alejaban del benigno microclima de la isla de Bowen, la temperatura fue bajando progresivamente hasta alcanzar los valores usuales en aquellas latitudes.

Tardaron algo menos de cinco horas en llegar a la Tierra de Alexandra, la isla más occidental de la Tierra de Francisco José. Una vez dejaron atrás el canal en el hielo, ya en mar abierto, Verne ordenó navegar a toda máquina hacia el sur. Poco después avistaron un numerosísimo grupo de ballenas beluga que nadaban velozmente en su misma dirección, como si presintieran que algo iba a suceder.

Hora y media más tarde, cuando el plazo fijado por el autómata de oro estaba a punto de cumplirse, los pasajeros abandonaron sus camarotes y se congregaron junto con la tripulación en la cubierta de popa. Apenas diez minutos más tarde, el horizonte norte se iluminó con un doble fogonazo. Cinco segundos después, un bronco estampido resonó en la lejanía.

—Ya está... —murmuró Lady Elisabeth, rodeando con un brazo los hombros de su hija.

Katherine, que había cronometrado la diferencia de tiempo entre el resplandor y el sonido de la explosión, hizo unos rápidos cálculos mentales y le comentó a Samuel:

—Estamos a unas noventa millas de la isla; es decir, alrededor de ciento cuarenta kilómetros. Si el tsunami se desplaza a seiscientos kilómetros por hora, la ola llegará a nosotros dentro de aproximadamente catorce minutos.

En ese momento sonó la sirena del barco y Elizagaray bajó del puente por las escalerillas a toda prisa.

—¡Despejen la cubierta! —ordenó—. ¡Todo el mundo al interior del navío! —y dirigiéndose a los pasajeros, dijo—: El capitán les invita a subir al puente de mando.

Mientras seguían al primer oficial, Samuel advirtió algo desconcertante: el *Saint Michel* estaba girando 180 grados.

\* \* \*

En el puente se encontraban Verne, Zarco, Cairo y, al pie del timón, Yago Castro, el piloto. Nada más entrar, Samuel dijo:

—Hemos dado la vuelta, capitán. ¿Por qué?

—Las olas hay que encararlas de proa, Sam —respondió Verne—. Y más una ola como ésta.

—¿Y García? —preguntó Cairo.

—Se ha quedado en su camarote —repuso Lady Elisabeth—. Dice que, si vamos a morir, prefiere no enterarse.

Katherine tomó la mano de Samuel y le sonrió. De pronto,

a través de los cristales de la gran portilla frontal, vieron que, hacia el norte, el cielo destellaba con luces verdes y rojizas.

—¿Qué es eso? —preguntó Lady Elisabeth.

—Una aurora boreal —respondió Zarco—. Probablemente la ha provocado la explosión de la isla. Es un fenómeno usual en las erupciones volcánicas.

Lady Elisabeth contempló el lejano juego de luces que danzaban en el cielo.

—Parece mentira que algo tan hermoso —dijo— sea producto de una destrucción tan terrible.

Hubo un silencio. El mar estaba calmado.

—¿Cuánto falta para el tsunami? —preguntó Cairo.

—Siete minutos —respondieron a la vez Verne y Katherine.

Un nuevo silencio.

—Bah, seguro que no será nada —comentó Zarco en tono despreocupado—. Una olita, un poco de vaivén y ya está.

Nadie dijo nada. El profesor suspiró y comenzó a tararear por lo bajo una canción tabernaria, señal inconsciente de que estaba más nervioso de lo que pretendía aparentar.

—Tres minutos —anunció el capitán—. Si la ola es grande, la proa del *Saint Michel* se elevará varios grados con relación a la popa y nos inclinaremos mucho, así que procuren agarrarse a algo.

De nuevo el silencio. Los segundos se arrastraban como caracoles.

Y entonces, de repente, vieron que el horizonte se ondulaba y se alzaba conforme una inmensa ola avanzaba hacia ellos a vertiginosa velocidad.

—A toda máquina —ordenó Verne.

Castro desplazó hasta el final la palanca del telégrafo e hizo sonar tres veces la sirena.

Era una ola enorme, un rugiente muro de agua de más de quince metros de altura, un furioso leviatán líquido que se abalanzaba sobre ellos como un monstruo surgido del infierno. Y cada vez estaba más cerca.

—Dios mío... —musitó Lady Elisabeth, contemplando estremecida aquella avalancha de agua.

Sin dejar de tararear la canción, Zarco le pasó un protector brazo por los hombros.

—¡Agárrense! —gritó Verne, sujetándose a un mamparo.

Lanzado a toda velocidad, el *Saint Michel* alcanzó el seno de la inmensa ola; la proa quebró el agua, levantando sendos surtidores gemelos a ambos costados, y el navío comenzó a inclinarse conforme remontaba la ladera de aquella montaña de mar. Los pasajeros se sujetaron para no caer. El barco siguió encumbrando la ola, pero cada vez más despacio. Durante unos instantes pareció estar a punto de detenerse. Todos contuvieron el aliento. Y, de pronto, con un último esfuerzo de su motor, el *Saint Michel* coronó la cresta de la ola y la proa descendió bruscamente lanzando a los pasajeros hacia delante. Luego, tras un brusco balanceo, recuperó la posición horizontal mientras el tsunami pasaba de largo. A la gran ola le siguió otra considerablemente menor, y otra aún más pequeña; finalmente, poco a poco, el mar se fue calmando. Castro hizo sonar una vez la sirena.

—Reduzca a un cuarto y vire 180 grados a babor —le ordenó Verne al piloto, y enseguida, volviéndose hacia los pasajeros, preguntó—: ¿Están todos bien?

Un coro de voces respondió afirmativamente.

—¿Lo ve, Gabriel? —dijo Zarco con despreocupación—. Una olita de nada, como yo decía.

Verne le fulminó con la mirada.

—A veces, Ulises —dijo—, me entran ganas de... —exhaló una bocanada de aire y sacudió la cabeza—. En fin...

—¿Se acabó el peligro? —preguntó Samuel—. ¿Ya no habrá más olas?

—Así es, Sam —respondió Verne—. No habrá más olas.

—En ese caso, caballeros —dijo Lady Elisabeth—, mi hija y yo nos retiraremos a nuestros camarotes. Han sucedido muchas cosas en muy poco tiempo y estamos agotadas.

—Buena idea —asintió Zarco, desperezándose—. Yo también me voy a dormir y juro que le rebanaré el pescuezo a quien se le ocurra despertarme.

Cairo contempló las luces del norte que teñían de colores el cielo y se apoyó en la mesa de mapas.

—Sí —murmuró—. Es hora de descansar...

\* \* \*

—Jamás me he arrepentido tanto de algo como de la decisión de emprender este viaje —declaró García, muy serio—. Para una vez que salgo de España, me encuentro con trampas magnéticas, con monstruos metálicos, con sicarios armados, con erupciones volcánicas, con maremotos y con toda suerte de fenómenos adversos empeñados en acabar con mi vida, así que juro por lo más sagrado que nunca volveré a poner un pie fuera de Madrid. Mi señora esposa tenía razón: no soy la persona adecuada para esta clase de aventuras. Yo soy un científico, un estudioso; lo mío son los libros y las probetas, no andar por ahí jugándome la piel a cada paso. Así que lo dicho: nunca más...

Doce horas después de la destrucción de la isla, tras descansar, los pasajeros se habían reunido con el capitán y los oficiales en el comedor para tomar un refrigerio.

—No se queje tanto, García —dijo Zarco tras apurar su café de un trago—. Ha contemplado cosas que ningún hombre había visto jamás.

—Y que no me hacía la menor falta contemplar, profesor —replicó el químico.

—Al menos —terció Cairo—, ahora tiene una buena historia que contarles a sus nietos.

—No tengo nietos, Adrián. Además, ¿quién me iba a creer?

—Eso es cierto —dijo Verne—. Sin la isla como prueba, nadie creerá nuestra historia.

—Todavía tenemos las fotografías que tomé —apuntó Samuel.

—Las fotografías pueden trucarse, Durazno —replicó Zarco—. Gabriel tiene razón: nadie creerá lo que nos ha pasado.
—Están los fragmentos de metal puro —señaló García.
—Y sin duda serán un misterioso enigma científico. Pero su explicación, que fueron forjados por autómatas extraterrestres..., ah, amigo mío, eso no se lo tragará nadie.
Sobrevino un silencio.
—¿Qué cree que sucedió, profesor? —preguntó Cairo.
—¿A qué te refieres, Adrián?
—A la isla. ¿Qué ocurrió? ¿Por qué se fueron y por qué la han destruido?
Zarco reflexionó durante unos segundos.
—Como sugerí hace unos días —dijo—, la ciudadela debió de construirse antes de que hubiera seres humanos civilizados en el planeta, quién sabe cuándo. Durante milenios, la isla permaneció completamente aislada; entonces aparecimos nosotros y, al descubrir que éramos seres inteligentes, se largaron.
—Pero había llegado más gente antes —objetó Lady Elisabeth—. Primero los constructores de la ciudad subterránea, después Bowen y los escandinavos, los daneses, y por último mi esposo y sus hombres.
—No debieron de parecerles inteligentes —dijo Zarco con un encogimiento de hombros—. De hecho, Katherine y Durazno tienen razón; la ciudadela los secuestró para poner a prueba su capacidad de raciocinio.
—Pero eso no tiene sentido —replicó Cairo—. Llegamos aquí en un barco a motor, nos cubrimos con ropas, usamos armas y herramientas sofisticadas... Todo eso son signos evidentes de que poseemos inteligencia.
—¿Y qué es la inteligencia, Adrián? Esa pregunta puede responderse de mil maneras distintas. Para unos puede ser escribir un poema, mientras que para otros sería construir un cañón. Está claro que nada de lo que hacíamos era para la ciudadela señal inequívoca de inteligencia.
—Hasta que Sam les ganó al ajedrez —dijo Verne.

—No gané —le corrigió Samuel—. Hice tablas.

—Bueno, pues tablas. El caso es que descubrieron lo que éramos gracias a un juego. Es curioso.

—De acuerdo, averiguaron que éramos inteligentes —insistió Cairo—. Y acto seguido, se largaron. ¿Por qué?

—Y yo qué sé, Adrián. Supongo que no querrían que nos inmiscuyéramos en sus asuntos, fueran éstos los que fuesen. El caso es que se marcharon y eliminaron todo rastro suyo destruyendo la isla.

—Quizá nos tienen miedo —intervino Elizagaray.

—¿Miedo? —Cairo le miró con extrañeza—. Su tecnología es infinitamente superior a la nuestra; ¿cómo van a tenernos miedo?

El primer oficial se encogió de hombros.

—También la tecnología que yo manejo es superior a la de las serpientes venenosas, y aun así me dan miedo.

—No somos serpientes, Aitor —dijo Lady Elisabeth.

—Puede que para ellos sí, señora Faraday.

—En cualquier caso —dijo Verne—, supongo que la pregunta es: ¿quiénes son «ellos»?

Un nuevo silencio se extendió por el comedor.

—¿Saben? —dijo de pronto Samuel—; cuando Kathy y yo estábamos retenidos en la ciudadela tuve la sensación de que nos encontrábamos solos. Recuerdo que el profesor dijo que la ciudadela era automática y... me parece que estaba en lo cierto.

—Yo también tuve esa sensación —terció Katherine—. Estoy segura de que no había nadie allí.

—Bueno, no es muy científico basarse en impresiones —repuso Zarco—, pero me parece más creíble una ciudadela automática que unos seres extraterrestres viviendo desde hace milenios en el Polo Norte.

—En cualquier caso —dijo Verne—, alguien tuvo que construir la esfera, los autómatas y la ciudadela, y esos seres, los constructores, deben de estar en alguna parte. ¿Qué harán cuando conozcan nuestra existencia?

Esta vez el silencio estuvo cargado de inquietud.

—Hace unos años —dijo Katherine—, un físico alemán llamado Albert Einstein publicó una teoría en la que se establece que el límite máximo de velocidad en el universo es el de la luz, es decir: 186.000 millas por segundo. Nada puede ir más deprisa. Parece muy rápido, pero las distancias entre las estrellas son enormes, así que sean quienes sean tardarán mucho en enterarse de que estamos aquí.

—Pues no sé si sentirme aliviado por eso o decepcionado —dijo Verne—. Reconozco que esos seres me inspiran una gran curiosidad. ¿Cómo serán, dónde vivirán? ¿Para qué erigieron la ciudadela? ¿Era un faro, como cree Ulises? —suspiró—. Supongo que nunca lo sabremos.

—Hablando de preguntas sin respuesta, ¿qué habrá sido de los daneses? —comentó Cairo.

—Espero que Gulbrand y su gente hayan llegado con bien allá donde fueran —dijo Lady Elisabeth—. Son personas inocentes que no merecen ningún mal.

—No parecían tan inocentes cuando nos capturaron en la isla —gruñó Zarco.

—Se limitaban a defender su hogar —replicó ella—. Temían que les trajéramos la desgracia y, teniendo en cuenta cómo se han desarrollado los acontecimientos, no se equivocaban.

—Eso es cierto —admitió Zarco con un cabeceo—. Dudo que nos recuerden con mucha simpatía.

—¿Y Ardán? —preguntó Verne—. ¿Habrá sobrevivido a la catástrofe?

—Sinceramente, espero que no —dijo Zarco—. Ese armenio y sus secuaces merecen arder en el infierno.

—El caso es que nosotros hemos sobrevivido —intervino Katherine—. Y si lo hemos logrado ha sido gracias a Sam.

—Es cierto, Kathy —asintió Lady Elisabeth. Se volvió hacia Samuel y añadió—: Mi hija me ha contado que me salvaste la vida al hacer tablas en la última partida. De hecho, nos salvaste a todos.

—No..., no tiene importancia —balbuceó el fotógrafo.
—Claro que la tiene.

Lady Elisabeth se inclinó hacia él, le besó en una mejilla y luego comenzó a aplaudir. Al instante, todos los presentes prorrumpieron en un cerrado aplauso. Samuel, rojo como un pimiento, bajó la mirada.

—No seas tímido, Durazno —dijo Zarco—. Eres el héroe del día. Quién iba a decir que esa habilidad tuya con el ajedrez fuese a servir para algo...

De pronto, Samuel se levantó, caminó hasta donde estaba sentado Zarco y, mirándole fijamente a los ojos, dijo:

—No me llamo «Durazno», profesor; no soy un melocotón. Mi apellido es Durango. Du-ran-go, ¿entiende? Así que llámeme Samuel, o Sam, o Durango, o «eh, tú», porque si vuelve a llamarme «Durazno» le juro que le haré tragar el trípode de mi cámara. ¿Está claro?

Un silencio de muerte se abatió sobre el comedor. Todos contuvieron el aliento. Zarco contempló a Samuel con los ojos muy abiertos y la mandíbula encajada. Poco a poco fue poniéndose rojo, como una caldera sobrecalentada, y de repente estalló en una carcajada.

—¡Vaya! —exclamó—. ¡Tiene espolones el gallito!

Un suspiro de alivio se extendió entre los presentes. Zarco le dio un tan amistoso como brutal palmetazo en la espalda a Samuel y le dijo:

—Así me gusta, muchacho. La verdad, reconozco que en algún momento llegué a dudar de que te corriera sangre por las venas, pero me equivocaba: tienes redaños. Si logras mantenerte vivo, harás carrera a mi lado.

Verne hizo tintinear una copa golpeándola con una cucharilla de café.

—Señoras, caballeros —dijo—, nada me complace más que su compañía, pero desgraciadamente debo reincorporarme a mis tareas en el puente de mando. La pregunta, Ulises, es: ¿regresamos?

Zarco suspiró ruidosamente y asintió.

—Regresamos, Gabriel —dijo—. Ya no tenemos nada que hacer aquí.

—Aunque antes —prosiguió Verne—, imagino que deberemos desembarcar a Lisa y a Kathy en Inglaterra.

—Se lo agradeceremos mucho —dijo Lady Elisabeth.

—¿Cuánto tardaremos en llegar, capitán? —preguntó Katherine.

—Unos cinco días, si tenemos buena mar. Ahora, si me disculpan...

Verne, Elizagaray y Sintra abandonaron el comedor, seguidos por el resto de los presentes. Al salir al pasillo, Lady Elisabeth cogió a Zarco de un brazo y propuso:

—¿Le apetece dar un paseo por cubierta, Ulises?

El profesor frunció ligeramente el ceño.

—Eh..., claro, Lisa —dijo—. Un amistoso paseo, ¿por qué no?

\* \* \*

No había nadie en la cubierta cuando salieron al exterior. Lady Elisabeth y Zarco, cogidos del brazo, caminaron hacia la popa y se acodaron en la barandilla. Hacía frío; la mujer se arrebujó en el chaquetón que se había puesto antes de salir y volvió la mirada hacia el norte. Ya no se distinguía la aurora boreal, pero una mancha oscura emborronaba una parte del horizonte.

—Son las cenizas del volcán —dijo Zarco—. Se elevan hasta la estratosfera.

—Supongo —comentó Lady Elisabeth tras un breve silencio— que entre esas cenizas estarán las del cadáver de mi marido.

—Pues... no lo había pensado, pero sí, claro.

—Así que, de alguna manera, John alcanzará la estratosfera. Nunca soñó con llegar tan lejos —sonrió con un punto de tristeza—. Creo que no le habría desagradado un final así.

—¿Le echa de menos?

—Echo de menos al John con quien me casé y del que estuve enamorada. Pero ese John dejó de existir. Ahora me entristece su muerte, por supuesto; aunque hace mucho que nos habíamos perdido el uno al otro.

—¿Qué va a hacer, Lisa? Cuando regrese a Inglaterra, quiero decir.

Lady Elisabeth dejó escapar un suspiro.

—¿Cuándo te vas a decidir a tutearme, Ulises? —preguntó.

Zarco se removió y carraspeó.

—Bien, de acuerdo, como..., eh..., como quieras. ¿Qué vas a hacer, Lisa?

Ella se encogió de hombros.

—Arreglar los asuntos de John, supongo. Luego..., la verdad, no lo sé. Y tú, Ulises, ¿qué harás?

Zarco se acarició la nuca.

—Como el *Dédalo* se ha destruido —dijo—, habrá que posponer la expedición a los *tepuyes* de Venezuela. Pero prepararé otro viaje. Doña Rosario se va a quedar tan encantada con nuestra historia y las fotografías que vamos a llevarle, que no pondrá ninguna pega a lo que le pida. Creo que el próximo verano debería regresar a Kvitoya para explorar más a fondo la ciudad subterránea...

En ese momento Katherine y Samuel salieron a cubierta y se situaron en la zona de proa, a veintitantos metros de distancia. Samuel llevaba una cámara portátil y, al poco, comenzó a fotografiar a la muchacha.

—Hacen una buena pareja —comentó Zarco.

—Sam es un joven extraordinario —asintió Lady Elisabeth.

—Un poco fúnebre, pero listo y valiente. Me gusta, tiene agallas.

Lady Elisabeth respiró hondo y dejó escapar el aire lentamente.

—Siempre juzgas a la gente según su fuerza o su inteligencia —dijo—. Pero hay otros valores, Ulises. ¿Sabes por qué me gusta Sam? Porque, aparte de valiente y listo, también es dulce y sensible. ¿A eso no le das importancia?

Zarco se llevó un puño a la boca y simuló una tos.

—Bueno —repuso—, supongo que yo no soy demasiado dulce y sensible...

—Sí que lo eres —replicó ella—. Pero te empeñas en ocultarlo. ¿Recuerdas lo que sucedió cuando estábamos rodeados por los autómatas?

Zarco tragó saliva, azorado.

—Eh..., sucedieron muchas cosas...

—Entre tú y yo. Nos besamos, Ulises, y no has vuelto a mencionar el asunto.

Cada vez más nervioso, Zarco desvió la mirada.

—Escucha, Lisa —dijo—; sé por propia experiencia que en circunstancias de peligro se hacen cosas que uno no haría normalmente. Soy un caballero y de ninguna manera pienso aprovecharme de un momento de debilidad...

—Alto ahí —le interrumpió Lady Elisabeth—; ¿insinúas que, cada vez que hay un peligro, yo me pongo a besar al primero que pasa por mi lado?

—Por supuesto que no; pero, cuando se está en peligro, se hacen cosas raras. Por ejemplo, una vez, en el Sahara, besé a mi camello después de sobrevivir a una tormenta de arena...

—¿Te parezco un camello?

—No, no, claro que no —Zarco miró a un lado y a otro, como buscando una vía de escape—. En esa metáfora, el camello soy yo...

Lady Elisabeth sonrió y negó con la cabeza.

—No —dijo—. Un oso, quizá; pero de ninguna manera pareces un camello. La cuestión, Ulises, es que te besé y tú me devolviste el beso. ¿Por qué?

Zarco cerró los ojos y cambió el peso del cuerpo de un pie a otro.

—Lisa —dijo en voz baja—, por expresarlo de forma británica, esta conversación me está poniendo un tanto incómodo.
—Pues te aguantas —replicó ella—. ¿Por qué me besaste?
Zarco apoyó las manos en la barandilla y dejó caer la cabeza. Luego, se incorporó bruscamente y comenzó a pasear de un lado a otro, como una fiera enjaulada. Finalmente, mascullando algo por lo bajo, se encaró con la mujer y le dijo:
—Muy bien, ¿quieres saber por qué te besé?, pues te lo voy a decir, maldita sea. Te besé porque eres la mujer más extraordinaria que he conocido en mi vida; te besé porque eres preciosa, y valiente, y fuerte, y lista, y tienes sentido del humor, y disparas como un hombre, y dominas el latín, y además eres dulce y sensible. Demonios, te besé porque me estoy enamorando de ti. ¿Era eso lo que querías oír? Porque si es lo que querías oír, ya te lo he dicho. ¿Qué te parece?
Lady Elisabeth parpadeó.
—Me parece que es la declaración menos romántica que he oído en mi vida. Pero original, no cabe duda.
Zarco puso los brazos en jarras.
—Bueno, ¿y qué? ¿No tienes nada que decir al respecto?
Ella le miró a los ojos y sonrió.
—Sí, claro que tengo algo que decir. Me interesas mucho, Ulises, y quiero conocerte mejor.
—Pero pronto regresarás a Inglaterra.
—Aún faltan cinco días. Después... ya veremos.
Zarco asintió con un cabeceo y, mirándola a los ojos, dijo:
—¿Sabes, Lisa? Me encantaría volver a besarte.
—Ni se te ocurra.
—¿Qué?...
—Mi hija está ahí; y bastantes cosas le han pasado ya como para que ahora nos vea besándonos.
Se acodaron en la barandilla y perdieron la mirada en el horizonte. Lady Elisabeth le cogió disimuladamente de la mano.
—Tú no me has contado por qué me besaste —dijo Zarco.
Lady Elisabeth le miró de reojo y se encogió de hombros.

—Bueno —respondió en tono burlón—, tú mismo lo has dicho: cuando se está en peligro de muerte se hacen cosas raras.

En aquel momento apareció en cubierta Yago Castro, el piloto, y al pasar frente a ellos en dirección al puente, les saludó llevándose una mano a la gorra. Cuando llegó a la altura de Katherine y Samuel se detuvo junto al fotógrafo, se inclinó hacia él y, señalando con un cabeceo a Lady Elisabeth y a Zarco, le susurró al oído:

—¿No te lo dije, zagal? Esos dos ya están pelando la pava.

Acto seguido, tras saludar a Katherine con una inclinación de cabeza, el piloto siguió su camino.

—¿Qué te ha dicho? —preguntó la muchacha, intrigada.

—Nada —respondió Samuel—. Que por fin tu madre y el profesor se llevan bien.

—Demasiado bien, diría yo —comentó ella con el ceño fruncido.

—¿Sigue cayéndote mal el profesor?

—No es que me caiga mal; no tanto como antes, al menos. Reconozco que es honesto, inteligente y valiente, pero también es un bruto sin modales. La verdad, estoy deseando que este viaje acabe para poder regresar a casa y... —Katherine enmudeció al advertir que la expresión de Samuel se ensombrecía—. ¿Qué sucede, Sam? —preguntó.

—Nada... Es que he recordado que dentro de cinco días llegaremos a Inglaterra y no volveré a verte.

Katherine se lo quedó mirando, muy seria, y le dijo:

—Ven aquí.

Samuel se aproximó a la muchacha.

—¿Quién te ha dicho a ti que no volveremos a vernos? —le preguntó Katherine.

—Nadie, pero tú estarás en Londres y yo en Madrid...

—¿Y qué? ¿Te parece una distancia insalvable?

—No, pero...

Samuel tragó saliva sin saber qué decir. La muchacha suspiró.

—Escucha, Sam, durante este viaje has sido mi único apoyo. Te jugaste la vida por mí cuando me raptó ese autómata. Me ayudaste a sobrellevar nuestro encierro; creo que me hubiera vuelto loca de no ser porque estabas conmigo. Me salvaste a mí, nos salvaste a todos. Además, eres atractivo, encantador, inteligente y bondadoso. Teniendo en cuenta todo eso, ¿qué crees que siento por ti?

—No..., no lo sé...

Katherine respiró profundamente y sacudió la cabeza.

—Pero qué tonto eres —dijo—. Te quiero, idiota; estoy enamorada de ti —sonrió con súbita timidez—. ¿Y yo? —preguntó—; ¿te gusto un poquito?

—Me gustas muchísimo. Te quiero con toda mi alma y pasaría el resto de mi vida contigo, pero...

—¿Pero?

Samuel contuvo el aliento y lo expulsó bruscamente.

—No tengo nada que ofrecerte —concluyó.

Katherine asintió, pensativa.

—Es cierto, no había caído —dijo con fingida circunspección—. Vaya, eso complica las cosas... —de pronto, chasqueó los dedos, como si se le hubiera ocurrido una idea—. Ya lo tengo: podrías fotografiarme durante el resto de mi vida; o, al menos, hasta que esté tan vieja y arrugada que ya no quiera verme. ¿Puedes ofrecerme eso, Sam?

—Claro...

—Pues para mí es más que suficiente —Katherine le miró fijamente a los ojos—. Has dicho que te gustaría pasar el resto de tu vida conmigo...

—Sí...

—Pues pídemelo.

—¿Qué?

—Matrimonio. Pídemelo.

Samuel parpadeó varias veces, muy deprisa; finalmente, se aclaró la voz con un carraspeo y dijo:

—¿Quieres casarte conmigo, Kathy?

—No.

Samuel abrió mucho los ojos y la boca.

—¿No? —musitó, desconcertado.

Katherine se echó a reír.

—Deberías haber visto la cara que has puesto —dijo—. No, no me casaré contigo ahora porque quiero ir a la universidad. Pero dentro de cuatro años, cuando acabe los estudios, contestaré que sí a tu pregunta. Si es que estás dispuesto a esperarme...

—Claro que te esperaré.

—Pero entre tanto —prosiguió la muchacha—, nos escribiremos todos los días, y yo iré a Madrid cada vez que pueda, y tú vendrás a Londres cada vez que puedas. No te resultará fácil librarte de mí, amiguito —hizo una pausa y agregó—: De no ser porque está ahí mi madre, te daría un beso. Pero que conste, Sam, que me muero de ganas.

Samuel sonrió, se acodó en la barandilla y contempló el mar.

—¿Siempre eres tan mandona? —preguntó.

Katherine volvió a reír.

—No sabes hasta qué punto —respondió—. Soy tan terca como mi madre. O más.

El reloj que marcaba los turnos de guardia hizo sonar ocho veces su campana. En el puente de mando, Yago Castro sustituyó a Sintra frente a la rueda del timón.

—¿Rumbo, capitán? —preguntó el piloto.

—45 grados sur-suroeste, a media máquina —dijo Verne.

—¿Regresamos, capitán?

Verne, con la mirada fija en el mar, le puso una mano en el hombro y respondió:

—Sí, Castro; volvemos a casa.

*Diario personal de Samuel Durango.*
*Viernes, 18 de mayo de 1923*

*Esta mañana, rebuscando entre viejos papeles, he encontrado este diario. Dios mío, cuántos recuerdos me ha traído... Pero está incompleto; dejé de escribirlo en el* Saint Michel *y luego me olvidé de él. Supongo que no tiene sentido completarlo, enumerar ahora las vivencias de los tres últimos años, pero sí puedo al menos ponerle un final.*

*La señora Faraday y Kathy desembarcaron en el puerto de Southend-on-Sea, en la desembocadura del Tamesis. Día y medio después, atracamos en Santander y nos despedimos del capitán Verne y de la tripulación del* Saint Michel. *Esa misma tarde, el profesor Zarco, Adrián Cairo, García y yo tomamos un tren para Madrid.*

*Los escasos intentos de divulgar la historia de la isla de Bowen tropezaron con un muro de incredulidad, así que el profesor no tardó en desistir. Doña Rosario, por contra, se lo creyó todo sin formular la más mínima objeción. De hecho, se quedó tan encantada con el relato, y las fotografías, de una Atlántida vinculada a seres extraterrestres, que a partir de entonces puso al profesor en un altar. Aunque también se empeñó en que debíamos volver a la ciudad subterránea para explorarla a fondo, algo que en realidad el profesor deseaba hacer, así que, al año siguiente, regresamos a Kvitoya.*

*Por desgracia, cuando la isla de Bowen explotó, provocó un terremoto que afectó a la Tierra de Francisco José e hizo que el techo de la caverna se derrumbara, así que, al llegar a Kvitoya, encontramos la misteriosa ciudad enterrada e inaccesible bajo miles de toneladas de roca. Aún resuenan en mis oídos las maldiciones del profesor.*

*Nunca volvió a saberse nada de Aleksander Ardán y la tripulación del* Charybdis. *Un año después de su desaparición se les declaró oficialmente muertos. La versión que ofreció la prensa fue que habían naufragado durante un viaje de exploración minera por el Ártico.*

*En cuanto a mí, sigo trabajando para SIGMA. Hasta ahora, he participado en tres expediciones: a Sudamérica, a África y al Tíbet. Por fortuna, he salido ileso de todas ellas y no he tenido ningún mal encuentro con un hipopótamo.*

*Hace dos años regresé a Francia y visité la tumba del señor Charbonneau. Dejé sobre ella un ramo de crisantemos, sus flores favoritas. Creo que he hecho las paces con él. Es cierto que nunca me transmitió cariño, pero también es verdad que me salvó de la miseria y de la ignorancia, y que siempre me trató bien. No fue el padre que yo quería, pero hizo más que de sobra para que le deba agradecimiento. Descanse en paz.*

*Por lo demás, tal y como había augurado Kathy, hemos seguido en contacto todos estos años. No nos escribimos a diario, pero sí semanalmente, y cada vez que podemos nos reunimos. El año que viene, cuando Kathy acabe los estudios, nos casaremos.*

*Y, hablando de bodas, la señora Faraday y el profesor Zarco contrajeron matrimonio en Londres el año pasado. A Kathy se la llevaban los demonios; dice que tener por padrastro al profesor es como emparentarse con un cavernícola, pero creo que poco a poco le va cogiendo aprecio. A mí, al menos, me sucede; aunque Kathy comenta que, si difícil es tenerle de padrastro, mejor será que vaya preparándome para tenerle como suegro. En fin, me gustaría poder decir que el matrimonio ha endulzado un poco el carácter del profesor, pero mentiría. Ulises Zarco sigue teniendo tan malas pulgas como siempre.*

*Pero he aprendido, y aprendo, muchas cosas a su lado. El valor de la camaradería, el deber de la lealtad, el respeto a la inteligencia, la virtud de la curiosidad, la pasión por el viaje y la aventura... Y sobre todo, me ha enseñado algo muy importante. Durante toda mi vida he buscado un sitio al que pertenecer, un hogar que pueda considerar mío, y el profesor me ha mostrado que el mundo entero es mi hogar. Los cinco continentes y los siete mares con todas sus islas, ésa es mi casa, y nadie puede presumir de tener un hogar más grande y hermoso. ¿Mi familia? El profesor, Adrián, Sarah, el pequeño Tomás, el capitán Verne, la señora Faraday, la tripulación del Saint Michel... y dentro de poco Kathy.*

*¿Qué más puedo contar?... Durante los últimos años he pensado mucho en lo que sucedió en la isla de Bowen. Todos lo hemos hecho. El profesor Zarco suele especular al respecto; últimamente, por ejemplo, sostiene que quizá nunca hubo seres extraterrestres, que a lo mejor tropezamos con el bastión de una civilización de autómatas, en cuyo caso serían esas máquinas los auténticos extraterrestres. Bueno, es posible, pero yo no lo creo. Si realmente se tratase de una civilización de autómatas en expansión, habrían colonizado todo el planeta, pero en vez de eso se quedaron recluidos en una pequeña isla del Ártico. Por tanto, la ciudadela, el trono de Odín, toda aquella extraña maquinaria estaba allí para cumplir una función, fuera la que fuese. Y si cumplía una función, tenía que ser para alguien. Para los seres que construyeron la esfera, la ciudadela y los autómatas hace miles de años.*

*Sin embargo, no son más que especulaciones, teorías que jamás podremos comprobar. Hay, no obstante, algo que me intriga por encima de todo lo demás: ¿por qué el autómata dorado nos advirtió de lo que iba a suceder en la isla y nos ayudó a salir?*

*El profesor dice que, al reconocer en nosotros inteligencia, nos consideraron sus iguales e intentaron salvarnos, lo cual, en su opinión, pone en evidencia un elevado sentido ético. Kathy sostiene una teoría sutilmente distinta: cree que, cuando conseguí hacer tablas, el autómata dorado lo encajó con «fair play» y, en consecuencia, no hizo más que comportarse como un «gentleman». Pero creo que Kathy, como buena inglesa, piensa que, si existen en el espacio seres superiores a nosotros, forzosamente deben de parecerse a los británicos.*

*Lo cierto es que el autómata dorado, o fuera lo que fuese que controlaba la ciudadela, se comportó con deportividad. Pero eso no me tranquiliza, pues, a fin de cuentas, la caza también es un deporte, y ningún buen cazador dispara contra una pieza inmovilizada que no tiene posibilidad de huida. Por otro lado, si como creo la ciudadela era una entidad automática, quizá no estuviese en su mano tomar ninguna decisión acerca de nosotros, los seres humanos. Por eso se fueron inmediatamente, destruyendo todo lo que dejaban tras de sí.*

*Aitor Elizagaray sugirió que quizá nos tenían miedo, y puede que estuviera en lo cierto. No temen lo que somos, por supuesto, pero quizá sí lo que podemos llegar a ser. Y sinceramente, después de lo que vi durante la Gran Guerra, no me extrañaría que nos consideraran temibles.*

*Con frecuencia el profesor se burla de mí diciendo que, en lugar de dedicarme a la fotografía, debería poner una funeraria, y no le falta razón. A veces mi carácter se vuelve demasiado taciturno, y me temo que ésta es una de esas ocasiones. Pero es que la ciudadela me inspiró terror en todo momento; curiosidad también, pero sobre todo miedo. Para ser sincero, espero no volver a saber nada de esos seres en lo que me resta de vida.*

*Y ya está; queda mucho que contar, pero no tiene sentido perder el tiempo escribiendo algo que nadie, ni siquiera yo, volverá a leer. Así que aquí pongo el punto final.*

*Ah, un momento, lo olvidaba. El profesor convenció a doña Rosario de que necesitaba un nuevo dirigible, de modo que SIGMA financió la construcción del* Dédalo II, *y el verano pasado, finalmente, exploramos los* tepuyes *de la Gran Sabana, en Venezuela.*

*Por fortuna, o por desgracia, no encontramos dinosaurios.*

## 20. Monte Olimpo. Meseta de Tharsis, Marte

Para apreciar el inmenso tamaño de la montaña hay que contemplarla desde el espacio. Sus dimensiones son tan colosales que, si estuviéramos en la superficie de Marte, no podríamos distinguir su silueta; lo único que veríamos sería un descomunal muro de piedra que ocupa todo el horizonte, de un extremo a otro.

Es el Monte Olimpo, la cumbre más elevada del Sistema Solar. En realidad, se trata de un volcán inactivo desde hace millones de años; se encuentra en una inmensa llanura, la Meseta de Tharsis, y se eleva hasta una altura de veintitrés kilómetros, el triple que el Everest. Está rodeado por acantilados que alcanzan los seis mil metros y su base mide más de seiscientos kilómetros de diámetro, ocupando una superficie equivalente a la de Arizona. Si volvemos la mirada hacia el sureste veremos otros tres volcanes, Arsia, Pavonis y Ascraeus. Tienen, respectivamente, dieciséis, catorce y dieciocho kilómetros de altura; son inmensos, pero parecen simples colinas en comparación con el Monte Olimpo.

Ahora descendamos a la superficie de Marte, al sur de la montaña. Estamos en una inmensa planicie arenosa salpicada de piedras. Todo es rojo en este planeta oxidado; incluso el cielo tiene un color entre rojizo y anaranjado, salpicado por el blanco de sutiles nubes de hielo en suspensión. La atmósfera está compuesta en su mayor parte por dióxido de carbono y es muy tenue, casi cien veces más liviana que la de la Tierra; aun así, una ligera brisa barre la llanura.

Si miramos hacia el norte veremos la monstruosa masa del Monte Olimpo ocupando la totalidad del horizonte. Todo lo que se distingue en las restantes direcciones es un infinito desierto rojo. Aunque no, un momento..., hacia el este, en la lejanía, se advierte una elevación del terreno, una extraña colina de color negro.

Conforme nos acercamos, advertimos que no se trata de una colina, sino de un domo, una cúpula oscura como la noche que se alza cien metros por encima del desierto. Aunque, en realidad, tampoco es una cúpula, sino una esfera de doscientos metros de diámetro con la mitad inferior enterrada en el suelo. Frente a ella se yergue una torre rematada por un óvalo de cristal, el trono de Odín, y una serie de enormes agujas y estructuras todavía inacabadas por las que pululan enjambres de autómatas-obreros.

La mente está reconstruyendo la ciudadela en Marte. En realidad, este planeta siempre había sido la segunda opción, pero la Tierra posee una actividad geotérmica mucho más intensa que Marte, así que cuando la mente llegó al Sistema Solar, decidió instalar la ciudadela en el mundo azul, pese a que la presencia de vida complicaba un poco las cosas.

Y es que, a pesar de su calma de mundo muerto, Marte es un planeta mucho menos adecuado. La mente había tardado año y medio —según el tiempo de la Tierra— en perforar la corteza del planeta y alcanzar el magma, y, pese al titánico esfuerzo invertido, el flujo de energía y materiales es sensiblemente inferior al que había obtenido en la Tierra. No, Marte no es la mejor opción.

Aunque, en realidad, eso no le importa a la mente, porque sabe que su estancia en Marte es transitoria; no podrá quedarse durante demasiado tiempo. Por los bípedos, claro. Su tecnología aún es muy rudimentaria, pero no tardarán mucho en desarrollar el vuelo espacial y desembarcar en el planeta rojo. No más de ciento cincuenta años, calcula la mente; apenas un suspiro para su dilatado sentido del tiempo. Eso, por supuesto, en el caso de que unos seres tan belicosos no acaben autodestruyéndose antes.

Los bípedos son un problema, pero la mente carece de competencias para solucionarlo. Por eso, antes de abandonar la Tierra, envió un mensaje al espacio, un mensaje que tardará cuarenta y seis años en llegar a su destino. Pero la mente no tiene prisa, es paciente.

Sería difícil traducir el contenido de ese mensaje, pues en su mayor parte maneja conceptos que nosotros no somos capaces siquiera de imaginar. No obstante, podría resumirse en una simple frase: *«En el tercer planeta de este sistema solar hay tigres»*.

Ahora, bajo el rojizo cielo de Marte, la mente aguarda la respuesta.

## NOTA DEL AUTOR

La novela ya ha terminado, amigo lector, así que, si quieres, puedes cerrar el libro aquí mismo y no te perderás nada. Aunque a lo mejor te interesa saber por qué un escritor (yo) ha escrito un libro (éste), en cuyo caso quizá no tengas inconveniente en seguir leyendo durante unos minutos más.

Cuando yo era un niño de once o doce años, dos eran mis escritores favoritos: Richmal Crompton, la autora de las historias de Guillermo Brown, y el gran Julio Verne, padre de la ciencia ficción y maestro de la aventura. De la primera aprendí el inmenso tesoro que es el sentido del humor, mientras que el escritor francés me enseñó lo asombroso que es el mundo.

Siempre me ha gustado que me asombren, por eso adoraba a Verne. No todas sus novelas, por supuesto, porque escribió muchísimas y no siempre buenas; pero las que me gustaban, me gustaban a rabiar: *20.000 leguas de viaje submarino, La isla misteriosa, Viaje al centro de la Tierra, Los hijos del capitán Grant, La vuelta al mundo en 80 días...* Ésas eran mis favoritas. Y no sólo se trataba de libros, porque todos los títulos que acabo de mencionar, y otros muchos del autor, han sido convertidos en películas. A veces, maravillosas películas.

Verne influyó profundamente en el niño que fui; tanto es así que, aún ahora, cuando viajo a lugares remotos, sigo percibiendo el mundo a través de su óptica. Y no soy el único. Hace no mucho, una revista me encargó coordinar un especial dedicado al género de aventuras, así que recurrí a una serie de escritores y ensayistas para que colaboraran. Además, les pedí que cada uno elaborara una lista con sus diez novelas de aventuras favoritas. El autor más veces citado fue, con diferencia, Julio Verne.

No sé si los jóvenes siguen leyendo a Verne; supongo que no demasiado. Pero eso no les libra de su influencia. Todos recordamos la famosa serie de TV *Perdidos,* ¿verdad? Pues bien, esa serie jamás habría existido si Verne no hubiera escrito

*La isla misteriosa.* Verne es un género en sí mismo, y su espíritu ha inspirado infinidad de novelas, películas y cómics. Verne nos enseñó a no perder jamás la inocencia ante la prodigiosa realidad de la naturaleza y el universo, a conservar intactas la curiosidad y la capacidad de asombro.

Por eso, siempre he guardado con profundo cariño el recuerdo de la obra de ese viejo escritor bretón que pobló de sueños y maravillas mi infancia. Y por eso, desde que me convertí en escritor, barajé la idea de escribir una novela «al estilo Verne»; proyecto que, por una razón o por otra, fui relegando durante muchos años. Puede que esperara al momento adecuado, y quizá el momento adecuado fuera éste.

Cuando comencé a planificar la escritura de *La isla de Bowen,* pensé en releer alguna de las novelas de Verne, e incluso compré un par de títulos que había perdido; pero entonces me di cuenta de que eso era una equivocación. No quería imitar a Verne, sino reproducir los recuerdos y las sensaciones que la obra de Verne habían dejado en mí. Así que situé mi historia unos cincuenta años después de la época en que normalmente ambientaba sus relatos el maestro francés. No quería hacer una obra *steampunk,* sino en todo caso, como apuntó con ironía una amiga escritora, *«diéselpunk».*

Y comencé a escribir guiándome tan sólo por el amor a un género, la aventura clásica, y a un autor, Julio Verne. Entonces ocurrió algo curioso; como escribía basándome en lo que yo llevaba dentro, otras influencias comenzaron a colarse poco a poco en el texto. Verne no es el único escritor de aventuras que me gusta; hay otros, y esos autores también están reflejados en *La isla de Bowen.*

Por ejemplo, el Edderkoppe Gud recuerda a los trípodes alienígenas de *La guerra de los mundos,* de H. G. Wells. El profesor Zarco es pariente cercano del profesor Challenger, protagonista de *El mundo perdido*, de Arthur Conan Doyle. Por cierto, ese apellido, «Zarco», es un pequeño homenaje a un personaje de cómic, el doctor Zarkov de la serie Flash Gordon.

Pero hay más influencias. El muro dividiendo la isla por la mitad, ¿no recuerda a *King Kong?* También puede percibirse en la novela el aroma de las aventuras de Tintín; sin duda, algo hay del capitán Haddock y del reportero belga en los personajes del profesor Zarco y Samuel Durazno..., digo Durango. Incluso puede percibirse cierta (involuntaria) referencia al escritor inglés Arthur C. Clarke.

En fin, *La isla de Bowen* es un destilado de todas las historias de aventuras que me han acompañado a lo largo de mi vida. Y, ¿sabes algo, querido lector?; no la he escrito para ti, sino para mí. Es la clase de novela que me apetecía leer para volver a sentirme un adolescente asombrado, y por eso la he escrito. Confío en que tus gustos y los míos no difieran demasiado.

Y, ahora, unas cuantas aclaraciones. Bowen (apellido que en gaélico significa «arquero») no existió; nunca hubo ningún san Bowen. Tampoco existió por tanto el Priorato de Santa María de los Escandinavos, ni el *Codex Bowenus.* Y son igualmente ficticias la ciudad subterránea de Kvitoya y, claro está, la isla de Bowen. Todo lo demás que aparece en el texto está respaldado por la mejor documentación que pude encontrar, y en algunos casos por mis propias experiencias.

Por ejemplo, mi mujer y yo visitamos Falmouth tomando abundantes notas y fotografías, y juntos exploramos Penryn, donde en efecto existe la parroquia de San Gluvias, con su cementerio (aunque no, por supuesto, la cripta de Bowen). Posteriormente viajamos por Noruega, pero no llegamos tan al norte como los protagonistas de la novela. Por lo demás, he intentado ser tan fiel como me ha sido posible a la realidad.

Por último, unos cuantos agradecimientos. En primer lugar a mi buen amigo Chresten Christensen, que me ayudó con las complejidades del idioma danés. También estoy en deuda con José Carlos Mallorquí y María José Álvarez, que fueron los primeros en leer el texto y me señalaron algunos errores. Mi eterna gratitud, por último, a Reina Duarte, cuyo entusiasmo y profesionalidad son una bendición.

Y gracias a ti también, amigo lector, por acompañarme en este viaje. Espero que hayas disfrutado leyendo *La isla de Bowen* tanto como yo disfruté escribiéndola.

César Mallorquí, invierno de 2012